中国十大古典喜剧故事

金金 ◎ 编著

内蒙古出版集团
内蒙古文化出版社

图书在版编目(CIP)数据

中国十大古典喜剧故事/金金编著.—呼伦贝尔：内蒙古文化出版社，2010.10
ISBN 978-7-80675-843-4

Ⅰ.①中…Ⅱ.①金…Ⅲ.①戏剧文学—故事—作品集—中国Ⅳ.①I247.8

中国版本图书馆CIP数据核字（2010）第193894号

中国十大古典喜剧故事
ZHONGGUO SHIDA GUDIAN XIJU GUSHI

金金　编著

责任编辑　吴桂荣
装帧设计　大象设计

出版发行	内蒙古文化出版社
地　　址	呼伦贝尔市海拉尔区河东新春街4－3号
直销热线	0470－8241422　　邮编　021008
排版制作	北京鸿儒文轩文化传播有限公司
印刷装订	三河市华东印刷有限公司
开　　本	710mm×1000mm　1/16
字　　数	220千
印　　张	20
版　　次	2010年11月第1版
印　　次	2022年4月第2次印刷
印　　数	8001—13000册
书　　号	ISBN 978-7-80675-843-4
定　　价	58.00元

版权所有　侵权必究
如出现印装质量问题，请与我社联系。联系电话：0470-8241422

前 言

中国十大古典喜剧凝聚着中国人的智慧,它们是在中国文化发展的历史长河中沉淀下来的最有代表性的作品,具有极高的审美价值和艺术感染力。

中国十大古典喜剧描写了社会底层人们的生活,演绎出很多温情的故事:《救风尘》中的赵盼儿出身低微,但她机智多谋,设计解救姐妹并惩治恶人,最终促成一段良缘;《李逵负荆》中李逵憨厚可爱、爱憎分明的形象深入人心;《中山狼》更是鞭笞了一切忘恩负义的无耻之徒。

中国十大古典喜剧密切结合了平民的生活,体现了一种独特的世俗之美、道德之美和伦理之美。中国十大古典喜剧富有现实主义精神,表达人民对黑暗现实的不满和抗争,古典喜剧作家用一种白描加讽喻的手法,深刻地揭露了一些阴暗不堪的社会环境和人物心理,最后通过富有想象力的文字构建出极具喜剧色彩的故事结局。

喜剧的魅力是永久的,它寄托着人们对美好爱情的憧憬,也寄托着对美好生活的追求和向往。

在中国古代,婚姻大多是"父母之命,媒妁之言",由此产生过许多爱情悲剧,但在十大古典喜剧中,男女主人公纷纷冲破封建枷锁,积极追求自己的幸福生活,对当时社会的腐朽现实进行着带有喜剧色彩的批判。王实甫的《西厢记》描写了男女主人公的爱情,在经历一波三折后最终有个美满的结局;而白朴的《墙头马上》充分表现了主人公对情感的执着;《风筝误》中书生韩世勋题诗风筝上,纨绔子弟戚施放风筝,风筝线断,飘落他处,被詹府才貌双全的二小姐淑娟拾到,重新题诗后再放,由此引出一连串误会与巧合,生出了韩世勋、戚施与詹府两位小姐两桩相互对比而又相互纠葛的婚事。情节波澜起伏,引人入胜。

中国古典喜剧故事在乐观向上、奋斗不息的民族精神感召下,饱含着富有人情味的喜剧色彩，同时也融合着中国人民难以泯灭的乐观天性，以及在与大自然的搏斗中形成的充满浪漫灵动、寓于幻想乐天的民族精神。

本书选取的十大喜剧突出通俗、趣味，比较完整地体现了中华民族乐观向上的民族精神、嫉恶如仇的审美取向和幽默诙谐的世俗风情，相信对有志于文学艺术的读者，以及喜爱中国传统文化的朋友，能有一定的帮助。

目 录

救风尘	(1)
李逵负荆	(25)
中山狼	(51)
看钱奴	(71)
西厢记	(101)
墙头马上	(141)
玉簪记	(167)
幽闺记	(197)
绿牡丹	(231)
风筝误	(275)

中国十大古典 喜剧 故事

救风尘

[元] 关汉卿

阳春三月的季节，春风为汴梁城披上了新装，吹绿了垂柳，吹红了桃花。宋引章在梨春院的阁楼里，低吟浅唱。

宋引章因父亲早逝，只剩下她和母亲李氏相依为命。

宋引章长到20岁的时候，出落得花容月貌，十分招人喜欢。素面凝香雪，浓妆显得更加娇柔。腰细如柳、面如桃红，聪明伶俐，不但能歌善舞，而且文采出众，成为汴梁城的著名的歌伎。

宋引章在卖笑的生涯里，平时喜欢的有两个客人，一个是秀才安秀实，一个是来自郑州的商人周舍。

安秀才长得玉树临风，为人木讷，不解风情，但是他的文采飞扬。宋引章深深爱上了安秀才，安秀才为宋引章的美貌所倾倒，更是喜欢她的聪明乖巧。两个人私下里订了白头之约。

偏偏好事多磨，宋引章的母亲嫌贫爱富，看不起没有功名的安秀实，一直劝说宋引章找个富有的商人做女婿。

宋引章在母亲的压力下，心中充满了矛盾，一时拿不定主意。不知道自己该选择谁。

周舍嘴甜如蜜，但是缺少文才，只因是郑州周同知周大人的公子，有钱有势。他长年在外经商，混迹于秦楼楚馆，对妇女极尽欺诈之能事。

周舍看上汴梁城歌妓宋引章后，用了一年多的时间来追宋引章，他在宋引章面前甜言蜜语，信誓旦旦，百般殷勤，极尽温存体贴之能事，终于打动宋引章的芳心。

这天起床后，宋引章在梳妆台前精心地擦胭脂抹粉，插花戴朵。思念的忧愁笼罩在心头，不觉轻唱起来。

她的母亲觉得惊奇：女儿今天梳妆为何如此用心？真要打扮成天仙

了！便问："引章，今天有什么喜事？为什么老下不了梳妆台？"

宋引章说："妈，今天周舍要来！"

"他来干什么？"

"他来提亲！"

"提亲？我看还是再等等。"

宋引章走到妈的面前撒娇地说："妈，我心中有数，你就放心吧！一会儿他来提亲你就应允了吧！反正除了他我就不嫁别人。"

宋妈想：婚姻大事，只要女儿愿意，当妈的还有什么说的呢！女儿与周舍接触得多，比当妈的更了解，我何必阻挡呢？再说她态度又这样坚定，非周舍不嫁，我要挡也是挡不住的。这样想来，宋妈便同意了。

宋妈对女儿说："婚姻大事，你自己拿主意，妈随你的意就是。"

宋引章一听高兴得跳起脚来，连声说道："妈，还是您好！还是您疼女儿，您是我的好妈妈呀！"

宋引章无聊地在屋里低吟浅唱，排遣愁思。

这时忽然听见敲门声，宋引章急忙出去开门，周舍喊道："引章，我回来看你来了。"随着话音落地，他迈腿走进门来。

宋引章脸上飞起少女羞涩的红润："周公子你可回来了，今日可好？"

周舍一把把宋引章抱在怀里，未语先笑："宝贝，我这次买卖顺手，赚了很多钱，也给你带来了很多礼物，不知道你是否喜欢？"

见宋引章满心喜欢，周舍对宋引章温存体贴得更加细腻，他向引章求道："宝宝，我这次来一定要定下咱们的亲事，你嫁给我后穿金戴银，保你享不完的荣华富贵！"

宋引章在周舍的怀里娇羞地说："你还要去求求母亲，她不再那么强烈反对了。"

周舍一听事情有了眉目，乐得心花怒放，推开宋引章，急忙说："那太好了，我找你母亲去说说！"

周舍手提着礼物，来到宋引章母亲的卧室，拱手行礼说："妈妈近来身体可好？晚辈特意来看你。"

宋引章母亲笑了笑："多谢你还记挂着我。"

周舍见她并不十分厌恶自己，陪笑说："母亲，引章已经同意嫁我，我来还是想求你成全这桩亲事！"说完，周舍递上几个元宝。

宋引章母亲听到周舍喊自己为"母亲",先是一惊,后见周舍递上的银子,满脸堆笑:"引章早上已经和我谈过了,她愿意嫁给你,今天正好也是良辰吉日,我答应你们这门亲事。不过我可有个条件,引章嫁给你后不准打骂欺负她!"

周舍真是喜出望外,追了这么久终于有成果了,连连地点头哈腰:"妈妈,放心。妈妈放心!哪敢,哪敢,我保证决不会欺负她。"

宋引章要嫁周舍的消息成了汴梁城的新闻,听到这个消息可急坏了安秀实。原先和安秀实私订终身的宋引章现在却要嫁给周舍,安秀实对此毫无办法。

安秀实出生在河南洛阳,自幼饱读圣贤书,考取秀才后,游学到汴梁,后因落寞留恋烟花酒楼之际,认识了宋引章。

安秀才憨厚老实,心地善良。他对宋引章是妓女的身份丝毫不计较,他认为宋引章天真单纯,人又长得清纯美丽,将来与她结为夫妻,过得一定美满的。在心中一直爱着宋引章,况且宋引章也答应今后一定要嫁给他,他心里一直陶醉在宋引章甜蜜蜜的承诺里。

安秀才正直忠厚的禀性,怎么也不会想到宋引章变心,更想不到周舍插足进来夺走了他心爱的宋引章。

安秀才证实了宋引章同周舍订婚的消息后,慌了手脚,茫然无措。在焦急万分中他想到了宋引章八拜之交的姐姐——赵盼儿,她们两个是感情深厚的姐妹,如果请赵盼儿去劝一劝宋引章,说不定还会劝得她回心转意。

赵盼儿也是一个烟花女子,今年20多岁,比宋引章大几岁,在结拜时她便是姐姐。论相貌容颜,她比宋引章漂亮几分,与宋引章所不同的是少了几分软柔娇气。

赵盼儿是巾帼中的英雄,柔中带刚。由于她的侠骨柔肠,使她特别爱救人于危难之中,人们敬重她的为人,她的名气在汴梁城中越来越大。

她听说宋引章不嫁给安秀实,而要嫁给周舍,就认为宋引章在选择上有错。

这天清晨,赵盼儿漱洗完毕,正要出门去找宋引章问个明白,门口却传来一阵急促的敲门声。赵盼儿打开大门一看,门外站的是安秀才,满脸愁容，头发凌乱，一双眼睛里透出愤怒、疲惫而又无助的神色。看到他快快不乐的神情，赵盼儿心里马上就明白了几分，赶忙请安秀才进屋。

安秀才屁股还没有坐稳，就急切地说："大姐！引章要嫁给周舍的事，你听说了吗？"赵盼儿点了点头。

"当初引章说好了要嫁给我，可如今她却要嫁给周舍，我来你这里就是想央求姐姐去劝说劝说，别上了周舍的当。"

赵盼儿说："我也听说这件事情了，妓女嫁人，本来无可厚非的，只是要慎重。那周舍的为人我还是比较清楚的，他是一个花花公子。引章怎么会对他如此着迷，竟要嫁给他？安公子，你先在我家坐会儿，我这就去见她，好好地劝她，能回头就好，要是实在劝说不通，你也就别在烦恼了。"

赵盼儿站起身来就要走，安秀才赶忙也站起身来，"我不坐了，还是回家等你的信吧。大姐，这事还全靠你多多费心了。"

赵盼儿一路上走着便想：妓女嫁人可真难啊，谁不想找个称意的？可拣来拣去，待嫁个老实的，又怕一辈子难成对；想嫁个英俊的，又怕半路里被轻抛弃。先前那些嫁了人的姊妹，有不少都因仓促成亲，还未过上几日，便挨打受骂，折磨得没了那俊模样，人不像人，鬼不像鬼，瘦得让人认不出原样。我虽然也住在柳巷中、花街内，可不能中了那些铁石心肠嫖客的拖刀计……

穿过繁华似锦、人流如织的街市，那酒楼、店铺、钱庄里的熟人们同赵盼儿打着招呼。赵盼儿似没听见，急切地穿街走巷，往宋宅走去。

推门走上楼来，赵盼儿看到宋引章正在精心地梳妆打扮，便故作不知地笑道："妹子，这是要到哪去应酬客人哟，打扮得这般漂亮。"

"我哪儿也不去，正等着嫁人呢。"宋引章平时和赵盼儿亲密惯了，并不遮掩。

"那好，我正来给你保亲，你的老朋友安秀才是个忠厚可靠的人。我觉得他人也好，文章也棒，再说你们也早就订了婚约，我看就嫁给他吧。"

引章听赵姐姐一说，半晌未语，她也是有些舍不得安秀才。安秀才不狂不躁，体贴入微，还教她临帖吟诗。她只是觉得不知何时安秀才能熬到出人头地，自己又想早日从良，结束风尘生涯，过上个安逸的生活，所以才决定嫁给周舍。她没有向盼儿说破这一层，只是微微一笑说：

"姐姐，若是我嫁给了安秀才，只能是夫妻俩打'莲花落'，沿街去讨饭哩。"

"那你嫁谁？"盼儿追问。

"我嫁周舍。"

盼儿话中有话地说道："你如今嫁人，是不是早了些？"

"有什么早不早？我听够了今日一个大姐（音同'大疖'），明日一个大姐，像是出了一包脓；我嫁一个好人家，立个妇名，将来死了，做鬼也风流。"

赵盼儿有些气恼，她压住火气说："我还是劝你三思而后行，那周舍是个浪荡公子，怕是靠不住。你年龄又小，再等等找个好的也不迟。"

宋引章听了之后，认为赵盼儿把周舍说得太坏了，周舍不应该是这样的人，他对她很体贴，很温柔。于是她便向赵盼儿解释：

"姐姐说得好，是坏人就不能嫁给他，我认为周舍是个知道疼爱妹妹的人。就拿我们今年在妓院中的一段生活来说吧：夏天，我睡觉醒来，他替我打扇；冬天，我要睡觉，他替我温被窝；平时我梳妆打扮，他替我插花戴朵。他对妹妹最能知冷知热，知疼知爱。我身上穿的都是他给买的，为了这，我也要嫁给他。"

赵盼儿听了，认为宋引章看问题太肤浅，便进一步劝导她："周舍对你这样温柔体贴，这是为了他一时的欢乐，他一时高兴，逢场作戏，做给你看一下，这不是他的真实面目。你记得吗？他在院中发火时，还打过姐妹们呢！这种人，他高兴，爱你；他不高兴，打你；他需要你，玩弄你；他不需要你，抛弃你。骗人，总要给点甜头。钓鱼还得用鱼饵呢！别看表面做得好，那是虚情假意，他这种人朝三暮四，根本靠不住。我们从良要找好人，不能找这些嫖客。"

宋引章说："安秀实不也是嫖客吗？那你为什么劝我嫁给他？"

赵盼儿说："安秀实是个嫖客，但他为人老实，只是偶尔之间涉足妓院。躲躲藏藏来过妓院几次，他还是个正经的读书人。可是周舍不同，他是个花花公子，经年累月在妓院里鬼混，他们两个根本不一样。"

赵盼儿对宋引章一直苦口婆心地说着，耐心开导。可宋引章就像顽石一样不知醒悟，坚持认为周舍可以依靠。

最后赵盼儿失望地说："引章妹妹，你真要嫁给周舍，我作为姐姐还

有什么可说。一旦你嫁到了他家里，不出一年半载就会抛弃你。到时候，他打你骂你，也是船到江心补漏迟了，妹妹你若不听姐姐的话，日后受苦，可别来找我。"

宋引章听赵盼儿的话尽是逆耳之言，真是话不投机半句多，越听越厌烦，越听越生气，干脆说两句绝情的话，把她堵死算了，她对赵盼儿说：

"别说受苦，就是日后受罪，我也不求你帮忙！"

姐妹翻脸的时候，周舍闯入屋来。他喷着满口酒气说道："小的们，把礼物给我摆上。"

赵盼儿一见周舍那德行，心想：你不说便罢，若开口，我就给你点厉害看看。

周舍见了赵盼儿果然说道："赵姐姐，求你做我们的大媒吧！"

赵盼儿连正眼都不瞧周舍，轻蔑地说道："你想让她早点为你刺绣铺床，大裁小剪，生儿育女？对不起，我帮不了你的忙。"

周舍碰了一鼻子灰，心中暗暗骂道："这歪刺骨好歹毒的嘴，我反正已成了事，不屑用你。"

赵盼儿看已经劝说不了宋引章，面对不能改变的事实，赌气转身走了。没有想到赵盼儿刚走出宋引章的家门，就看到了一脸焦急的安秀才。

"姐姐劝说的怎么样？"

"引章这丫头是个狐魅人、女妖精，她早缠上周舍，把你忘了。"

安秀才一下子耷拉了下来。赵盼儿看着垂头丧气的安秀才深深叹了口气，说：

"秀才，天涯何处无芳草！你努力读书，将来金榜题名了，还用发愁找不到漂亮的千金小姐，别留恋宋引章了，你要坚信书中自有颜如玉！"

周舍同宋引章订婚后，没过几天便结婚了。辞别母亲，宋引章坐上轿子，随周舍奔往郑州。

周舍家在郑州，宋引章家在汴梁，两地相隔有百里之遥。

在回家的路上，宋引章从轿窗里看见沿途风光心里十分高兴。一路上，周舍也在想：为了要这妇人，整整磨了半截舌头，如今这美人总算让我弄到手了。可我父亲是个知府，若让别人知道我娶了个歌伎，定会被笑话的。于是他让轿夫把轿子抬到了他的一个朋友家。

轿子抬进了一座大院,经过长廊进入一座高大的庭院。她下了轿子,走进一间卧室,先坐在梳妆台前梳。连着坐了两天轿子,头发也乱了,胭脂也淡了,她想好好打扮一番,以夫人的样子在人前去亮相。

这时正值初夏,天气有些热,刚从轿子里走出来,就显得更热一些。她便叫周舍给她打扇,因为过去在妓院里过热天,就是周舍给她打扇的。今天见周舍没来给她打扇,只好叫他。她叫了两声,见周舍没动,她以为周舍是累了。今天就算了,还是叫他来给我戴花吧!她喊了两声,周舍还是没过来。当她喊第三声时,周舍走过来了,宋引章见周舍走来,便说:

"你先帮我戴后面的吧。"

周舍说:"我今天要先帮你戴前面的。"话音刚完,他狠狠地给了宋引章几个耳光,左右开弓,把宋引章打倒在椅子上,然后大骂:

"你这个不识抬举的东西,周公子娶你,是看得起你,也是你有这么一点福分。你不想想你是个什么东西,今天还在我的面前摆架子,要我给你打扇!要我给你戴花!把我当成丫头使唤!你太不识好歹了。今天本公子不杀杀你的威风,你不知道本公子的厉害。"

于是拿起棍棒,狠狠打了宋引章五十杀威棍。打得宋引章在地上滚来滚去,遍体鳞伤,躺在地上爬不起来。

周舍对她大骂道:"从今以后,你要知道你的身份,你要知道你的地位。你是我的老婆,你就得好好伺候。要是哪点伺候得不好,老子有的是耳光、拳头和棍棒,够你吃的。"

说完,周舍便走出房去。宋引章慢慢地从地上爬起来,坐在椅子上,细细查看身上的伤痕,抚摸身上的伤痕。

从此以后,宋引章就坠入了苦海,像丫头一样侍候着周舍。吃饭穿衣,铺床叠被,样样都要侍候得非常周到。稍有不满意之处,便是拳头耳光,打个不停。宋引章便过着受折磨的痛苦生活。

这下宋引章才醒悟过来,她上当了,她后悔了,后悔自己没听赵盼儿的劝告,后悔自己没有嫁给安秀实,后悔自己没有认清周舍的面目,被他的甜言蜜语所迷惑,被他的虚情假意所欺骗。她白天黑夜都后悔不完。过了一段时间,周舍对她的虐待有增无减,挨打挨骂成了家常便饭。她觉得这是苦海无边,得逃出周舍的魔掌才行。但怎么逃呢?郑州离开封又那样远，一个柔弱的女子如何能逃回家？再说，现在周舍对她看管很严，不许她出大门，家丁忠实地执行着主子的命令。她日夜苦思苦索，最后想出一个办法，就是请人传个消息回汴梁去，请赵盼儿姐姐来救她。但这个信又请谁来传呢？大门都不能出去，哪里去请人？觉得这个办法虽好，但又难实现，眼前又是一片黑暗，刚升起的一点希望，又破灭了。只好在苦海中熬着。

一天，隔壁的王货郎挑着一付担子走进周舍府。他对宋引章说："大嫂，我要去汴梁做买卖，不知道你还有什么事情可办？"

宋引章听他是汴梁口音，便向他诉说苦情，并请他带封信回家去。王货郎答应了，很同情她的遭遇。为了感谢货郎，宋引章把自己私藏的二两银子拿来送他。王货郎向她保证，一定把信送到，请宋引章放心。随即货郎出了周舍官邸，带着书信赶回汴梁去了。

王货郎把信送到宋引章家，并把宋引章的遭遇告诉了宋引章母亲。宋妈妈听后，当即便昏过去了。等到醒过来之后，宋妈同货郎一起到了赵盼儿家。赵盼儿拆开书信一看，上面写着："姐姐！我后悔没有听你的忠告，现在我已坠入苦海。自从到了周舍家，一进门就打了我五十杀威棍。如今朝打暮骂，早晚我得被他打死，请赵姐姐千万来救我一命。如来迟了，就不能见着你妹妹了。匆匆此书，详情请货郎转诉。"

赵盼儿看完信后，心如刀绞，眼泪夺眶而出。接着货郎转诉了宋引章的详细苦情，赵盼儿更是泣不成声，对宋引章十分同情。过了一阵，她揩干眼泪，又是咬牙切齿地恨，恨周舍太狠毒。

赵盼儿自言自语道："想当初我就好言相劝，告诉你他是个靠不住的人，今天果然都应验了我的话。"

宋妈妈在一旁哭泣道："大姐，周舍是发过誓言的。"

赵盼儿叹了口气："奶奶，你们也太老实了，不说周舍撒谎，哪一个不是指皇天说咒？发个誓还不像秋风过耳一般，早就抛到了脑后。"

宋妈妈直急得抹泪："大姐，快想个好法子救她吧。"

她向宋妈说："我一定设法挽救引章妹妹。"

宋妈妈听了，倒身下拜，感谢赵盼儿的搭救之恩。

赵盼儿马上把她扶起来，向宋妈说："挽救的办法，让我好好想想，你同货郎明天再来。"接着宋妈同货郎便离开了赵盼儿家。

宋妈同货郎走后赵盼儿的心极不平静，就像开了锅的水一样，剧烈地翻腾着。她立不安坐不稳，在屋子里来回走着。她同情宋引章的遭遇，但也怪宋引章没有听她的劝告。

她想宋引章年岁不小了，都二十岁了，但总是那样幼稚，那样天真，太容易上当了。对世上的人缺乏认识，只看表面，不看本质，轻易就被别人的虚情假意所迷住。做事也太固执，不听人劝，以至于才有今天。宋引章的遭遇是在她的预料之中，但没想到会有这样严重。

她虽然身在屋里，却似乎看见周舍恶狠狠地拿着棍棒在打宋引章，把宋引章打得满地乱滚。似乎听见宋引章在呼唤救命之声，那尖厉的惨叫刺人心窝。

赵盼儿这时心中一股正义感猛然上升，她巴不得马上去把宋引章救出来。

但怎么救呢？

这得想出一个好办法，要不然，人是救不出来的。她想用钱去买，把宋引章买出来，但又想到自己没有多少积蓄，是买不出来的。她想去抢，把宋引章抢出来，但又想到周舍是官宦之家，有权有势！自己是个弱女子，是抢不出来的。看来买是不行，抢是更不行，只好用计了。挽救宋引章只能智取，别无其他。于是他动员全身的智慧来想智谋。

这一天，她从上午想到下午，从下午想到晚上，白天黑夜都在为挽救宋引章而苦苦思索。最后才想出一个办法，就是以其人之道，还治其人之身。

周舍是把宋引章骗去的，我何不把宋引章骗出来。赵盼儿把办法想出来了，心里算是踏实了。但是要实现这个办法，是要冒很大的风险，做出很大的牺牲。

周舍是个花花公子，虽然没有一肚子墨水，但却有一肚子坏心肠，长年累月在青楼妓院鬼混，经历过许多事，不像宋引章那样好骗。弄不好，还会坠入他的虎口。要实现这个办法，还要拿出许多钱财，也可能要把自己的全部积蓄用光。

赵盼儿想，过去曾为不少姐妹排忧解难，救人于急难，也没有花这样多的精力和钱财。今天的情况不同了，不那样容易。但为了解救宋引章于水火之中，再大的风险也要冒，拿出全部积蓄也要干。她把办法想出来了，把决心下定了，心里踏实了，便安安稳稳地睡了一夜。

第二天，宋妈同货郎来了。赵盼儿告诉他们，援救宋引章的办法想出来了，这个办法不是力敌，而是智取。为了事情的成功，不能走漏风声，因此不便于把计谋告诉他们。

她对宋妈说："奶奶，你就放心吧，我写一封信让他捎去，叫引章按我说的行事，我一不做，二不休，非救出妹妹不可！不是我说大话，周舍这东西逃不出我这烟月老手。您耐心在家里等一段时间，等待宋引章回来好母女团聚……"

她托货郎给宋引章带封信去，要宋引章按信上说的去办，并给货郎两锭银子，作为谢礼。把话说完，宋妈千恩万谢地感谢了赵盼儿之后，便回家去了。货郎谢绝了银子，只是拿着书信，挑着担子，又奔往郑州去了。

宋妈和货郎走后，赵盼儿马上令丫环帮她梳妆打扮。匀修粉脸、细描柳眉，把云鬟蝉鬓妆梳停当，又穿上最鲜艳的上等锦绣衣服，那珊瑚钩、芙蓉扣，把个扭捏的腰胸扮得凹凸分明，玲珑剔透，丫环称赞道："姑娘打扮得都要赛过活西施了！"

梳洗完毕后赵盼儿便急急忙忙准备起来。她把全部积蓄拿出来，数了一数，还有百十两银子。她用这些银子去买了许多东西，足足准备了整整两箱子的衣服行李，租了一辆马车，叫来专为妓女传信的张小闲。

见到张小闲，赵盼儿做了个秋波暗送的神情，问道："小闲，姑娘我这等打扮，能打动得了那厮吗？"

张小闲"扑通"仰倒在地上，赵盼儿慌忙拉住他，问道："你想干什么？"

"别说能打动那厮，这一会儿连小闲我也给酥倒了。"张小闲乐道。

事情准备妥当之后，张小闲驾着马车，载着赵盼儿和物品向郑州进发。

话说这郑州也是个大地方，南来北往的人不比汴梁少。就在最热闹、最繁华的街市上，酒家、店铺鳞次栉比。靠着街中心的大柳树旁正有一家客店，叫着喜来旅店。

喜来旅店是周舍新开的，他开这个旅店不是为了赚钱养家，而是为了干坏事。他派自己的心腹在旅店中当店小二。

周舍对店小二说："小的们，我让你开着这个客栈，并不稀罕几个房钱养家。只替我留着神，有那好看的来客，就来叫我。"

店小二点头称是，忙问道："只是你一向手忙脚乱，我到时候上哪找你？"

"你来粉房里寻找我。"

"粉房没有你呢？"

"赌坊里来寻我。"

"赌坊里要是没有呢？"

"那你就牢房里来寻我！"周舍不耐烦地回答着。

"只要有漂亮的妓女来住店，便立刻去报告给我，我好到店里来寻欢作乐。如果有美丽的良家妇女来住店，也要立刻去报告我……"

赵盼儿和张小闲事先听出了这个旅店来历，也就有意住在这个旅店里。她们住进店里之后，店小二一眼就看出赵盼儿是一个妓女。见她长得漂亮，便派一个伙计向周舍通风报信。

店小二上前迎接，殷勤万分，双手接过行李，嘴里还不住地夸着："我们周家公子开的店，你打着灯笼找的吧，这郑州城里还没有能比得上的，大姐尽管放心。"

"小二哥，你打扫间干净的房儿，安排我们姑娘住下。"

赵盼儿看到那个报信的伙计走出店后，便向店小二询问这郑州城里的周舍，并要把他请来。店小二告诉她，周舍就是这个店的老板，他马上就会来。赵盼儿听后，便在店中等候。

赵盼儿在旅店中等了一夜，周舍还没有来，这是什么原因呢？是因为那个伙计找不着他。家中有人说到妓院去了，到了妓院又说到赌场去了。找遍了赌场，第二天早上才找着他。周舍听说有美人儿来了，他便急急忙忙回家换了衣服，才跑到喜来旅店来。

周舍来到店中，店小二引他去见美人。周舍一看是赵盼儿，突然发怒，便叫店小二把她打出去。

店小二被弄得莫名其妙，如此一个绝色女子，他怎么不满意，急得发问："公子爷，你还嫌不漂亮吗？"

周舍说："狗才！你知道什么？当初我在汴梁要娶宋引章时，她千方百计地破坏，劝宋引章不要嫁给我，去嫁给安秀实。这块到了嘴边的肉我差一点没吃着。今天是仇人相见，分外眼红。给我打出去，不许她在我的旅店里住。"

店小二一听，便要动手。张小闲急忙道："休要动手，赵盼儿是专门来嫁给你的。"

周舍一听，觉得奇怪，惊奇地问："是专门来嫁给我的？"

赵盼儿说："对，是来嫁给你的。"

她立即起身，一一打开房内的几个大木箱，指着箱内的东西说："看！这个箱子内装的是蚊帐被盖，这个箱子内装的是床单褥子，全部是床上用品。这个箱子内装的是四季衣服，这个箱子内装的是裙子鞋袜，全部是个人穿戴。"

她又从箱子内拿出一个盒子，打开盒子给周舍看："这是我的各种首饰，以及手上带的戒指镯子等。"赵盼儿说，"这些东西，全是我的嫁妆，是我拿全部的积蓄买的，专门来嫁你的。"

周舍听了赵盼儿的话之后，便对每个箱子都翻看了一遍，全是高贵的绫罗绸缎及金银首饰。他估计了一下，至少不下百两银子，心想：看来是专门来嫁给我的了。但是这时他又产生一个疑问，就问赵盼儿：

"你现在来嫁给我？当初在妓院里向你求婚时，你为什么不同意？后来我要娶宋引章时，你为什么又不让她嫁我，说我的坏话。"

赵盼儿说："当初你向我求婚时，我们刚见面不久，对你不了解。我想当嫖客的十个嫖客九个坏，我从良，要是嫁给一个坏人，岂不误了我一辈子？所以没敢答应你，后来听宋引章说，你这个人很好，夏天，她睡觉醒来，你替她打扇；冬天，她要睡觉，你替她温被子；平时她梳妆打扮，你替她插花戴朵。你对她十分体贴，十分疼爱。这下我就后悔了。虽说十个嫖客九个坏，但也还有一个好的，我哪知道好的是谁？没想到这个好的就是你。我虽然后悔了，但我认识了你，爱上了你，白天黑夜我都在偷偷地爱着你。听说宋引章要嫁给你，你也要娶宋引章，我就着急了，所以我才破坏你同宋引章的婚姻。我劝她嫁给安秀实。她嫁给了安秀实，我就好嫁给你了。这是我昧着良心说你的坏话，其实是骗宋引章的。可恨宋引章没上我的当，没听我的话，她还是嫁给你了。你同宋引章结婚之后，我好后悔啊！我后悔当初太没有眼力，怎么没把你认出来。我又恨我自己没有福气，失掉了一个好公子。你离开汴梁走了，就像把我的魂勾走了。白天茶不思饭不想，晚上，整夜整夜睡不着觉。我左思右想，想来想去，不嫁你我不死心。我想我的容貌儿，身条儿，哪样不比宋引章漂亮，难道你还会不要我吗？所以我才拿出全部积蓄，买了这些嫁妆，从汴梁来嫁你。周公子，你是娶我不娶我？周公子，你看得上我还是看不上我？"

赵盼儿做出娇媚的表情，有意勾引周舍。真是回眸一笑百媚生，秋波一闪迷死人。周舍这个色鬼，听说赵盼儿专程来嫁给他，他心里就甜滋滋的，两个眼睛笑成了一条线。现在赵盼儿给他传送秋波，现出千娇百媚的姿态，他是全身酥软，连站都站不稳了，一屁股坐在床上。赵盼儿见此情景，马上去与他并排坐着，两手搭在周舍的肩上，摇动着周舍的身体，一面摇一面撒娇地说：

"周公子，我的好公子，你还是娶我回家吧！"

赵盼儿的手往周舍肩上一搭，周舍全身如同通了电一样，一身都麻了。赵盼儿的娇音软语往周舍耳里一灌，周舍的三魂七魄都飞离了身躯了。连话都说不出来了，赵盼儿见周舍失魂落魄的样子，便把腿放到周舍的腿上，两手抱着周舍的腰，嘴里娇媚地说：

"周公子，我的好公子，你是娶我回家，还是打我出店？"

周舍这时已经被赵盼儿的话语行动弄得迷迷糊糊了，几乎失去了知觉，低着头有点不省人事了。但听到"打出店去"这几个字时，他突然惊醒了，马上说道：

"谁敢打你出去！"

他看见旁边紧握拳头的店小二，马上站起来，大声喝道："狗才，滚出去！"

店小二走出店后，周舍便说："赵姐姐，我的好姐姐，你是美丽的观音，漂亮的仙女，我请都请不来，哪能赶出去？要是你嫁给我，我会像供老祖宗一样把你供起来，你不信，我现在就给你作几个揖，磕几个头。"

为了表示他诚心，话一说完，便双膝跪地，磕头不止。一面磕头一面说："赵姐姐，我的好姐姐，我一定会娶你，我一定会娶你。"

周舍像条上钩的鱼，拽住赵盼儿的衣襟不放，赵盼儿开心地笑道："那好，你休出店门，就陪着我在这坐下。"

周舍涎着脸说："休说一两天，就是一两年，我也待下去了……"

就这样，周舍也不回家，整日围着赵盼儿转，一连三日未出店门。

第三天上午，周舍正与赵盼儿对坐着喝酒。突然听见背后大叫一声：

"赵盼儿,你来得好啊……"

周舍回头一看,原来是宋引章来了。

宋引章怎么这时来了呢?原来是这样的,她收到货郎送去一封信,拆开一看,信上写的是挽救她的计策。赵盼儿叫他按信中所说的去做,并叫她牢牢记在心里,然后把信烧掉。现在宋引章知道赵盼儿住在喜来旅店里,又看见今天早上周舍匆匆忙忙从外面回来,整装之后又匆匆忙忙出去了,她就猜到是赵盼儿来了。

她按信中所说,想去喜来旅店。但大门被人看守着,周舍平时有命令,不让她出去,怕她跑掉。因此她只好撒谎,说周舍今天要在喜来旅店住宿,要我去陪他过夜,还叫你们把我送去。

守门的家丁一听也就相信了。再说是送她去,看守着她,也跑不了,自己也不会担什么责任。因此,便把宋引章送到了喜来旅店门口,看见宋引章进了门,店小二把她迎往卧室去时,家丁才放心地回家。

现在宋引章闯进卧室,便按照信中所说的来做,假骂一场,假打一架,要好好演一场假戏。但要假戏真做,必须做得十分像,于是她便对赵盼儿进行大骂:"赵盼儿,你来得好啊!没想到你追到郑州来了。当初我要嫁给周舍,你千阻拦、万阻拦、不让我嫁给周舍。说周舍千个不好,万个不好,处处都不好,要我去嫁给安秀实。我就看出你没安好心,是你嫉妒我,怕我嫁给周舍之后,你就嫁不成了,没上你的当,你的阴谋才没有得逞。可是你还不死心,今天又追到郑州来,想抢走我的丈夫。你的心真毒啊,我今天要跟你拼了!"

话一说完,便冲向赵盼儿。

赵盼儿说:"宋引章,你放明白点,我备齐嫁妆,专程来到郑州,就是死心踏地要嫁给周舍,你想阻挡我们的好事,这是痴心妄想!宋引章,你也该知道我的厉害,我不是好惹的,你要敢动我一根汗毛,我就教你粉身碎骨!"

宋引章说:"赵盼儿,你欺人太甚,我今天饶不过你。"

宋引章此时猛扑过去,死死抓住赵盼儿的头发,拼命地扯。赵盼儿也死死抓住宋引章的头发,拼命地扯。

两人扭成一团,周舍在一旁看见又是生气,又是着急。他气的是宋引章跑来吵闹打架,他急的是怕打坏了赵盼儿,伤了他的美人儿。于是在旁边大声吼叫："不要打架！不要打架！"

他不吼还好一点，他越吼越打得凶。他想前去帮赵盼儿打宋引章，但两个扭来扭去，转来转去，又怕拳头打不准，反而打了赵盼儿，帮了倒忙，只好气得在一旁跺脚。

宋引章和赵盼儿抓扯了一阵头发之后，变了打架的方式，互相挥舞着拳头，周舍见她们两个已经分开，便立刻站在中间去把她们两个隔开。这时赵盼儿觉得打周舍的机会来了，要好好地揍他一顿，好给宋引章出口气，口里愤怒地说：

"宋引章！我不打死你，我出不了这口怨气！"

赵盼儿握紧拳头，使尽全身的气力，把拳头挥出去，明打宋引章，实打周舍。这一拳不偏不正，正好打在周舍的下颚上。女人家的拳头力量小，但是带着愤怒的拳头就打得凶，把周舍的下颚打落了环，口往右边一歪，正不过来了。打得周舍歪着嘴，疼得在屋子里打转转。赵盼儿连忙跑上前去问候："周公子，打疼了吗？这是误伤，不是我成心打你。"

周舍歪着嘴巴，说不出话来，打着手势，意思是叫赵盼儿用手把下颚给他端过来。赵盼儿明白之后，用力一端，嘴巴正过来了。这时宋引章说：

"赵盼儿，你打我的丈夫，我非为我的丈夫报仇不可，我得打死你。"

宋引章也挥着拳头向赵盼儿冲去。周舍见宋引章来势很凶，怕打伤了赵盼儿，便用身子去保护，赵盼儿趁机一躲，宋引章的拳头便落在周舍的身上。宋引章早就想打周舍了，现在时机来了，便将满腔仇恨灌注在拳头中，这一拳像铁砣一样打在周舍的腰窝里。周舍大叫一声：

"哎哟！把腰子给我打落了。"

他痛得两手叉腰，站在那里不能动弹，只是张开大嘴呻吟。张小闲知道她们打架的用意，便向她们示意，用板凳打凶些！过了一会儿，周舍的疼痛劲儿过去了。两人又打起来。

宋引章说："赵盼儿，你有本事就不要躲，你为什么拿我丈夫来做挡箭牌？今天我不打死你，就不能为我丈夫报仇！"

说完，便弯下身去，提起一个方凳。赵盼儿见了，也提起一个方凳。两人都用方凳去砸对方。这时周舍心里慌了，他想动起凳子来，还有不伤人的？伤了宋引章倒不心疼，但总得花钱去就医。要是伤了赵盼儿可不得

了,这个像仙女般的美人怎么伤得?便赶快站在两人当中去拦隔,不许任何人动手。宋引章和赵盼儿哪能听他的劝告,口里不断地说:

"官人走开,别误伤了你,我非打她一顿不可!"

"公子让开,看凳子砸伤你,我要好好揍她一顿!"

赵盼儿和引章两人举起凳子挥来挥去,周舍在中间用手左拦右挡。三个人乱成一团,忙成一团。一时间,只见赵盼儿和宋引章将凳子高高举起,然后往对方脚上猛地一砸。这时只听见周舍"哎哟"一声,立刻蹲了下去。原来这两个凳子不偏不倚,正砸在周舍的两个脚背上。周舍疼得连喊都喊不出来了,用两只手捂着脚背,在地上缩成一团。宋引章和赵盼儿马上放下凳子,前去安慰:

"官人,砸痛了吗?"

"公子,打伤了吗?"

接着便把周舍扶到床上躺着,两人替他脱下鞋子,袜子。一看,一个脚背砸青了,一个脚背砸紫了,两个脚背都砸肿了。宋引章和赵盼儿一面给周舍揉脚,抚摸伤处,一面官人、公子、痛吗、疼吗,问个不停,但心中又暗地高兴。周舍看见自己被砸伤的脚,怒视着宋引章:

"瞧!这都是你打的!你打得真好!还不给我滚回去!"

周舍说着就随手拿起根棍子要打宋引章,赵盼儿一把拦住,"你拿这么粗的根子,打死了可怎么办?"

周舍怒道:"不是姐姐在这里,我打死你。丈夫打死老婆不用偿命,还不快滚!"

宋引章觉得该回去了,转身便走。周舍怕宋引章借机逃跑,便叫店小二送回家去。

宋引章哭闹着离去,这边赵盼儿又扯着嗓子跺着脚哭喊起来:"周舍,你不是个东西,你在这里拿我开心,却又支使你的媳妇来骂我一场。小闲叫车,咱们回去。"

周舍哄着赵盼儿说:"我叫她来就不得好死,好姐姐,你快息怒。"

赵盼儿止住哭声,双手勾住周舍的脖子,说道:"这妮子既然不贤惠,那就要想办法休了她,我嫁给你,保准伺候得你满意。"

"我到家里就休了她。"周舍咬牙切齿。

可他刚把话说出口,又觉得不妥,心想:"那宋引章平日被我打怕了,给她一纸休书,那贱人肯定就一溜烟跑了。赵盼儿再不嫁我,那我岂不人财两空?不行,得先把这头落实好。"

他死眼盯着赵盼儿说:"你得发个誓。"

赵盼儿柳眉一扬,故作嗔怒,甩了周舍搂在她腰间的手。

"好个你周舍,真个要我赌咒?那好,你若休了你媳妇,我不嫁你啊,被关在屋里的马驹踏死,让灯草打折我的脊梁骨。你逼得我赌这般重的咒哩!"

赵盼儿这一番似嗔似怒的表演令周舍深信不疑,而赵盼儿又有意倒在他怀中,闪动秋波,勾引得周舍死去活来。赵盼儿见此情景,马上从周舍怀里挣扎出来,好像醒悟了一件什么事情一样。对周舍说:

"公子,我是真心爱你,真心嫁你,但现在我又不能嫁你了。"

周舍一听,一下子被弄得莫名其妙。便问:"这是为什么?"

赵盼儿问:"我来了,宋引章走了,你舍不得?"

周舍说:"我舍得,十个宋引章也比不上你赵姐姐。"

"你什么时候休她?"

"我明天就休。"

"我们什么时候结婚?"

周舍说:"我等不得了,今天就结婚吧!"

赵盼儿说:"公子,不要这样忙,我们是做长久夫妻,要冠冕堂皇地结婚。还没有订婚,哪能就结婚?公子是官宦人家的子弟,是很体面的人物,要把婚事办得体面些,免得别人笑话一辈子。"

周舍觉得也有道理,自己就忍一下吧。便问:"你看怎么办吧?"

赵盼儿说:"我来以前就请人看好了日子。今天和后天都是黄道吉日。我看今天订婚,后天结婚,尽快成就我们的美事。"

周舍点头称是,便要派人出去买订婚礼物,这时正好店小二送完宋引章已经回来了。周舍叫店小二出去买酒,赵盼儿说我车上带有十瓶酒。周舍叫店小二出去买羊,赵盼儿说我车上带来有一头熟羊。周舍叫店小二去买红定,赵盼儿说我车上带来两匹大红罗。赵盼儿便叫张小闲从马车上将美酒、羊羔、红罗绸缎取来,作为订婚礼物,便在屋里举行订婚仪式。在订婚仪式上,赵盼儿说:"公子,你看我倒贴礼物来订婚,我倒赔妆奁来结婚,我是多么诚心啊。但愿我们夫妻恩爱,永不分离。公子,我们二人来盟誓吧。"

于是周舍和赵盼儿双双跪在地上，向天地神灵盟誓。

赵盼儿说："今生今世，我永不变心，若是变心，天打雷劈。"

周舍也这样盟了誓。两个盟誓完毕，赵盼儿说："公子，你赶快回去吧，准备后天结婚。"

周舍想：我是得赶快回去准备，要不就来不及了。于是，他便走出喜来旅店，回家去了。

周舍回家准备婚事，首先是要把宋引章休掉。他回到家里，便踢门入屋，凶煞恶神地斜了宋引章一眼，引章小心地问道："周舍，你要吃什么茶饭？"

"拿纸笔来，写一纸休书给你，快给我滚！"

引章心中暗喜，表面却佯装哭啼，拿着休书质问道："我有什么不是，你休我？"

周舍气势汹汹地双手叉腰，怒道："你少啰嗦，快走！"

引章哭声更响亮了，她连哭带喊："你当初要我时怎样说的？你这个负心汉，我偏不走！"

周舍拽着宋引章的衣领往门外推，引章终于抵不过，被推出了大门，什么衣物也未带出来。

宋引章逃出了这牢笼一般的屋子，长长地出了一口气，她望着湛蓝湛蓝的天空，看着欢快飞翔的鸟儿，心里高兴得简直要喊出来。她自言自语道："周舍，你太痴了。赵盼儿姐姐。你好强呀！"她拿着休书，一气跑到赵盼儿住的客店。

一见宋引章，赵盼儿就问："休书拿着了吗？"

宋引章说："拿着了。"

赵盼儿接过休书，看了一下，然后把休书还她，并对宋引章说："要好好把它收好，今后嫁人，全凭此书作证。"

宋引章立刻把休书放进衣袋里。赵盼儿说我们快走吧。她们两人便叫店小二把几个装嫁妆的箱子搬上马车，说是送到周舍家去，明日结婚。张小闲驾着马车，马上离开了旅店，直奔汴梁而去。

周舍赶走了引章，哼着小调招呼人备马备轿，要迎娶赵盼儿进门。他安排停当，赶紧又奔向客店。推门一看，屋中不见人影，他察觉有诈。周舍见自己上了当。像条疯狗一样，尾后追赶去了。

却说马车上赵盼儿和宋引章正亲热地说着话。引章感激地说："若不是姐姐，我怎么能逃出这个门。"

赵盼儿说："引章，休书呢？"

宋引章颤抖着从袖中摸出休书递到赵盼儿手中。赵盼儿接过休书，在宋引章不注意时换了一份又递回到宋引章手中。

"引章，你再要嫁人时，全凭这一张纸是个证明，你好好收着。"

一阵辛酸涌上心头，勾出引章的泪水，她默默地接过休书，似有千斤重。正在这时，周舍从背后追赶上来，他大叫道："贱人，哪里去？宋引章，你是我的老婆，为何逃走？"

宋引章不再惧怕他，扬了扬手中的休书，说："你已经把我休了，我不是你的老婆，这说不上逃走，我是回家去。"

周舍说："那休书是假的，只有四个手指印，要五个手指印才算数。你不信就拿出来看看。"

宋引章一听，心里就慌了，难道我上当了？便把休书拿出来看。周舍趁她不注意，一把把休书抢了过来，放在嘴里咬啐，吞下肚去了。这时宋引章急得直哭，周舍却哈哈大笑，对宋引章说："现在休书没了，你还是我的老婆，赶快回家去。"

他又对赵盼儿说："你来骗我休妻，你的阴谋也破灭了，哈哈……"

赵盼儿说："刚才那封休书是假的，真的在这里呢！是刚才我把真的换过来了。"

说完之后，她把休书拿出来，远远地给他看。然后又揣进口袋里去了。这时宋引章便放了心，周舍气得直瞪眼，便对赵盼儿说："你也是我的老婆，跟我一起回家去。"

赵盼儿说："我为什么是你老婆？"

周舍说："你吃了我的订亲酒，受了我的熟羊，受了我的红定。你收了我的订婚聘礼，你就是我的老婆。"

赵盼儿一阵大笑之后，指着周舍的鼻子骂道："你大白天说瞎话。酒和羊，还有那大红罗哪样不是我车上带来的？"

周舍说："你还盟过誓愿，若是变心，天打雷劈。"

赵盼儿说："妓女盟誓不算数！哪一个妓女盟誓是真的？要是当真，

妓女早就灭门绝户了。"

周舍在围聚观看热闹的人群中顿时傻了眼,连宋引章也给弄糊涂。

赵盼儿将如何从宋引章手中换出了真休书,原原本本道来,原来,她早就防备着无赖周舍会有这一手。

周舍这时急得没有了办法。心想这次被赵盼儿骗了一通,赵盼儿没得着,宋引章又跑了,自己骑一辈子马没有摔过跤,今天却从驴背上摔了下来,很不甘心。

他想我不如去告赵盼儿一个拐骗罪,再给官府大人送点金银,请大人把她们两人都判给我,这样就一个也跑不掉了。于是便把赵盼儿、宋引章拉到衙门去打官司。

郑州知府李公弼与周舍的父亲有些交情。这天升堂审案,周舍便把赵盼儿和宋引章拉进衙门,向李大人递送一张状纸。

状纸上说赵盼儿拐骗他妻子宋引章,并要求把赵盼儿这个拐骗犯也断给他做老婆,以表示对拐骗犯的惩罚。

状纸里还夹着一张纸条,纸条上写道:"请大人如此断案,我已向大人家里送了一百两银子。"

李公弼看完之后,便立刻问案:

"赵盼儿,你为什么拐人妻子?"

赵盼儿说:"大人,我没拐他妻子。宋引章是有丈夫的,是周舍抢夺别人的妻子。"

李大人问:"宋引章是谁的妻子?"

赵盼儿说:"她是安秀实的妻子。"

李大人又说:"传安秀实。"

安秀实怎么来得这样巧呢?原来是赵盼儿安排的。离开汴梁时。赵盼儿就写了封信给安秀实,叫他马上到郑州去,天天去衙门前探看,若碰上宋引章和周舍打官司,就出来作证。

安秀实在衙门前来探看巡视已有两天了,今天才碰上,所以应声而出。李大人便问安秀实:

"宋引章是你的妻子吗?"

安秀实回答:"是。"

"那是何人做媒保亲?"

安秀实说:"是赵盼儿做媒保亲。"

李大人问赵盼儿:"是你做媒保亲吗?"

赵盼儿说:"是。"

接着赵盼儿还递上周舍休弃宋引章的休书,李大人接过休书,看了一看。这时大堂下走来一个人,手托着一盘银子,口说这是周舍送到大人家的,一百两,夫人叫我送到大堂来。李大人看了看银子,问周舍:"这是你送的吧?"

周舍说:"是。"

李大人站了起来,大声道:"案子已审理清楚,原告被告听我宣判,周舍诬告赵盼儿拐人妻子,犯有诬告罪。向知府大人行贿,犯有行贿罪。看在你父亲的面上二罪归一,重责六十大板。周舍行贿的一百两银子,作为你们受损害的补偿。退堂。"

这时周舍被拉去执刑,宋引章与安秀实破镜重圆。宋引章、安秀实、赵盼儿高高兴兴地回汴梁去了。

中国十大古典 喜剧 故事

李逵负荆

[元] 康进之

清明时节梁山一派春意盎然，一条穿寨而过的涧水，如同充满青春活力的少女，欢快地向前奔流而去。在这青山绿水之中，山寨顶上那一面高高飘扬的杏黄旗，显得格外耀眼。旗帜上"替天行道"四个楷书大字格外醒目。这红黄交织的旗帜在春风吹拂下一闪一闪飘动的样子，好像一束燃烧的火炬。

　　宋江领导梁山的一百零八将，以替天行道、除暴安良为宗旨，冲官闯府，攻城陷地，两平曾头市，三打祝家庄。所向披靡，势如破竹，打得那些贪官污吏闻风丧胆，土豪恶霸半夜心惊。义军威震山东、令行河北，形成了烈火燎原之势。

　　可是，就在这大好的年头里，清明节这一天却发生了一件令人意想不到的大事：宋江被一百姓戳着脊梁骨骂，差点儿掉了脑袋。

　　这究竟是怎么回事呢？

　　故事还得从黑旋风李逵说起。

　　李逵小名山儿，长得膀大腰圆，黑黑的，壮壮的。一头粗黑的头发，发怒时根根竖起，就如刺猬一般。浓眉下一双圆圆的大眼，生气时凶光如电，勇猛似虎。再加上他那一副铁钟一般洪亮的嗓门，说话时常常吼声如雷。一旦他认准了的理儿，便要坚持到底，就是九头牛也拉不回他，因此人们都叫他"李铁牛"，江湖上也送了他一个绰号，叫做"黑旋风"。

　　清明节前一天的下午，宋江当众宣布了放假三天的决定，并嘱咐说："三日之后，都要回山寨集中。若违了半个时辰，军法处置。"

　　李逵趁着这个机会也独自好好游玩了一番。走在春风里，欣赏了迷人的春光。那姹紫嫣红的山花，翠绿如墨的树木，自不必说了，单说那远处的湖水，也别有一番迷人的景致。和煦的春风，将湖面吹得波纹皱起；黄灿灿的朝阳，又把这万道波纹照映得金光闪闪，金波荡漾，有如仙境。那三三两两的燕子与沙鸥，仿佛也被这波光粼粼的美景给迷住了，不住地在湖面上啄着、叫着。不知道是惊叹，还是欢歌。看到这令人心旷神怡的景致，李逵心里不由得格外高兴起来，平添了几分对梁山的爱恋与敬意，自言自语地说："谁要是说俺梁山泊没有好景致，俺打他的嘴巴。"

　　李逵这么说着，又把目光移向了近处的山上。那漫山遍野争芳斗艳的桃花，又把他的目光给紧紧吸引住了。那灼红灼红的桃花，多么艳丽，多么妖娆。忽然，他发现溪岸边一株桃花树上，蹲着一只可爱的小黄莺，那小精灵仿佛也爱煞了这鲜嫩的桃花蕊儿，用它尖尖的小嘴不停地拨弄着花瓣儿玩。那些熟透了的花瓣，便一片一片地被拨弄下来，落在了清澈见底的溪水上，随着潺潺的溪水向前飘去。这如诗如画的景致，使李逵这位只会抡斧弄棒的粗莽汉子，也破天荒地萌动了诗兴。他想，是该用几句好听的话来赞美一下这充满诗情画意的美景。可他琢磨了老半天，胡须都捋掉好几根，还是没有琢磨出一句有诗意的话来，急得他直跺脚。他望着那漂流而去的花瓣，似乎想起了什么，自言自语地嘀咕着："我曾听得谁说来……我想想看。"他放慢了脚步，边走边沉吟着，回想着。突然他一拍大腿，高兴地说："想起来了，俺学究哥哥平日曾念过，嗨，一句诗……叫做什么'轻薄桃花逐水流'说的正是这个意思了。"

　　李逵虽然没有琢磨出自己的诗句，可他由于最终想出了用诗的语言来形容眼前的景致，竟也高兴得像个孩子似的，欢蹦乱跳起来。看着那漂在水面的花瓣，他实在是爱得不得了，竟不顾溪水的冰凉，伸出他又粗又黑的大手，弯下腰去将花瓣捞起一大捧，要把"美丽"捧在手里尽情地赏玩。

　　"嗬，好红好红的桃花瓣儿！"他自言自语地说着，又把桃花贴到鼻子底下，"嗯，好香，好香！"他捧着桃花，远瞧瞧，近瞧瞧，实在爱不释手。但也许是这红艳艳的桃花与他那黑乎乎的手指形成的对比太鲜明了，他忽然觉得有些不好意思起来，笑着说："嘿嘿，看俺的指头好黑！"这样想着，他便觉得自己粗黑的指头会玷污了这艳丽的桃花似的，又把花瓣放回到水中，自作多情地说："你这娇艳的小花瓣，俺不可惜了你，俺放你去赶你的伙伴们去。"花瓣漂走了，李逵似乎又有些舍不得，便又找个借口说："花瓣儿，等等，我与你一起赶。"说着便跑了起来，贪婪地追赶着漂流的桃花瓣儿，不知不觉便到了杏花庄草桥店的杨柳渡口。李逵猛一抬头，只见王林酒店的酒旗儿正迎风招展，旗帜上那一个斗大的"酒"字，撩起了酒兴。李逵喉咙管里咕噜噜直吞口水。没办法，酒瘾发了，无论如何也按捺不下，便又兴致勃勃地朝王林酒店走去。

清明节这天，王林父女俩起了个大早。父女俩一起来就忙开了，父亲劈柴生火，宰羊滤酒；女儿则擦桌抹椅，洗菜扫地，把个小酒店收拾得干干净净，整整齐齐。

刚这么拾掇完，还没来得及缓口气儿，就见一高一矮两个客人上门了。

这两个人，一个叫宋刚，一个叫鲁智恩，都是不务正业、四处流窜的流氓、无赖，因为名字与梁山寨头领宋江、鲁智深十分相近，只差一个字，便经常冒充宋江、鲁智深名姓，招摇撞骗，胡作非为。

他俩大大咧咧走进店来，走到一张靠窗户的桌子旁边坐下。

矮个子大汉屁股刚一落到凳子上，便说："打足五百钱的酒来。"

"好哩，就来，就来。"老王林答应着，忙去拿酒。待他把两碗热乎乎的酒端过来时，矮个子又问道："老王林，你认得我俩么？"

王林忙说："我老汉眼花，不认得两位哥哥。"

矮个子说："俺就是宋江，这位就是鲁智深，山上兄弟要是有欺负你的，你上梁山来告诉我，我一定与你做主。"

王林忙说："你们都是替天行道的好汉，哪里有这样的事！只是老汉不认得你们，招待不周请别怪罪！老汉在这里开着这间酒店，多亏了兄弟们的照顾。"说着便将两碗酒恭恭敬敬地递到两位客人手里，热情地说："二位请满饮此杯！"

这时宋刚，鲁智恩已接这热乎乎的酒，一仰脖子喝了个底朝天，连连称赞说："好酒！好酒！"

王林见客人称赞他酒好，越发高兴了，忙朝里屋喊道："再拿酒来。"

那自称是"宋江"的人便趁机问道："老王，你家里还有什么人？"

王林忙答道："老汉家中并没有什么人，只有一个十八岁的女孩儿，叫做满堂娇。还没有许配人家呢。两位太仆光临寒店，老汉我没有什么好招待的，就叫孩儿出来与两位太仆递盅酒儿，也表老汉一点心意。"

那"宋江"忙假惺惺地推辞说:"既然是没出阁的闺女,不要她出来吧。"

"鲁智深"赶紧抢着说:"哥哥怕什么!叫她出来。"

王林便朝里屋喊道:"满堂娇孩儿,你出来。"

满堂娇应声而出,走到父亲跟前,问道:"爹爹,你唤我做什么?"

王林说:"孩儿,你不知道,如今梁山寨上的宋公明和鲁智深,来到咱这店里喝酒,你好好给两位头领敬三盅儿酒,让他俩喝得高兴、痛快。"

满堂娇便转过眼去看这两位客人,见他俩眼睛瞪得溜圆,一眨不眨地瞅着自己,顿时羞得脸上泛起红云,忙低下头去,轻声对父亲说:"爹爹,只怕不中呀!"

老王林可没有注意到这些,鼓励着女儿说:"不妨事,宋头领不是坏人。"

满堂娇便羞怯怯地走到两位客人面前,刚要开口说话,只见"宋江"右手忙往外挥着,嘴里不耐烦地说:"去去去,靠远些。我一生最怕闻女人身上的脂粉气!"嘴里这么说着,可那两只贼眼却死盯着姑娘的脸与胸脯不放。

满堂娇见客人如此说话,羞得满脸通红,不知是进好还是退好,这时父亲又发话了:"孩儿给两位头领敬酒呀!"又陪着笑对"宋江"说:"孩子小,没见过世面,请两位头领多多包涵。"

满堂娇强忍住羞辱,走到"宋江"身边,斟满一杯酒,恭恭敬敬递给他,声音轻轻地说:"请宋头领满饮此杯。"

"宋江"受宠若惊似的,将酒接在手中,仰起脖子一饮而尽,觉着从头到脚,都醉透了。可他似乎还没有忘记礼节,忙接过酒壶,斟满一杯,回敬老王林说:"老王,我也敬你一杯。"

王林见"宋头领"这么看得起他,十分高兴,便爽快地接过酒杯,也一饮而尽。当他把杯子递给"宋江"时,"宋江"故意拉住他的手,关心地说:"哎,我说你这老人家,这衣服怎么破了?我把这块红绢褡膊给你,补补这破口子吧。"说着,便解下身上的红绢褡膊,塞在王林手里。

老王林知道梁山泊的头领是最体恤穷人的,如今见"宋头领"果然这样无微不至地关心自己,他真是打心眼儿里感激。他觉得"宋头领"的这番好意不能拒绝,否则就显得生疏了,"宋头领"会不高兴的。他拿着这块红绢裙膊，轻轻抚摸着，眼睛湿湿的，正要说感激的话，只听得"鲁智深"哈哈笑着说："老人家，恭喜你！"

王林丈二和尚摸不着头脑，将疑惑的目光投向"鲁智深"问道："喜从何来？"

"鲁智深"说："你不知道么？你刚才喝的这盅酒，就是俺宋江哥哥的订亲酒，你手里的红绢裙膊嘛，就是俺哥哥订亲的彩礼了。俺宋江哥哥手下有一百零八条好汉，单单就少一个夫人哩。你的福气不小，俺哥哥看起了你的闺女，你就将你这个满堂娇孩儿嫁给俺宋江哥哥做个压寨夫人吧，今后保你有享不尽的富贵哩。今天就是个好日子，俺两个便带你的女儿上山去了。哈哈哈……"说着两个强盗便忽地站了起来，一左一右架住满堂娇就往外走。

老王林被这一连串做梦也没有想到过的话给吓懵了，半天转不过弯来。当听到女儿声嘶力竭的哭叫声时，他才猛然回过神来，忙丢下红绢裙膊，冲上前去拉住两个强盗的衣服，哀求着说："光天化日之下，你们不能这样呀！"

"鲁智深"转过身来，掰开王林的手，死劲一脚，将王林踹了个仰面朝天。恶狠狠地说："去你娘的！"

老王林哪里肯就此放手，他冲出门外，嘴里哭喊着："你们不能这样呀！"

"鲁智深"见王林又冲上来了，便闪过一边一个扫腿，将王林绊倒在地，按在地上一顿拳打脚踢。老王林哪里经得起这强盗的拳脚！眼看着便不能动弹了。这时"宋江"已将满堂娇强按到马上，"鲁智深"便放下王林，飞身跳上马去。两个强盗骑着马"嘚嘚"地走到酒店门口，对着哀哭的王林说："王林，你不用着急，我们只借你的女儿用三天，第四日我们就送她回来。"说完，便一溜烟儿地跑了。老王林趴在地下，哭得死去活来。

李逵来到杏花庄的小酒店前，"王林哪，有酒么？"李逵亮开粗嗓门，"往日里老给赊欠，今儿给你这些碎银子做酒钱，你给我斟满了好酒，煮上肥羊肉……"

王林这里正呆坐在柜台前，想着被抢去的女儿和苦命的自己，他木然地接过银子，自语道："我还要银子干什么……"

李逵没注意到王林的脸色，笑着说："嘿嘿，你这王林真有意思，口里说不要，手却只往怀里揣。"见王林把银子揣好了，又说："好啦！老王拿酒。"

　　王林不慌不忙地将酒壶端了过来，李逵也不等他筛酒，便自己接过酒壶，仰着脖子咕噜咕噜连喝了几口，自言自语地说："我将这酒吃在肚里，心里还翻呀翻的想能不能吃这酒呢！不吃吧，实在憋不住酒瘾。管他呢，喝。"于是便又大声对王林说："老王呀，把你那香喷喷的上等好酒再给我热几碗来，另外再给我煮几碗又肥又嫩的羔羊肉，我今天要乘着好兴致喝个痛快。"

　　老王林答应着，侍候着。虽然他对梁山泊头领的敬意已完全被憎恨所代替，可这黑旋风李逵的脾气他是知道的，动不动就要动气使粗，他怎敢怠慢！看着李逵那狼吞虎咽、风卷残云般狂饮海吃的样子，他只得强按着眼泪往肚里流。

　　李逵还是丝毫也没有注意到王林的脸色，他像夏天喝凉水一样，咕噜咕噜连喝了几大碗，边吃着菜边说："王林呀，你这酒真香。我喝了你的酒，就把什么烦恼都丢到九霄云外去了……"

　　听李逵这么一说，王林陡地觉得心如刀绞，悲痛万分，眼泪终于忍不住扑簌簌掉了下来，压低了声音哭着说："我那满堂娇儿呀！"

　　这一切，李逵还是没有看到，也没有听到，他只顾自己痛痛快快地喝酒，七八碗热酒下肚之后，他似乎全身都热了，慢慢地便觉得味有点不对劲，于是便喊道："老王，这酒凉了，给我换壶热酒来。"

　　老王林完全沉入了深深的痛苦之中，根本没有听到李逵的话，还在酒垆边偷偷地哭泣，嘴里不停地喊道："我那满堂娇儿呀！"

　　李逵见王林半天没过来，便放大嗓门儿喊道："快筛热酒来！"王林被这巨雷般的声音震醒了，可嘴里还是压抑不住地哭着："我那满堂娇儿呀！"

　　李逵这下终于看到了老王林满脸痛苦的神情，但他仍然没听清王林嘴里说些什么，便不解地问："老王，是我不曾给你酒钱么？你怎么这么烦恼？"

　　王林忙止住哭，说："哥哥，不干你的事，我自有撇不下的烦恼事，你只管吃你的酒。"

李逵偏要问个明白,说:"老王,咱两个平日说话投机,有啥说啥,今儿你怎么生分了?你有什么事瞒着我?"

王林不敢将真相告诉李逵,便掩饰道:"你不知道,我只为嫁走了我的女孩儿着恼!"

李逵一听,猛拍了一下大腿,不以为然地说:"咳!我还当什么大不了的事呢!原来就为这个,我说,你这个呆老子也真是有点古怪,嫁了女儿,就这样伤心烦恼!既然如此,你又何必要嫁她呢?把她养成白发苍苍的老姑娘,还不随你的便?"

王林哪里听得进李逵这些不着边际的话,还是抑制不住地哭着:"我的满堂娇儿哟!"泪水又雨点般地落了下来。

李逵见王林这样伤心,便热心地开导宽慰说:"老王,你知道世上有三不留么?"

王林问道:"哥哥,是哪三不留?"

李逵说:"蚕老不中留,人老不中留。"他顿了顿,用手指着王林,"呆老子,还有一句常言道'女大不中留'。"

王林还是只顾低着头哭泣,没有理睬李逵的话。李逵觉得有点不对劲,便又问道:"老王,我问你,你那女孩儿嫁了什么人?"

王林这时再也憋不住了,冲口说道:"哥,我那女孩儿要真是嫁人,我怎么会这样烦恼?只是我晦气,我那女儿被两个贼汉抢走了!"说完,又放大了嗓门哭道,"哎哟!我那满堂娇儿哟!你让我想死了!"

李逵一听"贼汉"两个字,顿时勃然变色,双目圆睁。因为这是那些有钱有势的财主和官府骂他们梁山泊人的字眼儿,他最不爱听。他热爱梁山泊,热爱宋江哥哥带着他们所干的冲官闯府、劫富济贫的起义事业。因此他自然容不得任何人侮辱梁山泊,只要一听到伤害梁山泊人的话,他便会情不自禁地攥紧拳头。现在,老王林竟当着他的面说出这两个他最不爱听的字眼儿,这不是在骂自己么?这么一想,他便愤怒地一拍桌子,大着嗓门吼道:"王林,你说是贼汉,难道是我抢了你的女儿么?你给我说个明白,若有半句胡言,我一把火将你这茅草店烧成灰烬,将你这些酒瓮酒坛摔成碎片!"他顿了顿,喘着粗气,又说:"王林,你快说!说的对,我们便没事;若说的不对,我决不饶你!"

王林见李逵怒成这个样子,忙说:"好汉请息怒,听老汉慢慢说与你听。"接着他把早上"宋江"和"鲁智深"来店中喝酒,连骗带抢地夺走他女儿满堂娇的事从头到尾说了一遍,末了又说:"好汉,我王老汉偌大年纪,眼睛一对,臂膊一双,只靠着我那女孩儿,他们平白无故把我的女儿抢去了,你叫我如何不烦恼?"李逵听说是宋江和鲁智深抢走了满堂娇,无论从感情上还是事理上都接受不了这个残酷的事实。

他想:宋江哥哥怎么会做出这种伤天害理的事来?不对,他不是这种人!经验告诉他,不能鲁莽,不能乱来。一想到这,李逵有些得意起来。心里说:嘿嘿,人人都说我黑旋风粗心、鲁莽,今儿个我就多个心眼儿给你们瞧瞧,哼!他眼珠转了两转,耐着性子问王林道:"王林,是俺宋江抢走你女儿,可有什么证据?"

王林忙从怀里摸出那块红绢裙膊,用手甩了甩,说:"这就是证据!"

李逵接过红绢裙膊,瞧也不瞧就气得牙齿格格响,恨恨地说:"好个宋江!你口口声声说要替天行道,为民除害,背后却干着这种见不得人的勾当!别怪俺铁牛对你不客气!"

他狠狠地一拳头击在桌子上,冲着王林说:"老王,你做下一瓮好酒,宰下一个好牛犊儿,只等三日之后,我一定送你那满堂娇孩儿来家。"

王林听李逵要送他女儿回家来,满口答应说:"好汉,你若能送得我女孩儿回家来,老汉不要说一瓮酒,一个牛犊儿,便搭上我一条老命,也报答不尽哥哥的大恩大德!"

李逵说:"好!我如今就回去见俺宋公明,当众数说他的罪行,叫他先辞了三十六大伙、七十二小伙和数不尽的小喽啰,然后俺便押着他和鲁智深离开山寨,直接到你这儿来对质。那时节,我若叫你出来,你可别像乌龟一样,缩了头不敢出来。"

王林咬着牙齿,恨恨地说:"我老汉若见不到他们两个,便不说了,我若见了他们两个,我恨不得咬掉他们一块肉下来,我怎么会躲着不肯出来见他们呢?"

李逵站起来,走到王林跟前:"记住,到时候你可千万别做了中看不中用的镴枪头。"说完,便气冲冲地走出酒店,直奔梁山寨而去。

宋江、吴用、鲁智深一干人这时正立在山寨前,眺望着春色覆盖的梁山,谈论着军中之事。另一方面,清明拜祭,众弟兄们放假,今天三日已到,是规定返山的期限,宋江他们便等在寨前,看谁先回山。

李逵气冲冲地走到山寨上，大步闯进了聚义厅。见台上坐着宋江、吴用、鲁智深三人，他故意不理宋江，只与吴用施礼道："学究哥哥好。"又故意视而不见、旁若无人地问，"俺宋公明哥哥在哪里？"

宋江以为李逵故意装疯卖傻，与他逗乐，带着几分笑意地说："你这家伙好生无礼，只与学究哥哥施礼，却不与我施礼！"

李逵这才故作惊讶地看着宋江，说："哦，原来宋公明哥哥也在这里！对不起，得罪了！"顿了一下，他便手舞足蹈地唱起了结婚典礼上常唱的喜庆歌，"帽儿光光，今日做个新郎；袖儿窄窄，今日做个娇客。"唱完了，又问道："哥哥，俺嫂子在哪里？快请出来让俺拜一拜。俺这里有些零碎金银，也送给嫂嫂做拜见钱。"

宋江忙打断他："你这家伙胡言乱语的，说些什么呀？"

李逵说："你最最要好的朋友为你庆喜哩！"

"庆什么喜？"

李逵变喜为怒，气呼呼地说："你别装糊涂了！你那新娶的压寨夫人在哪里？"

坐在旁边一直没有吱声的鲁智深，知道李逵又是喝醉了在发酒疯，他觉得李逵这副疯疯癫癫的样子很好笑，便禁不住"哈哈哈"大笑起来，惹得李逵无名火起，双眼圆睁，指着他骂道："秃驴！你笑什么？这都是你帮他做成的好事。"

宋江更糊涂了，也觉得有些好笑地问："怎么，智深兄弟，也有你呐？"

鲁智深摊开两手，晃了晃脑袋，无可奈何地苦笑了一下。

李逵见他们俩这副不以为然的样子，越发气得不行，厉声吼道："你们两个都休想装蒜蒙混，俺铁牛今日饶不了你们！"

宋江这时觉得事情有些蹊跷、严重，便不再逗笑，耐着心严肃地问道："山儿，你下山去，听人说了些什么事情，你何不对我明说了？"

李逵喘着粗气，把头偏向一边，不肯吭声。他想让宋江自己把"坏水"倒出来。

宋江又说："山儿，既然不好和我说，你就对学究哥哥说吧。"

李逵憋不住了，便转过头来，望着吴用，霹雳般地吼道："这黑汉要娶老婆，这秃驴就帮他做媒。"吼了两句又不肯往下说了。

宋江还是不明白是怎么回事，把身子偏过一边问鲁智深道："智深兄弟，他说你曾做什么媒来？"

鲁智深没好气地说："他这莽牛，不知道到山下灌了多少酒，醉得来像只踹不死的老鼠一样，谁知道他嘀里嘟噜胡诌些什么？"

李逵见他们合伙干了坏事，却又装聋作哑不肯承认，越发气得火冒三丈，冲着宋江怒吼道："我当初敬你是条好汉，原来你却是个畜生！竟干出这种好事来……"李逵抑制不住自己的感情了，转过身对着堂下站立的士卒们大放悲声地说："大家知道吧，咱梁山泊有天无日啊！"

说到这里，李逵的声音哽咽了，眼睛也湿润了，头低垂在胸前直摇晃，全场也都为李逵这异样而激动的话惊愕了，一时谁都不知道说什么好，堂内霎时静下来，寂然无声，只有堂外那面杏黄旗在风中猎猎有声，这声音很快使李逵从悲痛中惊醒，他抬头望去"替天行道"四个字让他刺心般地疼，他一时气不打一处来，拔出腰中的板斧，几步冲上去，举起斧子就要砍那旗杆，幸好被堂下的几个士卒及时拦腰抱住了，旗杆才没有被砍倒。

宋江见他如此撒野，气得忍无可忍了，大声喝斥道："你这铁牛，有什么事也不查个明白，便要提起板斧砍倒我的杏黄旗，真是太放肆了！"

坐在一旁一直没有说话的军师吴用也忍不住发话了："山儿，你也太……"

李逵见吴用也有埋怨语气，瞪圆双眼恶狠狠地朝他说："你说我口太快、心太直，难道你也帮他说话不成！"说完，他又转过身对堂下的众人大声喊道："弟兄们，大家都来。"

"都来做什么？"宋江忙问。

"都来做一个会亲庆喜的筵席！"

宋江又忍住气，耐着性子说："山儿，你下山在哪里吃酒，遇着什么人，说我些什么？你从头到尾说与我听，只要你说得明白，我便饶你。"

李逵见宋江还在假装正经要赖皮，再也憋不住了，便直通通地瞪他说："你抢了杏花庄王林的闺女，还想赖账不成？"

宋江终于明白是怎么回事了，说："原来老王林的女孩儿，有人说是被我抢来了。难怪你生这么大的气。不过，这事情有点蹊跷，还没有搞清楚，你怎么……"

李逵不等宋江说完，便抢过话头大着嗓门说："这桩事分分明明，清清楚楚。有什么蹊跷！现如今老王林在家里痛不欲生，宋江啊！他在家里戳着俺梁山泊人的脊梁骨骂哩！"

"他是怎么骂我们的？"宋江关切地问。

"他骂俺梁山泊水不甜，人不义！"说到这，李逵觉得一种从来没有过的浓浓的伤感侵上心头，使他不能自制，竟破天荒地呜呜咽咽哭起来了。

堂下的士卒，都被李逵的哭声感动了，静默片刻之后，他们开始嗡嗡地议论起来，不知道事情究竟是真是假。

宋江一直在想着这件事情的可能性原因，这时只见他若有所悟地点了点头，侧过身对吴用说："学究兄弟，想必是有歹人冒充俺与智深兄弟名姓，抢走了满堂娇。"

吴用点头称是，宋江便又对李逵说："山儿，你说王林的闺女是我抢的，你也该问他讨个证据，这事才能弄清真假。"

李逵早就料到宋江会这么说的，忙止住哭泣，说："你要证据么？有，有，有。"说着忙从衣兜里掏出那块红绢褡膊，拿在胸前抖了抖，得意地说："这红褡膊就是证据。"

宋江从椅子上站了起来，走到李逵身边，接过红绢褡膊看了看，便笑着说："咳，我说你这铁牛呀！这东西又不是只我一个人有。你怎么断定它就是我的？"

听宋江这么一说，李逵还真愣了一下，圆睁着眼睛，心想：我怎么没想到这一点呢？但他马上又想：这也许是宋江在耍滑头抵赖吧！对，就是这样！俺要小心，不要让他瞒过了。哼！想到这里，李逵又有些得意起来，便不再反省自己的粗心与疏忽，死死认定宋江便是强抢民女的强盗。宋江越是不肯承认，他便越觉得自己的判断正确无误。这么打定了主意，他便又恶狠狠地盯着宋江说："这东西不是你的，难道是我的不成？"

宋江觉得事情重大，必须立即弄个清楚，否则既败坏了自己的名誉，也败坏了梁山泊的名誉，还会冷了弟兄们的心，断送梁山泊的起义事业。于是他当机立断地对李逵说："山儿，这事光听我分辨，你是无论如何也不会相信的。这样吧，你说满堂娇是我抢来了，我总会把她藏个地方吧。我如今就让你到山寨里去搜，若搜出来了，我便……"

李逵不等宋江把话说完，便抢着吼道："哼！你想得真好！谁不知道山寨上兄弟们都护着你。他们帮你藏好了,这么大个山寨,我上哪儿搜去?"

宋江见此法不行,便又说:"既然这样,那咱们就只有一个办法了:我先和你打个赌,呆会儿咱们一块儿下山,到王林酒店去,让他来辨认。如果他认出抢他女儿的真是我,那我就拼着这颗头输给你;不过……"他故意停了停,目光严厉地盯着李逵,"如果他说不是我,那你输些什么给我?"

李逵一听宋江要与他打赌,又来劲了,大着嗓门说:"哥,你要与我赌头!"他眼珠转了转,又狡黠地说,"好吧,要是我输了,我摆一桌酒席请你。"

宋江不禁"扑哧"一声笑了,说:"你这铁牛,倒越来越学会占便宜了,摆一桌酒席,那还不饱了你自己的口福!不行,你得赌一样配得上我这颗头的东西。"被宋江这么一逼,李逵倒有点拿不定主意了,他脑子里开始打转转,但一见四下里黑洞洞的眼睛都盯着自己一个人,他无法多想,攥紧拳头,使劲朝下击了一下,发誓说:"罢,罢,要真是我输了,我就向你纳上我这颗牛头。"

宋江说:"军中无戏言。"

李逵也说:"军中无戏言。"

"既然如此,"宋江朝着吴用说,"学究兄弟,你就替我写下军令状,好生收着。"

吴用二话没说,铺开纸,提起笔来就要写。这时忽听得李逵大声说:"慢着!"他眼睛盯着鲁智深,"难道这做媒的花和尚就饶了他不成?"

鲁智深拍了拍他那光脑袋,笑着说:"我这光头,不赌它吧,省得你说不吉利。"

李逵哪里肯依,大声说:"不行,不能这么便宜了你这颗秃头,也得给写上!"

鲁智深也毫不示弱,压过李逵的声音说:"写上就写上,到时候你可没有两颗头输!"

李逵看着吴用在写军令状,以为自己必胜无疑,便斜着眼睛,觑一眼宋江,得意地说:"谁叫你夺人爱女,逞己风流,哼!"

宋江也毫不示弱地说:"你看你这副粗野凶狠的样子,你别得意早了,到时候我饶不了你哩!"

李逵说:"嘿,宋江,哪怕你指天画地能瞒鬼,今儿个也骗不了我李逵。"

宋江看着吴用把军令状写好了,便说:"走,下山去。"说罢便往外走。

李逵紧跟在宋江身后,得意忘形地念起了自己随口编的顺口溜:

下山寨,共对质;

认得真,觑得实;

割你头,塞你嘴!

说着,还用手在宋江的后颈项上比划了一个砍头的动作。

宋江转过身来,嗔怪地说:"你这家伙怎敢如此无礼!"

李逵笑着说:"非铁牛,敢无礼;既赌赛,怎翻悔?"说完又回过头去大声喊道:"兄弟们大家都来听着……"

"你又吆喝什么?"宋江问。

李逵说:"俺如今和宋江、鲁智深同到杏花庄上去对质,只等那老王林嘴里道出一个'是'字儿……"李逵故意顿下来,眼睛觑着鲁智深,"你这做媒的花和尚,不要怪我,我一板斧先分你作两个瓢儿——谁叫你帮他拐了人家十八岁的闺女满堂娇。"

鲁智深故意装出一副害怕的样子,双手抱着头说:"哎哟!吓死我了!"

李逵不理他,又说:"俺单单把宋江留下,我要亲手服侍哥哥走一遭。"

"你怎么服侍我?"宋江抢着问。

李逵又有些气呼呼地说:"我服侍你,我服侍你,我一只手揪住你衣领,一只手抓住你腰带,滴溜扑将你摔个'一'字,用大脚踏住你胸脯,举起我那板斧来,对准你那脖子,'咔嚓'一声。"李逵比划了一个砍头的动作,"就是跳出你家七代先灵来,也将我劝阻不得。"

李逵说完,便头也不回地朝山下走去。

这里宋江见李逵走远了,忙叫士卒备两匹马,他与鲁智深各骑一匹,追赶李逵去了。

一路上，李逵把宋江、鲁智深盯得紧紧的，生怕他俩半路上逃跑了。宋江、鲁智深的马儿走得快了些，李逵就三步并作两步紧紧跟上，气喘吁吁地说："咳！宋江，你也等我一等啵，听说要到丈人家里去，你敢情喜欢得急不可待呀！"等宋江、鲁智深的马儿走得慢了，李逵走在了他们的前面，又回个头来一个劲儿催促道："咳，你们两个倒是走快点儿呀！一个个像窟里拔蛇、毡上拖毛似的。"一会儿又挖苦说："花和尚，你也是小脚儿么？这样走不动，我看你多半是做媒的心虚，不敢走了吧；宋公明，你也走快点吧！你这会儿莫不是怕拐了人家女孩儿，不好意思了，也不敢走了么？"

宋江、鲁智深看着李逵这副得意洋洋、不可一世的样儿，真是既好气又好笑。宋江也不时回敬一句："李山儿，你胡言乱语的说些什么呀？到那里老王林认得不是我，你当心你的脑袋。"

到得山下杏花庄村口，远远地能看到王林酒店的酒旗了，宋江故意停住脚步，想试探一下李逵，便对他说："山儿，你不记得当初上山时，你认俺做哥哥，我们也曾有八拜之交哩，你就不念旧情了么？今日你就饶过我吧？"

李逵一听这话，仿佛自己已经打赢了这场赌赛似的，更加有劲了，毫不动情地说："哥呀！你说先前我们曾有八拜之交，可谁叫你是个花木瓜儿，中看中用，你这些话，只会让俺发笑，俺如今怎肯与你讲什么辈分，叙什么情谊，俺只要你的头哩。"他顿了顿，又催促说，"走吧！走吧！就要见到你丈人了，丑媳妇总要见公婆的，还怕什么哩。"

李逵就这样一路得意洋洋，风言风语，将宋江、鲁智深押到王林酒店的门口。只见王林家的大门紧紧地关着。

原来，老王林自从上午李逵走了之后，便关了店门，一个人呆在家里暗自伤心。他一会儿对着梁山泊呆呆地站着，嘴里不停地念叨着："我那满堂娇儿呀！"一会儿他又怒气冲冲地骂道："哼！什么替天行道，除暴安良，敢情都是些强抢民女的流氓、强盗。"哭过了，骂过了，心头的悲痛与怒恨还是不能排解。于是，他拿起酒瓢，揭开酒缸盖，舀起一瓢冷酒，咕噜咕噜便往下咽。几瓢冷酒下肚，老王林便觉得有些头重脚轻，支撑不住了。他忙铺好枕席，倒下炕去。刚一躺下，他又怕满堂娇孩儿回来了，没人开门，便又一骨碌从炕上爬起来，东倒西歪地走到门口。打开店门，东看看，西望望，不见满堂娇的身影，便又关上店门，口里不住地哼着："我那满堂娇儿呀！"哼着哼着便倒在炕上，迷迷糊糊地睡着了。

　　李逵他们到来时，他正睡着没醒呢。李逵带着宋江、鲁智深走到王林酒家门口，先嘱咐宋江、鲁智深说："你们两个不要说话，等我去叫门。"说着便走近门边"嘭嘭嘭"地拍了几下门，喊道："老王，老王，开门。"

　　里面没有动静，老王林还在呼呼地睡着。李逵又使劲猛拍了几下门，放大嗓门喊道："老王开门，我将你那满堂娇孩儿送回来了。"

　　王林迷迷糊糊听见说什么"满堂娇孩儿送回来了"，慌忙一骨碌从炕上爬了起来，嘴里欣喜若狂地说着："真是李山哥送我孩儿回来了！我快开门，我快开门。"他眼睛还没有好好睁开，便慌慌张张打开了店门，也不睁开眼睛看一看，便双手抱住迎面而来的人，哭哭啼啼地说："我的儿呀！你让我想死了！"他抱得紧紧的，双手摸呀，亲呀，忽然发现这人身上毛茸茸的，又粗又壮，有些不对劲，才睁开眼睛一瞧，忙不迭地松开手，说："呸！原来不是。"他忙将头探出门外，东看看，西望望，没有发现满堂娇的身影，便迷惑地望着李逵问道："李山哥，我那满堂娇儿呢？"

　　李逵见王林想女儿想得这样昏头昏脑，既同情又觉得好笑，便打趣道："老王，你也让俺进了屋再说吧！俺叫了两三声开门都不应，一说送你那满堂娇孩儿来家了，便慌忙开了店门搂住俺那黑乎乎的粗脖子，叫道：'我那满堂娇儿也！'"

　　李逵一席风趣的话，说得背后的宋江、鲁智深都哈哈地笑了。王林有些不好意思地揉了揉眼睛，说："哥哥，请进家里来坐。"

　　李逵先一步跨了进去，宋江、鲁智深也跟着进了店门。李逵再一次回头叮嘱他二人说："老王可是上了岁数的人，胆子又小，你们不许吹胡子瞪眼睛大声吓唬他，我这就去叫他来认你们两个。"说完便走到王林身边，压低嗓门说，"老王，我将抢你女儿的宋江、鲁智深二人带来了，你过去认认，看是也不是？"他怕王林胆虚，又给他壮胆说："你不要害怕，有我黑旋风在，他们不敢把你怎么样，不过，"他放慢了速度，严肃地看着王林，"你可要认准了，俺与他俩赌着一颗脑袋哩。"

　　宋江先站了起来，和蔼地说："老人家，您走近来些，我就是梁山寨上的宋江，抢你女儿的人，可是我么？"

李逵瞪了宋江一眼，抢白道："谁让你说话来？你给俺好好站着！"又给王林鼓劲说，"老王，你大胆认！不用怕，有我呢，只要你说出一个'是'字儿，我便手起斧落——他那颗脑袋便归你了，可就是他么？"

仇人相见，分外眼红。老王林听了李逵的话，果然圆瞪双眼，目露凶光，一步一步逼近宋江。他把宋江从头看到脚，又从脚看到头，觉得有些不像，他怕自己老眼昏花，擦了擦眼睛又看一遍。终于，他的头开始摇动了，肯定眼前这个人确实不是。

宋江见王林摇了摇头，便说："老人家，您可看仔细了，我究竟是不是抢你女孩儿的那个人？"

李逵不等老王林答话，便抢着说："宋江，你着什么急呀？你让老王好好认嘛！你这么逼着他，他还敢认吗？"又给王林打气说，"老王，你不要怕他！我把这板斧已捏得手直冒汗了哩，只要你'是'字儿一出口，我便'咔嚓'结果了他。"

听了李逵的话，老王林又从上到下把宋江仔细打量了一遍，抢他女儿的那个"宋江"化成灰他都是认得的，可眼前这个宋江，实实在在是另外一个人呀。他想：他们赌着一颗脑袋呢，我可不能冤枉了好人！想到这，他的头摇得更坚定了，连连说："不是他，不是他。"

宋江露出得意之色，瞟着李逵说："怎么样？"

李逵两只眼睛瞪得滴溜圆，打雷似的吼道："你瞪着两个大眼珠子干啥？你这样瞪着眼睛吓着他，他哪还敢认？"又有些着急地对王林说，"老王，你再去好好认一认。你要再说不是，我这颗头可就要输给他了！"

王林露出为难之色，说："李大哥，这个人真的不是呀！"

宋江嘴角挂着一丝冷笑，盯着李逵，说："怎么样？"

李逵开始稳不住神了，慌忙拉着王林走到鲁智深面前，边走边说："老王，你来，这个便是做媒的鲁智深，你再去认，看是也不是？"

鲁智深也站了起来，看着王林说："老王林，你看洒家是也不是？"

李逵冲着鲁智深气势汹汹地吼道："秃驴！闭上你的臭嘴！让他自己慢慢认。"

王林将鲁智深从头到脚打量一遍，不用再看，便连连摇着头说："这个更加不是了。"

鲁智深凶狠地瞪着李逵，吼道："铁牛，我可是那媒人么？"

李逵的嗓门比鲁智深更高了八度:"秃驴!谁叫你先打雷似的吆喝一声,他哪还敢认呐!"又一个劲儿鼓动王林说,"老王,你再去认。你别看他那一副凶神恶煞似的样子就吓倒了。去吧!去认,去认呀!"

王林十分为难地说:"哥呀,我说不是,就不是了,你只管叫我去认啥呢?那个宋江是瘦个儿,青眼睛;如今这个却是黑黝黝的矮个儿,脸上还刺有字痕。那个鲁智深,虽是一个癞痢头,可总还有几根头发;如今这个却是剃得光光的和尚。不是,不是,两个都不是。"

李逵听王林这样一说,又气又急,不知如何是好。这时鲁智深又故意朝他也斜着眼睛冷笑,李逵感到羞愧难当,便把满腔怒气都泼洒到眼前这个不给他争气的老王林身上。他一手抓住王林的衣领,恶狠狠地说:"你不是说是俺宋江哥哥抢了你女孩儿么?怎么现在又说不是了?"说罢顺手捅了王林一拳头。

王林怕李逵还要打他,忙喊道:"哎哟!打死我了!"

宋江赶忙抢上前来,喝斥道:"铁牛,你对老王撒什么牛劲?你给我老老实实回山寨去,我慢慢跟你算账!"又对随从的士卒说,"小喽罗,牵马来。俺与智深兄弟先回山寨去了。"说完他朝鲁智深挥了下手,径直朝门口走去。

李逵急得傻了眼,呆呆地看着,眼看宋江就要迈出门口了,他三步两步跨上前去,挡住门口,请求着说:"哥呀,你再坐一坐吧,让那老汉再仔细认一认嘛。"

鲁智深一把将李逵推开,待宋江走出门坎后,他回过头狠狠瞪了李逵一眼,并使足劲说了声:"哼!"然后便大摇大摆向外走去。

门外宋江已上了马,望着呆若木鸡的李逵,他故意放大嗓门说:"智深兄弟,俺两个先回山寨去吧。"说罢,还悠然自得地吟诵着一首即兴吟成的打油诗:

  堪笑山儿太慕古,
  无事空将头来赌。
  早早回到山寨中,
  伸出脖子受板斧。

李逵傻傻地看着宋江、鲁智深走得远了,半天才懊丧地说:"咳!这确是我李山儿的不是了,稀里糊涂的跟俺哥哥打什么赌?今儿个这三寸舌头便是俺自个儿的断头刀了!"说完,便直摇晃着脑袋垂头丧气地朝梁山泊走去。

　　他边走边恨恨地埋怨自己:山儿!山儿!你这个老毛病什么时候能改?怎么就没跟王林问清楚那两人长什么模样就冲上山?怎么又没听哥哥分辨两句就暴跳如雷?说不定弟兄们都会来佐证,哥哥这几天根本就没下山!再说,宋哥哥是什么人,智深哥哥又是什么人,难道你还不了解吗?想当初,宋哥哥一身正气,斩杀妻子阎婆惜,智深哥哥为给金氏父女伸张正义,三拳打死"镇关西"。他们能和抢人良家妇女的贼寇联系上吗?唉!你呀你,你好糊涂!怎么就早想不到这些呢?还风风火火许下愿,说给人家王林找回女儿,这倒好,上上下下白折腾一通,还把自己打赌给搭进去了!

　　李逵当然不是贪生怕死的人,他也曾想痛痛快快地一死了之,他走到一个鸟儿见了也发愁的万丈高崖边,心想:"与其当着众人的面受一番羞辱后再被斩首,还不如现在就从这儿跳下去。他俯视一下深不见底的悬崖,说:"只要我轻轻往下一跳,不要说一个,就是十个黑旋风也没了。"

　　可是,李逵今天真的不想死,他多么留恋山寨上那么多意气相投,情同手足的兄弟好汉,多么留恋那种痛痛快快地打官府、劫富豪、有难同当、有福同享、大碗喝酒、大口吃肉的起义生活。"对,俺不能死,俺还要用俺这两把板斧,去砍杀那些贪官污吏和土豪恶霸呢。"想到这儿,李逵又毅然地从悬崖边退了下来。重新走上了上梁山寨的石路。

　　"可是,怎样才能求得俺宋江哥哥的饶恕呢?"这个问题一下子窜到了李逵的脑子里,紧紧困扰着他,使他失去了继续前进的勇气。他不由自主地放慢了脚步,双眉紧锁,头往下垂,慢慢地走着,想着。突然,他眼睛一亮,右手猛拍了一下大腿,兴奋地说:"有了!"原来他想起吴用哥哥曾给他讲过的"负荆请罪"的故事。

　　战国时期赵国的老将廉颇瞧不起出身微贱的文臣蔺相如,常常当众侮辱他,可蔺相如全不计较,只以国家大局为重。后来他果然为自己的国家赢得了荣誉,保住了领土不被侵犯。廉颇知道自己错了,便主动背着荆杖去向蔺相如请罪。于是将相和好,国家强盛,使强大的秦国几十年都不敢对赵国轻举妄动。而廉颇"负荆请罪"的故事,便也成为传颂不衰的千古美谈。"对,俺也学着廉颇的样儿,向俺哥哥赔礼请罪去。俺背着有刺的荆杖,去那聚义堂上,让哥哥打两下,俺哥哥的气就消了。"

这么想着,李逵便加快了脚步。但他突然又犯起了犹豫,心想:"不中!万一到得山寨上,哥哥不肯打我,只要我这颗头,那可怎么办?"他又放慢脚步,埋着头琢磨起来。可琢磨了半天,也没有琢磨出一个更好的办法来。最后他把牙使劲一咬,自言自语地说:"罢了!俺今儿就拼着这颗牛头,去闯一闯运气吧!"

这么决定了,李逵便在山上折了一束荆条,脱光膀子,将荆条背在背上,弯着腰一步一步地朝山寨的聚义堂走来。

聚义堂上,宋江、吴用、鲁智深等头领已经升帐在座,堂下两边士卒荷戟而立,正等待着李逵到来,要执行军令状,处罚李逵。气氛煞是威严。

李逵光着膀子,背着一束荆条,弯着腰目不斜视地朝聚义堂门口走来。靠着两眼的余光,他看见士卒已严肃地站成了两队,就像没有见到他到来一样,没有一个人说话,也没有一个人搭理他。李逵凭直觉就已感到这阵势有点不妙,这些个小喽罗,往常见我来了,都趋前退后地跟我套近乎,讲礼让,今儿怎么一个个都不理我?他抬起眼睛偷偷看一眼厅堂的正前方,见宋江坐在正中,吴用、鲁智深分别坐在他的两边,正目光严厉地盯着自己呢。到了这个时候,李逵也顾不得什么脸面了,便硬着头皮,弯着腰径直朝宋江面前走去。

"山儿,你背上背着什么呢?"不等李逵开口,宋江便先问开了。

"哥哥,俺给您请罪来了。怪俺一时没见识,做出这等莽撞事来。哥哥,您就用这荆条打俺几下吧!铁牛今日知罪了,您若不打啊,俺这坏毛病老改不掉哩。"

宋江故意严厉地说:"我原来只与你赌头,不曾赌打。刀斧手,将李逵踹下聚义堂,斩首报来。"

李逵见真要杀他,急得慌了手脚,忙摔掉背上的荆条,跪到吴用面前,睁大眼睛急切地说:"学究哥哥,您也帮我劝一劝么!"

吴用笑了笑,没有说话。李逵又忙走到鲁智深面前,说:"智深哥哥,俺知道您是最讲义气的。看在兄弟的份上,您就帮俺劝一劝哥哥吧!"

鲁智深故意把头扭向一边,像没听见似的,根本不为所动。李逵见吴用、鲁智深都不肯帮他说情,更着急了,忙从地下拾起一把荆条,递到宋江面前，祈求着说："哥哥，您还是打俺几下吧。"

宋江板着面孔，毫不动情地说："我不打你，只要你那颗头。"

李逵急中生智，想出了一条好理由，忙说："哥哥，您真个不肯打我？那打一下，便实实在在疼一下，好难受哩，那砍头只是一刀便完了，倒不疼哩。"

宋江还是不松口，坚持说："我不打你。"

李逵只听说不打他，没有下文，便情急智生，钻了个空子，嘴里说："不打了，那我谢谢哥哥了！"说完便慌忙转过身子往外走。

宋江忙喝住道："你走哪里去？"

李逵停住脚步，转过身来，故意睁大眼睛疑惑地问："哥哥说不打我了呀？"

看到李逵这副天真可笑的样子，宋江也差点被逗笑了。可他明白：现在绝对不能笑，今天非得给这铁牛一点颜色看看，好好地治一治他不可。于是他强掩住笑容，严厉地说："我不打你，并没有饶恕你呀？我与你打了赌，还立下了军令状，这是开玩笑的么？我如今只要你那颗头。"

李逵听到这儿，便陷入了深深的绝望之中，脑袋一下子耷拉下去，像晒蔫了的草儿一样。他也明白，那军令状可不是闹着玩的，说怎么样就得怎么样。看来，宋江哥哥即使想饶恕我，也不可能了。谁叫自己糊里糊涂跟他立什么军令状呢？唉！真是悔之晚矣！想到这里，李逵心中坦然了，也不再抱什么生的指望。他使劲拍了一下大腿，像做出了一个重大决定似的，咬着牙一字一顿地说："罢！罢！罢！既然哥哥一定要杀我，他杀不如自杀，借哥哥的剑来，让俺自杀而死吧。"

宋江也顺水推舟地说："也好，左右，将我的剑递给他。"

李逵接过士卒递过来的宝剑，横在胸前，目不转睛地凝视着。慢慢地，他的眼睛湿润了，声音哽咽着说："这把剑原来不就是我的么，想当日俺跟着哥哥打围射猎，在一条官道旁边，众人看见有一条大蟒蛇拦住了去路，都不敢走过去；待俺走到跟前一看，却不见蟒蛇，只见这口太阿宝剑。俺不管三七二十一，拾起这把剑，便献给俺哥哥佩戴。数日前，俺曾听得'吱嘡嘡'的剑响，心中想道，这剑又要杀人了。没想到竟是要杀俺自己！"

一番话，说得宋江与在场的其他头领都心里酸酸的。其实，宋江也并不想真的就杀李逵。他太了解李逵了，知道这人天真、单纯、直率、豪爽、爱憎分明、嫉恶如仇，有很多的优点。宋江清楚，李逵虽然敬爱自己,但他对自己的爱是建立在保护穷苦百姓利益、维护梁山泊起义宗旨之上的。一旦他得知自己背离了这个宗旨,做出了给梁山泊的人脸上抹黑的事情,他便会六亲不认,对自己不留情面。今天他之所以对自己鲁莽无礼大不敬,就正是出于这样一种超越个人恩怨之上的爱心的。这一点,宋江心里太清楚了,因此他早就从心底原谅了李逵。但他也知道,李逵虽然可爱,却也有一个致命的缺点,就是鲁莽、急躁、遇到事情少个心眼儿,宋江今日之所以要升堂严肃军纪,就是要吓唬吓唬李逵,让他通过这件事吸取一次终身难忘的深刻教训,彻底改掉这个坏毛病。

宋江的思绪像煮沸的开水一样翻滚着,听了李逵一番动情的话语,他正要发话,忽又听李逵声音哽咽地说:"哥哥,兄弟与您十载相依,那般情义如今也都不消说了!"说完,便将剑横到了自己的脖子上。

没等宋江说出"且慢"二字,忽听门外有人高声喊道:"刀下留人……"

喊话者不是别人,正是王林酒店的老板王林。

原来,昨日下午王林看着李逵满脸沮丧地走了,心中既感激,又有些歉疚,自言自语地说:"李逵哥哥也走了。他今天果然领了两个人来叫我认。原来这两个是真宋江与鲁智深,都不是抢我女孩儿的。不知是哪两个天杀的,拐了我满堂娇孩儿去了哟……"

真是说曹操,曹操就到。王林正这么自言自语地唠叨着,门外那两个抢他女儿的强盗宋刚和鲁智恩就带着她女儿来了。那宋刚人未进门,便高声嚷嚷道:"泰山大人在哪里?"说着便大大咧咧走进了店门,将眼睛都哭得红肿了的满堂娇推到王林面前,说:"我们原来只借三天,第四天就送你女儿回家。怎么样,我们没有骗你吧?"

王林把女儿紧紧搂在怀里,痛哭失声地说:"我的满堂娇孩儿,你受苦了吧?他们打你哪儿了?"

满堂娇依偎在父亲怀里,不停地抽搐着,泣不成声。

宋刚见他们这个样子,很不耐烦地说:"泰山,我们没有骗你,三日一到就把你女儿送回来了。你用什么谢我们?"

王林忙放开满堂娇,强装笑容对宋刚说:"多谢太仆见爱,只是老汉家里贫寒,急忙里不曾备有喜酒,就请两位太仆到我女儿房里吃一杯冷酒吧,待明天我再宰个小小的鸡儿请你们两个。"

宋刚说："那也好，我们就到夫人房里吃酒去。"说着便与鲁智恩大摇大摆地走进了满堂娇的卧房。王林忙搬进一张桌子来摆好，请他两人坐下，随即就送来了现成的酒菜。两位流氓也不客气，端起碗，大口大口地喝了起来。

老王林站在旁边，看着两个强盗狼吞虎咽地吃着，心里想着："这两个贼汉，原来不是梁山泊上的头领。只可惜那李逵哥哥，一片热心来帮我，赌着头打抱不平，这可不是闹着玩的。当初也怪我没弄清楚，错怪了山寨上的宋公明和鲁提辖，也害得李逵哥哥赌输了一颗脑袋。我此刻不去帮他，更待何时？"

这么想定之后，王林便强装笑容，将酒冷一碗热一碗递过来，一个劲儿劝两位客人尽兴地喝，痛快地喝。两个流氓也像酒中饿鬼一样，有一碗没一碗地吃着，哪还讲什么客气，想什么后果。吃到深夜，两人都已烂醉如泥，倒在床上，睡得像死猪一样。老王林便悄悄吩咐满堂娇几句，自己连夜摸着黑赶上梁山泊报信来了。到得山寨时，正好赶上宋江在处罚李逵，李逵刚一举剑，他便迫不及待地喊了起来。

当时宋江见王林气喘吁吁地跑了进来，便问道："老人家，您这么急急忙忙地赶到山寨上来，想必有什么事情？"

王林稍微定了定神之后，说："告哥哥知道：抢我女儿的那两个贼汉，昨晚又到我家来了，如今已被我灌醉在家里。哥哥，你要与老汉做主呀！"

宋江一听，便乐呵呵地笑了，这正好给了李逵一个台阶下，于是他站起来对李逵说："山儿，如今你立功赎罪的机会到了。我这就放你跟着老王林去拿那两个贼汉，若拿得住，便将功折罪，免你一死；要是拿不住，让两个贼汉跑了嘛，那可就要罪加一等，二罪俱罚！你敢去么？"

李逵早就乐得心急手痒了，宋江话音刚落地，他就"嘿嘿"笑着说："哥，这真是挠到俺铁牛的痒处了。俺这一去，保管将两个贼汉如瓮中捉鳖，手到擒来。"

可军师吴用却皱着眉头说："山儿，你话虽说得这么容易，可他们有两副鞍马，你一个人如何拿得住他们两个？万一让他们跑掉了，可不输了我梁山泊的威风？"他转过身看着鲁智深，"鲁家兄弟，还是请你与山儿一同走一趟，助他一臂之力吧。"

鲁智深还有些气不过，嘟着嘴说："哼！那铁牛开口便骂我秃驴，死活诬赖我会做媒，两次三番定要那王林认我，他打的什么主意？他如今有本事，自个儿去捉拿那两个贼汉好了，我鲁智深决不帮他。"

吴用又劝道："你只看在'聚义'两个字上，不要为了一点小小的怒愤，便坏了我们梁山泊的大面子。"

宋江也发话说："军师这话说得有道理。智深兄弟，你就同山儿一块去，将那两个顶名冒姓的贼汉给我擒来。"

鲁智深见有宋江的话，才爽快地答应说："既然哥哥吩咐，兄弟从命就是！"说完便提起禅杖，同李逵、王林一起下山去了。

一路无话，他们到达杏花庄的时候，已是午牌时分了。这时宋刚、鲁智恩两个强盗还在打着呼噜呢。

王林拍了两下店门，喊道："满堂娇孩儿，开门。"

满堂娇应声而出，打开了店门。随着"吱呀"一声，宋刚、鲁智恩两个恶人也被惊醒了。宋刚睁开眼睛，伸开两臂，打了一个长长的大呵欠，睡眼惺忪地说："好酒！敢情俺两个昨夜都醉倒了。"他抬头看了看窗外，"嗨！太阳都照顶上了，还不见俺泰山出来，敢是他也醉了么？"

李逵在门外听得清清楚楚，没等宋刚、鲁智恩醒过神来，他便蓦地闯了进去，一把揪住宋刚的衣领，厉声吼道："强盗，你泰山来了！"边说边用拳头鼓点般地打去。

宋刚被这突如其来的一击打得酒意全消，神智一下子便清醒了，忙说："好汉，你也通个姓名么？怎么一动手就打人？"

李逵停住拳头。"嘿嘿"笑着说："你要问俺名姓么？俺说出来，直唬得你屁滚尿流！俺就是梁山泊上的黑爷爷李逵。"他回过头去看了守在门口的鲁智深，"这个哥哥便是真正的花和尚鲁智深。俺们今日奉了宋江哥哥之命，特来捉拿你们两个强抢民女的贼汉！嘿嘿，你可别怪我黑爷爷性情不好。"说罢拳头又劈头盖脸地打了过去。

宋刚一听，果然吓得身软如泥，忙喊道："智恩兄弟，这是真格的强盗，我们打不过他们，快跑！"说罢便挣脱李逵的手朝门口跑去，想夺路而逃。

可他们哪里逃得出去？鲁智深横着根禅杖，凶神恶煞似的守在门口。他们就是插上翅膀也难以脱逃。

说时迟，那时快。李逵两步冲了上来，厉声喝道："贼汉哪里跑？"说

着便像老鹰抓小鸡似的揪住宋刚，按在地上一顿雨点般的拳打脚踢，眼见得便不能动弹。与此同时，鲁智深也已将那个冒充他名姓的鲁智恩一顿杖打，不费吹灰之力便将他擒住了。

两人打足了瘾之后，便用绳子将两个强盗捆住，推到店堂上，李逵对王林说："老王，两个贼汉已拿住了，你们要打就打吧。只是别打死了，我们还要押到山寨上去缴令呢。"

王林同满堂娇慌忙朝李逵、鲁智深跪下，拜了又拜，感激地说："多谢两位恩人。"

鲁智深赶紧扶起王林，说："好啦！老王，你不要拜我们。要拜，你明儿带着满堂娇来山寨拜谢俺宋江哥哥就是了。"说罢便与李逵押着两个强盗上梁山去了。

王林看着他们走远了，才说道："这两个贼汉终于被擒住了，今日才出了俺这一口恶气。娇儿！我们快准备好肥羊、美酒，明儿上梁山寨去拜谢我们的大恩人宋公明。"

满堂娇不知是被刚才的打斗场面吓坏了，还是高兴过头了，浑身直抽搐打颤。王林见她这副样子，以为她心里难受，便说："我儿不要哭，这样的贼汉有什么好处？等我慢慢给你找一个好女婿，嫁给他就是了。"说着便关了店门，着手准备明天的谢礼。

红红的朝阳渐渐升起，照在小酒店前的酒旗上，李逵二人押着两个小贼又赶上山去。宋江等人见去了这么长时间，正等得心急，准备派人下山接应，忽见贼人已押到。见到两个贼寇，想起是他们冒名顶替，作恶多端，败坏梁山好汉名声，以至弄得兄弟相残，宋江不禁怒火中烧，当下令人斩首示众。

正在这时，王林和满堂娇也牵羊担酒地来到山寨上，拜谢宋头领的搭救之恩。宋江见今日又为民除了一害，十分高兴，下令说："弟兄们，今日就在这聚义堂上，将就用老王林送来的肥羊美酒，设下赏功筵席，李山儿、鲁智深庆功！"

觥筹交错，笑声朗朗。梁山泊沉浸在欢乐的海洋中，寨前那一杆"替天行道"的大旗，映衬着蓝天白云，在春风拂过的梁山泊，扬得更加威武。

中国十大古典 喜剧 故事

中山狼

[明] 康海

深秋的一天,晋国赵简子率领诸随从,牵着狗,驾着鹰,在中山地面开展了一场浩大的围猎。

几百名强悍的士兵排成一字长蛇阵,从山的南面往北面追剿包抄,将猎物赶到北面的大峡谷内,要一个个赶尽杀绝,片羽不留。

到山顶时,赵简子忽然发现一条羸瘦的老狼正在往山下逃窜。说时迟,那时快。他迅速弯弓搭箭,瞄准目标"嗖"的一声射去,不偏不倚,正射中老狼的屁股。那狼惨叫一声,跌倒在地。它翻着蓝色的眼睛,回头看见山上那些明晃晃的刀枪剑戟正铺天盖地地朝自己涌来,吓得惊出了一身冷汗,顿时忘记了身上的疼痛,从地上一跃而起,带着箭没命似的朝山下的大路口跑去,一眨眼的功夫,便逃出了猎手们的眼睛。

赵简子带着几百名士卒,随后紧紧追赶。

在山下的盘山路上,一位清瘦的老人,骑着一头瘦小的毛驴,身上背着一个沉沉的布口袋,慢悠悠地往山上走着。这老人名叫东郭先生,是当时著名哲学家墨子的忠实信徒。为了做到怜爱他人,对自己就应该严格要求,生活应该尽可能地俭朴,衣服只要能遮住身体、防御寒冷就够了,不必讲究漂亮、舒适;食物只要能填饱肚皮就行了,何必追求美味、可口。

东郭先生无精打采地往北走着,走到入山处的一条岔路口,抬起头来环视一下四周:此处正是入山的一个路口,往东往西都是山路,山下面便是光秃秃的荒岭了。

东郭先生坐下来休息的时候,忽见一条大狼从山路的转弯处飞奔而下,直朝他跑来。

"哎哟,哪里跑来这么大一条老狼,吓死我了!"东郭先生吓得魂飞天外，险些从驴背上栽下来。他紧紧地缩在驴背上，战战兢兢地直打着哆嗦，根根汗毛都竖起来了，心里惊恐地想："完了！完了！我这把老骨头，今儿只有喂这条饿狼了！这荒山野外的，有谁来救我呀？"他这样想着，缩着头半天不敢往前看。

可那条朝东郭先生奔跑过来的狼，正是被赵简子射中的那条狼。它机灵地避过赵简子的目光，没命似的滚下山坡，跑到路上，见山下都是光秃秃的荒岭，无处藏身，顿时吓得面如土色，惊慌地想道："完了完了！我今日要死在赵简子手里了！"

它正在惊魂未定时，突然发现坐在岔路口休息的东郭先生，它在万般无奈下只得大着胆向这老人走来碰碰运气。它几步跑到东郭先生的毛驴前，后腿赶紧往地下一跪，前面两条腿便做出人作揖的样子，向东郭先生拜了两拜，眼眶里扑簌簌掉下几滴眼泪，声音凄凉地说：

"救苦救难的好先生，我知道你是一个扶危济困、行侠仗义的大好人。我也不是那种吃人的恶狼，您不必害怕。我今日无缘无故被赵简子射了一箭，只得忍着疼逃命。他如今正在穷追不舍，我的命危在旦夕。望先生发发慈悲，可怜可怜，救我一命吧！"

东郭先生听了老狼的话，愣了愣神，心中想道："这狼怎么说起人话来了？莫非它真是那种有灵性，通人情的动物？"他大着胆子抬头看了看那狼，见它屁股上果然插着一支箭，伤口还在直流血呢。

东郭先生生出一种恻隐之心，可东郭先生毕竟知道狼是吃人的动物，他不敢轻意相信狼的话，更不敢冒然救它。于是他用严峻的目光与老狼哀求的目光对视了一下，连连摆手地说：

"不行，不行，眼看太阳就要下山了，我急着要赶路，哪有功夫来管你这闲事！你快逃走吧，我救不了你！"

"老先生，您竟这样狠心，不肯与我行个方便么？"老狼哀求着，开始对东郭先生实施攻心战。"您知道么？过去有一个叫隋侯的人，他救了一条受伤的大蛇，后来那蛇便口衔一颗大宝珠来报答他。这颗宝珠就是价值连城的'隋侯珠'。那蛇还知道感恩图报，我们狼比蛇更有灵性呢。今日事情危急，我死在旦夕，望先生可怜可怜，赶紧设法救我一命。先生的大恩大德，我将终身不忘。我日后也一定做一个隋侯珠那样的宝贝，来报答先生。先生，您行行好吧！"

东郭先生觉得狼的话确实有道理。这倒并不是他贪图狼的报答，而是因为他从内心真正地觉得，人是应该有一点恻隐之心，也应该积一点阴德的。他的心开始有点活动了。可他一想到今天打猎的是赵简子，这个恶煞星不好惹，于是他又连连摇着头说："狼先生，你不要说了。那赵简子是晋国炙手可热的上卿，谁敢触犯他！我要是救了你，便得罪了他，太岁头上动土，那祸事不知有多大呢！哪里还敢指望你感恩图报！"说完骑上毛驴要走。

老狼一边鸡啄米似的连连叩着头，一边又用前爪抹了一把眼泪，苦苦哀求着说："先生可怜可怜我吧！"见东郭先生还是不为所动，他眼珠骨碌一转，又开始新的攻心。

"先生，我死了不打紧，只可惜先生的名声从此就要遭到损害了。先生不是常说：恻隐之心，人皆有之吗？今日您见死不救，谁还会相信您一生以兼爱为本、慈悲为怀的话呢？又还有哪个君王能相信您能拯救苍生呢？"他见东郭先生沉默地低下了头，便又加大了嗓门，"先生，今日是您狠心不救我的呀！我一旦死于赵简子之手，我在九泉之下也不怨赵简子，我只怨您这个见死不救的狠心人！"

东郭先生被狼的一番话说得心里七上八下，不知如何是好，他埋着头沉思了一会儿，心头略有所动，但又犹豫不决，便试探着说："老狼，我本想救你一命。只是你们狼类凶狠成性，饿了便饥不择食，连人也吃。我还不知你以前吃过多少人呢！我若救了你，岂不成了狼的帮凶？"

老狼听了，做出一副委屈的样子，说："老先生，您这真是冤枉我了！我们狼类虽然也有吃人的，但那也只是少数凶恶成性的败类。就像你们人类也有少数恶人专门谋财害命、杀死好人一样。我可是从来也没有吃过一个人，我虽然身为狼类，可我从来不沾带血腥味的东西，平时只是吃些草叶树木充饥。您不信？您看我瘦得这样皮包骨头，不就是证明么？我要是常吃人兽，怎么会这般羸瘦呢？"

东郭先生的心终于被打动了，于是便拍了拍大腿！毅然决然地说："我看你确实像一只不会吃人的狼，今日就拼着这条老命救了你吧！"

东郭先生搔了搔脑袋，眼睛四处搜寻着。忽然他一拍大腿，高兴地说："有了！我这里有个装书的口袋，我把里面的书拿出来，你就委屈一下，钻进口袋里去暂时藏一下身吧。"

中山狼

"多谢先生搭救之恩。"中山狼看到有一线生机,便忽地站了起来,"请先生动作快些吧!赵简子的人马就要追过来了!"

东郭先生赶紧从驴背上跳了下来,卸下书囊,把里面的书全倒在地上,张开口袋,让狼赶紧往里面钻。可这口袋实在太小了,装不下这么大一条狼。狼的前身钻进去,屁股和尾巴却露在外面;让屁股先进去吧,前腿和脑袋又塞不进去了。东郭先生和狼反复试了好几次,总是难以把狼整个儿装进去。眼见得山上的喊叫声越来越近了,东郭先生更加心慌意乱。心里一急,手脚也就越加不听使唤。这时狼还一个劲儿催促道:"先生,您动作快些吧,赵简子的人马眼看就要到了!"

东郭先生也没好气地说:"你不见你身子这么大,我这囊儿又这么小,装你不下,我有什么法子?"他两手一摊,无可奈何地甩下了口袋。中山狼见形势已万分紧急,刻不容缓,吓得浑身直哆嗦,结结巴巴地说:"先生息怒,事已至此,我也顾不得什么体面了。我就把四条腿缩起来,尾巴夹着,脑袋弯着,身子蜷成个团儿,您再帮我一把,使劲往口袋里一塞,不就进去了吗?然后您再用绳子系住布袋口,将我驮在驴背上,不就藏起来了么?先生,您再小心试一试吧。"

老狼说着,早已将腰像虾米似的一弯,四肢蜷成了一堆,尾巴和头都蜷到了肚皮底下,活像个刺猬一样,瓮声瓮气地说:"先生,快些动手吧!"

东郭先生赶紧又张开布袋口,对准狼使劲往里一套,还真行,这狼果然就大体上套进去了。东郭先生再使劲往里推了推,又提起口袋抖了抖,狼就实实在在装进去了。然后东郭先生赶紧从地下捡起绳子,拴住口子,又哼哼哧哧喘着粗气,将口袋扛到驴背上,横着驮好。又急忙拾起地上的图书,塞进袖兜里。然后把驴子牵到路边的一棵树旁拴上,一屁股坐了下来。

东郭先生把驴子拴好,便急忙坐了下来,边歇息边思考着应对赵简子的言辞。他表面上虽然装着没事儿似的,其实胸口像揣了一头小鹿,"嘣嘣嘣"直跳得慌。

他想:这赵简子不知能不能瞒得过去?今天这场事不知是祸还是福呢。中山狼啊,你今儿真把我给坑苦了!但事已至此,我也只得巧言应对,极力回护了。

赵简子追到山下，不见狼的踪影，心中极为纳闷："这条老狼分明被我一箭射中了的，怎么一下就不见了呢？奇怪！"

他走到路上，远远看见入山路口旁边拴着一头毛驴，还坐着一个老人，心想：他一定见到这条狼了！便迅速来到东郭先生面前，厉声问道："喂，傻老头，你在这树下歇息，可曾见到一条带箭负伤的狼从这儿跑过？"

"哦，将军是问一条狼么？"东郭先生又拐弯抹角地说："将军，您别急，且听我慢慢讲，我听得古人说：'大道因多歧而亡羊。'就是说岔道一多了，就容易走失羊。您想，羊是多么驯服老实的动物，一个小孩儿便可看住它；可是岔道一多，它也会迷失路径，到处乱走叫人寻找不着。这狼是多么狡猾凶狠的家伙呀？它不能跟驯服老实的羊比吧？它怎么会守着一个地方不动呢？再说，这中山的岔道这样多。哪一条小路间道狼不能跑？哪一丛密林深草狼不能藏？它怎么会跑到这光秃秃、无处藏身的大路上来自寻死路呢？将军是个绝顶聪明的人，却怎么一时糊涂，跑到这官道大路上来寻找一条狡猾的狼呢？这不等于爬到树上去找鱼，守在树桩等着兔子来撞死么？将军何以糊涂至此？"

东郭先生一席话，还真把赵简子说得哑口无言。赵简子心中很是不快，顿时他气得怒火中烧，举起那把宝剑，盛气凌人地说："嗯？你说什么？你看着我这口宝剑！我只需轻轻吹根毛儿过去，那毛立即就变做两截。你莫不是想试一试我这口剑吧？那中山狼分明是跑到你这儿来了，你把它藏起来不说，还这般巧言令色，胡乱支吾！哼，你休想蒙混过关！"

赵简子这么说着，开始重新审视眼前这个老头。他的目光从东郭先生身上移到了驴背上。他紧紧盯着那个鼓鼓囊囊的布囊，像发现了什么似的，下令说："小的们，把驴背上那个囊儿给我取下来，打开看看！"他用威严的目光盯着东郭先生，"要是搜出来了，哼！我决不饶你！"

东郭先生的心一下子提到了喉咙口上，急得直打颤，可东郭先生毕竟是一个久闯江湖、见多识广的老先生，学会了镇静沉着、内紧外松的本事。他迎着赵简子凶狠的目光，慢慢走到驴子身边，摸着那个布袋，若无其事地说：

"将军，这是我的书囊，里面装的全是书，那狼可是活的，它要是在里面，怎么会一动不动呢？再说，狼有头有尾，还有四只爪子，叉七叉八的，我这么小小的一个囊儿，怎么装得下?"他拍了拍布囊，"您要打开看也没什么要紧，只可惜遭践了我的书；又白费了你们一番手脚，你们要找的狼，不知又跑去多远了呢!"说完，东郭先生摊开两手，示意让军士们来取囊。

赵简子虽然又被东郭先生的话说得有些心动了，可他嘴里仍不肯放过，气势汹汹地说："你这样花言巧语，看你就不是个老实人，谁会相信你的话！你难道不知道狼是最凶猛的野兽，饿了便要吃人的?你为何这样苦苦为它隐瞒呢?"

东郭先生忙接过赵简子的话，说："将军，您这话说对了。我虽然愚蠢糊涂，难道竟不知道狼的本性么?它又贪又狠，助纣为虐，与狈为奸，人人都对它们深恶痛绝，只希望把它们赶尽杀绝。将军您若是能够除掉这害人之物，老夫我感激还来不及呢！怎么会替狼说话，把它隐藏起来呢?笑话！笑话！"东郭先生边说边摇头晃脑，"哈哈"大笑起来。

赵简子想了想，觉得这老头的话也有道理。他看得出，这个老头属于那种口上头头是道，实际却并无经世济民之才的迂腐书生。可他想，这老头即使再迂腐，也不至于人兽不分，善恶不明吧?再看他那副谈笑自若、泰然无事的样子，更不像个心里有事的人。这么想着，他便彻底消除了对东郭先生的怀疑。于是他对手下人挥了挥手，下令说："小的们，不必打开囊儿看了。这老头既然不晓得中山狼的去向，就放了他，让他走吧。"

东郭先生连忙弯腰拱手施礼，嘴里连声说："多谢将军！多谢将军！"说着便解开驴缰绳，跨上驴背，不紧不慢地走了。

赵简子一直目送着东郭先生，见他走远了，也没看出什么破绽，便下令说："小的们，那个呆老头子走远了。找不到中山狼，我们也回去算了吧。"

东郭先生刚离开赵简子的视线，转了一个弯，便使劲鞭打驴子，想让他飞快地跑起来。他虽然已经脱离了赵简子之手，可心里其实一点也没放松下来，生怕赵简子看出破绽，再追上来。可这头毛驴偏偏要与他作对，叫它快跑，它偏偏不肯跑，随便怎样鞭打，它总是不急不忙、不紧不慢地走着，急得东郭先生万般无奈，只得低声下气央求着说：

"我的好驴儿，你就是我套金鞍、戴玉勒、披绣垫、挂红缨的龙驹骏马,我求求你,求你快些儿挪动脚步吧!你不知道,我这心里好慌哩。我把中山狼盛在书囊里,刚才险些儿被赵简子看出破绽,要不是我及时应对,差一点就要露馅哩。哎呀!好侥幸!好侥幸!我这时想起来,还心有余悸哩。驴儿啊,你就快些走吧。"

东郭先生这样心惊肉跳地走了一阵子,才敢回过头去看一看。见赵简子的人马已经风灭尘消、无影无踪了,才长长地舒了一口气儿。他控住驴缰绳,从驴背上跳了下来,摸了摸书囊,像自言自语又像是对着中山狼说:

"不知这中山狼在这书囊里怎样了?怎么一动也不动了?莫不是被箭伤疼死了么?要不就是在囊儿里憋了半天给憋死了?怎么它不吱一声了呢?"

东郭先生正这样纳闷地喃喃自语着,那中山狼在囊中听得清清楚楚,闷声闷气地说:"先生留点神!想那赵简子已经走远了么?我在这囊中被缚得紧紧的,真憋死我啦!我臀上的箭伤,也疼得我要命哩!先生,你快解开囊儿,放我出来吧!"

东郭先生见狼还活着,便高兴地说:"哦,狼先生,你还活着呀,我以为你死了呢。你放心吧,那赵简子的人马早已走得无影无踪了,如今这里依旧是清秋远树,旷野平芜。你就放心出来吧。"说着,便从驴背上搬下囊儿,慢慢地开始解系紧的袋口。

"先生,你动作不能快点儿么?我在这里面憋得好烦躁哩!"中山狼不耐烦地催促着,口气逐渐变得强硬起来。

东郭先生全不在意。他一边心急火燎地解着绳结,一边不经意地说:"唉,我说老狼,你就急成这个样子么?你刚才在囊儿里呆了半天,也不见吱一下声,怎么如今就一会儿都忍耐不了呢?"说着说着,东郭先生已解开了结,小心翼翼地把狼拉了出来,得意地说:"我放你出来啦。你舒舒手脚,好不自在了哩。"

狼趴在地上,头、尾和四肢都盘在一堆,活像条盘成圈的蛇一样,屁股上血迹斑斑的,那支锋利的箭头还牢牢地插在肉里。狼出得囊来,先睁开眼睛看了看,然后才伸了伸脖子,抬起前腿,便要站起来。突然,它"哎哟"一声,又栽倒下去,屁股上的箭伤,疼得它直掉眼泪。

东郭先生看在眼里,痛在心里,同情地说:"来来来,你别动,我替你拔了这箭头。"说着便小心翼翼地拔出箭头,又从身上取出一包应急用的外伤药粉,敷在狼的伤口上,"好啦,呆会儿就不疼了。"

中山狼躺了一会儿,果然觉得伤口疼得不那么厉害了,便又试着慢慢站了起来。他慢慢活动活动脖子,伸了伸腿,甩了甩尾巴,又试着走了几步,觉得果然全身伸展自如了,便对着东郭先生点了点头,假惺惺地说:"好侥幸!好侥幸!刚才我险些儿死在赵简子手里!老先生,多谢你的救命之恩!"

"不必客气,不必客气!"东郭先生连连谦让,"这是我们墨者应该做的事情。"

狼又在原地走了一圈,突然脸色阴沉地说:"老先生,我有一句不识高低的话,不知当说不当说?"

"你有什么话尽管说吧。"东郭先生没注意到狼的脸色,和颜悦色地说。

"唉!"中山狼长长地叹了口气,又装出一副可怜巴巴的样子,带着哭腔说,"我今日被赵简子追赶,没命似的跑了几十里,又在你这囊儿里憋了半天,心头一直紧张得要命。先生虽然救活了我的性命,可如今我肚子饿得直发慌。倘若饿死在这荒郊野外,尸体暴露着,让那些乌鸦啄、蚂蚁抬,还不如让赵简子捉了去,倒也死得干净。"

"那怎么办呢?我身上也没带什么吃的呀?"东郭先生懵懵懂懂地问。

"我的意思是,"狼伸出舌头,舔了舔嘴唇,露出一脸凶相,"先生救我就救到底吧。先生,你看我受了伤,这时想去捕食也无能为力,怪可怜的。先生是个大好人,你就牺牲了自己,拿给我充饥吧。"

"啊呀!你这是什么话?"东郭先生简直不敢相信自己的耳朵,眼睛瞪得滴溜圆,大惊失色地说,"我救了你的命,你不感谢不说,反倒要吃我?"

中山狼哪有耐心听东郭先生废话,它终于原形毕露,抬起前腿,一个猛扑朝东郭先生扑来。说时迟,那时快。东郭先生就势往下一蹲,从毛驴的肚皮下面钻了过去,靠着毛驴挡住身子。他吓得面如土色,身上直冒冷汗,失声惊叫道:"啊呀呀,吓死我了!"

狼绕过毛驴,又扑了过来。东郭先生慌忙又从驴子腹下钻过身去,吓得浑身直打着哆嗦,气喘吁吁地说:"你,你这忘恩负义的禽兽!我救你时，险些儿被赵卿看破，我这性命，差一点儿断送在他的剑下。我担惊受怕，冒着血海似的干系救了你，你怎么刚刚好了伤疤就忘了疼，倒要吃起我来了？天下有像你这样负心的东西么？"

狼一面和东郭先生绕着圈子，一面嬉皮笑脸地说："先生，你不是墨子的信徒么？我听人说，墨家的人最讲求的就是怜爱他人，只要有利于他人，自己就是赴汤蹈火也在所不辞。你又何惜牺牲自己的一身血肉，救活我一条性命呢？"说着，又一个老虎下山似的扑了过来。

"胡说！"东郭先生赶紧钻到毛驴的另一边，他气得脸色铁青，浑身发抖，悔恨交加地说："咳！都只怪我有眼无珠，糊涂透顶，一时相信了你的谎言，救了你这天性凶狠暴戾的禽兽。咳！我真是聪明一世，蠢在一时呀！"

东郭先生一边和狼周旋着，一边心急火燎地想："这荒郊野外的，几十里没一个人影儿，天色又晚了，有谁来救我一救呢？看来，我今日非得成为这中山狼的口中之物了。咳！真是悔之晚矣。我，我怎么会对恶狼也存好心呢？"

东郭先生正这么心慌意乱地懊悔着，只听中山狼又在说。

"你说什么？你刚才说对我存好心，你是好心么？你把我使劲往布囊里塞，差点儿把我的腿都折断了。你又把口袋系得那么紧，憋了我老半天，你不是存心想憋死我么？你这是什么好心？哼！"它呼呼喘着粗气，又愤愤地说，"你向赵简子说了我一大堆的坏话，什么坏词儿都给说尽了，还说要帮赵简子收拾了我。这都是你的好心么？像你这样心肠歹毒的人，我怎么不该吃你呢？嗯？"狼说着，又将嘴伸到东郭先生面前。

东郭先生气得直拍胸脯，跺着脚说："嗨！那都是我蒙骗赵简子的话，没想到你如今反倒把它当成口实来谋害我！我一片好心，担惊受怕，捋着虎须救你一命，没想却遇到这样一场恶报。你，你真是恩将仇报，狼心狗肺呀！"

"你还敢说你好心！"中山狼厉声喝斥，"我的肚皮饿得咕噜噜叫了，你快些儿乖乖地给我吃了吧。"中山狼说着，又突然从驴子的屁股后面飞身一扑，张开血盆大口向东郭先生扑来。

东郭先生慌忙钻到毛驴的胯下，失声惊叫道："天啊！吓死我了！老天爷呀，这都是我的不是了！您长长眼睛，怎生来救我一救？"东郭先生

中山狼

一面靠着毛驴作掩护，躲避着狼的进攻，一面急速地思考着脱身之计。

中山狼扑了几个回合，没有扑到东郭先生，不禁暴躁地说："你躲，我看你躲到哪里去！你就是躲到天边，也躲不过我这爪牙。我今日不吃你决不干休！"中山狼瞪着两个血红的眼睛，龇着两颗尖利的獠牙，凶相毕露，杀气腾腾。

东郭先生吓得快要支撑不住了，一个劲儿说："你好负心呀！你好负心呀！这可如何是好？怎么得一个人来救我一救呀？"东郭先生说着，躲着，突然他急中生智，想出一条可以暂时缓冲一下的计策。于是，他低垂着头，捶胸顿足，无限委屈哀惋地说：

"罢！罢！罢！我救了你，你倒要吃我。就算我倒霉，这样的怪事叫我给遇见上了！唉！也只怪我自己糊涂，今日只好自吞苦果了！"

"嘿嘿！"中山狼露出得意之色，冷笑了两声，又抬起前腿要扑过来。

东郭先生忙用手止住它："你先不要着急嘛。常言道：'若要好，问三老。'我与你去找三个老者问一问，看他们怎么说。他们要是都说你该吃我，那我死也甘心了！那时我乖乖地伸着脖子让你吃，好不好？"

中山狼想了想，寻思道："随你问谁去，你这样的傻瓜蛋，谁会说不该吃你呢？再说，这荒郊野外的，你找谁问去？"这么一想，中山狼便勉强同意了，不耐烦地说："好吧，我就积点阴德，让你死个甘心，跟着你去找三个老者问吧。只是你动作要快一点，我饿得两块肚皮都贴到一起了呢！"

于是，东郭先生走在前面，毛驴、老狼走在后面，一起寻找三老去了。

他们走了没多远，中山狼饿得不行，不停地叫喊道："你看我的运气啵！走了这么远。连个老人影儿也没遇着。我肚里又饿得慌，口里的馋水早就直往下流呢！"突然，他眼睛一亮，大声惊叫道："呀。好了好了！你看前面路边不是有一株老树么？你快问问它！"它指着前面一株老杏树，急不可待地命令着东郭先生。

东郭先生大吃一惊，使劲摇着头说：'这，这是一株老树，半死不活地僵立在路边，我想草木乃无知之物，问它有什么用？"

"你甭管这么多！我问你，它是老的么？"中山狼恶狠狠地说。

"是……是老的。"东郭先生颤抖着说。

"那你问它去!它自然会回答你的。"中山狼瞪着双眼,龇着獠牙,威逼着东郭先生。

东郭先生无可奈何,只得慢腾腾地挪动脚步,走到老杏树跟前,对着它拱手弯腰作了两个揖,哀伤地泣诉道:

"老树啊老树,求您救救我!那中山狼被赵卿一箭射中,被追赶得有地皮没躲处,急切里是我用书囊救了它一命。它如今出得囊来,倒要吃我充饥。老树呀,您说,世上有这样负心的么?老树啊,您给评个公道,它到底是该吃我呢?还是不该吃我?"

东郭先生说着说着,便把头倚在树干上,用手拍着树身,摇头顿足,自言自语:"唉,我好痴呀,只管把这无知的老树当人来呼救,有什么用呢!"他叹了一口长气,又痴呆呆地说,"老树呀老树,您要是救得我一命,那真是铁树开花,我一定把您传遍天下。"

东郭先生头倚着树干,想入非非,自言自语。忽然听得老树瓮声瓮气地说:

"傻老头,该吃你!该吃你!你救了一条狼,它反过来要吃你,这算得了什么?你可知道我的遭遇么?"老树说到这儿,似乎心头酸酸的,从疙瘩眼里挤出了两滴眼泪,又如诉如泣地说,"想我老杏,那老园丁当年种下我时,只不过费了他一个核儿,我一年开花,二年结果,三年长得一把粗,十年便长成了合抱粗的大树,到如今已有三十多年了。这三十多年来,老园丁和他的妻子儿女、奴仆佣人,以及来往宾客,都是我供着杏果儿给他们吃。他们自己吃不完,还时常把我的果儿拿到集市上去换钱。你说,我对老园丁一家,恩德也不小吧?可如今我老了,不能结果子了。老园丁顿时翻脸作色,怒冲冲地伐去我的枝条,砍掉我的枝叶,昨天又把我卖给了木匠。听说过两天木匠就要来锯我了。"

老杏树说到这儿,喉咙哽咽,泣不成声。它停下来稳了稳情绪,然后又愤愤地说:"你说,像我这样对老园丁一家有恩三十年,他尚且对我这等负心!你对狼的那一点点恩德又算得了什么呢?该吃你!该吃你!"老杏树说完,便闭上眼睛,不再理东郭先生了。

东郭先生先是惊得目瞪口呆,愣了半天神儿。听完老杏树的话,他又气又恨,半天说不出话来。

"听到了吧？傻老头！它说我该吃你！"中山狼得意地说着，便又张开血红的大口朝东郭先生扑来。

"哎呀，你性急什么？"东郭先生慌忙闪到老树背后，伸过头来说，"刚才不是说好要问三老么？如今才问得一老，你怎么便急着吃我！"中山狼咽了咽口水，不耐烦地说："好吧好吧，就让你再问两老，看你能跑到哪儿去！快去，我饿得不耐烦了！"

他们又走了一程，看见一头老黄牛弯着腿趴在地上晒着那快要落山的太阳。中山狼迫不及待地说：

"傻老头儿，前面有一头老牛，你快去问它！"

东郭先生带着哭腔，悲悲切切地说："哎哟哟，我刚才被那万刀砍千斧斫的愚树顽木，差点儿丢了一条老命。这牛是披毛戴角的禽兽，它又懂得什么道理？"

中山狼恶狠狠地吼道："你管它懂不懂道理，你只管问去！你要再啰嗦，我可就对你不客气了！"

东郭先生只得拖着沉重的双腿，挪到老牛跟前，对它作了个揖，哭诉道："老牛啊老牛，这中山狼被赵卿射中，是我救了它一命，它如今反要吃我。牛大哥啊，您给评个理，它究竟是该吃我，还是不该吃我？"

老牛把眼睛闭着，眼角上还沾着两颗豆子大的黄眼屎，听了东郭先生的话，它懒洋洋地睁了睁眼皮，摇了两下尾巴，声音低沉地说：

"听你这口气，好像是受了莫大的委屈似的。可跟我比起来，你那点委屈算得了什么呢！"老牛把头抬了抬，开始诉说自己的经历，"想当初我还是牛犊的时候，体格健壮，力大无穷，我的主人把我爱惜得要命。他出门做买卖，是我驾车；他耕田种地，是我拉犁。他家的穿衣吃饭，儿女婚姻，公私赋税等等，哪一样不是出在我身上？那时节，他也真把我当成自己的亲手足一样待。可是，"老牛说到这儿，不禁心酸起来，眼泪潸潸地往下流，"他如今见我又老又病，便将我赶出家门，拴在旷野荒郊，让我受寒受冻，忍饥挨饿。几天下来，我已经皮枯毛疏，只剩下这把皮包骨了！你说我苦不苦？昨日还听得那老农和他妻子算计我说，'那老牛身上的东西都是有用的：它的肉可以割下来做肉干儿吃，皮可以剥下来做革制品，骨和角还可以打磨成器具用。'那老农就叫他儿子磨快了刀，明日就要来宰我、我好心酸啊！"老牛抽泣起来，喉咙哽住了。顿了顿，他又抬着头，对着东郭先生喷了一个响鼻，怒气冲冲地说："你说，我对老农有这么大的功劳，他还要加害于我。你对狼能有多大恩德？它怎么不该吃你？该吃你！该吃你！"老牛愤愤不平，气嘟嘟的。

东郭先生气得嘴都歪了，捶胸顿足地直叹气："唉！我今天怎么这样晦气？遇着一根木头，一头病牛，都是被人抛弃的倒霉鬼！看来我今天必死无疑了！"

"嗨，老呆子，你现在该甘心了吧。快乖乖地让给我吃！"中山狼说着，又穷凶极恶地扑了过来。

东郭先生赶紧蹲下，躲过飞扑过来的恶狼，争辩着说："你……你怎么又忘了？三老还只问过了两老。且等我再问一个老的，他要是也说你该吃我，我就伸开手脚躺在地上，一动不动地给你吃。"

"哼！我就再让你问一个老的，到那时看你还有什么话说！"中山狼阴阳怪气地狞笑着，"凭着我一片好心，老天也要赏给我一顿肉吃！"中山狼说完，又昂着头顺着官道大路往前走去。东郭先生这时已吓得全身骨头都软了，上下牙齿直"嘚嘚"地打架。他惊恐地想："要是再遇上一个倒霉鬼，我可就完了！"东郭先生这么想着，脚又不由自主地往前蹭去，边走边凄切地呼叫道："老天爷呀，叫谁来救我东郭先生一条老命吧？"

他们顺着山路又往前走了一程，拐过一道弯，便进入了一个小峡谷。峡谷下面有一条潺潺流淌的小溪。再一细看，前面不远处的溪水上还有一座小木桥。

"有桥必有人！"东郭先生暗喜道。他循着木桥望过去，见桥那面树丛里，果然隐隐约约有一座茅草盖的房子，房子前后围着的竹篱也依稀可见。

"好了，我有救了！"东郭先生失声叫道。

"哼！你高兴什么？看谁救得了你。"中山狼回过头来凶狠地说。

东郭先生一下子来了劲儿，他不再怕狼了，牵着毛驴三步两步走到了狼的前面，想走过桥去投奔那一户人家。突然他眼睛一亮，前面不远处，一个扛着锄头的老农不正从山路上走过来了么？

东郭先生欣喜若狂，发疯似的跑过去，跪倒在老农脚下，鸡啄米似的连连叩着头。全身颤抖着忙不迭地说："老丈救我！老丈救我！"

老农被这突如其来的一幕吓了一大跳。他定了定神，看了看眼前这位惊恐万状的老先生和他后面那条穷凶极恶的老狼，心中早已明白了三分。其实他不是一个地道的农民，而是从官场上引退下来，躲到这远离尘世风波的深山峡谷里隐居逍遥的。刚才，他一个人去山坡上的菜地里松了一下土，扛着锄头悠哉游哉地一边欣赏风景，一边哼着小调，陶醉在逍遥自在的隐居乐趣之中。他正要从山路上下坡回家时，猛然间碰上了眼前这个惊慌失措的老头儿。

听着东郭先生的话，老农慢慢放下肩上的锄头，故作惊讶地问：

"老先生，怎么回事呀？"

东郭先生稳了稳"嘣嘣"乱跳的心，悔恨交加地说："唉！都只怪我糊涂！我在这山路上赶路，要到中山去求取功名。不想遇着赵简子在山上打猎，这中山狼被赵卿一箭射伤，它拖着箭伤，上天无路，入地无门，急忙中看见我在路上，便跑过来苦苦求我救它一命。我想我乃墨子之徒，信奉的就是无所不爱，便一时糊涂，动了恻隐之心、怜悯之情，听信了它的花言巧语，把它装进我的书囊里，救了它一命，放它出来后，我又帮它拔出箭头，敷上药粉，医好了它的箭伤。没想到它真的是好了伤疤就忘了疼，翻过脸来说肚子饿了，要以我充饥。随便我怎样苦苦求它，它就是不肯饶过我，我急忙里想出一条缓兵之计，跟它讲好：先问三个老者，看他们说该不该吃我。谁知半天遇不到一个老人，这孽畜又急得慌，便叫我去问一株老杏树。那朽木疙瘩被园丁抛弃，受了一肚子委屈，便发泄在我身上，说该吃我。过后又问了一头老昏了头的老牛，那畜牲也是被它的主人抛在野外要宰杀的，便把满腹的牢骚朝我发，也说该吃我！我两次三番被这负心的禽兽抓扑，险些儿送了性命。如今幸好遇着老丈，这是我命中注定不该死了！老丈，您就是我的大救星，请您说句公道话，救我一命吧！您的大恩大德，我永世不忘！"

老农听完东郭先生的话，故意漫不经心地说："哦，原来是这么回事，你救了中山狼一命，它反过来要吃你。这当然是狼的不对了，它怎么可以吃你这救命恩人呢……"

"就是，就是！"东郭先生连声附和。

"不过，"老农接着说，"你怎么可以去救一条狼呢？你这么大年纪了，难道不知道狼的本性么？它负了伤，不能去捕食，肚子又饿得慌，它不吃你这样的书呆子，叫它吃谁去？"

"老丈说得有理！老丈说得有理！"中山狼见老丈帮着自己说话，更加志满意得，眉飞色舞，他摇着尾巴凑到老丈跟前，进谗说：

"老丈，您不要听信这老呆子的一面之言，他刚才说的全是假的！真相是：他当时见我受了伤，便用绳子将我四条腿紧紧缚住，使劲将我塞进他那个小小的布囊里。我蜷曲着身子，头和屁股都要挤在一块了，受了好半天的活罪，他又将布囊口子系得紧紧的，想憋死我。他还对赵简子说了我许多的坏话，要帮着赵卿杀死我！您说，他哪是真心救我？他只不过想把我骗进他的书囊中，瞒过了赵卿，然后便谋害我，自己一个人独得其利。像他这种狠毒、贪心的老家伙，老丈您说，是该吃还是不该吃？"

老农一边听，一边捋着胡须沉吟着，听中山狼说完，他故意板着脸对东郭先生说："老先生，我刚才说你不该救狼。如今听中山狼这样说来，你就更不对了。"

"哎呀老丈，我误救中山狼，固然是我一时糊涂，可如今您怎么也糊涂了？我为了救它，担着好大的风险，吓得我心惊肉跳的。只是急切里没处藏它，才不得已让它钻进我的书囊里……"东郭先生没想到老农也会说出这样的话来，慌忙辩解着。

"老丈不要信他！我被他缚在囊儿里，好受苦哩！"中山狼装出一脸委屈的样子，试图博取老农的同情。

东郭先生与中山狼你一言，我一语，互相争辩着，真是公说公有理，婆说婆有理。其实，老农哪有心思听他们争辩，他在故意拖延时间，寻思一条杀死这只恶狼的万全之计。他知道，光凭自己与东郭先生两个老人的力量，要打死这只恶狼是很危险的，说不定狼没打死，反而还要葬身狼腹。"不行，得想个安全的法子。"老农想。他眯缝着眼睛，紧皱着眉头。忽然他从中山狼的话中得到启示，于是灵机一动，计上心来。他使劲将锄头在地上顿了两顿，佯做厌烦地说：

"好啦好啦！你们两个都别说了！依我看来，你们两个说的都难凭信，再争再吵也分不出谁是谁非。我有个主意。"他对着中山狼，"中山狼，你不是说他把你缚在囊中，你好受苦么？如今依旧委屈你一下，把你再装进他布囊中，把你那受苦的样儿让我亲眼看一看。要是真个受苦呀，"他转身向东郭先生，"老先生，我也救你不得了，你就乖乖让它吃了吧。"

东郭先生不明老丈之意，气急败坏地说："这是什么话！哪有像你这样评理的！它身子那么大，我这囊儿又小，怎能不……"

"老丈，您这办法好，就这么办吧。"中山狼高兴地抢过话头，一个劲儿催促说，"老丈，我被他折腾了大半天；肚皮实在饿得不行了，您让他快快动手吧。"

老农朝东郭先生努了努眼睛，示意他动手。可东郭先生还是没有领会到老农的意思，他嘟着嘴，很不情愿。经老农再三催促，他才慢腾腾地倒出囊中的书，张开口袋。中山狼赶忙蜷紧身子，缩住脑袋，先将后身往里钻。东郭先生也帮着使了一番劲，才把中山狼的大半身又给套进去了。只剩下脑袋在外面时，中山狼特意慎重地嘱咐老农说："老丈，我是一定要吃那老呆子的，我已饿得慌了，您可不要又让我憋久了。"说完便将脑袋缩了进去。

老农赶紧从地下捡起绳子，将布袋口严严实实地系住，提起来顿了两顿。这时听得中山狼在布袋里闷声闷气地问道：

"老丈，您看我这个样儿是苦还是不苦？"

老农丢下袋子，顺手拿起脚下的锄头，朝着布袋口使劲砸了一锄头，愤怒地说：

"中山狼，你如今又知道苦了么？嘿嘿，你的苦还在后头呢！"

中山狼在布袋里痛得嗷嗷直叫，它知道自己上了当，急忙在里面乱滚乱蹬，拼命挣扎。

老农见状，赶紧小声问东郭先生道："老先生，你身上带着佩刀么？"

东郭先生惶惑不解，睁着两只大眼问道："老丈，您要佩刀干什么？"他一边说，一边慢腾腾地解下腰间的一把小佩刀。

老农朝东郭先生努了努嘴，示意他赶快下手杀死这条负心的恶狼。可东郭先生睁着两只疑惑的大眼睛，怔怔地站着，不知所措，急得老农大着嗓门儿吼道："你这时还不下手宰掉这个畜牲，还等什么时候？"

"让我杀死它？"东郭先生这时才恍然大悟，明白了老农的用意。可他吓得两腿发抖，拿刀的手也哆嗦着，吞吞吐吐地说："这……这……我可下不了手！老丈，虽然是他对我负心，可我却从来也没有杀死过一条生命。我……我下不了这个手。"

"唉，你真是个书呆子！你不杀它，它可要吃你呀！"老农气得拍胸脯。

中山狼在布袋听得清清楚楚，忙大叫着说："老先生，我不吃你了，你行行好，放我一条生路吧！"

东郭先生又动了怜悯之心，对老农说："老丈，你听，它说不吃我了。就算刚才是我晦气，这中山狼，您就放了它吧。"

"哈哈哈……你呀你，真是糊涂到家了！你刚才听信了它的谎言，险些丢了自己一条老命；现在你又要听信它的谎言，再放它出来吃你么？这样忘恩负义的禽兽，你还要相信它的话么？你真是一个仁慈的好心人！"老农冷笑一声，"哼！只可惜你把这种仁慈的好心肠用在一条凶恶成性、忘恩负义的禽兽身上，可就成了个人兽不分、善恶不明的大蠢人啦！"

老农说着，不等东郭先生动手，便又举起锄头，使劲朝布袋里正在挣扎的恶狼一阵猛砸，砸得中山狼一声比一声凄厉地尖叫。随着布袋口一股股殷红的血液渗出，中山狼的尖叫声逐渐变成了无力的呻吟。可老农还是不放手，一边砸一边恨恨地说："砸死你这负恩的禽兽！砸死这负恩的禽兽！"

东郭先生在一边看着，心中觉得惨不忍睹，不能再往下看，便赶紧用袖子捂住眼睛，掉过头去。听着中山狼连哼的声音也越来越微弱了，他赶忙上前劝阻老农说：

"老丈，那世上负恩的多得很，又何止这一条中山狼呢？您就放过它吧。"

老农眼看着中山狼不能动弹了，这才停住手，接过东郭先生的话，深有感触地说："是呀！先生这话算说对了，那世上忘恩负义的东西确实很多啊！那辜负国君的，受用了朝廷的大俸大禄，却尸位素餐，一点事儿也不干，还要使出那奸邪贪狠、巧言媚上的手段，祸国殃民，把个铁桶般牢固的江山，败坏得不可收拾。那辜负父母的，受了爹娘的抚养之恩，不思报答，以为爹娘没受半点苦头，就把他们养大了；有的甚至为了自己能飞黄腾达，不惜拆骨还父、割肉还母，断绝亲子关系；自己大富大贵了，反而说父母多亏了他的抬举。他们也不想想：自己究竟是从哪里来的？那辜负老师的，自己出了名，便摆出一副大模大样、盛气凌人的架子，把过去的老师当做陌生的路人相看：不想想自己过去刚上学时，老师一字一句教他识字读书，费了老师多少心血呀！那辜负朋友的，过去自己贫穷时，受过朋友多少接济帮助,又多亏朋友的提携奖掖,才得以混出个人样,当时的关系,真可谓如胶似漆,誓同生死;可一旦朋友开始败落,他便落井下石,马上又去趋附新的更有势力的权贵。那辜负亲戚的,过去自己未发迹时,靠着亲戚吃,靠着亲戚穿,靠着亲戚资助扶持;可他翅膀刚一硬,便翻脸不认人,转眼之间便绝情绝义;他又唯恐自己穷了,人家富了,平白无故地妒嫉人家,暗地里算计人家……你看,世上这种种忘恩负义的人,不个个都与这中山狼一模一样么?"

老农越说越气愤,他见布袋里的中山狼还在微微呻吟抽搐,干脆撕开布袋,露出血迹斑斑的恶狼。那狼睁着蓝色的双眼,望着东郭先生,气息奄奄地说:

"我……我没把你……你这蠢老头子……吃掉,真……真是太……太可惜啦!"

东郭先生顿时气得脸色通红,悔恨交加地说:"你……你真是本性难移,至死不改呀!我……我真是太蠢了,竟对你这种凶恶成性的禽兽施起爱心来!我……我……"

东郭先生气得不知再说什么好。他看了看手里的佩刀,使足全身气力向中山狼的脖子刺去。望着眼珠翻白的中山狼,他咬牙切齿地骂道:

"孽畜,如今你还想吃什么?"

东郭先生杀死了中山狼,解了心头之恨,才站起来对旁边的老农说:"多谢老丈救命之恩!"老农笑了笑,意味深长地说:"先生今后要记住了,对这种本性凶恶的畜牲,是不能讲仁慈的!"

中国十大古典**喜剧**故事

看钱奴

[元] 郑廷玉

曹州有一个名叫周荣祖的财主，娶妻张氏，生养了一个儿子，取名长寿。他的祖父周奉记信佛吃斋，花钱盖了一座寺院，每天都在里面看经念佛，祈求佛祖保平安。周荣祖的父亲只知贪图享乐，从不积善修德，因修筑住宅需要木石砖瓦，而又不愿别处采买，便拆毁了父亲建的佛院，住宅刚一建好，周荣祖的父亲就患了重病，医治无效一命呜呼。

　　父亲死后，周荣祖便一手当家。这时家业虽不如爷爷在时兴旺了，但家底还是比较丰厚的。

　　从小在私塾先生那里受到正统的儒家教育，学成了满腹诗书文章，树立了鹏程万里之志。周荣祖一心只想：学成文武艺，货与帝王家，想通过科举考试走上当官发财的道路，去施展自己的才华，干一番大事业，为皇帝效忠，也为家族争荣。

　　这一年的春天，周荣祖听到朝廷每举行进士考试的消息，高兴得几天合不拢嘴，他早就盼望这一天了的到来。

　　晚上与妻子张氏商议道：

　　"娘子，我准备去京城参加今年的进士考试，你同意不同意？"

　　张氏不愿耽误丈夫一生的前程大事，她怎能不同意，但她又不忍与丈夫分离，还想跟在丈夫身边，好对丈夫的生活起居有一个照应。她便用探询的目光看着周荣祖说：

　　"荣祖，你带着长寿孩儿与我一块儿去，好不好？"

　　"好倒是好，只是咱这个家谁照看呢！还有祖父积攒下来的那些金银财宝，也携带不去，怎么办？"周荣祖摇着头，沉吟着。

　　张氏倚偎在丈夫怀里，轻轻抽泣起来，眼泪吧嗒吧嗒掉在周荣祖的胸口上。周荣祖见妻子伤心成这个样子，一时乱了方寸，毅然地说：

"好吧！好吧！娘子，我就带着你和孩儿一块去。家中的房屋院落，就让仆人们看守着。我与你多则一年，少则半载，就回来了。要是能够得个一官半职，改换门庭，光宗耀祖，不是一件大好事么。"

张氏见丈夫同意带自己去，顿时破涕为笑，非常高兴笑着说："我这就去收拾行李，明儿与你一同上京。"说罢，便一骨碌从床上爬起来，忙着收拾行李去了。

周荣祖趁黑将祖父积攒下来的几坛子金银财宝悄悄搬到后屋墙下，挖地三尺，埋了进去。

第二天一早，周荣祖一家三口便离开周家庄，上京城参加进士考试去了。这一去不打紧，惹出一场如梦如幻的大变故来。

曹州有个光棍汉叫贾仁。他自幼死了爹娘，既无兄弟，也无叔伯，连半个可以投靠接济的远房亲眷也没有。他孤零零的一人住在城南那废弃的破瓦窑里。照理说像他这样有力气的五尺汉子，凭力气该不愁吃喝，可他却偏偏好吃懒做长着一幅歪歪肠子，总想占别人的便宜。时间长了，人们嫌弃他人穷志短，背地里都称他"穷贾儿"。

曹州附近有一座东岳灵派侯庙。因其灵验，远近四方来烧香进贡的人，络绎不绝来朝拜。贾仁也经常到庙中来顶礼膜拜，祈福求财。灵派侯对贾仁的为人，早就了如指掌，也极为反感厌恶，因此迟迟不肯赐福与他。

灵派侯为了检验一下贾仁的心地是否真的善良诚实，一如他自己所说。加上有一笔偶然的财源，灵派侯决定试一试他。

这一天，贾仁替别人家做短工打墙，打了半堵，觉得气力不支，便停下来歇息。这里离灵派侯庙很近，贾仁便又趁机到庙中来向神灵诉苦求福。他两手空空地走进庙中，因为没有香烧，便只好捻一把土做香，然后便双膝跪下，向灵派侯诉说道：

"过往得到神灵，我叫贾仁。特来祷告，求您可怜可怜我，我贾仁也是一世人，偏偏衣不遮身、食不充口、吃了早上的、无那晚上的。天为被，地为床。一到寒冬，便只得烧地卧、热地眠。天呐！你也睁开眼睛看看吧！这真穷死我贾仁了。上圣，我也不求大富大贵，只要有一点小小的富贵就行了。我一旦得到了些小富小贵，我会广行善事、广种福田、盖寺建塔、修桥补路、惜孤念寡、敬老怜贫……"说着说着，贾仁觉得身体困乏得很，便迷迷糊糊进入了梦乡。

贾仁刚一睡着，灵派侯便把贾仁的魂魄摄过来。灵派侯看着贾仁的魂魄，问道："你就是贾仁么？你为何屡屡在我的庙堂之上怪天怨地、怨恨神灵？你说，你到底是什么缘故？"

贾仁慌忙双膝跪下，朝灵派侯拜了又拜，战战兢兢地说道："上仙可怜可怜小人吧！小人怎敢怪天怨地？小人只是想，我贾仁生于人世之间，衣不遮身，食不充口，吃了早上的，无那晚上的。烧地眠，热地卧。穷死我贾仁了！求上仙可怜可怜，只要给我一些小小的衣食富贵，我贾仁也会斋僧布施，广行善事，什么盖寺建塔、修桥补路、惜孤念寡、敬老怜贫，我都舍得。上仙，只求您可怜可怜！赐给我一些小小的富贵吧！"

灵派侯审视着贾仁，一字一顿地说："贾仁，你说得倒是好听！只是你能说到做到么？"

贾仁忙拍着胸脯，发誓说："告上仙，我贾仁若有半句假言，情愿遭天打雷劈，不得好死！"

灵派侯点了点头，说："既然这样，上天有怜爱生灵的美德，暂且赐予你些福力吧！按说你应该冻死饿死，我看见曹州曹南周家庄有一人家，他家祖宗所积的福力阴功，本可庇荫三代！可因儿辈一念之差，犯了点小错，该受些责罚。我如今就将他家的福力，暂且借给二十年。二十年满之后，你再拱手交还给周家主人就是了。"

贾仁只听说要给他福力，哪还有心思细听后面的话，慌忙叩下头去。喜不自胜地说："多谢上仙救济提拔之恩！我这就做财主去。"说着便站了起来，拍了拍膝盖上的尘土，得意忘形地说："我要是做了财主啊！就穿一身好衣服，骑上一匹好马，往它屁股上抽它一鞭子，那马便发疯似的跑起来……"

"做什么？"灵派侯厉声呵斥道。

贾仁自知失口，忙抵赖说："没……我没说什么。"

派侯说："我只是把别人家的财富暂时借给你，让你掌管一段时间。"

贾仁问道："上仙！不知借给我多长时间？"

灵派侯说:"借给你二十年,到时候你要仍旧还给人家。"

贾仁这下听清楚了,急忙说:"上仙,反正是个借字,求您无论如何再可怜可怜我,多借给我些时间吧!横竖是个小字儿,您在上面再添上一画,借给我三十年。可好么?"

灵派侯厉声说:"住口!我知道你这家伙是得寸进尺,不会知足的。我问你,你知道为什么桃花三月放、菊花九月开么?看你穷得可怜,暂且借与你二十年福力。二十年之后,你要如数交还原主,常言说'善有善报,恶有恶报'不是不报,时辰未到。'上天若不降严霜,松柏也不见得比蒿草强',神明若不显示报应,行善的反而会不如做恶。我送你几句话,你可记牢了,'莫瞒天地莫瞒心,心不瞒时祸不侵;十二时中行好事,灾星变做福星临,'"他朝贾仁挥了挥手,接着说,"你去吧!别推说在睡里梦里,将我的话一句也不听。"说罢,便将贾仁使劲一推,便消失在冥冥之中。

贾仁猛然惊醒,睁开眼睛一看,原来自己还是靠着廊柱睡在屋檐下。想起刚才的梦。他好不惊奇地说:"哎呀!我怎么还睡在这儿?哦,原来是一场黄粱美梦!不过,刚才上仙分明对我说,要将周家庄一户人家的福力借予我二十年。"他一骨碌站了起来,拍了拍屁股上的尘土,立刻显出几分得意来,"嘿嘿,我如今便去做财主去了!"

贾仁回到工地上,继续打他的墙。在挖墙根时,刨出几个大坛子,揭开盖儿一看,里面全是黄黄的金子和白白的银子,看着这些黄灿灿、白花花的东西,贾仁的眼珠子都要鼓出来了。

当下他便瞒着主人悄悄将坛子搬回到自己家中。关好门窗,哗啦啦将几坛子金银全倒在地上,一个一个摸了又看,看了又摸,然后又一个一个捡起来装进坛子里,小心翼翼地将坛子埋藏在自己的床底下。

贾仁晚上睡在床上高兴得一夜都不曾合眼。

第二天,他先去扯了些布料,做了几件新衣服。然后便请工匠拆掉了自己破烂不堪的茅草棚,盖起了一座像模像样的大房子。接着,他便开始买田置产,经营生意,让钱生出更多的钱来。

他先办起了一个典当铺,因为自己不会算账,便雇了一个老秀才陈德甫为他管理账务。随后不久,他又相继办起了粉房、磨房、油房、酒房等手工作坊。还开了一家酒馆,雇用店小二负责经营。

他的生意越做越兴隆，越做越红火，家中的钱也越攒越多。几年功夫，他便真的成了一个有万贯家财的大财主。

村民们对贾仁的暴发，自然也有不少怀疑，不知道他为什么从一个衣不遮身，食不充口的"穷叫化"一夜之间变得那么有钱，但大家既不见贾仁偷，也不见贾仁抢，便只好认为是命中注定该他时来运转，发迹变富了。

令陈德甫不满的，是贾仁那种不可理喻的贪婪与吝啬。贾仁虽然已有万贯家财，但仍然贪得无厌，别人的东西他恨不得掰开人家的手夺过来。而自己的东西却舍不得给人。要是有人问他要一贯钱，就如同抽他一条筋一样，要心痛好几天，更不用说花钱去盖寺建塔、修桥补路了。这样，贾仁的悭吝也很快就出了名，人们当着面虽然都叫他"贾员外"，可背地里又给他送了一个外号叫"悭贾儿"。

贾仁得到意外之财不久便有人为他做媒说亲，娶了一个年轻漂亮的妻子。贾仁是要什么有什么，唯一的缺憾是随着年龄的增长，他老婆一直没有给他生一个儿子。眼看着自己的岁数越来越大，想要自己的亲生儿子看来已不大可能了。这怎能不让贾仁心急火燎，忧心如焚呢！他攒下这么大一份家业，自己舍不得吃，舍不得用，为着谁来？若没有人继承他传给谁去！

贾仁越想越着急，终日瞅着老婆的肚子发愁，可那肚子就是不鼓起来，没办法。贾仁终于放弃了对老婆的希望，决定抱养一个孩子慰藉自己的晚年。二来也是要靠他来继承自己的家产，这件事他已吩咐账房先生陈德甫好一阵子了。可陈德甫至今还没有给他回话，不知是怎么回事。

其实，陈德甫已给贾仁留心好久了，可一直没有找到中意的小孩。陈德甫是个忠厚老实的人，办事稳妥可靠。他早年也曾攻读诗书，研习经史，不幸父母双亡，又没有给他留下什么财产。

陈德甫为生活所迫，便只好废弃学业，去给那些有钱人家的孩子做私塾老师。贾仁发家以后，看中他忠厚老实，便雇请他做了自己的先生，负责管理他的典当铺，也兼管一些家事。自从上次主人吩咐他物色一个孩子以后，他便四处打听，经常留心着，又托付酒馆的店小二帮他留意，一见到合适的，便通知他来看人。

这几天都下着大雪，陈德甫呆在铺子里没有出门。今天他觉得心慌，便决定到酒店去看一看有没有消息。

雪比昨天下得更大，漫天飘舞的雪花，早已把大地打扮成银装素裹；那洁白的雪光，刺得人眼睛都睁不开。

酒店的小二一早起来打开店门，见又是一个卖酒的好天气，打心眼儿里高兴。他搬出一缸新酒，先舀出三杯，供放在店堂正中神龛下的一张桌子上，恭恭敬敬地跪下去，祷告说："招财招利的土地神，愿我的酒一缸比一缸好。"

小二站起身来，去门外檐下挂起做招牌用的酒幌子。雪地里有两个大人带着一个孩子跌跌撞撞地朝酒店走来，三个人衣着薄，脸和双手都冻得通红，尤其是那个小孩，偎依在妈妈怀里。冻得全身都在瑟瑟发抖，颤抖着声音不停地说："妈妈，我冷！妈妈，我冷！"

母亲把孩子抱得紧紧的，父亲看在眼里，急在心里，便壮着胆儿朝店门喊道："店里有人么？"

小二答应着，赶忙走到门口，不及说话，客人先朝他作了个揖，说："小二哥，有礼了。"

小二忙热情地接过话说："免礼，免礼！快请到店里来坐着吃酒，暖暖身子。"说着便走到灶台边准备为客人热酒上菜，嘴里还一个劲儿热情地问道："客官，这么冷的天！您从哪里来呀？"

可那三个人仍然站在门口，说："哥哥，我没有钱买酒吃，小生是个穷秀才。一家三口从洛阳探亲回来，不想遇着这场大雪，身上无衣，肚里无食，一路上只见您这儿的门开着，我孩儿冻得不行，我便只好大着胆儿来打扰哥哥。望哥哥可怜可怜！让我三口儿在您这儿避一避雪吧！"

小二这才放下手中的活，重又走到门口，见门外果然还站着一个妇人和一个冻得直打哆嗦的小孩。嘴里忙说："天冷，快请夫人和公子到店里来坐。"说着便将这一家三口让进了店里，端来一盆旺旺的炭火，让他们坐着烤。

这一家人不是别人，正是前去京城赶考的秀才周荣祖和他的妻子张氏、孩儿长寿。他们一家高高兴兴赶到京城，谁知周荣祖时运未济，三场考试下来，竟然都榜上无名。于是一家三口只好沮丧地回到曹州家园，回到家来，也事事不如意。尤其让周荣祖感到棘手的是，他临走前埋在后屋墙下的几大坛子金银财宝，也被人盗去了。

从此家计日渐艰难，衣食不济，入不敷出。熬了一两年苦日子之后，家中衣食柴米罄尽，实在难以维持生计。没办法，周荣祖只得带着妻儿离乡背井，去洛阳寻找自己的一个远房表叔，想求他接济接济。一家人疲惫不堪地到得洛阳，真是"屋漏偏逢连夜雨，船破又遇打头风"，不知表叔又搬迁到什么地方去了。辗转找了几个月也没有找着，眼看天气越来越冷了，一家人身上都很单薄，便只好又风餐露宿往回赶。

还不到家乡，便下起了这场铺天盖地的大雪，一家三口又冷又饿，实在是难熬。周荣祖三番五次地去敲那些大户人家的大门，总是吃闭门羹。没办法，一家三口只得又拖着饥饿的身子顶风冒雪往回赶，好不容易走到了小二酒店的门前，见门开着，张氏便说："荣祖，我与孩儿实在走不动了，你去那酒店里讨个方便，让我们进去避避风雪吧！"周荣祖答应着，于是便发生了刚才的那一幕。

小二看着这一家三口围着一盆炭火，恨不得将身子都赴到火上去。手虽然烤热了些，可身上还在发抖。不由得生出一种怜悯之情，叹息着说："你看这三口儿，这么大冷的雪天，穿得这么单薄，又饿着肚子，怪可怜的。哪里不是积福处，我早上供神用的三盅利市酒，就给他们吃了吧。让他们驱驱寒也好！"这么想着，他便朝周荣祖喊道：

"喂，秀才，你过来，我与你盅酒吃。"

周荣祖只听见小二哥喊他去吃酒，忙走过来摇着手说："小二哥，我哪里有钱来买酒吃？我只在您这避避风雪就走。"

小二说："我不要你的钱！我见你身上单寒，给你一盅酒吃。"

周荣祖似乎不相信自己的耳朵似的，睁大了眼睛望着小二，问道："哥哥说不要小生的钱，就这样白给我吃？"

小二点了点头，说："是的！"

"这样的话，小生多谢哥哥了！"周荣祖说着朝小二作了个长揖，便接过酒杯，仰着脖子一口喝了个底朝天。嘴里忙不迭地称赞说："好酒！好酒！我这杯酒一下肚，就觉得浑身都热乎乎的，像加了一件新棉袄一样。谢谢！谢谢！"说完又朝小二拱了拱手，乐不可支地回到了炭火边。

张氏见丈夫吃了酒来，脸上泛起了红潮，心里也乐滋滋的。便问道："荣祖你买的酒好吃么？"

周荣祖忙分辩说："娘子，我哪有钱来买酒吃！是小二哥见我身上单寒，可怜我，给了盅酒我吃。"

张氏说："哦，原来是这样，难得小二哥这样好心肠。荣祖我这会儿身上也冷得不行，你想个法子再去问小二哥讨一盅儿酒给我吃，好么？"

周荣祖有些为难地说："娘子，怪难为情的，我怎么好向人家开口呢？"嘴里虽这么说，人却已走到了小二的灶台边，弯着腰朝小二鞠了个躬，说："哥哥！真不好意思，我娘子见我吃了酒，便说她这会儿也冷得难挨，想向您讨盅儿酒吃，不知……"

小二不等周荣祖把话说完，便大方地接过话说："你娘子也要吃酒么？好好好，有酒，有酒。"说着便把一盅酒递到了周荣祖手里。

"这盅酒你端去给娘子吃吧！"

周荣祖接过酒盅，连声道谢："多谢！多谢！"说着已将酒盅端到了张氏跟前，"娘子，向小二哥讨了盅酒来，你吃吧。"

张氏感激地接过杯子，将酒一口喝了下去，正要把酒盅交给丈夫去还，只听旁边的长寿孩儿大声叫说："爹爹，我也要吃一盅。"

周荣祖拿着酒盅，万般无奈地低着头说："儿呀！你叫我如何再好开口去讨呐？"

正在为难之际，只听小二哥说："秀才，我这里还有一盅酒，你拿去给孩儿吃了吧。"

周荣祖感激得眼泪都要流出来了，忙朝小二鞠了几个大躬，又接过酒盅，端给长寿孩儿吃了。

周荣祖把酒盅交还给小二时，小二说："秀才，我看你一家人也真怪可怜的！与其让孩子也跟着你们一起受苦，还不如把他卖给一个有钱人家，这样孩子可以过点好日子，得以长大成人，你们也可以得到一笔钱，去做点小本生意，以维持生计，不知秀才意下如何？"

周荣祖不假思索地说："这确实是一个好主意！我自然没有意见，但不知我娘子同意不同意？"

小二说："那你去问问你娘子？"

周荣祖走到张氏跟前，悄悄将小二哥的话说了。张氏一听说要卖自己的孩子，顿时心便像刀割一样地疼，她埋着头半天不肯吱声，只一个劲儿抽泣着。她怎能舍得将自己哺育了七年的心肝骨肉转手卖给别人呢？可她反过来又想：孩子跟着自己迟早不是冻死就是饿死，将他给了人家还能有一条生路,说不定将来还会有点出息。

这么想通之后,她便咬着牙,声音哽咽地说:

"荣祖只要哪一户人家养得活,就将这孩子卖给人家吧!"

周荣祖见娘子同意了,便走过来对小二哥说:"哥哥,我娘子也同意将这个孩子卖给人家,不知这里可有人愿意要这孩子么?"

小二说:"你们在这里等着,我这就去叫那买孩子的人来。"说罢便要找陈德甫。

刚要出门,正好陈德甫自己找上门来了。

陈德甫听小二说完,领着周荣祖、张氏和长寿去见贾老员外。

贾仁的心情格外地坏,他现在有钱了,性格也变坏了。想要什么便想立刻就弄到手,这找孩子的事,他都吩咐陈德甫好些日子了,可迄今半点消息也没有,这些日子天天下着大雪,陈德甫连门也不上,他真急得有点惶惶不可终日了。

到了贾仁门口,陈德甫对周荣祖说:"秀才,你们先在门口等着,我先进去与员外说一声,再来叫你们。"说完便一个人走了进去。

贾仁一见到陈德甫,劈头盖脸就训斥道:"陈德甫,我几次吩咐你,叫你给我寻一个小孩儿,你怎么这样不会干事!"

陈德甫毫不介意,躬了躬腰,合掌作揖说:"员外,恭喜您!如今已为员外找到一个好乖的小孩了!"

贾仁迫不及待地问道:"人在哪里?"

"就在门口。"

"他父亲是个什么人?"

"是个穷秀才。"

贾仁吩咐说:"你去叫那卖孩子的人过来我看。"

陈德甫忙走到门口,对周荣祖说:"周秀才,我员外要见你,你好生拿出点礼节去见过员外吧。"

周荣祖心里"嘣嘣"乱跳,心情紧张地说:"陈先生,你得多给我些钱!"陈德甫问道:"你想要多少?"他拍了拍胸脯,这事都包在我身上。周荣祖便吩咐张氏说:"娘子,你看着孩儿,我去见员外了。"周荣祖走进屋里,见到贾仁便弯腰拱手作揖,小心地说:"员外,我这儿有礼了。"贾仁也不起身还礼，盯着周荣祖问道："你这秀才，是哪里人？叫什么名字？"

"小生就是本处曹州人。姓周名荣祖，字伯成。"

贾仁心不在焉，似听非听，不耐烦地打断他说："好了好了。我这两个眼里偏生见不得这种穷光蛋！陈德甫，你让他靠远些站着，你不见饿虱子满屋子飞么！"

陈德甫只得耐着性儿对周荣祖说："秀才，你就依着他站远些吧！他们这种有钱的人都是这种脾气！"

周荣祖走出门口，看着张氏，伤心地说："娘子，我们穷人真是好受气哟！"

贾仁把周荣祖支出去了，便对陈德甫说："陈德甫，咱要买他这个小孩，也得立一张契约文书才行，免得他反悔。"

陈德甫说："员外，你先打个底稿儿吧！"

贾仁说："我说就是了，你写吧，立契约人周秀才，因无钱使用，缺衣少食，难以度日，情愿将自己亲儿XXX年XXX岁，卖与财主贾老员外为儿……后面再写上，当日三方说定，付价多少，立约之后，两家不许反悔，若有反悔者，罚宝钞一千贯与不悔之人使用。恐久后无凭，特立此契约。永远为证，立契约人……"

陈德甫写完，又念了一遍，发现漏掉了重要的一项，便问道："员外，翻悔罚宝钞一千贯您说得清楚，可他卖儿的价钱究竟是多少？您也得说明白点。"

贾仁说："这个你不要管，我是个财主，他要得了多少，我指甲儿里弹出来的他也吃不完呢！"

陈德甫又只得连连点头说："是是是！我跟那秀才说去。"说着便走到门口对周荣祖说："秀才，员外说要先立一个契约，他已替你打了个稿儿，我念给你听……"

周荣祖听到这，忙打断说："先生，这'财主'两字就不消写到契约上了吧？"

陈德甫说："员外非要这样写。你就依他写了吧！"

周荣祖笑了笑，说："好好好。就依着他的写。"

陈德甫又接着说："这前面的不打紧，后面的可要紧了，他这后面还写着如有反悔者，罚宝钞一千贯与不悔之人使用。"

周荣祖忙问道："先生，那反悔的罚宝钞一千贯，我这卖儿的正钱可是多少？"

"谁知道是多少？"

周荣祖眼睛睁得老大，惊疑地看着陈德甫，陈德甫便又安慰说："秀才，你尽管放心！刚才我也问员外，他说'我是个大富的财主，还少了他这点钱不成，我指甲儿里弹出来的，也叫他吃不了呢！'"

周荣祖听了这话，也觉得有道理，便说："先生说得是，请拿过纸笔来我这就依着他的底稿写。"说着便接过陈德甫递来的笔，铺开纸准备写起来。这时站在一旁的张氏还有点不放心，提醒丈夫说："秀才，你要写契约，咱这养育儿子的恩养钱，可曾议定是多少么？你且慢一会儿写。"

周荣祖说："娘子，刚才陈先生不是说，他是个巨富的财主，他指甲儿里弹出来的，我们也吃不了呢！你只管问他多少干什么？"说罢便又要动笔写，刚要下笔，七岁的长寿知道自己要被卖了，呜呜呜哭起来了，边哭边说："我不！我不嘛！"这撕心裂肺的声音，揪得两个做爹娘的心都要碎了！一家三口紧紧抱在一起，竟嚎啕着大哭起来！这凄楚的场面，把站在一旁的陈德甫的心也搅得酸酸的，他默默地看着这一家人哭了一阵。便噙着眼泪劝周荣祖说："秀才，既然孩子舍不得离开你们，你们就别卖了吧！"一句话提醒了周荣祖，他止住哭泣，抚摸着长寿孩儿的头，哽咽着说："孩子，你是爹娘的心头之肉，爹娘怎么舍得丢下你不管呢？只是如今爹爹实在没有办法，你跟着我们实在活不下去呀！与其让你跟着我们一起死，何不让你跟着一个有钱的人去过好日子呢！你如今去跟了这个贾员外，他是个大财主，今后你想要什么就有什么，有的吃，有的穿，有的玩，有过不完的好日子哩！听话，啊！"说完便放开孩子，重又回到桌子边，毅然拿起笔，将契约一挥而就，然后摔下笔，对陈德甫说："陈先生，契约写好了。"

陈德甫拿起契约，安慰说："周秀才，你不要难过！我这就将契约拿给员外看去。"说完便走进屋里，将契约递给贾仁。贾仁接过契约一字一句看了一遍，见与自己所说的一字不差，便说："写得好！写得好！陈德甫你去把那个小孩叫过来。让我看看。"陈德甫答应一声，又走到门口对周荣祖说："秀才，员外要看看你的孩儿哩。"

看钱奴

周荣祖忙俯下身子交代儿子说:"好孩子,你跟着这位伯伯进去,员外要问你姓什么,你就说'我姓贾'。"

小长寿昂着头,倔强地说:"不!我不姓贾,我姓周。姓贾便打死我。也只是姓周!"周荣祖禁不住又哭了起来,抱着孩子的头难过地说:"儿呀!"这时陈德甫赶忙过来牵着小长寿走进屋子,走到贾仁跟前,说:"员外,孩子领过来了,你看,好乖一个孩儿!"贾仁将小长寿拉到面前,仔细打量着,不由得频频点头称赞说:"嗯!不错。确实是一个有福气的孩子。"随后便对小长寿说,"我的儿呀。你今日到了这家里,就成了我的儿了。今后街上要是有人问你姓什么,你就说我姓贾,知道么?"

小长寿倔强地说:"我姓周。"

"姓贾!"

"姓周。"

"啪"贾仁一个耳光扇了过去,恶狠狠地说:"这婊子养的。只怕养到死也养不亲。"他把小长寿推到老婆跟前,"老婆,你问他。"

那婆子便将小长寿拉到怀里,好言好语抚慰说:"我的好儿子,明日我给你做花袄子穿,要是有人问你姓什么,你就说,我姓贾好吗?"

"你就做大红袍给我穿,我也只是姓周。"

一句话顶得那婆子火冒三丈,她揪着小长寿的耳朵,厉声说道:"这狗娘养的!真是养死了也养不亲的!"说完便使劲将小长寿往外一推。

陈德甫在一旁实在有点看不下去,忍不住说:"他爹娘还没去呢!怎么便下这样恶手打他!"

小长寿受了委屈,大声哭叫起来:"爹爹!娘!他们打死我了呀!"周荣祖在门口听到孩子的哭叫声,不由得心头一紧,对张氏说:"咱那孩儿怎么这样大哭大叫,难道是他们在打咱们的孩儿吗?"说着便要闯进屋去。张氏忙一把拉住他,说:"秀才,你别进去,要不孩儿又离不开我们了,哭就让他哭会儿吧!"说着自己也禁不住呜呜地哭了起来。

周荣祖只得忍着心痛,朝屋里喊道:"陈先生,快点打发我们去了吧!"

陈德甫忙走了出来,答应着说:"是是是,我这就叫员外打发你去。"说完又往屋里走。

周荣祖又说:"陈先生,天色快晚了,你叫员外快点儿,不要误了我们赶路。"

陈德甫走进屋里，双手合十对贾仁说："员外，恭喜恭喜您已得了这个儿子了。"

贾仁漫不经心地说："陈德甫，那个秀才走了么？改日我请你吃茶。"

陈德甫有些惊讶地说："哎呀！他怎么就肯走呢？员外还不曾给他恩养钱呢！"

贾仁故作糊涂地说："什么恩养钱？让他随便给我些就是了。"

陈德甫惊得两只眼睛瞪得老大，一本正经地说："员外，是你买他的小孩，怎么你倒反要他的恩养钱？这是什么话？"

贾仁也毫不示弱，大着嗓门厉声说："陈德甫，你好不知分晓，他因为无钱养活这孩子才卖与我。如今这孩子要在我家吃饭，我不问他要恩养钱，难道还该他问我要恩养钱么？决没有这样的道理！"

陈德甫只好耐着性子，好言相劝道："员外，话不是这样说，他也辛辛苦苦把孩子哺养得这么大，如今卖给员外为儿，这孩子就是你的儿子了。人家还专等着员外给他些恩养钱，好做盘缠回家去呢。员外快些打发了人家走吧！"

贾仁哪里肯答应，还是大着嗓门说："陈德甫，他要是不肯走，便是反悔之人。你将这小孩还给他去，叫他拿一千贯宝钞来予我。"

陈德甫见贾仁不讲理，也不听他的劝解，争辩着说："员外，他卖一个儿子，怎么倒要给你一千贯钞？你这心也太贪了！"他停了停，又缓和语气好言相求，"员外，你就从指甲缝里弹出点钱，打发他俩口儿走了吧！"

贾仁还是不肯答应，睁大了两只眼睛盯着陈德甫凶狠地说："陈德甫，那秀才说不定并没要什么恩养钱，都是你在中间鼓捣么？"

陈德甫感到受了莫大的侮辱，便红着脸赌气地说："怎么是我鼓捣！我好心好意为员外找来这么一个好孩儿，你倒派我的不是了！那好！我也不管了！我把这孩子交还给他，叫他们走就是了。"说着便要来牵小长寿。

贾仁忙拦住小孩，改缓口气说："陈德甫，看在你的面子上，我就给他些钱吧！"说着便朝仆人喊道，"奴才们，开库。"

陈德甫见员外要开库了，顿时把自己刚才受的侮辱与委屈忘得一干二净，喜滋滋地喃喃自语道："好了，员外开库了，周秀才，你这一场富贵

不小哩。"

贾仁从库里取出钱来，双手捧着，郑重地交到陈德甫手里，一再叮嘱说："拿去吧！你好生兜着，好生兜着！"

陈德甫接过钱，便真要往袖兜里揣，觉得分量很轻，便问道："员外，你给他多少钱？"

"我给他一贯钱。"

陈德甫又惊得目瞪口呆，好半天才说："员外，他这么大一个孩儿，你怎么就给他一贯钱，这也差得太远了！"

贾仁忍着性子，一本正经地解释说："陈德甫，你不要小看这一贯钱，这上面有许多的宝，对你倒不打紧。对我说来，拿出这一贯钱，就好像抽掉我一条筋一样疼哩。要是真的抽我一条筋，倒也一下就熬过去了。可要打发这一贯钱出去，更觉得心疼难熬呢！你快去打发了他吧。他是个读书人，他要不要这钱还不一定哩！"

陈德甫无可奈何地摇头叹息说："好吧！我就依着你，拿去给他，看他怎么说？"说着便走到门口，对周荣祖说："秀才，你不要着急，员外在安排茶饭哩，这是员外打发你的一贯钱，你拿去吧！"

周荣祖听说只给他一贯钱，惊得有点不太相信自己的耳朵似的，睁着眼睛半天说不出话来，倒是张氏反应比较快，抢着说：

"我不知道多少盆水才洗得孩儿这么大，他怎么就只给我们一贯钱，买个泥娃娃也买不到。"

周荣祖也反应过来，气呼呼地说："他以为我这孩子是半路上捡来的么？我这孩儿啊，也曾经他娘十月怀胎，三年哺乳，花了多少心血，才养得他这么大！"

他叹了口气，又说："我虽是个穷秀才，可他这大财主也太小看人了！哼！他的意思，我也猜着了。"

"你猜着什么了？"陈德甫问道。

"他以为我走投无路，只想甩下这个包袱！哼，他的算盘打错了！留得青山在，不怕没柴烧。我宁愿去沿街卖文行乞，也不卖这个孩儿了！"

张氏也怒吼着说："叫他还了我们孩儿，我们要走了！"

陈德甫便又好言相劝说："你们先别着急，待我再去跟员外说说。"

周荣祖没好气地说："天色晚了，不要再逗我们了！"

看钱奴

陈德甫走进屋里,手里摊着那一贯钱对贾仁说:"员外,还你这钱!"

贾仁面露喜色,得意地说:"陈德甫,我说他不要我钱的么。"

陈德甫没好气地说:"他哪里不要!他嫌少了!他说买个泥娃娃也买不到!"

贾仁强词夺理说:"那泥娃娃会吃我的饭么?"

陈德甫又耐着性子劝说道:"员外,话不是这样说,哪个收养儿女的还算饭钱来?"

贾仁做出一副满有理的样子,训斥道:"陈德甫,亏你还做人哩!常言道'有钱不买张口货'。他因养活不起这个孩儿,才卖与我。我不问他要饭钱,就够对得起他了,他怎么倒要我的宝钞?我想来,这都是你在背地里调唆他。"

陈德甫脸胀得通红,刚要发话,贾仁又问道:"我问你,你是怎样给他钱的?"

陈德甫又把刚才受的气放到了一边,老老实实说:"我走过去对他说'秀才,员外给你一贯钱。'"

贾仁忙说:"难怪他不要哩!你太轻看我这钱了!"他抓起陈德甫的手,"我教给你,你把这钱高高地举起来,对他说'喂!穷秀才,贾老员外予你宝钞一贯'。"

陈德甫想笑又笑不出来,冷冷地说:"举得再高,也只是一贯钱。"他顿了顿,又哀求着说,"员外,你就发发慈悲,再打发他些钱吧。"

贾仁半天不吱声,见陈德甫紧紧盯着自己不肯走,他才咬了咬牙,恨恨地说:"罢,罢,罢!看在你的面上,我就再给他一贯钱吧!奴才们,开库!"说完又从钱库里摸出一贯钱,小心翼翼地递到陈德甫手里,挥了挥手,忍着心痛掉过头说,"快拿去吧!"

陈德甫说:"员外,你这是在跟人家买东西么?这样一贯一贯的添!"

贾仁斩钉截铁地说:"我只有这两贯,再也没有添了!"

陈德甫无奈,只得又走到门口,陪着笑对周荣祖说:"秀才,你放心,员外正在安排茶饭要招待你们哩。秀才,员外头里给你一贯钱,如今又添你一贯。"说着便将两贯钱塞到了周荣祖手里。

周荣祖看着这两贯铜钱,怔怔地说:"先生,他真的就只给我两贯钱么?他这是哄娃娃么?我可没有闲心跟他逗着玩!"

陈德甫摇头顿足，懊悔地说："嗨！这都是我领你来的不是了！我再见员外去。"说着又走进屋里，没好气地说：

"员外，他还是不肯。"

贾仁不耐烦地说："不要跟他废话了，白纸上写着黑字哩：'若有反悔之人，罚宝钞一千贯予不悔之人使用。'这便是他反悔了，你叫他拿一千贯钱来！"

陈德甫说："他有一千贯时，也不致于卖小孩了！"

贾仁瞪着陈德甫，声色俱厉地说："哦，陈德甫，你是有钱的，你买么？快领了孩儿去，叫他拿一千贯钱来予我！"

陈德甫也沉不住气了，逼着贾仁说："员外，你添还是不添？"

"不添！"

"真不添？"

"真不添！"

陈德甫咄咄逼人，贾仁丝毫不让。见硬的不行，陈德甫只得又软下来好言相求："员外，你这里不肯添钱，那秀才又不肯去，叫我这中间做人的也难呀！"

贾仁两眼看着别处，像没听见似的，半天不肯点头。到了这种地步，陈德甫想：要这个老吝啬鬼再拿钱出来是不可能的了。于是便放弃了对他的希望，咬着牙说："罢，罢，罢！常言说'君子成人之美，不成人之恶'，员外我这两个月的工钱，你还不曾给我。我如今先向员外支过了，加上你那两贯，共成四贯，将就打发了那秀才回去吧。咳！这都是我领他来的不是了！"

贾仁有些不相信似的，睁大两眼疑惑地说："噢？你要支你的两贯工钱打发那秀才？这样说来，这个孩子还是我的。陈德甫，你原来是个好人。可有一件，你那账簿上可要写明了：'陈德甫预支两个月工钱，计两贯。'免得日后又问我要。"

"你放心，我会写明的，我决不会多问你要一厘钱！"陈德甫鄙夷地回敬道。

贾仁这才又打开钱库，摸出两贯铜钱，交给了陈德甫。陈德甫掂了掂手里的钱，急忙走到门外，不好意思地对周荣祖说："秀才，你可别怪我。员外就是这么个吝啬刻薄的人，他硬是一贯也不肯添了。实在没办法，我只得先向他支取了两个月的饭钱，共两贯。秀才别嫌少了，拿着去吧！你们千万不要怪我！"陈德甫说着，声音哽咽起来，便赶紧打住了。

周荣祖拿着这两贯钱，心里说不出是什么滋味。望着难为情的陈德甫，他感激不已地说：

"陈先生，这不难为你了么？"

陈德甫说："秀才不必在意，你今后只要不忘了我陈德甫就是了。"周荣祖也不指望贾仁再给他钱了，准备动身起程。他朝陈德甫拱了拱手，说："陈先生，你是个大好人，你的恩德，小生今生今世也不会忘记！"他望了望屋里的贾仁，咬牙切齿地骂道："只是他这个狠毒的员外，真是狼心狗肺，狗彘不如！"

时光如梭，一晃二十年过去了。当年小周长寿，如今已成了一个十足的纨绔子弟。他因家里有堆积如山的金银财宝，人们给自己起了个"钱舍"的绰号。钱舍养尊处优，安富尊荣，花起钱来自然大手大脚，毫不吝惜。可有一件事令钱舍感到很苦恼，就是他的父亲还是一如既往地爱财如命，吝啬得出奇。他不仅自己一文不使，半文不用，还要控制儿子用钱，自己把钱管得死死的，轻易不肯多给钱舍一个子儿。因此钱舍常常感叹说："唉！我枉自叫做钱舍！没有钱在自己手里，不曾用得快活。哪一天这老吝啬鬼死了，我才好痛快呢。"

钱舍成了贾仁最大的一块心病，贾仁常常担心：自己死了之后，这份家业迟早要毁在这个败家子手里！因为心头常常这么忧煎着，加上老婆病死，感情上受到刺激，贾仁的身体也一日不如一日了。

这一天，贾仁忽然馋烧鸡了，便一个人走到街上，见一家店子里正在烧鸡刚出锅，那烧鸡香喷喷、油亮亮的，贾仁忍不住走到锅台前，做出一副要买的样子。趁老板转过身去拿盘子的当儿，他便迅速伸出手到烧鸡身上着着实实抓了一大把，五个手指头都抓得满满的油。不等老板转过身来，他便疾步如飞地走了。

回到家里，他吃着饭，吧嗒吧嗒咂着那油汪汪的手指头，一碗饭咂一根指头，吃了四碗饭就咂了四根指头。可贾仁毕竟是风烛残年的老人，吃着吃着便靠在凳子上睡着了，那根油汪汪的手指头吊在空中，不想被自家那条狗看见了，便有滋有味地舔着吃了起来。狗舌头舔得贾仁的手指痒痒的，他一下子醒了，见到那根油汪汪的手指头已被狗舔得干干净净，一时气得心头如刀割一样的痛。

贾仁气恨交加，多病的身体进入膏肓，几天以来粒米未进。

贾长寿便找到了一个向他要钱的借口——去东岳泰安神州庙烧香还愿。这天，贾长寿与仆人兴儿一起守在贾仁的睡房里，侍候着贾仁。问道："爹爹，你可想什么东西吃？孩儿给你去买。"

贾仁有气无力地说："我的儿呀！你也知道我这病是怎么得的。唉！我往常一文不使，半文不用。我如今病势沉重，反正是个快死的人。罢，罢，罢！我今儿就破破戒，花些钱。孩子，你听见外面有人在吆喝卖豆腐么？你去给我买点豆腐来。"

"买几百钱的豆腐？"长寿问。

"唉！哪里要得了几百钱的豆腐？买一个钱就足够了。"贾仁摇着头叹息说。

"一个钱？一个钱只买得到半块豆腐，怎么吃呀？"贾长寿不听他的，吩咐兴儿，"兴儿，去买一贯钱的豆腐来。"

兴儿正要往外走，贾仁忙使足劲喊道："兴儿，只买十文钱！"又以哀求的口气对长寿儿说，"我儿，你就依着我吧。"

贾长寿只得摇着头无奈地说："好吧，就依着父亲，兴儿，你就去买十文钱的豆腐来。"说着把一枚十文的钱币递给了兴儿。

兴儿走到外面，不一会儿端了半碗豆腐回来，说："那人只有五文钱的豆腐了，还有五文钱，他没有零的找，记下账，改日再问他要豆腐。"贾仁似乎没听清楚，又放心不下，便睁大眼睛问道："兴儿，你说什么来着？我刚才见你把十文钱都给那卖豆腐的人了，怎么只端了半碗豆腐回来？"

贾长寿说："他还欠着我们五文哩，改日再讨。"

贾仁越发放心不下了，焦急地问："欠着五文！兴儿，你可问他姓什么？左邻是谁？右邻是谁？"

贾长寿有些奇怪不解地问："父亲，你要问他的邻舍干什么？"

贾仁叹息说："唉！孩儿，你哪里知道！你不问清楚，明日他一旦搬走了，我的五文钱向谁讨去？"

贾长寿有些不屑地说："你看你，小心到了这个样子！"

贾仁没有吱声，呆了会儿，他又说："孩儿，我这病已是看天远，入地近，多半是快死的人了。我儿，我死之后。你打算怎样发送我？"

贾长寿安慰着说："父亲，您放心，您的身子还好着呢。万一您有个三长两短，孩儿给您买一付上好的杉木棺材。"

贾仁忙说："我的儿，不要买。杉木价高，我那时反正已是死了的人。还晓得什么杉木柳木！我家后门口不是有一个闲着没用的喂马槽子么，用它发送我就足够了。"

贾长寿故意顺着父亲之意，发难说："父亲，那喂马槽那么短，您这么大一个身子，哪里装得下呀！"

贾仁一本正经地说："哦，槽子短了。要我这身子短下来，这也容易。你拿把斧子将我这身子拦腰剁成两截，重叠着，不就短下来了么？不过，孩子，那时节你不要用咱家的斧子剁，你去借别人家的斧子。"

"为什么？"贾长寿又大惑不解。

贾仁又叹了口气，说："唉！你哪里知道，我的老骨头很硬，用咱家的斧子会剁卷了刃口，又得费几文钱去上钢。"

贾长寿又鄙夷地说："哦，原来如此！父亲，您真是算计到家了！"他不想再听这个守财奴、吝啬鬼的胡言乱语，想转入自己的正题，便说：

"父亲，孩儿要上东岳庙给您烧香去，保佑您早日康复。您给我些钱钞吧！"

贾仁忙摇头说："我儿，你不要去烧香了。我反正是要死的人了，烧香也没用。"

贾长寿知道他会这样说，便撒谎说："孩儿已许下香愿多时了，怎能不去？"

贾仁怕孩儿受神灵惩罚，才不得已同意说："哦，你已经许下愿了，既然这样，给你一贯钱吧！"

贾长寿又睁大了两个大眼睛，吃惊地说："一贯钱！一贯钱怎么去烧香？太少了！"

贾仁想了想，忍着心痛伸出两根指头："两贯。"

"还是太少！"贾长寿气冲冲地。

贾仁不吱声了。他闭着眼睛又想了一下，终于咬着牙说："罢，罢，罢！给你三贯，这可太多了！"他见儿子不再吱声，以为他要走了，便又交代说：

"我儿，还有一桩紧要事，你不要忘了，我死之后，你千万不要忘了讨回那五文钱的豆腐。"说完便闭上了眼睛，不再管儿子了。

贾长寿哪里知道，他父亲此时已经死了。他以为父亲睡了，便与兴儿走到外屋。兴儿怂恿说："小哥，不要听那老员外的。你自个儿去开了钱库，拿上十个金子，十个银子，一千贯钱，我跟着你烧香去。"

贾长寿一拍即合，爽快地说："兴儿，你说的是，我这就拿钱去。"说罢，便真的去打开了父亲的钱库，揣上十个金子、十个银子和一千贯钱，与兴儿一起上东岳庙烧香去了。

三月二十八日是东岳圣帝的诞生日，四面八方远道而来烧香还愿的香客早早地就到了庙中，都想赶着天一亮就能烧头一炷香。庙中的客房早就住满了，檐下的回廊里，也都一堆一堆挤满了人。

傍晚的时候，一对衣衫褴褛的老人拄着拐杖颤巍巍地登上了山顶。老大爷搀着老伴的手，颤悠悠地走到了庙门口，见庙里庙外都挤满了人，老大爷双手合掌伸在胸前，叫喊道："各位爷爷奶奶、哥哥姐姐，可怜我两个老的无儿无女，无依无靠，施舍些吧！"

正这么叫着，寺中管香火的庙祝走了出来。大爷忙止住叫喊，对庙祝说："庙官哥哥，我老俩口是来替我失散多年的孩儿还愿的，想赶明早烧一炷儿头香。您看，能不能给我们找一块地方，让我老俩口歇息歇息。"

庙祝看着这两个破烂不堪的老人，同情地说："你们这两位老人家，也真是怪可怜的。既然也是来烧香还愿的，我也做点好事。"他把两位老人带到庙堂后面一个干净避风的拐角处："您老俩口就在这个干净地方歇息吧，明日早早起来。好去烧头香！"

大爷忙弯腰施礼谢过，老婆婆有气无力地坐了下来，悲叹着说："阿弥陀佛！我那长寿儿啊，你让娘想得心头好痛哟！"

老俩口刚坐下不久，贾长寿与兴儿也来到了庙里。见寺庙里外到处是一堆一堆的人，贾长寿说："兴儿，你看庙上人好多哩。"

兴儿答应着说："小哥，咱们来迟了，庙子前面早已挤满了人。"

贾长寿说："兴儿，天色已经晚了，咱们找个干净地方歇息吧。"

他俩旁若无人似的，从前廊走到了后廊，正好走到了周荣祖老俩口歇息的拐角处。贾长寿说："兴儿，你看这儿又干净、又避风，却被两个穷叫化子倒在这里。你去将他们两个打开。"

兴儿说一不二，即刻走到两个老人跟前，踢了周荣祖一脚，恶狠狠地说："喂，你们两个老叫化子，起来，走一边去。"

周荣祖战战兢兢地站了起来，瞪大眼睛问道："你们是什么人？为什么要赶我们走？"

兴儿又踢了周荣祖一脚，恶声恶气地说："你这穷鬼！钱舍也不认得！"

周荣祖被踢了一个大趔趄，差一点跌倒下去："哎哟，打死我了！"他不由得呼叫起来。

庙祝听到叫喊声，忙走了过来，冲着兴儿与贾长寿训斥道："你们两个是哪里来的无赖？敢到我庙里来横行霸道！什么钱舍？家有家主，庙有庙主。他老子在哪里做官，敢叫钱舍？"他朝身后招了招手："徒弟，拿绳子来，绑了这两个无赖送官府去。"

兴儿赶忙堆着笑，小声对庙祝说："嘿嘿，庙官哥哥，你不要生气嘛。"他悄悄将一块银子塞到庙祝手里："我给你这个，你将这块地方让给我们歇息，好么？"

兴儿用银子买通了庙祝，有了庙祝撑腰，贾长寿与兴儿更加肆无忌惮了。

贾长寿去拉扯周荣祖。周荣祖也不肯让步，骂骂咧咧地说："你们凭什么赶我走？这又不是你家的卧房！"

兴儿走上前来，揪住周荣祖的衣领，声色俱厉地说："你这老叫化子，口里唠唠叨叨的说什么呢！"说着便使劲一推，将周荣祖推得险些跌到，又要去揪扯张氏，周荣祖就势拦住，厉声骂道：

"你这强盗还要打谁？婆婆，你向前站起来，我就不信他敢打你这病老太婆！"

张氏站了起来，提起包，拉着丈夫的手，劝说道："老头子，你与他们争什么！我们就另外找个地方歇息吧。"两个人搀扶着，挪了几步，走到廊外的草地上坐下了。

第二天烧完香，出了庙门，贾长寿舒了舒腰，说："兴儿，烧完了香，跟我回家去。"说罢便扬长而去。

周荣祖看着这两个横行霸道、不可一世的家伙。想起自己所受的欺侮和委屈,想起自己的亲生儿子长寿,不禁伤心地哭了。两个老人一路颤巍巍地走下山去了。

两个老人一路乞讨着,不知不觉又来到了店小二的酒店门口。突然,张氏觉得心口一阵一阵的剧疼,一下子缩到了地上。

"婆婆,你怎么了?"周荣祖急忙问。

"老头,我一阵急心疼,你快到哪里讨一杯酒来给我吃。"张氏呻吟着说。

"好,你等着。这里就是一家酒店,我去向小二哥讨盅酒来你吃。"说着便疾步走到了店门口,喊道:"哥哥,我这婆婆害急心疼,哥哥行行好,叫化一盅儿酒吧。"

小二今日生意还没有开张,见来了一个叫化的,有些不大高兴,便支吾说:"老人家,你婆婆害急心疼么?对面那一家药铺有治急心疼的药,专门施舍急难病人,不收钱的。你去向他讨一剂吧。"

周荣祖说:"真的么?那谢谢哥哥了!"便真的朝街对面那家药铺走去。

这家药铺的老板不是别人,正是以前贾仁的账房先生陈德甫。前几年,陈德甫觉得自己年龄老了,常常头昏眼花、精神疲惫,便主动向贾仁辞了陈德甫之职,自己在家里开了一个小小的药铺,也不为赚钱,专门施舍那些害急难病症的人。虽然是以行善施舍为主,但也有些医好了的病人,主动来酬谢他一些药钱,因而陈德甫的药铺也还不曾亏本,能够维持下去。这天,他正好打开了店门,刚坐下不久,便见一个大爷扶着一个缩成一团的老婆婆走上门来了。那大爷上前来向他施了个礼,哀求说:

"先生可怜可怜吧!我那婆婆害急心疼,听说先生这儿有专治这种病的好药,老汉不揣冒昧,求先生施舍一付,救救我那婆婆吧!"说着又弯下腰去连连作揖不止。

陈德甫忙拉住他,热情地说:"老人家免礼,有药有药。"说着便取了一付药递给周荣祖说:"快把这付药给你那婆婆吃下去,保准药到病除,即刻就好。我也不要你的钱,只要你给我传名。我叫陈德甫……"

周荣祖接过药,感激地说:"多谢了,先生!先生叫做陈德甫,陈德

看钱奴

甫……"

他边往回走边念叨着这个名字:"婆婆,陈德甫这个名儿好耳熟啊?"

张氏服下药丸,顿时觉得心疼减轻了许多。还是她记性好,想了起来,说:

"老头,我们二十年前卖孩儿时在中间做保人的,不就是陈德甫么!"

周荣祖一拍大腿,激动地说:"哦,正是他,正是他,我过去认认他去。"

他兴冲冲地几步回到柜台前,看着满头白发的陈德甫,声音低沉地说:

"陈德甫先生,原来你也这样苍老了啊!"

陈德甫抬起头看了看他,瞪着两只疑惑的大眼睛,心里说:"这老头儿怕我要他的钱呢,就来冒充老熟人了!"

周荣祖见对方没有认出自己,又说:"陈德甫先生,您真的不认得我了?"

陈德甫看着这个乞丐似的老头儿,还是想不起来,便问道:"老哥,你是哪里人氏?姓甚名谁?你怎么认得我的?"

周荣祖说:"陈先生,二十年前,曾在这里卖了一个小孩,您可还记得么?"

陈德甫恍然大悟,激动地说:"你莫不就是那个卖儿子的周秀才么?"

"可不是咋的,我们一直记着你这个大好人的名字哩。"

"你还记得是我打发了你两贯钱么?"

"记得,记得,便到死也记得!"

停了一下,陈德甫又说:"秀才,你该高兴呀!你那长寿孩儿,如今已长大成人了。"

"那位狠心的员外怎么样了?"

"老员外已经过世了。"

"死得好!死得好!打我孩儿的那个婆子还在么?"

"那婆婆在员外之前就死了。"

"死得好!死得好!"周荣祖恨犹未解,还在气呼呼地骂着,"哼!他当初用两贯钱强买我的孩儿,还要与我算饭钱哩!真是假仁假义、丧尽天良。哼!老天有眼,如今他也遭了报应了。"

骂过一阵之后，周荣祖觉得心头的恨稍微解了一点，便又问道："陈先生，我那长寿孩儿还好么？"

陈德甫说："贾员外的万贯家财，如今都是你的孩儿长寿掌管着，别人都叫他做小员外哩。"

周荣祖央求着说："陈先生，求您方便方便，叫我那孩儿来与我相见一面，可好么？"

陈德甫爽快地说："这有什么不好的，我这就去找他。"

真是无巧不成书。陈德甫正要出门去找贾长寿，贾长寿自己就找上门来了。一见到陈德甫，他便说："叔叔，我来看看您。"

陈德甫喜滋滋地说："小员外，你来得正好，我正要找你去呢。小员外，恭喜你。"

贾长寿莫名其妙，睁大两眼疑惑地问道："叔叔，我喜从何来？"

陈德甫拉着贾长寿的手，深情地说："小员外，你过来。我如今把真情都告诉你吧：你当初本不是贾老员外的儿子，你的亲生父亲是周秀才。二十年前，你父亲因无钱度日，养活不起你，便由我做保人，将你卖与贾员外为儿。你今日已长大成人了，如今你的亲生父母都在这里，要与你相见哩。"

陈德甫说着说着，声音哽咽起来，喃喃自语道："我说这些做什么！二十年来一直把你瞒着，老夫今日说起来也心里酸酸的。可怜你的亲生父母忍饥受寒，你还直把他们当做陌生的过路人一般！"他揉了揉眼睛，又拉着贾长寿的手走到周荣祖与张氏面前。

"这两个，就是你的亲生父亲母亲，你快拜过他们！"

贾长寿看着这两个老乞丐，两个眼睛瞪得溜圆，看了看陈德甫，又看看两个老人，不肯相信地说："这是我的父亲母亲？不不不，东岳爷爷，在泰安神州庙，我打的不就是这个老头儿吗？"他不知所措，缩着身子直往后退。

与此同时，周荣祖夫妇也认出了这个昨日打他们的人。周荣祖说："婆婆，在泰安神州庙打我们的，不正是这小子么？"

张氏说："正是他！他叫着什么钱舍哩？"

周荣祖简直不敢相信眼前这个曾经凶狠地欺负、殴打自己的恶少竟然是自己的亲儿子。他走到陈德甫面前，严肃地问道："陈先生，这真是我

看钱奴

的儿子么?"

陈德甫不解地说:"是呀!这还会有错么?"

周荣祖的心一下子凉透了,往日对儿子的思念之情,全变成了透骨的悲痛与怒恨,他以手击额,嚎啕着说:"哎哟哟,我的命好苦哟,怎么生出这么一个忤逆不孝的儿子来!"忽然,他又猛地站了起来,揪住贾长寿的衣领,严厉地怒吼着,"你这殴打亲爷的狗东西,你仗着自己有钱有势,欺负你的老爹老娘!你真是一个忤逆不孝的儿啊!"说着又嚎啕起来。

贾长寿缩着身子,嗫嚅着说:"我,我实在是不认得你呀。"

周荣祖愤怒地喝斥道:"住口!不认得我,不认得我,你就该仗势欺人、殴打老人么?"

陈德甫看了半天,不知道是怎么回事,问周荣祖道:"老哥,这到底是怎么回事呀?为何你们父子相见却像仇人似的?"

周荣祖的心情如怒涛滚滚,难以平静!他像没有听见陈德甫的话似的,气呼呼地说:"我告他去!"

陈德甫又转过身去问贾长寿:"小员外,究竟是怎么回事呀?"

贾长寿把陈德甫拉到一边,悄悄将昨日在泰安神州庙发生的事说了一遍,末了他说:"叔叔,他如今要到官府去告我,说儿子打老子!我想不如给他些东西,买通他别告了吧。"

陈德甫边听边点着头说:"哦,是这么回事。难怪他生这么大的气,不认你这个亲儿子。不过,你要给他什么东西?"

贾长寿从袖兜里摸出一匣子不曾开过封的银子,说:"我给他这个,只买他一个不言语。"

"你是说叫他不要去告官?"

"对!他要是不去告我,我便将这一匣银子都予他。他要是一定要去告我的话,我拚着将这一匣银子送到官府去上下打点,我也不见得就输给他。叔叔,请你跟他说说去。"

陈德甫二话没说,接过匣子,走到周荣祖面前,将贾长寿的话一五一十跟他说了,末了说:"两种办法,你们挑吧。"

周荣祖看着陈德甫手里的匣子,伸过手去接了过来,顿时心头之气便消了许多。对张氏说:"婆婆,孩儿在泰安神州庙打我的时节,他也真是不认得我。"

张氏用手指戳了一下周荣祖的额头，没好气地说："你这个见钱眼开的老鬼！"

周荣祖见老伴同意了，忙说："快拿钥匙来，等我开了这锁，看这银子是真是假。"

贾长寿将钥匙递给他，他打开锁，取出一块银子，贴在眼前仔细打量着，掂量着。突然，他失声惊喊道："婆婆，你看，这银子上凿着'周奉记'三字哩。周奉记，这银子不是我自家的么？"

陈德甫吃惊地问："怎么便是你自家的？"

周荣祖说："我的爷爷就叫周奉记哩。"他欣喜若狂，"哈哈"大笑，"贾员外，贾员外，亏了你二十年用心替我掌管钥匙，看守我祖上的钱财？"

这时，街对面的店小二听说贾小员外认了自己的亲爹亲娘，忙走过来看热闹。他朝周荣祖施了个礼，说："老哥，你那婆婆害急心疼，可好了么？"

周荣祖说："多谢哥哥关心，我婆婆早已好了。小二哥，想起二十年前，也是在你店里，你不是舍给我三盅儿酒吃么？"

小二说："小人没记性，这远年的陈账都已忘了。"

周荣祖将长寿拉到自己怀里，说："孩儿，你听我说，陈德甫先生二十年前曾为卖你打发了我两贯钱，我如今拿这两个银子谢他。"

陈德甫忙推辞说："不不不，我当初只是两贯钱，如今怎么好要你两个银子？贾老员外一生爱钱，我在他家里干了十几年也不曾赚到这么多工钱。这个老夫决不敢当！"

周荣祖说："陈先生，若不是您当日肯施恩，我与婆婆两个早已埋尸雪中了。您这两贯钱我们一直念念不忘，只恐今生今世报答不了您这位大恩大德的大好人，您又何必苦苦推辞呢！"说着硬将两个银子塞到了陈德甫手里。

陈德甫感激不尽地说："多谢了，老员外！"

周荣祖又走到店小二面前，说："卖酒的哥哥，当年我吃了您三盅儿热酒，一直无以为报，如今还您一个银子。"

小二忙说："三盅酒值得了几文钱？我卖了一生的酒，也没赚过这样厚的利。这个小人也不敢收。"

周荣祖抓住小二的手,硬将一个银子塞给他,诚心诚意地说:"小二哥,难得你这做小本经营的人,能有这么大的度量,仗义施舍,怜饥惜寒。我如今这一个银子,就酬谢您当日的三盅儿热酒,也见得我周荣祖有情有义,不忘旧恩。请您一定要收下。"

小二眼眶已噙满了泪花,声音颤抖地说:"多谢老员外赏赐!"

周荣祖把那个匣子递给长寿,说:"孩儿,这剩余的银子,你给我都散发给那些贫穷孤苦、缺衣少食的人。"

周长寿不解地问:"父亲,这是为何?"

周荣祖感慨地说:"因为我这二十年来一直在骂那些有钱有势的财主啊!"

张氏也早已在一旁惊喜得热泪盈眶,但毕竟还是女人家心细,猛然想起来说:

"老头儿,孩儿,我们一家人快到泰安神州烧香拜谢神灵去!"

周长寿忙挽着爹娘的手,朝泰安神州庙方向走去。周荣祖边走边"哈哈"大笑,发疯似的大叫着说:"贾员外!贾员外!我周荣祖感谢你呀!感谢你替我养大了孩儿,感谢你替我看好了家财,哈哈哈……"

这正是:

穷秀才卖嫡亲儿男,看钱奴买冤家债主。

中国十大古典 **喜剧** 故事

西厢记

[元] 王实甫

唐朝晚期,咸阳城有一书生姓张名珙字君瑞,学业有成就时,他的父亲和母亲在不到一年的时间里相继离开了人世。

痛失双亲的张珙,孤苦无依,常常郁郁寡欢。为排遣孤独寂寞的心情,开始游学四方。

张珙游学归来,感到身心十分疲倦。在咸阳家中,夜晚青灯下伏案翻阅书卷,不觉心中千头万绪。想到自己寒窗苦读二十年,满腹经纶文章,但现在却是书剑飘零,孑然一身,张珙不禁仰天长叹。

听着窗外秋雨声,张珙搁笔合卷,蓦然站起,决心进京赶考。说走就走,张珙连夜打点行装,整理衣物。第二天便将房舍托他人照看,携琴跨马踏上赴京路程。

秋初晴空万里,沿途褐枝黄花,红叶满山。张珙饱览着不尽的山光水色,思量着自己的筹划,不觉心情逐渐开朗。

一路鞍马劳顿,到了山西河中府。张珙边走边看,突然想起同窗好友杜君实,杜君实现在在离此地四十里的蒲关当守将。杜君实与张珙是八拜之交的兄弟,后来他弃文从武,遂得武举状元,被任命为征西大元帅,统领十万大军。张珙想去见他,然而一想自己眼前家不成业不就,不觉有些羞惭。于是下定决心,先将赶考之事抓紧,事成之后再与老友相见。

一会儿,张珙来到一家旅店门前,店小二慌忙上前照应:"官人要是投宿的话,我们这里有干净客房。"边说边将张珙引进店内。

张珙进了上房,将行装安顿好。店小二端来酒肉,张珙酒足饭饱后,看看天色尚早,便想去游览一下城内的名山胜境。于是,唤来店小二问道:"你们这可有游玩的地方?"

店小二忙答:"有,有,此地不远处就是普救寺。这寺是武则天皇后的香火院，盖造华丽，非同一般，很多来往的过客无不前去游览。"

张珙听后有了兴趣，决定前去游览。走出店房，张珙信步来到河中府的大街。沿着春秋街往前走，过了玉桥，没有走多远，就看见了山环中的普救寺，远远望去楼阁亭台有溪环绕，寺前杂树繁茂，宅外野花飘香，张珙一看大喜过望。

张珙快步进山门时。迎面碰上了知客僧法聪。

法聪问："客官是从哪里来的？"

张珙道："我游历至此，听说宝刹幽雅清爽，特前来瞻仰佛像、拜谒长老。请问长老在吗？"

法聪躬身抱歉道："俺师父今日赴斋去了，不在寺中，贫僧是法本长老座下弟子。请先生用茶。"

张珙见长老不在，谢了法聪："不必吃茶，若能烦和尚相引，瞻仰寺内一遭，便甚是幸运了。"

法聪甚是周到，引张珙一一游览。大雄宝殿巍峨庄严，香案上三圣法像庄严肃穆；千佛殿里五百罗汉排列得整整齐齐，有的凶恶，有的慈祥，表情姿态，各个不同。

张珙随了法聪进入大殿，只见殿内高大宽敞，合抱粗的朱漆大柱，青石为础，斗拱藻井，画栋雕梁，梁上悬挂着层层佛幡，三世如来佛前彩幢密密，香几上陈设着木鱼铜磬，各色供果，冲天炉内香烟缭绕，馥郁氤氲。藻井正中处垂下一根黄铜链子，悬挂一盏琉璃长明灯，火焰终年不熄。凝眸间，张珙情不自禁赞叹："盖造得太好了！"

张珙对这雄伟的建筑，着实赞叹了一番。正在妙语如珠，忽然间觉得眼前一亮，有一位千娇百媚的小姐突然走进了他的视野。一个婀娜女子从殿门处款款而来，身后还跟随个丫环。张珙看到小姐粉脸上细细的眉儿，弯弯的好像新月，斜斜的一直到飞鬓云边，娇脸上擦了粉则太白，施了胭脂则太红，最好是贴上翠花钿。我看她那吹弹得破的娇脸，生气时好看，微笑时更美，春风满面，让人越看越爱，恨不得拿过来捧住了轻轻地咬她两口才舒心快意哩。

张珙惊叹："是谁家这等好女子竟到这空寂庙宇中来？"

这时忽听小姐对丫环低语道："红娘，你看，刚才那景致，莫不是'寂寞僧房人不到，满阶苔衬落花红'？"

张珙倒退一步，心中惊呼："莫不是呖呖莺声花外啭吗？"

张珙看得是目瞪口呆，犹如木鸡一样站在那里。

丫环看到张珙，便轻拽小姐："小姐，前边有人，咱到别处去吧？"

小姐抬头一看，一个英俊的书生在痴迷地看着自己，顿时满脸飞红，羞涩的低头微笑。

丫环轻轻拽了小姐袖子："小姐，走吧！"小姐点点头，扭转软腰向回转身，步态似微风摆柳，在转身的瞬间回头凝望了张珙一眼。这一闪亮的秋波恰与张珙来了个四目对视。凝眸中含情脉脉，未等张珙醒悟过来，小姐已步履轻盈而去。

张珙呆了半晌才如梦初醒："这不是南海观音重现吗？"

法聪一听慌忙制止："不得胡说！这是崔相国的小姐，崔莺莺。"

"世间竟有这等天姿国色的女子！"张珙自言自语道。

法聪想领张珙继续观赏，张珙心中有小姐的身影，不再前行。法聪以为张珙劳累意欲回返，便问："先生要是劳累了，请回去休息。"张珙没有理会，追问道："崔相国的女儿怎么会在这里？"

法聪答："只因崔相国去世，崔夫人与小姐扶送灵柩至博陵安葬。不料路途受阻，一时不能前去，所以来到这河中府，暂将灵柩寄在普救寺。这寺是崔相国修造的，法本长老又是崔相国引进佛门的，所以吃住长老皆提供方便，现住这寺西厢近处一座宅子内。"

张珙听罢，忽然眉头一皱，计上心来。他掏出一锭白银递给法聪道："我想在这里学习一段时间，将来好去赴京应试，这里环境幽雅清爽，胜如旅馆内人员嘈杂。万望师父方便，在长老面前美言一番，租借我房舍一间，你看如何？"

待法聪满口应允下来，张珙回了客店等候消息。

次日，法本长老回到普救寺。法聪见了法本长老，将张珙委托之事告知，长老也听说过张珙是位年轻的饱学之士，便请张珙前来相见。法聪急急忙忙来找张珙时，张珙正在客店焦灼不安地等待普救寺的消息。

张珙匆匆地随法聪来到普救寺，长老先客气地站起身来，迎出门外。

长老拱手道："昨天老僧不在，怠慢了贵客，请先生恕罪。"

张珙急忙还礼："久闻长老清誉，欲来座下听讲，不料昨日不得相见，今日相见，三生有幸。"

自报家门，一阵寒暄之后，张珙从怀中掏出五两白银呈与长老："长老，我没有贵重的礼物进献，这五两白银略表寸心，望长老笑纳。"

长老推辞："老僧决不敢受。"

张珙执意要长老收下，争执不过，长老便开口道："先生如此客气，必有所求，直说便是。"

张珙佩服长老善解人意，趁机说出心中之隐："我欲在此借住，一来为此处僻静，温习经史，准备应试；二来距长老相近，晨昏听讲，甚是便利。"

法本长老见张珙知书达礼，恭良谦和，便道："敝寺颇有数间房舍，任先生挑选。"

张珙心中狂喜，直接点了距莺莺居住的东花厅有一墙之隔的西厢。长老不知内情，欣然应允，张珙谢了长老，心中一块石头落地，轻轻长吁一声。

法聪早看出张珙的用意，忍俊不禁道："先生住西厢最为适宜！"张珙只是笑而不语。

长老与张珙正讲佛门之事，一女子走进门来。"长老万福！"人未到，银铃般的声音先到。张珙定睛一看，不是别人，正是昨日在大雄宝殿邂逅的教人见面难忘、牵肠挂肚的崔小姐的丫环红娘。

红娘一眼就望见了张珙，就这么一眼，已经把张珙从头到脚看了个仔细。只见他长相英俊，面如冠玉，唇若涂朱，两道剑眉，目如朗星，方脸大耳，仪表堂堂，和蔼可亲。

红娘想：这人我见过，不就是昨天在大殿上死盯住了小姐不放的那个书呆子吗？昨天我恼他对小姐没有礼貌，不把他放在心上，并未细看，今天看看，着实不错。……这时她已经走到了长老面前，行了一个礼说：

"夫人让我来问长老，在二月十五日吉期可否为老爷做法事，商量妥当让我回话。"

长老掐掐算算，满口答应下来。张珙在一旁却只是上下打量红娘。红娘一身素白色的裙子，恰似白莲初绽，楚楚动人。张珙看了心中连叹："好个女子，真是有其主必有其仆。要是我能与她那小姐同衾共枕，怎么能舍得让她叠被铺床？"

张珙正又想到这是客通过丫环与莺莺搭桥，连忙借故出去小解，先一步出了方丈室。

张珙出了方丈室，躲在角门外浓密的树荫下等红娘。

不一会儿，听见红娘与长老告辞："谢谢方丈，那里还等着回话。回去晚了夫人埋怨。"

红娘朝角门走来，待走到眼前，张珙突然走出来，拦住了去路："给小娘子行礼！"

红娘见一个男子突然从树影后窜出拦住去路，吓了一跳。定睛一看是那位在大雄宝殿和长老处见过两次的俊俏书生，于是还礼道："先生万福！"

张珙躬身笑问道："小娘子可是莺莺小姐的丫头吗？"

红娘有点答："是啊。"

张珙慌里慌张地说："我姓张名珙字君瑞，籍贯西洛人也，今年二十三岁，正月十七日深夜落生，还不曾娶亲……"

听着张珙自我介绍，红娘"扑哧"一笑道："谁问你来？"

张珙顾不得解释，急忙问道："请问你家小姐经常出来吗？"

张珙话音刚落，红娘俏脸一板，怒道："你枉为读书人，孟子曰：'男女授受不亲，礼也。'难道你不知道'非礼勿视，非礼勿听，非礼勿言，非礼勿动'吗？……"

红娘的连连责问，惊得张珙不知何言相对。见张珙窘态十足，红娘话又上来："俺夫人治家严肃，有冰霜之操，是是非非，没有敢冒犯的。家中照应门户的年轻仆人，年至十二三岁者，非呼唤不敢随便入中堂。前些日小姐悄悄走出闺房，夫人撞见，立即叫小姐立于庭下，指责说：'你身为女子不告而出闺门，倘若让游客小僧偷偷看见，你不感到羞耻？'……"红娘模仿老夫人模样，一手叉腰，一手指着张珙的鼻子，这分明是含沙射影斥责张珙，弄得张珙好不尴尬。

"小姐听老夫人训斥，谢罪认过，不敢再犯。是她的亲闺女尚且如此，何况是对我们这些下人呢？"红娘语势咄咄逼人，张珙垂手端立，洗耳恭听，无言以对。

红娘又道："你习先王之道，遵古代圣贤之礼，不关己事，何必用心？幸好是遇着我丫头，可以饶你一回，夫人若知此事，决不干休。今后该问的则问，不该问的休要胡说。"说完袖子一甩，眼角里斜视了张珙一眼，快步离去。

张珙硬着头皮听了这丫头劈头盖脑一顿呵斥，半天没缓过劲儿来，好一会儿才摇头叹道："好厉害的丫头。"

闺房之中，莺莺想到昨日大雄宝殿一书生痴迷看自己那神态，不觉心中烦闷。仰望星空，自言自语道："老夫人叫红娘去半天了，怎么到现在还不回来？"

"这不来了！"红娘"咯咯"一串笑，撩了门帘，露出半张嬉笑的脸来。

"老夫人那里事多，这才忙完，夫人让我告诉姐姐，二月十五日给老爷做法事。"红娘走近门来说道。

莺莺点头道，有些心不在焉地回答："知道了。"

红娘发现自打大雄宝殿归来之后，莺莺神情就不对，便逗莺莺道："姐姐，我对你说一件好笑的事情，你听是不听？"莺莺烦闷，对红娘道："你别再逗我，快去铺床，我要歇息了。"

红娘见莺莺不睬，故意拿腔撒调道："要是我们昨日在寺里遇见的那个秀才的事，你听不？"

莺莺佯怒，一把拽住红娘衣袖："好你个小贱人，今天你是故意气我不成？"说着另一只手装作要打红娘。

红娘撒娇："你打你打！打死我谁给你讲那中听的故事？"

莺莺松开手，半怒半怨说红娘："你这丫头，何时学得不正经起来！"

红娘捂着肚子笑道："姐姐，还真有不正经的人哪！今日我去方丈室，那秀才恰巧也在那里。他看见我去，便先出了门在角门外等我。待我出来，先作了揖，然后自报家门：'我姓张名珙字君瑞，籍贯西洛人也'年方二十三岁，并不曾娶妻'。姐姐，谁问他来？他还问我小姐是不是常出来，被我数落了一顿。姐姐，你说他在想什么？我看他多半是想着你哩！"

莺莺一听满脸羞红，怒道："不许胡说！"

"嘻！嘻！我看他是真想着你哩！世界上竟有这样的傻人！"红娘还不住地笑。

莺莺有点不自在，命红娘快去铺床。红娘狡黠地看着莺莺笑道："床早已铺好。"

莺莺无奈地看着红娘一副得意之色，不得已软了下来，低声道："红娘，此事只可你知我知，千万别让夫人知道。"红娘眨眨眼睛调皮地笑道："姐姐放心就是，快去睡个好觉吧！"

莺莺躺在床上，想着大雄宝殿邂逅的书生及红娘今天所说之事，辗转反侧，难以入梦。

张珙被红娘训斥后，心有不甘，搬进西厢住下后，便向法聪打听清楚莺莺的日常行踪。得知莺莺每日夜晚都要在花园内烧香，张珙便打算夜晚隔墙看看花园中的动静。

想着能偷看到莺莺，张珙无心读书，在院子内来回地走着，不时看看天气，只恨金乌坠晚、玉兔升迟。

黑夜终于落下帷幕，星疏月朗。张珙按捺不住激动的心情，一会儿在墙这边侧着耳朵听听，一会儿蹑手蹑脚踩在石头上往花园这边探头看看，焦急地等待着。

终于只听得角门"吱呀"一声响，张珙似乎看见月色中又仙女款款而来，心中顿时像打鼓一样，"咚咚"猛跳个不停。张珙屏住呼吸，侧耳恭听：

"红娘，把香桌移到假山旁边放着。"张珙听出这是小姐的声音。

张珙踩上石头，踮起脚尖朝花园那边看。

莺莺让红娘取香，红娘麻利地点燃香火，香霭弥漫在空空的庭院，莺莺开始举香祷告。

张珙自言自语，口中喃喃着："听小姐祷告些什么？"

只听莺莺低语道："此一炷香，愿死去的父亲早升天界！此一炷香，愿堂中老母身安无事！此一炷香……"说到第三炷香时，莺莺沉默下来，不再往下说。

红娘忙接上去："姐姐不祷这一炷香，我替姐姐祷告：愿俺姐姐早寻一个如意郎君，把红娘也带去。"

红娘一番话似乎说到莺莺的痛处，莺莺暗锁愁眉，轻叹一声，再拜道："心中无限伤心事，尽在深深两拜中。"

张珙听后，心中有了一首表达爱慕之情的诗，他大胆地朗诵出来："月色溶溶夜，花阴寂寂春。如何临皓魄，不见月中人？"

红娘侧耳一听，声音来自墙的那边，心中明白此诗出自何人之口。她开心地对莺莺笑道:"小姐,你听见了吗?这就是那二十三岁不曾娶妻的傻秀才!"

莺莺似乎被这清新的诗所打动,并未理会红娘的取笑,对红娘道:"好清新的诗,我依韵也做一首。"于是,一首芳心涌动的诗从墙的那边轻轻飞来:"兰闺久寂寞,无事度芳春。料得行吟者,应怜长叹人。"

"应酬得好快呵!"张珙不由得大喜过望。急急忙忙往墙上爬,要对莺莺面对面地倾诉衷曲。

张珙心中太着急,脚下还没有站稳,就"扑通"一声从石头上摔了下来,跌坐在地。宿鸟惊叫着疾飞而去,碰撞得花枝树影摇曳,落下满地红花。

莺莺、红娘只听得"哎哟"一声,一个男子跌倒在地的声音。

红娘忙对莺莺说:"姐姐,有人!咱们回去吧。要不,让夫人知道,咱又该挨骂了。"

莺莺迟疑不决,欲语又止,朝张珙隔墙对诗处凝望,红娘只是催促莺莺快归。待张珙再爬上墙头,主仆二人已不见踪影。

张珙低头看看自己的狼狈相,后悔不已。只好一瘸一拐地回到住处,面对着烛光,张珙身靠在窗户边,孤零零地听着窗外清冷冷的风儿穿过稀疏的窗格,把窗间的破纸吹得"忒楞楞"作响,叹息自己运气不佳。

张珙望着窗外的一弯弓月,忽然想起待到十五满月之时,崔家将做法事。"我何不随喜一份,也参与做法事,这不就可以接近小姐了吗?"想到这里,张珙眼睛一亮,精神好了起来。这才有心思漱漱洗洗,上床安歇。

夜里,张珙梦见自己与莺莺依偎在一起,柔情蜜意……

月圆之日,普救寺的功德堂里,十分热闹,香烟缭绕,结成云盖,直飘户外,笼罩了碧琉璃瓦。和尚们念咒诵经的梵呗声,好像大海里的波涛,一浪高似一浪。堂内幡影摇摇幢形飘飘,法鼓咚咚,金铎当当,如同二月的春雷在殿角轰响。钟声和佛号,赛过半天的风雨,飘洒在松树梢。

由于张珙的请求,法本长老带他到崔夫人面前,双手合掌道:"老僧有个亲戚,是个饱学的秀才,父母亡后,无可相报。今恳求老僧央求夫人,欲借夫人法事也超度一下先人,不知夫人同意否?"

崔夫人一脸温和地说道:"长老的亲戚就是我的亲戚,随喜一份有何不可?"

张珙听夫人已经答应,便上前拜见夫人。

崔夫人细看,见张珙一表人才,风流倜傥,心中很是看中,客气一番后,等候法事开始。莺莺在红娘的陪伴下来到殿前。张珙看到莺莺的时候满眼生辉,大步向莺莺走去问好。眼看就要走到莺莺面前,霎时间鼓乐齐鸣,钟声佛号响彻云霄,法事正式开始。张珙讪讪地按住性子,退回到自己的位置上。

在隆重的法事上,法本长老头戴五佛冠升座,僧人们个个手执法器,香烟袅袅升腾,弥漫在大殿之内,钟声、念经声、敲鼓击铃声此起彼伏。

崔夫人和莺莺轮番虔诚地拈香、祷告,轮到张珙,心中只想着莺莺,忘了祷告的词儿:"惟愿……存在的……人间寿高,亡化的天上……逍遥,为曾祖父灵魂……敬献佛、法、僧三宝。"完毕退了下来,心中却只念着:"愿得红娘不要妨碍,崔夫人不要焦躁气恼,犬儿不要狂吠乱叫,早成就了幽期密约,月圆花好。"

张珙一边心中念叨,一边偷眼瞧莺莺,见莺莺只是追悼亡父,嘤嘤啜泣,泪儿如断了线的珍珠往下掉。张珙心中爱慕,只觉得那哭声就像黄莺在繁茂的树林里婉转歌唱,脸上的眼泪儿就像晶莹的露珠滴在花瓣上美丽俊俏。

众僧皆为莺莺美丽绝伦的容貌而惊奇,长老虽然年纪老,坐在念经的座位上远远地看着莺莺,坐在前面的班头惊呆了,错把法聪的脑袋当做金磬去敲。添香的和尚忘了添香,吹号的和尚忘了吹号,弄得法本长老不得不大声咳嗽提醒众僧,始终把慈善的脸儿紧绷着。

在做法事喧嚣中一夜很快过去了,法本长老摇铃宣告,请夫人烧纸。然后对崔夫人道:"天明了,请夫人、小姐回房。"道场收拾,众人散了,莺莺离去,张珙为莺莺神魂颠倒了一夜,顿时感到身也倦了,力也乏了,眼睛也睁不开了,拖着疲惫不堪的脚步回到西厢,一头栽倒在床上,衣服也没脱,昏昏沉沉睡起了白日觉。

天不测风云,意想不到的事情发生了,河中府的守将看中了莺莺。此人姓孙名彪字飞虎,是统帅五千人马镇守河桥的将军。孙飞虎倚仗手中的兵权,明里为官,暗中为盗,欺压百姓,掳掠民财,当地百姓皆敢怒不敢言。

近日,听说普救寺中住着一位美貌绝伦的女子,便动了霸之为妾的邪念。

这日，孙飞虎头裹红巾，身披盔甲，左手持弩，右手拿一把开山板斧，率了一队人马前来普救寺，将普救寺围了个水泄不通。在金鸣鼓擂中有人高声叫道："普救寺必须当日之内交出莺莺，若不交出，焚烧寺院，僧俗一个不留！"

一个小僧面色如土，急匆匆跑到大堂，将外面的情况说了一遍。崔夫人听后浑身一软瘫倒在椅中。红娘、莺莺赶忙上前搀扶，老夫人定神后神情悲恸，不住落泪道："先夫不在，便生如此横祸，老身死生由命也并不在意，奈何我这孩儿年幼天真，还未从夫，这可如何了得？"

外面喊声一阵高过一阵，崔夫人不肯放女儿出去，又无计可施。众人皆急得如热锅上的蚂蚁，一个个惊惶失措，恐惧不安。喊声、哭声、咒骂声混成一片。

突然，莺莺双膝跪在母亲面前："贼军那里要把咱杀得一个不留，倒不如我白练套头寻了自尽，将我尸身献与那贼人，保全了众人性命，也保全了我名节贞孝……"话未说完，莺莺已泪如雨下，老夫人一下子抱住莺莺，嚎啕大哭，悲声不住。

众僧齐呼山门被攻破了，在这千钧一发之际，法本长老急道："我看，咱们不如召集起众僧俗，看他们谁有高见，献了计谋，咱们再一同计议，如何？"

莺莺揩了泪水，止住悲声对夫人道："长老说得极是。母亲何不向僧俗人宣告，谁能杀退贼军，便让女儿与英雄成秦晋，不比被贼掳去好？"

崔夫人想想也是，无奈点头道："事到临头，也只能如此，虽不是门当户对，也强如陷于贼人手中。"

法堂之上，长老大声宣告："两廊僧俗听着，现在情况危急，老夫人许诺，凡能退贼兵者，不论何人，皆倒陪嫁妆，将小姐许配为妻！有计谋者，快快献来！"

众僧俗交头接耳，议论纷纷，无一人大声发出声响，夫人、长老见之，无不心急如焚。就在这沉闷无声之际，忽然，一人鼓掌走出人丛，大声道："倘用吾言，灭贼必矣。"

众人皆惊，抬头一看，不是别人，却是那个叫张珙的清秀书生。

崔夫人问："你有何计策？"

张珙胸有成竹地说道："重赏之下，必有勇夫，赏罚若明，其计必成。"

崔夫人有点急躁："刚才长老已经明言，但有退得贼兵者，我将小姐与他为妻。众目睽睽，岂有谎言！"

张珙面露得意之色："那好！我略使权术，立退干戈。"

张珙转身对长老道："此计须先由长老帮忙。"

长老不解："老僧不会厮杀，又有何用？"

张珙悄声伏在长老耳边："你不必急，不要你厮杀，只需你去对那贼人说：'夫人本想将小姐送与将军，奈何父丧在身，功德未满。将军若要做女婿，可按甲束兵，退一箭之地。限三日功德圆满，脱了孝服，定将小姐送与将军。'"

长老急问："三日以后如何？"

张珙不慌不忙道："你不必着急，自有计在后。"长老只得言听计从，来到前门，顿时，贼兵静了下来。

长老喊话："请将军答话。"

孙飞虎跨马上得前来，怒道："快送出莺莺来！"

长老道："将军息怒！夫人让老僧来对将军说……"长老把张珙交待的说了一遍。

孙飞虎道："既然如此，限你三日！"

长老又道："君子言必信。"

孙飞虎又怒："废话少啰嗦，三日不送来，让你们个个都死，个个不留！"

贼兵退后，张珙向长老及夫人道："离此处四十五里的蒲关，有个白马将军，姓杜名确，与我系同窗好友。此人统领十万大兵，我写封信向他求救，他定兴一师之旅，退那贼兵！"

崔夫人听了转悲为喜，双手合掌道："菩萨保佑，有人救我！"

张珙道："只是包围重重，写了这书，何人去送？"

长老毫不迟疑："我这里有一个徒弟，叫做惠明，只是爱吃酒打架，可让他去。"

派人唤来惠明，长老问："张珙叫你往蒲关送信，你敢去吗？"惠明腆着肚子，拍拍胸脯："有什么敢与不敢，只看大师用不用咱！"

长老又问:"贼军若不放你过去怎么办?"

惠明蛮不在乎道:"你放心!这么长时间,一直吃馒头和烂豆腐,实在口淡。这五千人也不须用火烤油煎了,血肉心肝正好拿来解馋。我天生下来就不缺勇气,你就等着那孙飞虎来献小命吧!"说得众人都松了一口气。

说罢,惠明紧了紧三尺束腰,众僧擂鼓呐喊。惠明果然不负众望,手执佛刀,一声呐喊,如猛虎下山般冲出重围。贼兵未待明白是怎么回事,惠明已奔出数里,穿越山林,抄小路直奔蒲关而去。

杜确接信后果然勃然大怒,立即亲自率大队官兵前来普救寺。战马奔腾处天昏地暗,孙飞虎人马一见惊呼上当。

贼军有人连声喊:"杜爷爷来了,咱们性命休矣!"顿时队伍大乱,毫无斗志。

杜将军使一柄冠绝今古的大刀,雄雄气势,直呼孙飞虎出来相见。孙飞虎未待上前已软了下来。未有几个回合,孙飞虎便被掀下马来,其手下一见不妙,皆弃杖按甲,降了杜将军。

杜将军喝问:"你知罪不知罪!"

孙飞虎慌忙跪下:"知罪!知罪!"

杜将军对孙飞虎道:"本欲将你斩首示众,看你外强中干,不堪一击!今放你性命一条。弃恶从良,本将军不予追究,否则,砍你头易如割草!"

孙飞虎连连叩头,谢不斩首之恩,保证今后不劫财物,不扰良民,然后仓惶而逃。

满寺里人们奔走相告,尽生喜色,张珙、长老、崔夫人一齐出了山门,迎接英雄将军。崔夫人更是连谢救命之恩。

一阵寒喧之后,酒席摆上,众人举杯祝贺,喜气洋洋。

酒过三巡,喝道日落时分,杜将军起身告辞,并约定张珙大喜之日再前来祝贺。张珙再谢杜将军不弃旧情,危难之时慨然相救,亲送杜将军到山门之外。

送走了杜确,张珙满心喜悦回到佛寺。想到酒席宴上崔夫人连连敬酒,不断恭维,张珙竟添了几分醉意。虽然有惊无险,毕竟担惊受怕数天,身倦力乏,张珙回房倒头蒙被便睡,朦胧中仿佛淑女配君子的佳音已送到床边来,这夜,张珙梦境如蜜,酣声如雷。

次日，崔夫人备好了酒菜，派红娘到西厢去请张珙。

想着当初被嘲笑的那个傻呆呆的书生，到头来倒成了击退贼军的英雄，红娘十分敬佩，接命后一路春风往西厢而来。

到了西厢，红娘看到张珙衣冠楚楚，脸庞儿俊俏，禁不住心想：难怪他打动了我家小姐，这相貌，这才学品格，就是心肠铁石硬的人，见了他也得动感情。

张珙听红娘说是奉夫人命令来请他去赴宴。以为婚事可成，欢天喜地拔腿跟红娘前去见了崔夫人。

见到崔夫人，张珙立即躬身施礼，未待开口，夫人已先道："前日若不是先生相救，哪有我一家今天的性命，故先生有齐天之恩。今略备小酌以表敬意，勿嫌意轻。"

张珙谦辞道："此贼之败，皆夫人之福。这些已成往事，夫人不必挂齿。"

夫人反复称谢，邀张珙入座，命进酒来。

酒斟满，夫人举起酒盏："先生满饮此杯。"

张珙谢过，端起酒杯一饮而尽。

张珙又回敬夫人酒，品美味，食佳肴，酒过数巡，张珙已是面容微醺。

少时，夫人对红娘道："红娘，去唤小姐来，与先生行礼。"

张珙心中暗喜："莺莺要嫁给我了，张珙有福啊！"

不一会儿，门响帘掀，莺莺进了屋来。月下吟诗、危难相救、一表人才的张珙使莺莺情窦初开，看见那秀才就在眼前，莺莺羞涩地目传秋波，恰与张珙投射的一对热烈目光相遇。刹那间，两人胸中春情起伏似波涛汹涌。

"小姐，上前给哥哥施礼！"崔夫人字正腔圆、有板有眼地说道。

张珙、莺莺、红娘皆惊。

张珙大感不解："本已许诺婚配，如何以兄代之？"

莺莺诧异："娘怎么变卦了？"

红娘暗道："不好！这相思病又要害上了。"

不容多说，夫人又命莺莺："小姐，给哥哥敬酒。"

莺莺纹丝不动，低头不语。

崔夫人愠怒:"张珙保你性命,才未成贼军俘虏,不能以礼相待,你岂是识书达礼之妇?!"

莺莺上得前来,与张珙敬酒,酒浆泻入杯中,与张珙无语相对。

此情此景,张珙有话似骨哽在喉,不吐不快,呷了一口酒,问夫人道:"夫人有言,凡能退贼者,以令爱妻之,现今为何又兄妹相称?"

崔夫人叹道:"先生之言说得极是,老身的确有言在先。奈何那是为解燃眉之急,实属不得已而为之。实话相告先生,相公在世,曾将小女许与侄儿郑恒。郑恒不久将至,这该如何是好?先夫之言不敢违,不如我多以金银酬谢于你,先生再选豪门贵室之女如何?"

张珙愤然道:"夫人之言差矣!我现虽书剑飘零,然大丈夫隐则傲世,起则冲天,何慕金银布帛!"

崔夫人道:"莺莺女子,容质粗陋,先生风流不俗,有冠世之才,非佳人无以配才子,恐愧对先生好意。"

张珙按捺住胸中之火,反问夫人:"非我退兵,小姐早被抢走,现今夫人不与,岂不是背信弃义?"

崔夫人无言以对,思忖片刻说道:"老身如此行事实属无奈,请先生见谅。"

崔夫人再让莺莺斟酒,张珙已是推辞不受。

莺莺面对此情,百感交集,心中千言万语又难于启齿,只得央求母亲道:"休劝酒,张珙哥哥已经醉了。"

崔夫人不快,乜斜了莺莺一眼,命红娘:"红娘,把小姐送到卧房去吧!"

莺莺只觉得头被敲了一闷棍,有口难言,母亲面前,唯有从命。莺莺忧伤地与母亲、张珙告辞,退了下去。

烛光之下,张珙刚才喝的喜酒一下子变成闷酒,莺莺一走,这酒也上了头来,醉眼中,张珙看老夫人无意改变主意,便站起身来道:"我醉了,告辞了。只是夫人面前,欲进一言:夫人日前许有诺言,今日赴宴,本以为有喜庆之期,不料夫人让以兄妹相待。大厅之上,众目睽睽之下,夫人出尔反尔,张珙救之,实感羞惭。我并非为吃喝而来,只为真诚、真情相见,此事真不成,我即刻远离。"

夫人自觉惭愧,起身挽留:"你且住下吧,你毕竟是我们一家的救命恩人。待日后日子昌顺，老身定报大恩。"

　　夫人命红娘搀扶张珙回房安息。张珙深一脚浅一脚地离去。夜间凉风一吹，张珙胸中一腔烦闷皆化作黄水，一古脑儿呕吐了出来，红娘看着实在怜惜，劝道："张珙，少喝一杯不就行了。"

　　张珙竟发怒："我喝什么来！"话刚说完，却双膝跪下，在红娘面前落下泪来，"我为小姐劳思伤神，梦中相念，刚刚能成就婚姻，不料老夫人又变了卦。我现在悲苦不堪，精神恍惚，如再不能与小姐相见，将无可救药，魂丧命断。愿姐姐可怜我，将我意告于小姐，小姐若能知我之情意，不枉了我一片痴情。"

　　红娘见前日英雄如今为一女子而寻死觅活，不觉又气又怜，嗔怒道："街上有好便宜的木柴，烧了你这木傻瓜你就清醒了。"

　　张珙只是哀求："可怜可怜我吧！不然，我就在姐姐面前解下腰带，寻个自尽。"

　　红娘恨恨地道："这老夫人说谎真是比天大，当日成也是她，今日败也是她，怪不得这张珙哥哥。"

　　红娘同情地对张珙道："妾因不忍看先生如此悲怆，愿给你出个计策，如果不以愚贱之言见弃，定能使小姐知你之情意。"

　　张珙如获救一般，拱手便拜："姐姐若有对策，我甘心筑坛拜将，请你为师。"

　　红娘对张珙道："我见先生有琴一张，想必先生善抚琴操曲。小姐深慕于琴，明晚我与小姐到花园烧香，到时你操琴弄曲，小姐定能动情。小姐说些什么，我先听了下来，然后回头回报于你。如何？"

　　张珙大喜，三拜红娘，并从袖中取出白银五两，递与红娘面前以示感激。红娘气道："你这呆子，快回屋死了吧！"说完，嫣然一笑而去。

　　次日白昼，张珙痴呆地坐在桌旁，长久凝视和抚摸那琴，默默地对琴低语道："琴啊，我与足下湖海相随多年，今夜一场大功，就全在你身上了。"

　　云淡天晴，到了烧香的时候了。莺莺心绪低沉地坐在床边，久久地纹丝不动。劝解了一天，也无济于事，用尽浑身解数也消不去莺莺脸上的愁容。眼看与张珙相约的时间已到，红娘心中不免着急起来。

　　红娘对莺莺道："姐姐，好亮的月啊，咱们烧香去吧。"

莺莺叹息:"事已无成,烧香何用!"

红娘逗莺莺:"姐姐,你不是常说但行好事,莫问前程吗?如今怎么都忘了?"红娘连推带揉,让莺莺出了闺房。

红娘摆好香几,莺莺拈一炷香,默默祷告。

红娘又逗莺莺:"姐姐,你看天上月晕,敢情明日有风。"

莺莺面色凄凉:"风月天边有,人间好事无。"

红娘见时机已到,轻轻咳嗽两声。

久盼的咳嗽声传入耳鼓,张珙心情异常激动,立即转轴拨弦,抚琴操曲,将整个身心都倾注于弹琴之中。幽幽之声随风飘去,张珙心想:莺莺啊,你可知我万般思恋,千种温情。

"这是什么声响?"琴声乍起,莺莺感到惊奇。红娘只是抿嘴笑。莺莺马上明白有人在弹琴。

"莫不是我走路摇动了发髻上的首饰发出声响?莫不是我裙子托动了身上的佩玉叮咚?莫不是风突然吹动屋檐下挂的铁铃?莫不是栏杆围绕的稀竹在风中响动?"莺莺听着琴声,被深深地打动。

于是,莺莺放下手中香火,侧耳倾听,用整个的心灵去感受:"呵!其声壮,似大江奔腾潮浪涌;其声幽,似落花流水月融融;其声高,似风清月朗鹤唳空;其声低,似听儿女低语喁喁。这琴声真是如泣如诉、如诗如画呀。"

莺莺听着,不禁脱口而出道:"张珙啊,你那里相思无穷,我这里意已相通;你琴曲未终,我情意更浓。你可知,我一腔心腹事,尽在不言中。"

听到隔墙无动静,张珙料定自己的琴曲已把小姐打动:"懂得琴音的人心里自然明白琴意,我再弹一首凄凉之曲,小姐如果是有情人,会悲痛得柔肠寸断。"

张珙改弦更曲,且弹且歌,唱出一曲《凤求凰》:

　　有美人兮见之不忘,
　　一日不见兮思之如狂。
　　凤飞翩翩兮四海求凰,
　　无奈佳人兮不在东墙。
　　弹琴代语兮欲诉衷肠,

何时如愿兮慰成彷徨。
愿言配德兮携手相将，
不得同飞兮使我沦亡。

其辞真，其意切，深深震撼了莺莺，莺莺不禁凄然泪下。

正悲泣间，红娘惊慌道："那边家人来找，恐怕是夫人叫小姐哩！"

莺莺匆匆揩揩泪眼，抑住悲声，急忙忙与红娘离去。

又弹一曲，不闻东墙动静，张珙搁琴踏石往东墙观望，只见余烟袅袅，人去园空，张珙一阵悲凉道："小姐，你去了，今夜我该怎么办？"

自秋夜一个弹琴、一个听曲之后，西厢痴男、东墙怨女皆深深触动情怀，陷入苦苦相思之中。一个睡昏昏不愿观经史，一个意悬悬懒去拈针指；一个琴弦上能弹离恨曲，一个信纸上写成断肠诗。两处闲愁，一种相思，这一对情人皆染上病症，卧床难起。红娘两边照料，悉心看护，莺莺病体略见康复。

清晨，莺莺感觉精神好了一些，便呼唤红娘。

红娘来到莺莺床前问："姐姐叫我，不知有什么事？"

莺莺道："我有一件事求你。"

红娘从未遇小姐相求之事，料想这事必定与张珙有关，便脱口而出："是不是小姐想张……"

"张什么？"莺莺脸色一红，追问一句。

红娘一看，转了话头："我张看姐姐呢！"

莺莺叹了一口气："好拌嘴了。"接着道，"听说张珙两日身体不太好，你给我去探望他一趟。"

红娘故意往凳子上一坐："我不去！夫人知道，又该骂我了！"

莺莺央求："好姐姐，我拜你两拜。你就做了好事吧！"说着便要下床。

红娘赶紧上前扶住莺莺："哎呀小姐！拜什么，我去就是。我自然能把那佳音传来。"

红娘将各屋之事料理完毕后，趁老夫人那边无事，来到西厢。

到了西厢，红娘并未先敲门，她心想："前两日把张珙好一个折腾，不知现在精神头儿怎么样？待我用唾沫津儿洇破窗纸，看他在书房里做些什么。"

红娘食指往嘴里一蘸,在窗纸上戳了一个洞,踮起脚尖往里细看。只见张珙披衣而坐,床前地上到处是诗稿,一会儿自泣,一会儿自歌,一脸的凄凉。

红娘禁不住心中叹道:"老夫人啊,你铸成大错了!你不成全这一痴一呆,敢情他俩一定活不成,一定不能活了。"

想起莺莺托付的话,红娘轻轻叩门。

"是谁?"张珙在问。

红娘笑道:"是我。我是那传播相思的瘟神。"

张珙独自撑起身子,开了门。见是红娘,忍不住叹道:"小娘子,张珙真让你给害了。那夜抚琴后,你告诉我小姐只是听琴,没有说话,唯凄怨泣涕而已。回得屋来,我就睡卧不宁。前思后想,小姐定有触动,只是到如今没有一点口信儿,令张珙实在纳闷。"

红娘听了抿嘴一笑,用食指在两肋划了两下:"呸!看你们两个够没出息的了!这边的病重,那边的重病,我这医生的腿倒真值钱了!"

张珙摸不着头脑:"重病?"

红娘笑道:"相思病啊!"

张珙面颜羞惭,啼笑皆非。

红娘见状不再逗乐,正经对张珙道:"小姐让我前来看你,教你无论如何将心放宽再等一段时间。现在老夫人面前也有人相劝,不管夫人如何,小姐不会叫你相思落空。"

张珙闻后且喜且惊,面带感动地对红娘道:"小姐既有可怜我的心,我就麻烦姐姐转达我的心事,将我的一封信捎给她,如何?"

红娘不肯,寻思着道:"如果她看了这书信,板起面孔来,嗤嗤地撕成纸条,骂我胡乱行事,可咋办?"

张珙道:"我日后多以钱财感谢就是。"

红娘听罢叫了起来:"哎!你这个穷酸秀才好没意思,在我面前卖弄你的家私,难道说我是图谋你的钱财才来到此?"

张珙自知失言,忙赔不是:"我急不择辞,是怕这信条捎不去。"

红娘仍不了结:"我虽是个女子,一样有志气,你真是狗眼看人低。只要你说'可怜我小子,我是个孤独的人',这样嘛,倒还有个商量的余地!"

张珙无可奈何地躬身作揖:"依着姐姐,可怜我小子,我是个孤独的人。"

红娘得意,道:"这不就行了吗?你写信去吧!"

张珙慌忙拿笔,一会儿便写了下来,递到红娘面前。红娘不接,故意板着面孔道:"我不识字,不知道写些什么。如果有下贱话,小姐可不依哩!念给我听听吧!"

张珙不得已,只得展开信读道:

张珙百拜奉书至心爱的意中人名下:

自别小姐以来,书信稀少,见面更难,因此不胜悲伤之至。夫人的恩或怨,失去了曾许的诺言,使我只能望小姐东墙兴叹,恨无双翅,飞不到你的梳妆台前。几日来朝思暮想,患得相思病重,命在旦夕。因红娘至,聊奉数字,以表寸心。万一小姐有可怜之意,寄封信来,或许能治我入膏肓之病。顺作五言诗一首,请小姐悟之:

相思恨转添,

漫把瑶琴弄。

乐事又逢春,

芳心尔亦动。

此情不可违,

芳誉何须奉。

莫负月华明,

且怜花影重。

红娘听信赞叹张珙的深情与才华,接过信对张珙道:"这信我给你捎去,你当以功名为念,休堕了志气啊!"

张珙对红娘的真诚深表谢意,送红娘时再三叮嘱道:"你在小姐面前,再多用些心思啊!"

红娘将信拿在手中且笑且嗔道:"你放心吧!凭着我舌头上的巧说词,加上你这书信里表的心情,这次,我定叫小姐来看望你。"

红娘回到莺莺处,莺莺才刚起来,红娘刚欲把信递过去,转念又想:"当面递与她,恐怕她又要给我做假。我就把信放在梳妆台上,看她见了说些什么。"于是把信放在梳妆台上,过去整理床铺。

莺莺正在对镜轻挽纷乱的发髻,发现一封信笺摆在梳妆台上,便打开来看。原来却是一封情书。莺莺担心是有人在戏弄自己，立即生气地叫红娘。

待红娘走到莺莺跟前，莺莺把信往红娘面前一摔："这东西是哪里来的？我是相国之女，何曾见过这等东西！快说实话，要不，我告诉夫人。看打断你的腿！"

红娘偏偏不细说，故意逗引莺莺道："姐姐休恼，与其你对夫人说，不如我将这信送到夫人那里认罪去。我就说小姐说让我去看张珙，张珙叫我捎了一封信。我不识字，不知道他写的什么。"红娘说完就假装要往外走。

急得莺莺上前一把揪住红娘的袖子："呀！我逗你玩的！"

红娘半怒半嗔道："放手！看打断你的腿！"一句话说完，莺莺、红娘都笑了。

莺莺道："红娘，若不是看你的面子，我就把这信给老夫人送去，看他有什么脸面见夫人。虽然我家亏待了他，可到如今，我与他毕竟是兄妹相称。红娘，幸亏你口严，要让别人知道成什么样子？"

红娘一副不愿听的样子："你哄谁呀！你把张珙弄得七死八活，还要装得无动于衷。总有一天，老夫人会看出破绽，到那时我看你俩怎么办？"

莺莺面色微红，只是道："我写信告诉他，让姐姐看望是以兄妹之礼相待，并没有别的意思。下一次如果再这样，我一定去告诉夫人，对你这个死丫头也有话说。"说罢坐下写信。

红娘拿着莺莺的书信往西厢去，一边走一边气莺莺："哼！从前杏花飘落的时候，你在楼上梳晚妆还担心衣服穿得单薄，那夜在清冷带露的月光下听琴就不怕了。为了一个酸溜溜的秀才，隔墙听曲差点成了望夫石，也不怕被人取笑！没人处暗地里想张珙流泪，当人面'兄妹相称，焉敢如此'，真是你何必自找苦吃？"

想着想着到了西厢，未待敲门，张珙已听得脚步声打开门出来迎接："姐姐来了，擎天柱来了！"自打给莺莺写信后，张珙就时时刻刻盼着消息。

"怎么样？"张珙先问。

红娘狡黠地眨了眨眼睛道："不成事了，先生，你就别傻了。"

张珙不信："我的信是一道法宝，敢情是姐姐不用心，故意弄成这样?"

红娘听罢气不打一处来:"我不用心?先生说话不怕风刮了舌头。我出了力倒落一身不是,你可真是没心肝。从今后,我走开,你也走开,请先生别再死皮赖脸。咱早早地酒尽人散,拉倒吧!"

张珙慌了神,急忙对红娘道:"姐姐,你可千万别走,你走了,我这命就难保了!"

红娘道:"你不用装痴卖傻。你打算夫妻美满,却叫我皮肉吃苦!你没看见老夫人手里拿棍子摸来摸去。这件事要做,迟早瞒不过老夫人的眼,到那时我被打伤,拄着拐棍走来走去就太丢人现眼了。"

张珙顿时泪如泉涌,"扑通"一声跪倒在地:"我这一命,可都在姐姐身上了。"

红娘禁不住张珙催逼,跺着脚儿说道:"真叫我管也不是,不管也不是,管也难,不管也难。"

红娘正说着,忽然一拍脑袋,自己说自己道:"咳!我莫名其妙只顾说话,忘了正事。"

红娘从袖里掏出信对张珙道:"小姐给你的信,你看去吧!"

张珙手哆哆嗦嗦,急忙忙地打开信来看。看着看着,突然破涕为笑:"呀!有这等好事,早知小姐有信来,我该堆土焚香,拜了再拜呀!"

红娘有点摸不着头脑:"你说什么?"

张珙不胜欢喜:"小姐骂我都是假的,你猜信中写的什么?叫我今夜到花园里去呢!"

红娘将信将疑:"真有此事,你读给我听听!"

张珙展开信读道:

> 待月西厢下,
>
> 迎风户半开。
>
> 隔墙花影动,
>
> 疑是玉人来。

红娘仍不明白:"如何见得她约你来,你说给我听听呀!"

张珙笑道:"你看,'待月西厢下',是教我在月亮上来的时候去会面;'迎风户半开',是说她开门等着我;'隔墙花影动,疑是玉人来'是教我跳过墙去和她约会。"

红娘羞着张珙道:"不害臊,她教你跳墙来?哪里有这样的话?"

张珙得意道:"我是个猜诗谜的行家,从没有猜错谜的。"

红娘有点生气道:"你看我家小姐,当着我面装得一本正经,背地里却这么多的心眼儿,那诗句里还隐藏着和你约会的暗号。"

张珙道:"是啊!姐姐,这就叫做心有灵犀一点通!"

红娘送信回来,越想越觉得不对味:"小姐在我面前装腔作势,一句话说得让人六月热天都觉得心寒。在张珙面前倒好言好语,说得人家三冬严寒都觉得温暖。何曾见过寄信人反倒瞒着传信人的?哼!你不对我说,我也不点破你,到时候照旧烧香,看你如何瞒得过我。"

花阴重叠,庭院深沉,又到了夜深人静时刻,红娘像往常一样,叫莺莺去烧香。莺莺放下手中针线,掀起帘子款款而出。走过小桥,穿过弯弯石径,无声无语。红娘也是闷着不说话,只是心里暗道:"我看那张珙和小姐巴不得到今晚……"

不一会儿,二人来到假山下,红娘摆好香案,点燃香火,莺莺默默祷告。四周万籁寂静无声,墙角那边传来了细微的窸窣声,红娘蹑手蹑脚上前去观察动静。

黑暗中一个人突然站起,急不可耐一句:"小姐,你可来了。"便紧紧搂住了红娘。

红娘一把推开张珙:"弄错了,是我!"接着嗔骂道,"你得看清楚啊!要是碰上夫人可怎么得了!"

张珙慌忙松开手,连声谢罪:"我害相思病害得眼花了,没看清是谁,恕罪恕罪!"

红娘狠狠戳了一下张珙脊背:"多半是饿得你这个穷鬼眼花!"

张珙顾不上与红娘斗嘴,忙问:"小姐在哪里?"

红娘道:"小姐就在假山脚下。"

张珙按捺着狂跳的心,朝假山脚下奔跑而去。走到近处,张珙放轻了脚步定睛细看。当朝思夜想的莺莺就在眼前时,张珙终于控制不住激动的心情,积蓄在胸中的热恋猛然爆发,上前一步,张开双臂,浑身颤抖地搂住了莺莺。

莺莺毫无防备,吓了一跳,猛地从张珙怀里挣脱,大声问:"是谁?"

张珙急忙用手去捂莺莺的嘴,小声道:"小姐,是我。"

莺莺拨开张珙的手，又羞又气道："张珙，你是何等之人，在我面前做出此举！要是夫人知道了，我的脸面往哪儿搁？"

张珙慌了手脚，心中自语道："呀！这莺莺怎么又变卦了？"

红娘悄悄躲在树后，心中好不替张珙着急："张珙，你这个呆子，背地里的嘴都哪儿去了？"

红娘一着急，喉咙突然痒痒，憋不住咳嗽起来。

"红娘，有贼！"莺莺连忙叫道。

"是谁？"红娘佯装不知。

张珙忙上前一步，拱手道："是我。"

红娘明知故问："张珙，你来这里有什么勾当？"

张珙一时语塞，竟回答不上来。

莺莺生气地命红娘："红娘，把他带到夫人那里去！"

"大事不好！"红娘暗想，口中立即小声喝道："张珙，你过来跪下！"

张珙垂头丧气，跪了下来。

红娘故意火冒三丈："张珙，你知罪吗？"

张珙神情沮丧："我不知罪。"

红娘训斥道："你既然是秀才，就应当苦读于寒窗之下，谁叫你深夜闯入人家花园，落得个非奸即盗的名声？我只说你的学问海洋深，没想到你的色胆比天大。要是把你绑到官府去吃官司，你就准备着精细的皮肤吃顿打吧！"

张珙双膝跪地，双眼紧闭，只来了个"徐庶进曹营"——一言不发。莺莺见张珙如此之状，话语变软："先生有救我一家人性命的恩情，我不会恩将仇报。既然母亲之命，让互为兄妹，就要有一定规矩。这事万一让夫人知道，你我还什么颜面？今后不要再做这等有伤体面的事了。若再为之，我与先生决不干休！"说罢，莺莺转身拂袖而去。

莺莺一走，红娘忍不住笑弯了腰："羞也，羞也，你怎么又不是猜谜的行家了？"

张珙一脸的难堪："是她叫我来的，怎么又说出这么多的话来？"

红娘笑道："你是错猜了'迎风户半开'，山障了'隔墙花影动'，惨了'待月西厢下'，真是个自作多情的笨瓜。从今后再休提春宵一刻千金价，趁早死了那条风流浪子心吧！"

两个女子都走了，花园里假山脚下只留下一片空旷的寂寞。月明星疏，银光满园，张珙只觉得头脑昏沉、周身冰凉。想着刚才月下受这一场难堪的奚落。张珙异常痛苦，不禁一声长叹瘫坐在地上。

张珙自从在花园里遭受一场奚落后，刚刚因得信欢喜见好的病，又见沉重，白日里竟起不得床。夫人不知其中缘由，张罗着叫长老请医生给张珙看病。

医生开了药方一副又一副，红娘煎熬草药一锅又一锅，数日下去，张珙的病仍不见好转。老夫人急得束手无策，莺莺更是心急如焚，但又有口难言。

这日，莺莺终于按捺不住，又写了一封信，把红娘叫到跟前，莺莺盼咐红娘："我这里写了一封信，上面有个药方，你把它给张珙送去。"

红娘一听坚决不肯："又来了，娘啊，你可别送人家的命了！"

莺莺央求红娘："好姐姐，给他送去吧！"

红娘觉得百思不解："你不高兴的时候把个傻书生弄得忍气吞声；高兴的时候就，唉！'好姐姐，去看望他一遭。'把一个丫头逼得像个穿了针的线一样两脚不停地往来奔走，把一个潇洒书生害得患这难愈的病，你到底想的是什么？"

莺莺痛苦不堪，眼圈红红的对红娘说："人都成这样了，你还问这么多干什么。好姐姐，救人一命吧。"

红娘无可奈何地摇头叹道："真是拿你没办法。"不得不拿着莺莺的书信，往西厢那边去。推门进去，见张珙面如黄纸，瘦骨嶙峋，好不可怜。红娘关切地问道："哥哥病体怎么样了？"

张珙哀怨地道："苦煞我了，我要是死了，姐姐，阎王殿前少不了你这个有牵连的人。"

红娘劝解张珙道："普天下害相思的人没有像你这么傻的，放着好端端的本事不去搞学问，做梦都想着美人。想来想去都得到些什么？除了病症什么都没得到，真是何苦！"

一席话说到张珙痛处，他不由得落下泪来："我救了人反被人害，自古道'痴心女子负心汉'，今天反而颠倒过来了。"

红娘安慰张珙："好哥哥，你听我说，正是你救了她一家，老夫人才着实过意不去，今早又盼咐我瞅空来看望哥哥。刚才我从小姐处来，小姐再三让我表示敬重,又叮嘱我送来一封信。"

张珙看完信激动地说:"信中说小姐真的要来了。这信中一首诗意思明明白白。"

红娘仍不信,道:"你读给我听听吧!"

张珙念道:

> 休将闲事苦萦怀,取次摧残天赋才。
> 不意当时完妾命,岂防今日作君灾。
> 仰图厚德难从礼,谨奉新诗可当媒。
> 寄语高唐休咏赋,今宵端的雨云来。

红娘虽不识字,可聪明伶俐,极富悟性,也听出这诗不比往日之诗,遂道:"夫人看得再紧,也看不住小姐的心啊!"

此时,张珙的心完全沉浸在幸福和快乐之中,他合掌自语道:"今夜小姐果真能来,我死而无憾。"

初更时分,普救寺显得异常祥和宁静,月光如水般照射在楼台上。张珙坐台阶之上,仰望着月亮,等莺莺前来赴约。经过这么多天煎熬的张珙,心力憔悴,备感疲乏。

已近二更时分,东墙这里莺莺闺房之中,莺莺像往常一样,不慌不忙地在镜台前整理晚妆,收拾停当,莺莺吩咐红娘:"收拾卧房,我要睡了。"

红娘杏眼圆睁,问莺莺:"当真你要睡啊?"

莺莺装作无事道:"不睡怎的?"

红娘七窍生烟:"你又在那里撒谎气人啊!你自怎么打发那生?"

莺莺装作不明白:"什么那生?"

红娘哭笑不得:"姐姐,你又来了!送了人性命可不是闹着玩的。你要是再后悔,我就去报告老夫人,把你让我送信的事全说出来!"

莺莺满脸羞红:"这样的事叫人难为情,我该怎么去才是?"

红娘快言快语道:"怎么去?闭着眼睛去就是。"一边说着一边往外推莺莺。

莺莺半娇半羞走出闺阁,在半推半就下与红娘一起来到西厢。

银光铺泻,夜半无声,寺内一片静悄悄。风送月伴这花容月貌、神态迷人的女子来到西厢檐下。

"咚！咚！"两声轻轻的敲门声，把张珙从呆望中惊醒："谁？"

"是你日思夜想，梦中不忘的！"窗外传来红娘笑语。

张珙急忙相迎出来。夜幕之中只见红娘不见莺莺，张珙心情蓦地一落千丈。

红娘逗着张珙："张珙，小姐若来，你怎么谢我？"

张珙拱手便拜："果真如此，姐姐之恩张珙三世难报。"

红娘听罢扭转身往旁边一闪，婷婷玉立、含情脉脉的莺莺就站立在了张珙面前。

露滴香埃，月射书斋，眼前一切都看得明明白白。张珙经历一场相思苦的磨难之后，竟不相信这眼前的佳人，还以为是在昨夜痛苦的梦中。他双手拭目，然后轻拽莺莺的裙带，只闻兰麝淡香散幽斋，张珙双手握住莺莺的手，突然跪在地上，狂热地吻着莺莺的衣裙。

张珙不胜激动地说："张珙有何德能，竟劳嫦娥下凡？"

莺莺腼腆地微笑着，千般娇柔，万般袅娜，张珙陶醉于莺莺的美色之中。天旋地转中的张珙，在灯下端详莺莺，更觉得莺莺楚楚动人，于是心中生发出对莺莺的由衷赞叹：

春意透酥胸，春色横眉黛，

贱却人间玉帛。杏脸桃腮，

乘着月光，娇滴滴越显得红白。

下香阶，懒步苍苔，

动人处弓鞋凤头窄。

解舞腰肢娇又软，

可爱的人儿百媚态，

恰便是嫦娥淑女月宫来！

张珙与莺莺这晚共同欢会在鸳鸯帐内，一夜甜蜜温柔，百般恩恩爱爱。

夜来昼归，不知不觉已过去一月有余。张珙与莺莺相约在西厢书斋里，纵情在缠绵不绝的相恋相依之中。崔夫人逐渐感觉到女儿已不似前些时候愁眉不展，而是连日来满面春风，针线家务勤于请教，腰肢体态也渐见丰润。崔夫人心中不免犯疑，便叫家童跟前相问："近日你姐姐与往日不大一样，你可见她干什么来着？"

家童道:"前日晚上,夫人睡了,我见姐姐和红娘到西厢去了。"

崔夫人一听,吓得魂飞天外,思忖片刻道:"这些事都在红娘身上。"立命家童去找红娘。

家童找红娘就说:"老夫人在生气呢!叫姐姐快去。"

红娘心中道:"不好!恐怕是走漏风声了。"她告诉家童"马上就去"后,匆匆忙忙跑到莺莺书房里来。

红娘气急败坏道:"姐姐,坏事了,事情被发现了,老夫人叫我去呢!"

莺莺急得连连搓手,对红娘道:"这事情无论如何不能说出去啊!"

红娘忐忑不安道:"事到如今,恐怕是隐瞒不住了。"见莺莺乱了手脚,红娘倒有了几分镇定,索性说道:"我先过去应付,应付得过去更好,应付不过去,也别烦恼。反正事情已经做下了,瞒了今天,瞒不过明天。"

红娘来见崔夫人,刚一进门,就见崔夫人满脸怒气,未待分说,便让红娘跪下。

面对跪下的红娘,崔夫人怒问:"红娘,你知罪吗?"

红娘佯装不解地问:"红娘不知罪,请夫人教诲。"

夫人举棍前来,落手就打,口中道:"你还犟嘴?从实说饶你,若不实说,我今天就打死你这个小贱人!"

红娘身挨数棍,高喊冤枉,老夫人更是火冒三丈:"你和小姐夜晚到西厢那边,还敢瞒我,真是胆大包天!"

红娘疼痛难忍,双手擎住棍子,矢口否认:"没有去,谁看见来?"

夫人怒道:"小童亲眼所见,你还敢抵赖?"

红娘知已相瞒不过,话软了下来:"夫人,你打我打死也应该,只是别闪坏了夫人的手,别气坏了夫人的身子。夫人先把气平一平,手歇一歇,听红娘如实招来。"

崔夫人松了手中的棍子道:"快说!"

红娘道:"夜晚我和姐姐忙手中针绣,话中说起了张珙哥哥病重,我们两人就背着夫人,到书房中去探望张珙。"

夫人问:"探望?他说些什么?"

红娘道:"他说老夫人忘恩负义,危急的事过去了,就丢了当初的许诺,害得他喜事中途变成忧。"

夫人又问:"他还说什么来?"

红娘干脆横下一条心,对老夫人道:"他说,红娘,你且先走,小姐一会儿再回去。"

夫人急了,前倾半截身子:"她是个女孩儿家,怎么叫她后走?"

红娘道:"我只以为她去劝解张珙,谁料想她是去成亲!他俩个情投意合,不知道忧,不知道愁,天天宿到一块儿,到今天,都一个多月了!"

夫人顿时摇摇晃晃,瘫软在椅子上,半晌才喘过气来,红娘赶紧给夫人喂茶。夫人怒道:"这件事都怪你这个小贱人!"语调中充满无可奈何的悲凉。

红娘却道:"夫人,你甭怪我,这事全错在夫人身上呢!"

夫人一怔:"怎么怪我?我有何错?"

红娘道:"是啊!信用是人之根本。当日贼军围困普救寺,夫人许诺'退贼兵者,小姐许之',张珙若不是羡慕小姐姿色,岂肯前来相助,提出退军之策?兵退身安,夫人却悔掉许下的诺言,这不是失信于人吗?"

夫人难堪,面露尴尬之色。

红娘又道:"既然不肯成亲,就应当酬谢人家钱财,让他马上舍莺莺而去,却不该留张珙于书院之内,使怨女旷男互相之间朝朝暮暮思恋。所以这是夫人的错。眼下,老夫人若不平息这件事,一来辱没相国家门,二来张珙施恩于人,怎忍让他反受其辱,臭名远扬?拉到衙门去打官司,夫人也得了治家不严之罪,追究起详情,也知道老夫人背义忘恩。红娘不敢自以为是,恳求夫人明察。依我看,木已成舟,生米成饭,倒不如恕其小过,成其大事,将小姐嫁给张珙为好!"

夫人前思后想无良策,悔恨交加地落下泪来。她怨先夫匆匆舍她而去,恨孙飞虎逼她一家陷入困境,气张珙不舍莺莺而去,痛莺莺不守女儿贞节,辱了相国家门。崔夫人绝望之中,一声长叹:"你将小贱人找来。"命红娘去唤莺莺。

红娘顺从地退了出来,一离开老夫人屋,红娘就一阵风地跑了起来,见到莺莺,红娘忙道:"事情妥了!姐姐,那棍子不停地落在我身上,我顾不了那许多,说了!如今,老夫人已让我劝得回心转意,叫我唤你,打算成全这门亲事!"

莺莺害臊得低下头来,难为情道:"我还有什么脸面去见夫人?"

莺莺羞愧难言，无论如何迈不开脚步。红娘连推带揉地道："想当日月明才上柳梢头，却早已人约黄昏后，那时节怎么不言半点羞！"

莺莺无奈，羞愧满面地来到母亲面前。

崔夫人见莺莺落泪道："我怎么抬举你呢？今日做出这等事情！"

莺莺对着母亲掩面落泪，抽泣不止。

见莺莺如此委屈，崔夫人不忍再说下去，只得长叹："这真是我的罪孽，谁让我养了个不争气的闺女。"崔夫人终是听了红娘的劝说，打算成全了这门亲事，叫红娘去西厢将张珙唤来。红娘将夫人发怒的事告诉张珙，张珙吓得六神无主，不知如何是好，直埋怨红娘在老夫人面前说了实话。

红娘气不打一处来，斥责张珙道："我原以为你是个英雄男子真风流，闹了半天，你是个银样镴枪头。"说罢拽着张珙就走。

一路上，张珙直要求红娘给出个主意帮个忙，红娘却道："呸！我宁愿不做教师头，也不收你这个徒弟！"

红娘拽着张珙，一步步挨到夫人跟前，夫人面带愠色对张珙道："好秀才啊！你是知书达礼之人，竟干出这样没出息的事。事已至此，我打算将莺莺给你为妻。只是俺家三代不招白衣女婿。你明日便上京城应试去。如果入官，来见我，否则，可没话说了！"说罢老夫人离座而去。

莺莺泪眼迷离地看着张珙，心中凄楚万分。张珙不免无限爱怜，千头万绪又不知从何说起。

红娘在一旁劝说："张珙、小姐，二位该喜欢才是。京城一试，张珙定能高官得做，骏马得骑。那时节，不恰好拜堂成亲，遂了你们终生之愿吗？"

只说得莺莺欲语还休，泪流满面。

崔夫人为送张珙赴京，与长老先一步到达十里长亭之下，摆好酒宴。在送别宴上夫人劝了数杯酒，知张珙与莺莺有话要说，便先站了起来和长老早些回去，留下莺莺与张珙话别。

泪别莺莺上路登程之后，张珙一路上离恨重重，凄凉无限。应考之事全没放在心上，心中只是惦记莺莺此时如何。

张珙一路愁肠来到京城。应试之时，因心里想着莺莺倒是才思如注，一发而不可收。谈古论今，激扬文字，风流倜傥，举座皆惊。三场试毕，一举夺魁，竟中了头名状元，轰动了整个长安城。

张珙在客馆等候皇帝御旨封官，不觉时光如梭。这日，张珙倍加思念莺莺，想到别离多日，功名已定，该是给莺莺写封信的时候了，便铺纸蘸墨，挥毫一封。写毕叫了仆人，嘱咐道："见了小姐，就说官人怕娘子担忧，特地先教小的把信送来。她接信以后，赶快让她写封回信，免我惦念。"

仆人接命，风尘仆仆而去。

张珙离开几个月后，莺莺那对张珙的思恋却是日甚一日，无止无休。这天，莺莺又像往日一样，徘徊在夜听张珙抚弄瑶琴之处。莺莺仰望长空，轻轻吟诵道：

  曾经消瘦，每遍犹闲，

  这番最苦，何处忘忧？

看时节独上妆楼，手卷珠帘上玉钩，

  空目断山明水秀；见苍烟迷树，

  衰草连天，野渡横舟。

  泪如珍珠，湿透香罗袖。

  杨柳眉颦，忧愁无止休。

  吟罢，泪水又轻轻洒落下来。

红娘在旁不免轻叹："姐姐整日愁眉不展，又不听劝，眼看一天天消瘦，好烦恼人啊！"

红娘劝莺莺回房歇息，莺莺不肯，一阵风吹来，莺莺不禁一个寒颤，红娘无奈，只得赶紧回房去给莺莺拿衣裳。

刚走不远，只见一仆人急匆匆往这边走来，红娘躲闪不及，与来人撞了个满怀。红娘不悦，未待开口，那人已先说话："奉相公吩咐，特给小姐送信来。刚才已去前厅见了夫人，夫人十分高兴，叫我速来见小姐！"

红娘一听来了精神，拍手笑道："昨夜灯花爆，今早喜鹊噪，我估量着这两日有啥喜事哩。"说罢，转回身，三步并作两步领着送信人来到莺莺面前。

"姐姐，大喜大喜！咱姐夫得官做了！"红娘直冲莺莺叫道。

"这丫头，见我烦闷，又编新法来哄我。"莺莺皱着眉头责怪红娘。

红娘头上像被浇了一盆凉水，委屈地一撅嘴："没有骗你，你看，相公派的人来了，这不，在那边见了夫人，夫人叫他来见你。"

果见一人手拿一信件站在面前，莺莺始信是真。莺莺心头发热，双手微颤，从来人手中接过信，只觉得信有千金之重。

莺莺心潮翻滚，百感交集，小心翼翼地打开信，看到张珙写着：

百拜奉书至亲爱的意中人：

自去年暮秋分别，攸尔数月，上赖祖宗之福，下托贤妻之德，一举考中状元。目前，我寄居在招贤馆之内，等待皇帝任命官职。唯恐老夫人及贤妻担忧，特差人送信，以免除你们忧虑。我虽然与你们相距遥远，然心常常离你们很近。重功名而不着重恩爱的人，是不值得贤妻终身相伴的人。此时，我恨无双翅飞到你的身边，与你朝夕相伴。月缺总有月圆时，只要两情长久，就耐得住暂时的分离。等你我相会之时，我将为自己的不周而百倍地报答。为表我之心意，特作绝句一首，请勿见笑：

玉京仙府探花郎，

寄语蒲东窈窕娘。

指日拜恩衣画锦，

定须休作倚门妆。

从信中字里行间，莺莺看出张珙的一往深情，渐渐由忧转喜，生出无限宽慰。

红娘眉飞色舞，贴着莺莺耳朵悄声道："当日西厢月下潜足偷行的人今日成了体面人。姐姐，你到底还挺有眼力呀！"

莺莺心里阴云消散，这才突然想起这半天冷落了前来送信的人，急忙歉疚地问起来人吃饭了没有。

来人道："早晨至今，从老夫人那儿站到你这儿，一直空着肚子哪！"

莺莺顿觉失礼，嘱咐红娘道："红娘，快去准备饭，多添些酒菜给他吃。"

莺莺回到闺房，迅速给张珙回了一封信，然后从箱柜中取出早已准备好的汗衫、裹肚、袜子、瑶琴、玉簪、竹笛等，整理好与回信放在一处。红娘安顿好饭菜回来看到桌上一叠东西，问莺莺："姐姐，你拿这些东西干什么？"

莺莺腼腆含笑道："这是给张珙的。"

红娘忍不住笑嘻嘻道:"姐夫都做大官了,还稀罕这些东西?"

莺莺嗔怪红娘:"你不懂,他会知道是什么缘故的。"

莺莺唤了来人,取出十两赏银,叮嘱他路上小心,看管好衣物和信。来人谢了莺莺,答应一一照办。然后告别了老夫人,踏月登程。

话说张珙这里自仆人送信走后,便日思夜想等待莺莺送来的消息。照常规凡高中后就该封官的,因皇帝看中了张珙文才横流,又命张珙到翰林院编写国史。张珙虽每日衣食皆优,起居舒适,但盼莺莺回信心急如焚,近几日更是睡卧不安,饮食难进。无奈,张珙告假回旅店中休息。

招贤馆掌柜见张珙卧床不起,请来太医治病。太医号过脉,看看气色,只是拨浪鼓似的摇头,对张珙怪呵呵地笑道:"此病非医药所能治好。"

张珙扶病体走出居室,仰望天际春风卷残云,万里清彻如洗,不觉深深舒了一口气,口中喃喃自语,又仿佛在对莺莺道:"自从来到京城,思念心天天如此,在心头横躺的也是你,竖躺的也是你,你可知我为你害相思!"

温煦的阳光透过初生嫩芽的枝丫照在张珙瘦弱的身上,张珙微闭双眼想着莺莺的姿容,仿佛又回到了往日的幸福之中。突然"喳喳"一阵鸟叫,一段儿枯枝"咔嚓"正打在自己头上。张珙一惊,睁开眼看,竟是两三只喜鹊在头顶树枝上嬉闹追逐。张珙暗想:"昨日我就见小蜘蛛在帘幕上垂丝,今日又有这喜鹊登枝,莫不是莺莺的断肠信要到了?"

"张相公!"一声清脆的呼喊打断张珙遐思,张珙抬头一看,送信人正欢天喜地,举着一个包裹,搜着大步,径直往这边跑。

张珙欣喜若狂,不容分说,接过包裹,踉踉跄跄奔回房内。

看着信,张珙似久旱逢甘霖的禾苗,精神头油然而生,那眼睛也有光彩了,那嘴也会笑了,情不自禁地读起莺莺信尾写的一首绝句来:

> 阑干倚遍盼才郎,
> 莫恋京城黄四娘。
> 病里得书知中甲,
> 窗前览镜试新妆。

看完信,张珙打开精心捆扎的包裹,一件一件地细看,不禁露出会意的微笑。

"噢!一件汗衫,一条裹肚,一双袜子,一张瑶琴,一枚玉簪,一支竹笛。"张珙得意道,"这汗衫呀,是教我穿着它来睡,只要贴着我皮肉,便是和莺莺一处宿。这裏肚么,是叫我不要离了身前后,把莺莺紧紧记心头。这袜子么,是让它管住我的足,正儿八经别乱走。这琴么,当日用七弦追求,叫我别冷落了琴中意,生疏了弦之手。这玉簪么,是担忧我功成名就便抛弃贤妻在脑后。这斑竹管么,斑竹一枝干滴泪,叫我别忘了贤妻思念,泪水湿透香罗袖。"

张珙将莺莺捎来的衣物紧紧贴在胸口,顿时一股暖流涌遍全身。这衣物就像一幅妙手回春的药,张珙之病顿除,张珙对天盟誓:"莺莺呵,我对你天高地厚般深厚的感情,直到海枯石烂也不会变!"

鱼雁传书,信物传情,张珙与莺莺这对有情人经历了千曲百折之后,眼看就要明月团圆夫唱妇随,天遂人愿了。两人虽身居两地,却共同盼望佳期临近,双双沉浸在幸福之中。

偏偏好事多磨,就在佳期临近之际,当年崔相国应允将莺莺许配为妻的郑恒却找到了河中府普救寺来。

郑恒,字伯常,父亲官拜札部尚书,乃崔老夫人之兄。郑恒父母早亡,缺少管教,生性疲顽。自以为是累代公卿,门第高贵,把自己看得高人一等。却是对读书没有一点缘分,看到四书五经,脑袋就发胀,只是自诩风流,挥霍钱钞,时常在柳陌花街、秦楼楚馆追欢买笑。

去年春天,他的姑母崔老夫人曾命崔安送封信给他,要他到京师来帮助搬运相国灵柩回博陵下葬。哪知他只顾寻花问柳,拖拖拉拉,一再延误,等到他到得京师,崔老夫人等已经启程去了。他也不去设法赶上,反而趁此机会在京师的妓院里尽情享受,玩乐了整整一年。

郑恒得知姑妈与莺莺扶姑夫灵柩回家的途中遇到孙飞虎抢亲,姑妈为退贼兵将莺莺许给了一个叫张珙的。又得知张珙中了状元,估量莺莺是非嫁张珙不可,觉得于心不甘。这天,他风风火火赶到河中府,本想直接冲进普救寺问个明白,可又担心见了老夫人不好开口,于是,便先找了一个客栈歇息下来,然后差人去叫红娘来,探个究竟。

红娘见到郑恒先道万福,然后问郑恒为何不到家中去,郑恒并不回礼,劈头盖脸便说与莺莺成婚之事。

郑恒道:"当日姑夫在时曾许下这门亲事,如今姑夫孝期已满了,我今天到这里,特地请求你去夫人面前说明,挑选了良辰吉日,办了这件事。"

红娘道:"这样的话哥哥以后不要再提,莺莺已许了别人了。"

郑恒装作吃惊地问道:"为何姑夫去世,姑妈就悔了这门亲事?"

红娘将孙飞虎抢亲之事前前后后详细讲了一遍。

郑恒听罢装作痛心地说道:"如果嫁给一个富家也不算冤枉,嫁给这个穷酸秀才,不亏了小姐?我是有身份人家公子,与小姐能够亲上做亲,况且又有小姐父母之命,小姐配我不强似配他?"

红娘闻言,付之一笑:"你休仗着你家门第出身卖弄,'威而不猛,言而有信',穷酸秀才凭一纸文字就能灭了烟尘!萤烛怎能和明月相比,我拆白道字给你们辨个分明……"

郑恒翘着二郎腿怪呵呵地笑道:"你这丫头片子懂什么拆白道字?你拆与我听听?"

红娘不慌不忙道:"他是肖字旁边加人字,你是木寸马户尸吊货!"

郑恒恼羞成怒:"什么?你骂我是个'村驴屌'?你这个小贱货,把他说的那么好,敢情你这浪蹄子受了他什么好处?"

红娘恨恨地说道:"我不图金帛不图报,慈善为本识好人!"

郑恒失声冷笑道:"什么好人不好人!姑妈若是不肯,我就强把莺莺拉了去,脱了衣裳和她成亲!等你们追来,还你们一个已结婚的婆娘!"

红娘一看郑恒来了横的,不愿多讲,只一句:"小姐已是张珙的人了,你又是这般丑恶的嘴脸,她岂能嫁你?"说完一甩门,径直回了普救寺去。

红娘一席话,郑恒越琢磨越不是滋味,心想:"这莺莺一定和那穷书生有暧昧关系了。我明日上门去见到姑妈,只装作不知,就说张珙被招在卫尚书家做了女婿。我姑妈从小就爱我,她必有话说。我若放起刁来,看那莺莺往哪里去!"想到这里,郑恒窃笑,似乎已出了一口恶气。

次日,郑恒来见崔夫人,未待开口,先落下泪来,老夫人见状心疼地责怪郑恒:"孩儿,既然来到这里,怎么不来见我?"

郑恒假惺惺地道:"孩儿有什么脸面来见姑妈?"

崔夫人叹了口气道:"这事与我心也相违,只因孙飞虎闹事,等你不来,无可解危,才许的张珙。"

郑恒拭去眼泪,故作惊讶地问:"张珙?是不是那个状元,我去京师看榜来,年纪二十四岁,洛阳人,姓张名珙字君瑞?"

崔夫人点头。

郑恒拨浪鼓似的摇头，连说："可惜！可惜！"

崔夫人感到蹊跷，便问："孩儿为何作此感叹？"

郑恒故作神秘地对老夫人道："姑妈不知，我在京城见过他，当时他正骑马游街炫耀身份。待来到卫尚书家门口，正巧尚书家小姐结着彩楼，在那御街上抛彩球。这彩球正好打在张珙身上。卫尚书家出来十多个人，把张珙强拉硬拽了进去。我听那张珙叫道：'我是崔相国家女婿，我自有妻！'那尚书仗着有权有势哪里听得进？只是说：'我女是奉圣旨结彩楼，是明媒正娶。'"

崔夫人难以置信地问："是张珙？你没看错？"

郑恒煞有介事地道："没错，这事轰动了京城，没有不知道的。"

崔夫人信以为真，怒道："张珙真是不识抬举，果然辜负了我家。"

郑恒一脸诚恳，接话道："这也怪不得张珙，卫尚书有权有势，张珙实出于无奈。"

崔夫人想起相国在世时许下的亲事，看身边的郑恒恭顺体面，深恐耽搁下去夜长梦多，连郑恒这样的女婿也保不住，遂对郑恒道："既然张珙无情，就怪不得咱们无义了。孩儿，选个良辰吉日，依着你姑夫的言语，依旧进门做女婿吧！"

郑恒见诡计已成，心中暗喜，可细想一下，又担心谎言败露，招惹麻烦，便问夫人道："如果张珙日后来找，可咋办？"

崔夫人毫不迟疑道："这事有我，你就放心吧！"

郑恒千愚万谢拜别姑母，然后立即去筹办聘礼，迎接定亲了。

话说张珙中举后奉圣旨在翰林院编修国史，文章做成后，皇帝对张珙的才智十分看重，朱笔一挥，亲命张珙为河中府尹。想起自己昨日一寒儒，今朝三品官，心中不觉踌躇满志，百感交集，恨不能插上双翅，马上将金冠和霞帔送到莺莺面前，与莺莺共度良宵，再诉衷肠。张珙归心似箭，依次向朝中文武百官辞行后，便带着僚佐仆从，急匆匆打马归来。一路上马不停蹄，风雨兼程，一队人马直向河中府进发。到了河中府，张珙立即奔向普救寺，但见普救寺装饰一新，与往日不同。备酒的、备菜的个个忙得穿梭不停，张珙心中诧异："难道是夫人听说我今日衣锦还乡，准备庆贺一番不成？"

张珙喜气洋洋，在众僚佐和仆从的簇拥下径直来到前厅。

"新状元河中府尹婿张珙拜见夫人。"张珙深深地朝崔夫人鞠躬。

"休拜!"崔夫人纹丝不动,沉着脸道,"你是奉圣旨的女婿,老身怎能享受得你拜?"

几个月未见如今做了官,如了崔夫人的愿,怎么没有得到笑脸相迎,反倒冷若冰霜,明讥暗讽,张珙感到莫名其妙。来回看看左右,只见丫环仆人们窃窃私语,交换眼色。

张珙感到内中蹊跷,便问:"我去应考时,夫人喜不自胜,亲自饯行。如今考中得官归来,夫人反而不高兴,这是为什么?"

崔夫人冷笑道:"我家女孩儿虽然妆残貌陋,可人不能忘恩负义,喜新厌旧,你得中状元便做卫尚书家女婿,可是知书达礼之人干的勾当?"

张珙顿时双目圆睁:"做卫尚书家女婿?这是从何说起?无中生有,岂不是天理难容?"

崔夫人道:"郑恒来说,你在京城被卫家小姐抛中彩球,做了女婿!"

张珙气得七窍生烟,道:"有这般稀奇的事?我当时正思念莺莺,抱病在身,怎么能到处寻亲去?"

老夫人道:"是稀奇!你不要再花言巧语使心计,我已将小女许了郑恒,今日就要定亲了!"

张珙顿时如五雷轰顶,明白了寺内忙碌喜庆酒宴的用意:"天哪!夫人竟相信如此的谎言,这不明明是在陷害我吗?"

正争吵得难解难分、真假莫辨之际,红娘有事走了进来。

张珙见了红娘,急切地问道:"红娘,小姐好吗?"

红娘"嘿嘿"一声冷笑,一本正经道:"小姐挺好!因为你做了别人的女婿,小姐依旧嫁那郑恒了!"

张珙气愤已极,怒问:"这是哪个畜生挑拨是非,竟造出这样的弥天大谎?"

红娘不理张珙的茬,火上浇油地问道:"你那亲夫人可好?是不是比俺莺莺姐还漂亮?"

张珙连连苦笑,摇头叹气道:"连你也信了!我为小姐受的苦,别人不知道,你还不知道?我现在拿着小姐被皇上封诰的命令和这金冠霞帔,正打算双手呈到她的面前。这好,平地倒一声惊雷!"

红娘捂嘴"扑哧"一笑,转身对夫人道:"我说张珙不是那种人吧!"

崔夫人面露愧色，不再言语。想起张珙回来至今还未见到莺莺，便吩咐人唤莺莺来。

　　莺莺桃面容依旧，只是掩不住的愁容憔悴，惹人生怜。张珙急忙上前见莺莺，问候道："小姐别来无恙吗？"

　　红娘在一旁焦急道："姐姐，有些话你和他说明白嘛！"

　　莺莺长叹一声道："还说些什么好！"

　　自从听说张珙另有新配，莺莺痛不欲生，几次欲寻短见。老夫人痛哭流涕，苦言相劝，红娘左右不离身，精心服侍，这才稍见缓和。如今，莺莺已万念俱灰，心如止水，感情麻木地站在张珙面前。

　　莺莺面带疲倦，轻声对张珙道："恭喜你高官得做，新娶佳人。"

　　张珙痛苦万分："小姐，你竟能听信此言！"

　　莺莺再也控制不住内心感情的冲击，泪流满面。

　　张珙苦苦解释道："我自从离了蒲东，无时无刻不在思念你，见了佳人也不愿回看，卫尚书家女孩儿影子都未曾得见，怎么好端端地硬捏造个做了她家女婿！"

　　莺莺只是流泪，默默不语。

　　张珙越想越觉得不对劲，他想，当初红娘做了他与莺莺的月下佬，如今会不会再去帮助郑恒？对！这桩事都在红娘身上！张珙劈头问红娘："红娘，是不是你替小姐拿书信去叫郑恒来？"

　　红娘气得啼笑皆非，骂张珙道："你这个呆子，把我看成和郑恒一样了。早知今日，我不该成全你的亲事！"说完气得胸脯一起一伏。

　　崔夫人见状在一旁道："既然不曾另做女婿，即刻郑恒就到，到时对证了再说吧！"

　　红娘、张珙皆不言语。

　　正沉默间，一阵"咚、咚"作响的脚步朝这边走来，原来是杜将军奉命接张珙，到了接官亭，人说张珙已先去普救寺了，杜确连忙追到寺中。老友相见甚是欣喜，杜将军贺道："贤弟双喜临门，一是为官，二是成亲，老兄特致祝贺！"

　　张珙道："好事多磨！如今夫人听信侄儿郑恒挑拨，说我在京城做了卫尚书女婿，要将小姐改配郑恒。"

　　杜将军惊讶："夫人差矣。张珙贤弟得中成亲，原是夫人首肯之事，怎好出尔反尔？"

崔夫人忙道："老身本不违前言，欲招张珙为婿，不想郑恒说他在卫尚书家做了女婿，因此我好生气恼，依旧许了郑恒。"

杜将军猛呷了一口茶，愤愤地对夫人道："他是贼心！难道不知道这是在诽谤张珙，老夫人如何信他？"

话音未落，郑恒担酒抬羊来见夫人。脚未踏进门槛，就见厅前站立一文官打扮的人，郑恒料定此人定是张珙，心中不由得连声叫苦。郑恒一慌神，脚让门槛绊住，扑通摔了个嘴啃泥。郑恒狼狈地爬起，顾不得打灰尘，拱手便拜。

张珙质问："你是郑恒吗？你来做什么？"

郑恒结结巴巴道："听说状元回来，特来贺喜。"

崔夫人见状心中明白了九分，问郑恒："郑恒，如今张相公、杜将军均在，三头对案，你还有什么话好说？"

杜将军怒道："郑恒，你诳骗良人之妻，国法不容，我将奏闻朝廷，严加治罪，你有什么话说？"

郑恒吓得面如土色，跪在崔夫人面前央求："姑妈，看亡姑夫之面饶小侄这次，小侄自退亲事与张珙，至死无怨！"

张珙向崔夫人一拜："岳母大人，就饶了他吧！"

崔夫人摇头叹息，对郑恒道："谁让我是你亲姑妈，你又自小无父母，看在杜将军和张相公的面上，就饶了你吧！"

郑恒如获大赦，谢了崔夫人、杜将军、张相公，也顾不上那些抬来的酒，仓惶逃去。

郑恒一走，杜将军哈哈大笑："自古佳人配才子，你们还不趁此良机了却平生之愿？"一席话说得众人眉开眼笑。崔夫人亲命杀羊买酒，在西厢布置花堂。

花堂之上，色彩斑斓，场景如画。崔夫人在喜庆的乐曲中亲自主婚。红娘扶着打扮得花枝招展的莺莺与张珙拜了天地，拜夫人，拜了杜将军，拜众人，忙乎了好一阵子，送入洞房。这一夜，久别重逢，常言道"新婚不如久别"，今夜是新婚加久别，所以二人格外缱绻。

三日以后张生带着小姐和红娘，辞别了老夫人，到河中府上任去了。

正是：西厢待月成佳配，金榜题名衣锦归。

中国十大古典**喜剧**故事

墙头马上

[元] 白朴

在唐太宗李世民执政的23年里，凭借自己的精明干练，调用军事力量成功地平灭了战乱，统一了全国。为巩固皇权统治，李世民以亡隋为戒，任贤用能，建立了中央集权的统治机构。他积极发展文化交流，促进民间贸易，实行科举制度，在国内形成了政通人和、民心顺平的局面，成为中国古代封建帝制朝代中空前强盛的时期。

　　公元649年，李世民去世。次年，李世民之子李治继位，庙号高宗，改年号为永徽。他的身体比较羸弱，经常犯风眩头痛病。因此，他弃朝廷国事而不顾，将裁断政事的大权交给了皇后武则天，自己倒也乐得个清闲自在。

　　一日，李治与武则天到御花园内游赏。入春的花园风清气爽，万物复苏。花园迎门，有一块汉白玉座托起的太湖石，造型极雅，就像是一位婷婷玉立的少女。不远处有一个曲曲折折的池塘，只见那翡翠色的浮萍铺在水面上，在阳光下闪闪发光。荷花经过寒冬，枝叶已经干枯，被折断的茎杆构成一个个不同的几何图形。池边的小路上，石缝中钻出小草的嫩芽，小路在翠竹携裹中通向幽处。远处有一座不太高的土山，山上有一座亭阁，朱栏玉砌，掩映在青松翠柏之中。山脚下有几间入地四尺的花窖，窖内暖融融的。花架之上有独揽天下之春的梅花；有水上轻盈的水仙；有各类神态凛冽的菊花，玲珑剔透，千姿百态，还有牡丹、玫瑰、芍药、月季等等，开着红的、白的、黄的花，色彩缤纷，争芳斗艳。

　　花窖外边是用一块块鹅卵石砌成的小路，将花畦分割成一个个品种不同，风格各异的花木的小世界。园内那鹅黄色的迎春花在纤长的枝条上花瓣舒展，千枝万朵，丛丛簇簇。那粉的桃花、白的梨花、火一般的红，还有那鸡冠、含笑、蔷薇等，在绿叶的衬托下交相辉映，散发出一阵阵的芳香，引得那蜜蜂成群、彩蝶飞翔。武则天和那些才子佳人们，一会儿采花追蝶，一会儿吟诗作画，兴趣盎然。然而，李治对这些景色感到腻烦，毫无兴致，他总觉得缺少些什么，直到傍晚用膳，心中都闷闷不乐。

第二天一早，李治传旨，召工部尚书裴行俭上殿。裴行俭进殿后忙跪地给圣上请安。

李治吩咐道："御花园中缺少奇花异木，我命工部即日搜集天下名花以充御苑，令你裴行俭亲督此事，勿负朕望。"

裴行俭忙奏道："老臣近来染患风寒，行走艰难。臣意令子裴少俊代行其事，想不负圣恩，启请皇上圣裁。"

李治思忖了片刻后道："裴少俊京都盛传为人方正，朕已有所耳闻。裴行俭内举不避亲，朕甚嘉许，就这样办吧！"

且说裴少俊，系裴行俭的独生儿子，他自幼聪慧，三岁善言，五岁识字，七岁草字如云，十岁吟诗应口。他脸庞清秀，身材颀长，可谓才貌双全。他嗜书如命，不沾酒色，年方二十，尚未娶妻。裴行俭对差儿子外出十分放心。

裴行俭领旨出朝后，急急忙忙回到家中，他差老仆人张千将儿子少俊从后花园的书斋中唤至前厅，对儿子说道："圣上要广求奇花异木，我奏请派你到洛阳寻访名花，并限期六天，你千万要认真办理，莫辜负了圣上的期望。"

少俊连连答道："请父亲放心，儿明日就启程动身。"

第二天一早，裴少俊拿着文书，带着老仆人张千，备上两匹马，离开长安，直奔洛阳。一路上，主仆二人挥汗扬鞭，马不停蹄，直到日落西山才赶到洛阳城。进城后，只见大街小巷店铺鳞次栉比，卖吃的、卖用的、卖耍物的，叫喊声此起彼伏；挑担的、推车的、牵马的人熙熙攘攘，好不热闹。两人顾不上游逛，赶紧找到府尹投上文书后，这才到客店落宿。

次日，正赶上三月初八的上巳节，阵阵春风吹得榆英纷乱。这个季节桃李争奇斗艳，蝴蝶翩翩起舞。洛阳城里的公子小姐纷纷出城踏青。

洛阳总管李世杰的府中却一片宁静。

李世杰因事外出，只留下夫人张氏和女儿李千金紧守闺门。李千金年满十八，擅长女工，通晓诗书，志气和度量超过普通女子，其容貌姣好，柳眉细腰，小巧玲珑，头戴玉簪珠翠，身着轻盈飘逸的裙衫，宛如天仙一般。

这一天，李千金和丫环梅香在闺中绣花。李千金听着外面的嬉笑声，停住手中的针线，眼睛望着围屏出神。

不久，梅香发觉了，好奇地问："小姐，你为什么一直盯着围屏呀？"

李千金目不转睛地说："梅香，你瞧这围屏上的才子佳人、公子小姐多么般配呀！听说以往的人们结成夫妻，都是有前世姻缘和神仙撮合。你看那画师将他们描绘在围屏上，真正画出了蓬莱仙境的意趣。"

梅香听罢，笑着说："小姐，我看你专注地瞧这个围屏，不只是欣赏上面的人物吧？也许心里还在想……"

李千金问道："想什么？"

梅香答道："想自己也是一个佳人，怎么还少一个才子做夫妻呢？"

李千金听了，举手就打，梅香赶紧躲到一边。突然，一阵马蹄声伴着嘶鸣由远而近地传来。

李千金循声望去，只见一个英俊少年骑着一匹骏马走来。

这少年正是裴少俊。

他和张千主仆二人在客店歇息了一夜，早晨起身后少俊对张千说："今日我俩身无公事，在客店内难耐寂寞，我们也出去一饱眼福吧？"

张千听了很高兴地说："对！少爷，没准我们还能觅得奇花异卉呢？"张千说完，从马厩内牵出他们的马，各自骑上。

出了城，只见良田万顷，一望无际。庄稼迎着春风翻起一阵阵绿色波浪。路边，村头的桃树、李树、梨树都开满了花，红的像火，粉的像霞，白的像雪！野花遍地都是，有名的，没名的，夹杂在草丛中随着微风一闪一闪的。成群的蜜蜂嗡嗡地飞来飞去，大大小小的蝴蝶追逐着，嬉闹着……少俊兴奋地对张千说："人道洛阳是花锦之地，今日到此，果然是名不虚传呀！"

主仆二人走到一所宅第跟前，只见高墙陡立，一枝红杏伸向墙外，迎着春风微微地摆动着。少俊见此情景不禁脱口而出："满园春色关不住，一支红杏出墙来！"他正待催马继续前行，忽然看到墙的一头有两个妙龄少女探出半截身子，正向墙外观望。其中一位朱唇粉面，眼如秋水，刚好与少俊的目光碰到一起。那少女朝少俊嫣然一笑，眼神中含情脉脉。

少俊不禁心荡神飞，怔怔地呆在那里。张千暗自琢磨：少爷一向不接近女色，怎么今日动心了。张千使劲儿扯了扯裴少俊的衣袍，朝那女子的方向呶了呶嘴，少俊顿时面色通红，会心地笑了。

裴少俊回过神来，急忙拉紧缰绳，将马停住，转身对张千说："不行，我不能就这样离开，这样美貌的女子，料她一定识字。张千，你把纸笔拿来，我写封信，由你送给她，看她能不能看懂。"

张千听说，连忙摇手说："少爷，不行啊，如果被人碰见，一定会重重地挨一顿打的呀！少爷，我劝你还是少惹事，赶快到城外玩吧！"

裴少俊有些生气地说："你真没用，有什么可怕的呀！我教你，如果有人问呢，你就说我们奉皇上旨意，持金牌乘驿马，专到豪门贵族家的名园佳圃里选购奇花异草，这样就没事了。如果见了那位小姐，你就说：'我家少爷叫我送给你。'知道吗？"

张千无可奈何地说："知道了，只要少爷说没事，我就去送信吧，上天保佑我不要出事！"裴少俊倚着马背，匆匆写下：

只疑身在武陵游，流水桃花隔岸羞。

咫尺刘郎肠已断，为谁含笑倚墙头！

写好书信，交给张千，叮嘱说："你送到小姐那里，小姐看后如果喜欢，你就举手招呼我。如果小姐生气责备你，你就赶紧摆手，我也就赶紧溜走，知道吗？"张千点点头，拿着书信走了。

张千走进花园，将信交给李千金。

李千金拆开书信，看完后说："诗还写得不错！梅香，拿纸和笔来，我也写一首诗送给那位少爷！"梅香应声拿来纸笔，李千金伏在石案上就写起来。张千暗自高兴，连连朝裴少俊招手。

李千金写好诗后交给梅香，说道："你去把这首诗交给那位少爷。"

梅香拿着小姐的书信，随张千一起走出花园，来到裴少俊面前，施礼说道："拜见公子，这是我家小姐给公子的回信，请公子过目。"

裴少俊高兴地："谢天谢地！看样子事情要成了。"他赶紧接过书信，只见上面写道：

深闺拘束暂闲游，手拈青梅半掩羞。

莫负后园今夜约，月移初上柳梢头。

裴少俊看后喜出望外，激动地说："没想到小姐不但是绝代佳人，而且有盖世的才华、海一般的深情。这首诗真的是你家小姐亲自写的吗？"

梅香点头说："是的，公子！我家小姐想以诗文做红媒，约你夜里准时到后花园来相会。这是我家小姐看重你，你不能失信，一定要来。"

裴少俊慎重地说："承蒙小姐厚爱，我感激不尽！我一定准时赴约。可是夜晚府门紧闭，我又怎么进得去呢？"

梅香想了想说："这个不难。我家这一段粉墙又低又矮，墙边的花荫又浓又密。你在天黑时先暂时藏在墙下，如果能把侧门打开，你就从侧门而入；如果不能，你就从墙头翻也不太困难。不知公子是否愿意？"

裴少俊说道："姐姐的办法很好。这是一件喜事，我当然愿意。请姐姐转告小姐，我裴少俊定会准时赴约。"梅香听罢，转身走了。

裴少俊喜在心头，对张千说："我们不去城外了，马上回寓所。"说完，调转马头往回走。张千摇摇头，只得跟着走了。

李千金从后花园回到闺房后，脑海一直闪现的是骑在马上的英俊裴少俊，暗想："也是老天爷同情我，不忍心见我因伤春而憔悴了容颜，安排我在墙头边遇到那书生。我们两双眼睛互相看着，心中都生出爱慕之意。我不能辜负老天爷的安排，只得抛开大家闺秀的矜持，主动邀他夜晚到闺中相会。可这实在是冒着天大的风险，千万不能被人看见。"

中午时分，李千金草草用过午餐，便推说身体不适，躺到床上，不知不觉就睡着了。梦里，她看见裴少俊掀开门帘走进来，缓缓地走到她的身边，温柔地说："小姐，你是我最喜爱的姑娘，不仅有美丽的容颜，而且有出众的才华。我对你一见钟情，希望我们永不分离。"说着，伸出双手想拥抱她。她羞怯地投入他的怀抱，嘴里喃喃地喊着："公子，公子……"

这时，有人摇着她，大声喊道："小姐，小姐！"她使劲睁开眼睛，见梅香站在床边。她问道："你什么时候来的？"

梅香回答说："我才进来不久，见你在睡觉，不想打扰你。谁知你竟然做起梦来，还喊着什么，'公子，公子'的，我怕被人听见，所以叫醒你。你做什么梦呀？"

李千金坐起身说："当然是好梦。梅香，我让你去看夫人在做什么，你看了吗？"

梅香答道："去了，夫人去东阁探望舅母才回家，说身体不舒服，要早些休息,还嘱咐小姐不要出绣房呢。"

李千金又问道:"现在是什么时候了?"

梅香说:"大约是申牌时候。小姐,你再休息休息,我要出去与老妈妈收拾东西了。"说着,转身出了房门。

李千金斜倚着绣被,暗自想:"这也许是姻缘簿上早定下的。我才见他一面,就觉得我们似乎早已相识,一味地思念他,我的灵魂都几乎离我而去,在苦苦地寻找着他。这份相思好苦!只可恨太阳不解人意,高高悬在空中,让相思的痛苦折磨着我。"她透过纱窗望着太阳,一动也不动地倚在那里。

在焦急的等待中,闺房已经被夜色笼罩,所有的东西都只能看到一个模糊的轮廓。李千金从床上起来,走到纱窗边,抬头望着月亮,低语道:"那天边的银河澄净、明亮地映照着茫茫太空,没有一丝纤尘。月亮啊,你本来就细如弯弓,另一半只是阴暗的蟾蜍,你不要再明亮如镜,照耀这大千世界,也不要寒冷如冰,浸透那昆仑瑶台;月亮啊,我奉上美酒,燃起香烟,向你深深拜,求你给我行个方便,让我不要遇到阻碍,我感谢月中的嫦娥不嫉妒人间的欢爱,愿你过一会儿就让月亮被云遮雾盖。"

她正虔诚地祈祷着,梅香走进屋来说:"小姐,天已经黑了,你为什么不点燃蜡烛呢?"说罢,摸黑将蜡烛点燃,屋中顿时有了光明。

李千金问道:"梅香,今天晚上那公子会来吗?"

梅香想了想说:"小姐,他大概会来的。看他的样子,也是非常钟情于小姐的。小姐,你睡了一下午,把头发都睡歪斜了,我来帮你梳梳吧。"

李千金说:"我自己梳就行了。梅香,时辰不早了,你过去看看夫人安睡没有,要快点回来!"梅香答应着掩门而去。

她穿过中厅,蹑手蹑脚地来到前堂,见夫人已卧床休息,便折回身来禀报小姐。还没走几步,就碰见一个老妈子正挑着灯笼查看院门回来。老妈子见梅香鬼鬼祟祟的样子,心中生疑,暗想:"天这么晚了,夫人已经休息,这丫头急匆匆的定有什么事情。"

梅香回到绣房告诉千金说:"夫人已经安睡了。"

千金点点头说:"那秀才差不多快来了,我们到后花园去吧。"

梅香转身就要出门,被千金拉住,千金叮嘱说:"走路时要多留神,千万别惊动了夜雀,惹起狗叫。"

梅香答应道:"知道了。"主仆两人手拉手出了房门。

暗蓝色的天上悬着无数颗若明若暗的星星。弯月清亮而温柔。将似水的清辉洒在地面上,俩人顾不得露湿苔滑。在月光下,二人悄悄来到后花园,在路过老妈子住的屋子时,见里面亮着灯光。两人幸喜老妈子回到了房中,她们来到假山后停住了脚步。

梅香悄声说:"小姐你先在这儿等着,我到花园后门那儿看看。如果那秀才来了,我引他到你这儿。"说着,梅香径自来到后门,四处张望了一下,园内静悄悄的,只有柳枝在月光下微微摆动。梅香站在一棵大树的影子下暗自思忖:时辰不早了,这个秀才为何没来赴约?他会不会是在戏弄我家小姐呢?……她想着想着,只听"扑通"一声,一个人影从墙上跳入园内。梅香定神一看,来人正是裴少俊。

梅香喜出望外地迎上前去,指着假山悄声对少俊说:"我家小姐正在这山后等你,你快去吧!我待在这里看着。"

少俊顺着小路绕到假山后面,果然见上午在这墙外看到的那位小姐站在那里,在月色中她更显得楚楚动人,少俊急步跨前拜道:"小生拜见姐姐!"千金连忙拉起少俊,含羞说道:"此地不便说话,请秀才到我房内。"

千金引少俊进了绣房,拨亮烛光,两人并肩而坐,少俊打量着屋内的摆设,只见粉红色的窗帘上绣着艳丽的孔雀、牡丹;案头上摆放着书、琴,墙面上悬挂着字画,房内红烛通明,窗外树影摇动。少俊心想:好一个雅致的闺房呀!

千金见少俊只顾张望,便轻声问道:"相公从何而来?"

少俊自知失礼,忙拜道:"小生姓裴名少俊,是个书生,今年二十岁。家住京都,未曾娶妻。此次来洛阳是代父公干,欲购奇花异卉的。敢问小姐芳名?"

千金面色赤红,答道:"我乃李千金也。三年前随家父由京都搬抵这里,年方一十八岁,尚未婚配。"

少俊听后,不觉心痴如醉,说:"小姐你容颜盖世,志量过人,可敬!可佩!"

千金答道:"家父管教甚严,教小女终日关门闭户,哪比得上你见多识广,才貌双全的秀才呀!"

少俊兴奋得满面红光,说:"小生是个寒儒,今日与小姐萍水相逢,深蒙小姐雅爱，此后就是杀身也难报小姐知遇之恩！"

千金答道："小女子喜欢文才，如能得裴秀才厚爱，我今后一生纵然无荣华富贵，也无足叹息了！"

两个人越说越投机，深恨相见之晚。

那守门的老妈子，天刚黑时看到梅香到夫人窗前张望，心中已经生疑。过了一个多时辰，老妈子来到千金院内，看到绣房内烛光明亮，心想：真让我猜着了，小姐今晚果然有事，老妈子来到绣房窗前，她踮起双脚，在窗纸上舐了小洞朝里一看，吓了一跳：只见小姐正与一位俊俏后生并肩而坐，亲热地交谈着。那后生倜傥风流，眉宇间透着英俊之气，老妈子觉得似乎在什么时候见过他，但却又怎么也想不起他是谁来。

梅香在后花园待了多时，就回到小姐院中，她见有一人影伏在绣房窗户上正往里瞧呢，心中一惊，急忙跑上前去。

那人影听到身后有脚步声，扭身时却将梅香撞了个趔趄，梅香"哎哟"一声，用手捂着撞疼了的脸，侧身一看，绣房的窗户上有个小洞，柔和的烛光正从洞中撒泄出来。

梅香心中暗暗叫苦，知道这个秘密已全被老妈子发觉。梅香将老妈子往身旁一拨，跑进了屋，她结结巴巴地说："不好了，老妈子就在窗外，她已经看见相公了！这可怎么好呀！"

千金和少俊吓得魂飞天外，一时竟不知如何是好。

老妈子看清是梅香后，心想：此事是在我守门时发生的，我如果躲起来，明天小姐不认账怎么办。倒不如一不做，二不休，进去看个明白，想罢，便推门而入。

老妈子进屋后，见三人正呆站着束手无策，就一脸怒气地指着他们说："好哇！你们干的好事！这汉子是谁？快跟我到夫人那里说个明白。"

少俊战战兢兢地跪到地上说："小生姓裴，是京都书生，我来此地是购买花木的。"

老妈子冷笑着说："笑话！买花木为何夜间闯到小姐的绣房里来了？"

千金见状，也连忙跟着跪下说："老妈妈开恩，千万别声张出去！要不我们就活不成了！"说着，眼泪就涌了出来。

老妈子不好对千金说什么，就将脸转向梅香，她指着梅香说："这件事准是你这个小奴才勾引的,看我回夫人去!"此时的梅香非但没有害怕,反而平静地说:"老妈子!你可真是老糊涂了!这位相公今日来府买花木,不是你收了他的银子后叫我把他带来的吗?"

老妈子听了此话,气得浑身发抖,差点背过气去,好一会儿她才张了张嘴说:"好你个小奴才,竟敢倒打一耙,你这就跟我到夫人那里说清楚去!"

梅香轻蔑地说:"你也不先看看明白,你有一张嘴,我们有三个口,夫人是听你的?还是听小姐的?"

老妈子的心中一紧,想:是呀!小姐毕竟是夫人的骨肉呀!梅香这该死的丫头伶牙俐齿的,那秀才也满腹文章,我如果说不过他们,岂不白白送掉我这条老命吗?

千金见老妈子正在犹豫,就抓住她的衣襟边叩头边央告:"老妈妈既然看见了,就算我嫁给裴相公了,今后是贫富、是甘苦,我都认命了!我们今夜就走,请老妈妈开恩!放我们一条生路吧!"

老妈子一听大惊:"什么?跟人私奔?这可怎么得了!明天夫人怪罪下来,我可承担不了!你这是想要我的老命呀!"说着,竟伸出双臂拦在门口。

这时千金急得泪水又涌了出来,喃喃地说:"要是天亮了,我可没脸见人啦!"

少俊也急得直搓手,在屋内来回踱步。梅香见状,心想:如不给老妈子开脱,她是不会放过小姐、相公的。梅香握了握千金的手,像是安慰千金,她又走到老妈子的跟前说:"老妈子你尽管放宽心,天塌下来有我梅香顶着!我是小姐的贴身丫环,她跑了绝对怨不着你!你权当不知道此事!"

老妈子放下双臂,叹道:"既然梅香一身承担,我就放过你们。"这时,千金、少俊和梅香都松了一口气,梅香对老妈子说:"这里没你的事了,你回房去吧,夫人那里,明天我会说清楚的。"老妈子回头看了看千金和少俊,然后怏怏地走出了房门。

老妈子走后,千金拉着梅香说:"谢谢你救了我们,你的恩我们此生永远不忘。"

梅香忙说:"快别这样。赶紧准备准备吧。"说着,她来到衣柜前,找出几件千金平时喜欢穿的衣裳，用包袱裹好塞到少俊手中说："你要善待我家小姐，不然会遭报应的。"

少俊连连说道："姐姐放心，我如有对不起小姐的，天打五雷轰。"

梅香又转向千金，望着她服侍了多年的小姐就这样跟人走了，眼圈也红了起来，她拿起丝帕，一边轻轻地擦拭着千金脸上的泪水，一边说："梅香从今不能再服侍小姐，小姐你要多多珍重啊。"

千金哽咽着，点点头说："我们走后，夫人就请姐姐多多关照，你为我们吃苦了，日后我会报答的。"说着，与梅香紧紧地搂在一起，梅香抑制住内心的悲伤，她轻轻推开千金说："小姐，相公，时间不早了，乘老爷不在家，夫人安睡，就快走吧。"说着，把他们引向花园的后门。

出了门，千金和少俊向着夫人的房子方向深深地拜了几拜，两人就踏着月色，消失在夜幕中。

深夜，少俊带着千金回到客店，老仆人张千早在门口迎候，他接过包袱，将千金安顿在少俊的房内，就这样神不知、鬼不觉地住了下来。

次日，少俊令张千到府尹衙门，张千对府尹说："裴舍人今日还要到别处采买花木，洛阳的事宜就责成你代为办理。"

府尹满口应承："请裴舍人放心，我保证在期限内亲自将花木运送到长安。"

张千出了衙门后，就雇了一辆马车，拉着李千金返回京城。少俊喜得佳妻，一路上春风得意马蹄轻，不觉长安城头就在眼前。

在返回京城的路上，少俊就已与张千商量妥当，回去后将千金安置在裴府后花园内。这后花园里有座书斋，是少俊平日读书的地方。书斋旁边还有几间房子，一间住着老仆人，其余几间则摆放着些旧物家什，很少有人光顾。那老仆人时已年过六旬，身板倒还硬朗。他是在少俊出世后不久就来裴府做事的，他对少俊是百依百顺，少俊也把他当着心腹。

张千将马车引到裴府花园后门，敲响门环叫老仆人开门。老仆人将门打开，见少俊正搀扶着一位容貌美丽的年轻女子，不知是惊是喜，张了半天嘴也没有说出一句话。

少俊将千金扶进院门，就拉过老仆人说："这次我到洛阳买花，喜得贤妻，我要将她安顿在书斋内，日后你要留心伺候。此事上下均不得走漏风声，你今后要严守园门，不放任何人进园，千万记住，不得有误！"

老仆人连连答道："少爷尽管放心！我一定做到。"说着，匆忙打开房门，将千金和少俊请进屋。

第二天，少俊来到前院拜见母亲，裴夫人很高兴地说："你这么快就办完事了，路上一定很辛苦。你在家先歇息一天，改日再到工部销差去也不迟。"接着她又叹道，"你父亲近日奉旨要到外地去公干，要一年多才能回来。唉！偌大年纪了，也真够劳累的。你可要立志读书，早日取得功名，不辜负你父亲对你的期望呀！"

少俊忙答道："请母亲放心！从今日起我就吃住在书斋，潜心攻读。我只要老仆人一人伺候，不许别人打扰，那后花园以后也不要别人进出了。"

夫人说："只要我儿用功读书，能功成名就，这些我都答应你。"

少俊高兴地说："谢谢母亲！"

少俊在花园内读书人所尽知，故千金进府一年多了也没人察觉。千金住的书斋虽然陈设简陋，但少俊对千金知冷知热，百般体贴，加之老仆人的精心照料，千金也就没有什么奢求的了。平时，少俊读书，千金端茶；少俊作诗、绘画，千金铺纸磨墨；千金绣花，少俊帮他穿针引线。两人夫唱妇和，恩恩爱爱，日子过得倒也甜蜜、平静。

这年千金怀孕，转过年来生下一个儿子取名叫端端。少俊、千金得了麟子自然欣喜，唯整日关门闭户、不能声张，千金不免觉得气闷。

所幸裴行俭这些年在外忙着治理河道，一年也难得回家几日。见了少俊，无非叮嘱用功读书而已。一日，裴行俭归家，少俊带着书本到前堂拜见了父亲。裴行俭见少俊身不离书，心中很是喜欢，便拿过书本考问少俊，少俊都一一对答如流，裴行俭十分高兴地说："俊儿学业近年大有长进，我在外也就放心了。"

光阴似箭，日月如梭，第三年千金又生下一个女儿，恰逢那天是重阳佳节，故取名重阳。少俊喜得一子一女，又有了贤惠的妻子，日子过得很幸福。

千金入府七年过去，裴行俭老态龙钟，唐高宗降旨，令他致仕而归。到了清明，裴行俭命家人把少俊叫到自己卧室来。

裴少俊想："父亲让我在书斋安心读书，一向很少让家中杂事扰我，今天叫我一定有什么重要事。"于是他连忙来到父亲卧室。

看到裴少俊，裴行俭心情愉快地说："孩子，我时常公务在身，在外的时间多，在家的时间少，很少与你在一起。我见你志气不小，整天在书房或后花园读书，非常高兴。今天是清明节，我本想全家一起去上坟，可又怕风寒伤身，便想让你和你母亲替我去祭祖。"

裴少俊说："好吧！父亲，我稍稍收拾一下，就与母亲一起去。"裴行俭满意地点点头，走出了房间。

裴少俊见父亲走远，也走出房间，找到老仆人悄声说："今天是清明节，父亲怕风寒要留在家里，我与母亲要去郊外祭奠祖坟。老仆人，你一定要注意照看孩子，千万不要被老爷撞见，知道吗？"

老仆人拍拍胸脯说："少爷，你放心，我会仔细照看好的。依靠着我，保证万丈水不漏一滴。"

裴少俊又叫人备好车马，请母亲一起上车走了。

老仆人待裴少俊他们走了，便拿着扫帚走到花园里佯装扫地，见四周无人，便赶紧走到书房门口，敲门说："少奶奶，快开开门，我有话要说。"

过了不久，门"吱呀"一声打开，李千金探出身来，说道："老仆人，有什么事吗？"

老仆人小声说："少奶奶，少爷扫墓去了，他让我来告诉少奶奶要留神，不要被老爷撞见了。我今天哪里也不去，就在你们门前的石凳上坐着，看着有什么人来。"

李千金感激地说："老仆人费心了，我去把屋里的酒菜拿给你，你坐在那里可以边看边吃。"说着，转身就去拿酒菜。

这时，端端和重阳听见他们的说话声，跑了过来，说道："父亲还没有来吗？他该来了，我们出去接他。"说着便要跑出门去。老仆人眼急手快，一把将他们抓住。

李千金端着酒菜出来，生气地说："端端，重阳，你们怎么能随便出去呢？昨天你们跑出去，把墙头上的花都折坏了，衣服和手指也刮破了。今天不能出去，就在书房里玩。"两个孩子听她一说，也就不情愿地退回房里。

李千金将酒菜递给老仆人，说道："这两个孩子不懂事，随便出去会被人碰见。老仆人，你该阻拦的就定要阻拦，我会感谢你的。"

老仆人点头答应，转身走到石凳旁坐下，老仆人将酒菜放在石桌上，左右看了看，花园里静悄悄的，书房的门也紧闭着，心里想："今天格外清静，恐怕没有什么人会到这后花园里来，我可以轻轻松松地喝酒了。"于是拿起酒杯斟满酒，放心地喝了起来。

他边吃菜肴边饮酒，过了一段时间，一瓶酒就已经喝完了。他感到脸热心跳，脑子里昏昏沉沉的，便歪歪斜斜地走到假山旁，靠着山石打起盹来。

不久，端端和重阳乘母亲没有留意，悄悄溜出书房，跑到花园里来。他们见老仆人倚着假山在睡觉，一齐跑过去就打。老仆人惊醒，见是他们兄妹二人，咕噜着说："小爷爷，小奶奶，别在这里闹了，回书房去玩吧。"说完，翻了一下身，又睡着了。

兄妹二人不甘心，又围着他打。老仆人瞪起眼睛说："你们为什么不听话。如果再不回去，我就去告诉你们的母亲。"二人便转身跑开。

老仆人再次闭上眼睛睡了，渐渐地，老仆人做起美梦来。突然，他感到重重的一击，美梦被打断。他心生怒气，吼道："你们不听话，看我非揍你们不可。"举起拳头就要打，可仔细一看，面前站的不是孩子，而是裴行俭，心中惊慌起来。

裴行俭厉声说道："你白天在这里睡觉，嘴里还喊着要打人，到底是怎么回事？"这时，端端和重阳也从假山后探出头来。老仆人顿时在心中叫道："糟糕，要出事了！"

果然，裴行俭看见了两个孩子，问道："这是谁家的孩子，怎么跑到我家花园里来了？快给我出来。"两个孩子慢慢地走出假山，端端怯怯地说："我们是裴行俭家的……"

老仆人赶紧接着说："谁说不是裴行俭家的花园。小孩子怎么能随便闯入，还不赶快离去！"重阳噘着嘴说："你居然敢骂我们，我要去告诉父亲和母亲。"

老仆人装着无奈地说："你们两个孩子真不讲理，闯到花园里来采摘了花木，还说要告诉你们父母去。你们惹恼了您爷爷，非着实揍你们一顿不可！"说着，握着拳头就要打。二人见状，赶紧跑开。老仆人挥着拳头说："你们两个往哪里跑。不往前边走，倒往后边走，我抓住你们，一定不轻饶。"

裴行俭在旁边看着，一直见两个孩子跑进书房，心里有些疑惑，想道："这两个孩子看样子不是寻常人家的，为什么会跑到书房里去了。这老头儿神色慌张，说的话也许有谎。我一定要弄个明白。"想到这里，便说："老仆人，我们去书房看看。"

老仆人支吾着，还没想出理由阻止，裴行俭已经迈步朝书房走去。老仆人跟在后面没了主意，心中叫苦不迭。

裴行俭三步并做两步跨到书房，推开门，只见一个女子闪身而去。裴行俭厉声问道："这书房里怎么还有一个妇人，是谁家的？你快给我说清楚。"

老仆人心慌意乱，支吾着说："这妇人大概是采摘了两朵花儿，怕老爷看见，才躲到这里。老爷，你就饶了她吧，让她回家去。"

裴行俭气愤地说："不行！我怎么能轻饶这样的女子？老仆人，你去给我找人来，将她拿到芙蓉亭上问罪。"

老仆人无计可施，站在那里不动。

裴行俭大声吼道："你还不快点去！难道想违抗我吗？"

这时，李千金见事情暴露，再躲也没用了，本来紧张惧怕的心反而平静了一些，索性站出来说："老爷，我是少俊的妻子。"

裴行俭大吃一惊，说道："胡说！我儿子不会做出这种事来，你说是他的妻子，那你们结婚是谁做的媒人？下了多少财礼？谁做的主婚人？"

李千金无法回答，只得低着头。

裴行俭又问："刚才的两个小孩是谁的？你快说！"

李千金硬着头皮："老爷，那两个孩子是我和少俊生养的。"

裴行俭听罢，怒上心头道："这还了得！事情居然坏到这个地步，真是要气死我了！"

老仆人在旁边劝解说："老爷，你不该生气，应该高兴才是！老爷没花一分财礼，就娶了这花枝一般的儿媳妇，还有一双好孙子。应该摆筵席庆祝一番，少奶奶，你去照看孩子吧。"

裴行俭怒吼道："住嘴！这女人一定是娼妓，出身歌楼酒肆，怎么配做我家媳妇?!"

李千金辩解说:"老爷,我是官宦人家的千金小姐,良家儿女,不是那种下贱的人!"

裴行俭蛮横地说:"住嘴!歌伎舞女有谁认识,茶房酒肆出身又有什么标记!不论怎样,女人跟男人偷情私奔,便是天大的罪过,这种罪即使遇到大赦也不能赦免。我要把你送到官府去问明白,要打得你低头认罪。"

李千金倔强地说:"老爷,你尽管送官吧。就是打死我,我也不会低头的。"

裴行俭气得直瞪眼睛,突然向老仆人吼道:"你这老奴才,一开始就说谎,一定知道内情,快照实说出来。"

老仆人见抵赖不过,说道:"老爷,我说就是。七年前少爷去洛阳买花苗,张千跟随着去,都是他撺掇少爷拐来这个女人的。"

裴行俭气愤地说:"这个孽种!老仆人,你去府门外候着,等夫人和少爷回来,就叫他们到这里来见我。"老仆人应声而去,裴行俭在那里踱起步来。

老仆人匆匆忙忙来到府门外,正巧裴少俊他们的车马刚到。老仆人施礼见过夫人,然后就附在裴少俊的耳边低语了几句,裴少俊大惊失色。夫人看见后问道:"老仆人,出什么事了?"

老仆人说:"回禀夫人、少爷,老爷在后花园的书房里等着你们去,说是有事情呢。"

二人听罢,便匆匆进去。他们刚走进书房,就听裴行俭大声责备道:"夫人,没想到你和孩子串通一气,乱我家法!"

夫人感到莫名其妙,问道:"老爷,出了什么事?我们刚进来你就发火,到底为什么?"

裴行俭怒气冲冲地说:"为什么?你去问你的儿子!这就是他七年来在后园里做下的功课!我非把他送到官府里去,依法处治他。"

夫人环顾房中,才看到李千金和不远处的两个孩子,夫人惊讶不已,拉着裴少俊说:"孩子,难道你真的做出了伤风败俗、辱没家门的事情?孩子,你真糊涂呀!"

裴少俊低着头,一言不发。

裴行俭气愤地说:"他既然做出伤风败俗、辱没家门的事,我也不会轻饶他。来人呀！把这个不孝之子拖到官府里去，依法治罪。"几个仆人上前就拖。

裴少俊挣扎着说："父亲，原谅我吧。我是卿相的儿子，怎么能因为一个女人就去吃官司受污辱？父亲，只要你能原谅我，我情愿写休书把她休掉。父亲，求求你宽恕我吧！"夫人也在旁边拉着，苦苦地哀求。裴行俭无奈，示意仆人退下。

李千金听到裴少俊的话，心中大失所望，想道："这些人太粗暴、太薄情，丈夫又懦弱无能，也是我时运不济，该遭毁灭。我本冰清玉洁，可到头来要被人拆散，只落得凄惨无限！"

这时，裴行俭面对着她指责道："我裴家世代都是官宦之家，我就像那堂堂正正的周公，夫人就像那贤德的孟母。都是你这个淫荡的女人，毁坏了我儿子的前程，辱没了裴家的祖宗，你听着：你说你出身官宦人家，却为什么与人私奔？当初无盐女在郊外采桑，齐王遇见她，想让她同车回宫做王后，她却说：'不行，要告知父母后才能成婚。不然的话，就是私奔。'呸！你与她相比，真是败坏风俗，还不知嫁过几个丈夫！"

李千金执意地纠正说："老爷，我只有裴少俊一个！"

裴行俭听罢，怒不可遏地说："你还狡辩！你难道不知道女子要仰慕贞节自守的人，男子要学习贤能善良的人吗？明媒正娶才能做妻子，私奔则只能做妾，你还不回到娘家去！"

李千金固执地说："我不回去！我相信我们的姻缘是上天赐予的！"

裴行俭见她如此固执，脑筋一转，计上心来，说道："夫人，把头上的玉簪拿来，你说这姻缘是天赐的，就面对苍天占一卦，用石头把玉簪磨得像针一般细，如果不折就是天赐姻缘，我们也就认了，如果折断那你就回家去！"说着，将玉簪递给她。

李千金接过玉簪，在老仆人捡来的石头上，慢慢地磨起来。她在悲愤中脑海里一片乱麻，有些头晕眼花。双手不灵，她尽量不去看裴行俭狠毒的眼神和裴少俊懦弱的表情，想集中精力轻轻拿、慢慢磨，企盼着玉簪不折，可是"叮当"一声。玉簪还是折成两三节，她呆呆地望着那折断的玉簪，默默无语。

裴行俭指着说："玉簪断了，这怪不得我们。为了表示公正，就再给你一次机会。你用一根游丝系住一个银瓶，到井里去提水。如果游丝不断，就是天赐的夫妻；如果断了，就再也没办法，你只好回家去！"说完，便叫人取来东西，一起走到井边。

李千金拿着游丝和银瓶，心里想："这分明是陷人的坑、千丈的洞穴，胜过那浊浪滚滚的大江，难以幸免于难。"她慢慢将游丝系住银瓶，轻轻放到井里，可刚想往上提，便听到"咕咚"一声，游丝断了，银壶瓶掉到井里了。她暗道："完了！冰弦一断，爱情也就绝了；银壶瓶落井，我们夫妻就只有永别！"

裴行俭在旁边说："既然玉簪折断，银瓶落井，这便是上天要让你们二人分离。现在就让这孽子写一封休书给你，打发你回娘家去。"

又转身向裴少俊说："你也不要留在家中，今天就收拾琴剑书箱，上朝去应举求官，只将一对儿女留下。"

李千金还想说话，可裴行俭不由分说，扯着裴少俊就走了。李千金孤零零地站在那里，泪水涌出眼眶，如断了线的珍珠不停地往下落。

过了一会儿，裴少俊拿着休书走来，哽咽地说："不要再哭了，哭久了会伤身体。你放心地回娘家去吧。"

李千金擦着眼泪说："少俊！我虽是残花败柳，但不要因此结冤仇，我与你生儿育女，毕竟是夫妻。我们原指望生能结发同枕席、死能黄泉共为友。可怎奈是一场美梦，这既是前世的缘分，也是今生的罪孽，少俊啊，我与你白坐了一阵宝马香车，如今就送我回娘家吧。"

裴少俊也拭着泪说："这一切都怪父亲太狠心！活生生硬将我们夫妻拆散、把母子分离。我实在不愿意让父亲把我们俩送到官府，不忍心看着有人在公堂上逞威风，不得不写下这封休书，我已让张千收拾好琴剑书箱，对父亲说即刻上朝取试，也就瞒着他，先悄悄送你回娘家去。如果天生有缘，我们还会破镜重圆、再结夫妻的。"

这时，张千走来说："少爷，少奶奶，东西都收拾好了，车马也预备停当，快走吧。"

李千金无可奈何地坐在车上，裴少俊叮嘱了张千几句，也坐上车。马车飞快地跑起来，不久就消失了。

张千随车来到洛阳李府，只见门第萧条，那棵杏树的枝头依然探在墙外，只是残枝败叶，毫无生机了。

张千走到门前边敲门边喊:"李府家院快点出来,你家小姐回来啦!"

一会儿,梅香满面愁容地打开了门,她见是千金,先是愣了一下,继而就扑向前去,与千金抱头痛哭。

张千上前劝慰着:"梅香,怎好一见面就哭呢?小姐现在身体很弱,还不赶快将她搀进屋去!"接着又对千金说,"小姐,我这就回长安了,你千万想开点,要多多保重自己!"

千金止住哭泣说:"今后麻烦您多多费心,照料好端端、重阳,我只是牵挂他们呀!"

张千答道:"小姐放心就是,张千一定做到!"说着就上了车,离开李府。

千金告别了张千,在梅香的搀扶下来到前厅,在一张椅子上坐下。她抬起红肿的眼睛,满屋扫视了一下,只见过去家中的古玩、字画及父亲常看的书籍等物已荡然无存,不禁心中一颤,她忙问梅香:"梅香,我父母现在何处?为什么没有见到他们?"这一问不要紧,问得梅香又哭泣起来,梅香说:"小姐不知,你与裴相公走后,夫人因念你而一病不起,第二年春天就告世了。老爷也因夫人病重,急得旧病急发,还不到年底他也随夫人去了。"

千金听罢,心如刀割,失声痛哭起来:"爹呀!娘呀!都是不孝的女儿害了你们呀!你们这么早就走了,让女儿孤身一人今后怎么活呀!"

梅香呆在一旁,她想:小姐能放声哭出来,心里就不会憋得慌了。想罢,就到后院烧开水去了。

梅香泡了一杯茶端来,见千金已是有气无力,哭声小了许多,便拿过一块毛巾,将千金揽在怀内,替她擦拭着泪水劝慰道:"小姐,老爷和夫人已入土多年,是不能再转世的,你千万要保重自己,别哭坏了身子啊!"说着端起茶水给千金喝了两口,又说:"你先静养两天,等哪天天好,我们就去给老爷、夫人上坟去!"千金咽下水,微微地点了点头。

梅香见千金情绪稍好,又心直口快地说:"小姐,行许这会儿我不该问,但我想知道,这几年你过得怎么样?你为何在这个时间回来?裴相公他怎么没陪你一起来?"

千金的眼圈又红了起来,她咬了咬下嘴唇,憋住泪水,用已沙哑了的嗓子将她这七年多的夫妻恩爱生活,裴行俭如何逼她石上磨玉簪、井底引银壶、裴少俊如何写休书等事向梅香述说了一遍。

梅香听着，气得脸都变了色，她忿忿地说："裴行俭竟然替儿嫌妻，真是不通人性！那没骨气的裴少俊，读了几车书才会写休书，竟连自己的妻儿也保全不住！小姐你回来倒好，省得再受他裴家的窝囊气！"

千金听了梅香的话，只有无语哽咽。李千金悲痛万分，更感到凄凉无限。从此，她少言寡语，常常呆坐在那里，回想着往事。

一天清晨，李千金醒来，望着那精致剔透的竹帘、绿色的窗户和朱红色的大门，心中又生悲伤，想道：这宽大的房子里只有我一人住着，真让人感到冷清孤独，这都是因为当初墙头马上，与裴少俊眉来眼去，引得一时的欢娱，却落得这种下场，苦不堪言！如今我与儿女相隔千里，又不知裴少俊的音讯，半夜三更再听到杜鹃的叫声，更让我悲愁难耐，这样的日子何时才能结束……想着想着的时候禁不住流下眼泪，湿透了衣衫。

这时，梅香走进屋来，说道："小姐，你又在这里伤心了，这样下去你会愁病的。今天天气很好，快快起身，到花园里散散心吧。"说着，便搀扶着李千金走到花园。

她们刚在亭子里坐下，一个仆人就走来说："启禀小姐，府门外有个自称姓裴的人，要来求见小姐。"

李千金有些惊讶地说："难道是裴少俊吗？"

梅香对仆人说："知道了，你让他在外面等着。"

李千金有些不知所措，喃喃地说："如果真的是他，又有什么事情？我该怎么办？"

梅香冷静地说："小姐别急！你先回堂屋里坐着，待我出去看看再说。"说罢，就扶着李千金回到屋里。

梅香独自来到府门前，见来人果然是裴少俊，怒气顿生。

裴少俊拱手说："原来是梅香呀！请问小姐在家吗？我想见见她。"

梅香装作不识，说道："你是谁呀？我这里哪有什么小姐？你这个男子太不识时务，怎么胡言乱语？你搞错了，我要回屋了。"说着，将大门关闭，不管裴少俊在外面如何敲门，她径直回屋去了。

李千金迎着她问："梅香，门外到底是谁？"

梅香回答说："门外确实是姐夫，穿着书生衣服傻站在那里。"

李千金失望地说："他怎么还穿着书生的衣服？难道是他上朝应举却

名落孙山，羞愧得不敢回家，也无心面见乡邻？他整天夸夸其谈，嘴里总是'之乎者也'，好似喷珠吐玉，却不着边际。我原以为他深得诗书文章的精义，下笔如神，无人能比，却原来读了五车书，只会写弃妻的休书，他那落榜之人也只能到大学去做斋长，再不要妄想做高官。"

正在这时，裴少俊走了进来，梅香气愤地问："你这男子怎么随便闯进别人家门？快快出去！"

裴少俊说道："我知道没有搞错，梅香，你不让我进来，我只好自己进来了，我真的要见小姐。"

裴少俊说着，走到李千金面前，关切地问道："小姐，自从分别以后，你还过得好吗？"李千金将头转到一边，沉默不语。

裴少俊又走近一步，说道："小姐，我今天来找你，是希望与你和好，重做夫妻。"

李千金一听此言，就怒上心头，说道："裴少俊，你说的是什么话？你想再纠缠我，我却怕吃官司违反刑律。我们既已分离，我便铁了心，不再去冒犯那严峻的官法。想当初你的母亲没有丝毫母子之情，你的父亲也不肯顾惜子孙，而你这个正人君子，下惠先生，也没有言语。你的父亲说我不贤惠伤风败俗，你怎么能不遵从父命，到处浪荡，还勾引妇女！"

裴少俊听她数落完毕，才语气缓和地说："小姐，过去的事是我父母的错，当时我无能为力。现在我中了状元，又做了洛阳县尹，可以自己做主了，而我父亲已经辞官，所以我今天特意来认你，希望重修旧好。"

原来这裴少俊，自千金被赶出府门后，就整点行装，上朝应试去了。

时光如流，转眼到了秋日，少俊进士及第考取了第一名。又经殿试后中了头名状元。不久，皇帝授他为洛阳县令。

少俊得官后，裴行俭自然满心欢喜。多日来，他遍请亲朋好友，开宴庆贺。裴少俊无心应酬，他带着张千不辞而别奔洛阳去了。两人到了洛阳，少俊没去官府上任，而是直奔李府而来。

李千金却不知道这一切，继续冷嘲道："你中了状元，做了高官，大门上镶嵌着八椒图，实在该有人庆贺。你的父亲告老还家，吏部的名册上免了职，户部里取消了俸禄，可不能白让他担着尚书的名号，我看还是叫他管着那普天下的姻缘簿。"

裴少俊不理会她的讽刺语言，接着说："我已做了这个地方的县尹，想今天就把行李搬来，早些与你和好。"

李千金连连摇头说："不行！不行！我这里你住不得！你还是赶紧出去，否则我让人把你推出去，恐怕你会感到太难过。当初我被逐出门，你扪心自问，你有没有罪责？如今又要来相认，你既已为官就该通情达理，这样做却为什么不感到羞愧？"

裴少俊被责问得满脸通红，仍然固执地说："我与你是元配夫妻，还有一双儿女，你为什么不认我？难道你不懂得远近亲疏吗？"

李千金恨恨地说："你说我不懂得远近亲疏，我倒说我是有眼无珠，当初没有看清楚你的真面目，现在却要分辨出贤能与愚鲁，不能再出差错。"

裴少俊解释说："当初都是我父亲的主意，与我没有关系，你不该完全怪罪于我。"

李千金说道："他们一个是堂堂正正的周公，一个是贤德的孟母。可我也是官宦人家的千金小姐，不是歌楼酒肆的娼妓。俗话说'行下春风望夏雨'，我与你一见倾心，想做个终生伴侣，却落得个毁了你少俊的前程、辱没你裴家祖宗的骂名，我还有什么话可说？"

裴少俊劝解说："小姐，当初是我父亲误会了你，不能容忍你，可我又怎么能违背父亲的意愿呢？你是读过书的聪明人，难道没有听说过：'做儿子的很喜欢自己的妻子，可父母不喜欢，就要休了她！做儿子的不喜欢自己的妻子，可父母说她服侍得很好，就要好好与她做夫妻，终身不变。'如今我父亲已经改变了主意，你就认了吧。"

李千金说道："裴少俊，你怎么还不明白？你的母亲从来就狠毒，你父亲又固执嫉妒。他虽治国忠直，廉洁奉公，却不知为什么做事太糊涂！人人都希望夫妻和睦、情投意合，你父亲却多管闲事，硬要拆散儿子美满的姻缘。我又怎么能与他们共处呢？你还是走吧！"

裴少俊言辞已穷，眼看着不能让李千金回心转意，只得失望地转身离去。

裴少俊未能说服李千金，便心灰意冷地走出大门。他自知当日对李千金的伤害太大了，如今想挽救实在太难，可自己却越来越感到离不开她。

他失魂落魄地在街上走着。才走了不久，就听到有人叫道："少俊，少俊!"他仔细一看,迎面走来几个人,居然是他的父亲,母亲和两个孩子。孩子认出了他,叫喊着:"爹爹"!朝他扑了过来。

裴少俊紧紧搂着两个孩子,裴行俭和夫人也走到跟前。裴少俊惊讶地问道:"父亲,母亲,你们怎么到这里来了?"

裴行俭面有愧色地说道:"家中遍宴宾客,你却不辞而别,我就知道你是来寻千金了,两个孩子也每日思念母亲。我又得知千金就是我的好友李世杰的女儿,所以特地带着全家来了。"

裴少俊神情黯然地说:"父亲,我才从李家出来,小姐她无论如何也不肯认我,说我当初休了她。"

裴行俭安慰着说:"孩子,别急!我们再去一次。她会认的。"说着,便又带着家人朝李府走去。

他们一家人来到李府门口,经人通报,梅香便领着他们走进屋中。

李千金见到他们,对裴少俊说:"我已经对你说清楚了,你还来干什么?"

裴少俊正要答话,裴行俭拦住他,和颜悦色地说:"孩子,当初我只认为你是歌伎娼女,不知道你是李世杰的女儿,见你偷跑到我家,我一气之下才做出不该做的事。其实,在你小的时候,我们两家大人就提起过你们俩的亲事,谁知你不等我家来求亲,就暗自与少俊自主婚姻,偷偷跑到我家来,还瞒着我们,又不说是李世杰的女儿。"

李千金插话道:"我说过我是官宦人家的千金小姐,可你不相信,又怎能相信我是李世杰的女儿?"

裴行俭连声说:"是我的错!是我的错!如今我知道错了,专程带着夫人和两个孩子,牵着羊,担着酒,来向你赔礼道歉,希望你能原谅我。"接着,转身对仆人说:"快去拿酒来,我要敬小姐一杯。"

李千金急忙说:"慢着!老爷的酒,我实在不敢喝。我既然已被你们逐出门外,就没有面目再认亲。你们都走吧。"

夫人走上前来说:"小姐,我替你把两个孩子抚养这么大,没有功劳有苦劳,你就看在我的面子上认了吧!"

两个孩子也跑上前来,拉着李千金的手说:"母亲,我们是你的儿女,一直想念您,你就认了父亲和我们吧!"

李千金看着他们,心里想:"老夫人带孩子也确实不易,受了许多煎熬，一双儿女也天真可爱，真不忍心见他们哭泣。可那老爷专横跋扈，说不定哪天又要想法整治我，我不能再受他的侮辱！"想到这里，她强忍着心痛说："我的主意决不改变，你们走吧！"

裴行俭见状，生气地说："我们都已经说尽了好话，可你仍然不肯相认。既然如此，我们也不勉强，现在就领着孩子回去。"说完，强扯着两个孩子就往屋外走。

端端和重阳用力甩开裴行俭的手，擦着眼泪，悲痛地说："母亲，你好狠心哪！当初与你分别，我们痛苦得快要死了。今天你又不肯相认，我们活着还有什么意思呢？不如死了干净。"说着，就要朝桌子撞去。

李千金急忙拉着他们，伤心地哭着说："孩子，我不想认他们，这是大人之间的事，与你们无关，你们为什么要寻死呢？罢！罢！罢！既然你们也希望我认，我就认了吧！只要你们高兴，我就心满意足了。"

李千金站起身来，对裴行俭和夫人施礼道："公公、婆婆，请受媳妇几拜。"说着，便躬身拜了拜。

裴行俭高兴地说："快快起身！既然你认了，从今以后我们就真正是一家人了，我非常高兴。快拿酒来，我要敬你一杯。"说着，接过仆人递给的酒杯和酒瓶，满满地斟了一杯，双手递给李千金。

李千金急忙接过酒杯，说道："公公不必客气，我是你的儿媳，怎敢劳驾让公公亲自为我执壶举杯呢？公公这样做，倒让我猛然间想起当初玉簪折断、银瓶坠井、写休书的情景，只怕重蹈覆辙。"

裴行俭尴尬地说："孩子，往日的事情就不要再提了，否则我真羞愧难当哪！今天你们夫妻破镜重圆，我们全家重新团聚，实在是一件高兴的事，不要再想不愉快的事了！"

裴少俊也在旁边附和着说："父亲说得对！我们都应该高兴才是。"

李千金瞪了他一眼，又对裴行俭和夫人说："公公、婆婆，请你们听我说一句心里的话，当初卓文君美貌无比，一时偷听了司马相如的求凰曲，便一同私奔到成都。也是她天生有福，她的父亲宽宏大度，让他们成就了姻缘。她卓文君当垆卖酒传为佳话，我李千金墙头马上却是伤风败俗，简直是天壤之别！"

裴行俭笑着说："我确实不如卓文君的父亲，没有顾及到你们的感情。如今事已过去，话已说明，阖家团圆，我要杀羊置酒，大摆筵席来庆贺。"

端端和重阳见大人们和好,非常高兴,将裴少俊和李千金的手拉在一起,说道:"父亲,母亲,从今以后都要高高兴兴的,不能再生气了。"

裴少俊上任后,为官清正,千金在家克勤克俭,教子有方。夫妻过着夫唱妇随、举案齐眉的日子。他们的爱情故事在整个洛阳城,一时传为美谈。这正是:

从来女大不中留,马上墙头亦好逑。

只要姻缘天配合,何必区区结彩楼。

中国十大古典 **喜剧** 故事

玉簪记

[明] 高濂

公元1126年冬，金军攻破北宋京城开封府。次年四月，又掳徽宗、钦宗和宗室后妃等数千人北去，灭了北宋。宋高宗赵构在建康登上了皇帝宝座，守着半壁河山屈辱求和。就在这"靖康之变"的动乱中，开封府尹潘夙解职归田，回到了河南故里闲居。

潘夙还在开封府任上时，就与同僚陈老先生十分要好，结了儿女亲家，以玉簪和鸳鸯扇坠为订婚信物。哪知告老还乡后，一别就是十六年，音讯全无，婚事也就拖了下来。

陈老先生原是开封府丞，自与潘夙别后不久，就一病不起，留下夫人钱氏与女儿陈娇莲，撒手归西。

陈老先生为官清正，没有什么积蓄。钱氏带着娇莲，日子越过越艰难。女儿又长大成人，这桩婚事，倒令钱氏十分作难：十几年没有信息，这桩婚事恐怕也付之流水了。

陈娇莲倒十分懂事，常常安慰母亲道："母亲，自古就说'一富一贫，才见交情，一贵一贱，交情才见'。现在父亲去世，家境贫寒，何况事情已隔了这么多年，不必再提，只有耐心等待了。"

如今恰逢朝廷要通过科举考试选拔人才，潘夙只好把儿子的婚事先搁置一旁。潘必正对婚姻大事也并没挂在心上，听爹爹吩咐，便和书僮进安收拾好琴剑书箱，拜别父母，往京城而去。

陈家母女就这样平平安安地苦度日子，潘夙待儿子考试归来，也定会派人前去找寻，替他们完婚。偏偏金兵大举南侵，宋朝军队望风而逃。可怜老百姓，逃难中妻离子散，陈娇莲与母亲钱氏也被冲散了。

乱兵过后，娇莲不见了母亲，急得四处大喊："娘，娘……"喊破了喉咙也没有人答声。娇莲长在闺中，从没出过门，如今走到一个十分陌生的地方，又累又饿，看看天色已晚，心里害怕，见前面有处密林，便想在里面暂时躲过一晚，明日再说。

忽听得前面一声"哎哟"，原来是位农妇跌倒了。娇莲忙走上前道："婆婆，这前不挨村，后不沾店，小女子一人太孤单，请婆婆带我一起走吧！"话没说完，脚踩着小石子，也跌了下去。

农妇笑道："我刚起来，你又跌倒了。看你也怪可怜的，起来和我一同走吧。"

娇莲小脚早就走痛了，这时跌倒一时竟站不起来了。农妇听见远远的敲锣声，生怕又被乱兵碰上，不耐烦地道："快些走！快些走！呸，咱们人生面不熟的，为啥要受你牵连？"说着，慌慌忙忙地丢下娇莲，自己走了。

娇莲想到自己如今似柳絮乱飘，无处是归宿，一时悲从中来，伤心地哭泣起来。

"姑娘，你住哪里？为什么在这里啼哭？"娇莲抬起头来，见是一位慈眉善目的大嫂，料无恶意，止住了哭，道："我本是官宦人家之女，被乱兵和家人冲散了，从小没离过家门，不知走哪条路才好，前前后后也没有投靠的地方，恐怕只有死了才干净！"说罢又哭。

这大嫂是个热心肠的人，便开导她不可寻短见，道："姑娘，我本想留你在我家安顿，只因我有丈夫，内外不便。如今兵荒马乱的，姑娘也很难再往前走，我们村里有一个女贞观，都是出家的女尼，我领你入观暂住一些时日，不知你觉得怎样？"

娇莲垂泪道："若能这样，大嫂就是我的重生父母，再养爹娘，请问大嫂贵姓？"

"我是女贞观的邻居张二娘。"

"不知女贞观在哪里？"

"你随我来，就在前面。"

张二娘领着娇莲转过小溪，在一道绿杨低垂掩映的朱门面前停下。"里面有人吗？"张二娘轻轻地叩了三下门。

"哦，原来是张二娘。"观主打开门，见后面还站着一位小姐，"这位娘子从哪里来？"

张二娘道："她是官宦人家子女，因为遭遇乱兵，与母亲分散，迷了路，我在路上偶然碰见，特地引来到师父处寄居。"

娇莲自思无处容身，不如暂且入观为尼，向观主施礼道："小女子愿拜师为徒。"

观主道："做我徒弟不要紧，只是要长吃素斋，伴青灯古佛，你受得了吗？"

"师父在上，弟子情愿皈依，身上有金凤钗一双、鸾坠一对，现献给师父，当做饮食的费用。"

"姑娘，只要你受五戒三皈，其他就不必说什么了，这也是你我的缘法，方能千里相会。"

张二娘道："既然这样，老师父请上坐，让她向你叩拜。"

观主拦住道："先拜了三宝神佛，然后再拜我。我问你：家住哪里？姓什么？叫什么名字？"

"小女子姓陈，名叫娇莲，谭州人。今年刚十六岁，没有许配人家。"

"既然这样，我替你取个法名，叫做妙常。你先跪下，拜了三宝神佛。"

娇莲拜过神佛，又拜观主："师父在上，受弟子一拜。"

娇莲含悲忍泪归了佛门，又拜张二娘道："张二娘在上，受我一拜。若不嫌弃，从此结成姐妹，好不好？"

张二娘喜道："好！好！好！"

到了这时，娇莲方放下心来，终于有了一个家。只是不知母亲流落到何方，也无可奈何，空劳挂心了。自此娇莲改名妙常，每日里吃斋念佛，不知不觉过了一年。

却说陈夫人和仆人陈旺与娇莲失散之后，不知经历了多少磨难，也没找着娇莲，这天来到了潘家村。

老仆人陈旺以前随老爷来过潘家一次，依稀记得门巷，道："老夫人，前面就是潘亲家家了。"

陈夫人整了整头发、衣服，心里担忧："不知他们肯不肯认我这穷亲家？"

陈旺看出了陈夫人的担心，道："老夫人既然到了，总得去试一试。依老仆看来，潘亲家不会如此绝情的。"

陈夫人道："但愿如此。不过，你还是先进去和他们讲，有穷亲戚来投靠。"

陈旺道："老仆知道了。"

潘凤与夫人正在后院赏花，听仆人禀报有客来了，忙到堂前，见一个衣衫褴褛的陌生人站在堂下。见潘凤与夫人来了，那人慌忙跪下磕头，泪如雨下。潘凤道："起来说话，你是什么人？"

"小人是陈家的陈旺。"陈旺站起来道。

潘夫人这时也认出来了："哎呀，果然是陈亲家的旺官。快请坐，亲家母还好吧？"

陈旺道："她已经在门外了。"

潘凤与夫人听说亲家母来，喜出望外，急急忙忙地迎了出来。拉着陈夫人的手进了客堂，道："亲家母，先歇息一下，再慢慢细说。"

陈夫人见亲家毫无嫌弃自己之意，一颗悬着的心才放了下来，细细地说出与娇莲失散的遭遇。潘凤夫妇听说娇莲不知在何方，也不禁老泪纵横，哽咽道："幸好亲家还安然无恙，就先在我们家住下吧。"

陈夫人没见到潘必正，问道："怎么不见令郎呢？"

"他参加春选考试去了，也有两个多月没有书信了。"潘夫人担心地道。

这一说，又惹起了伤心处，两个亲家母不禁抱头痛哭一场。还是潘凤的劝解，两人方收住泪水，拉起家常。从此，陈夫人在亲家家中安居下来。

夏天很快到了，雨过初霁，树上的知了叫个不停，天气又闷热起来。金陵知府张于湖走马上任，怕城里太热，便令仆人王安先在城外找个佛寺道院，可以洗澡乘凉。又恐怕惊动大家，要王安只说是位相公，不可说出真实身份。说也凑巧，王安竟找到了娇莲出家的"敕建女贞观"，张于湖便在此休息。

陈妙常在观中和一众师兄，表面上似乎心如止水，但青春的骚动，却难以抑制。眼见门前燕子双双飞去又飞来，一种莫名其妙的情思，不时涌上心间，难以排遣。

这天晚间，又是观主讲经的时候。"禅机玄妙，法流净土，二十八门妙品，普渡群迷……你须把孽根磨，早办慈航出爱河。"她那里滔滔不绝，尼姑们一齐合掌，口念"阿弥陀佛"，观主讲累了，道："徒弟们，你们要依据经卷，仔细地体会佛意，不可马虎过去，我要去打坐一会儿。"

见观主走了，陈妙常道："列位师兄，听了半天经，身体都疲倦了，我们到松棚下散散心，好不好？"尼姑们都高兴地道："好！"

"你们看，一轮明月斜挂树梢，万籁无声，花影满石阶，真是太可爱了。"妙常由衷地赞叹道。尼姑们笑道："果然可爱，只是少了几个丈夫。若是有丈夫陪着，那才美哩！"

"不要取笑！"妙常道。

"尼姑尼姑，原有丈夫，只为挣点钱财，来戴这顶毗卢。"一个年纪稍大的尼姑道。其他几个尼姑道："早就听说陈姑弹得一手好琴，就弹一曲听听吧！"

陈妙常笑道："好吧，就怕玷污了你们的耳朵。"

幽幽的琴声，清澈婉转，时而如白鹤直冲云霄，时而如青鸾急急飞腾，引得月下散步的张于湖来到松棚旁。

"原来是陈仙姑给尼姑们弹琴，可爱，可爱。"张于湖自言自语地道。

"刚才弹得妙绝，再弹一曲怎样？"尼姑们央求道。陈妙常不忍拂众意，玉指轻拨，琴声一变，竟流出一股悲意，仿佛是在诉说内心的哀伤，又似牵来割不断的愁丝。正在哀愁深处，突然琴弦断了。

"好像有人在偷听。"妙常道。

"不会吧？这里哪会有人进来。"尼姑们道。

"佛门虽然与尘世人间相隔，只怕花荫深处有人躲藏。"陈妙常道。

"夜深了，我们回去吧！"尼姑们道。

张于湖屏住呼吸，不敢出声，见她们都走了，方走出花阴，赞道："世上竟有如此美丽的女子，可惜进了尼姑庵。不知我张于湖有没有这个艳福？我先题首诗在这粉墙上，寄托我离别的情怀。明天陈仙姑经过这里，一定会看到。王安，王安！"

王安从梦中惊醒，见主人还没睡，道："老爷，有什么吩咐？"

"快把文房四宝拿来。"

"知道了。"

张于湖取过笔砚，在墙上题道："一曲霓裳香雾薄，夜深偷向月中看。分明人坐天香窟，何事空门虚合欢。"题罢，回到屋中，仍久久不能入睡，不知这首诗能不能勾引住她？就这样胡思乱想了一夜。第二天一早，张于湖按捺不住心中的渴恋，大着胆子敲响了妙常的房门。

"原来是相公，贫尼施礼了。"

"仙姑不必多礼。"

"未得相迎，罪过，罪过。"

"随便来禅堂拜访，打扰仙姑清修，惭愧，惭愧！"

"不敢当，请用茶。"

张于湖见妙常并无嗔怪的意思，浅浅地啜了口茶，试探地道："仙姑，昨夜听你弹的妙曲，小生回去一夜无眠，巫山心事不知向谁说？"

妙常知道他的来意，道："相公，贫尼早已看破红尘，四大皆空，你不要错把杨枝当柳枝，多情不如去章台。"

张于湖见她一口回绝，却不相信她当真没有人世情欲，只得迂回地进攻，笑道："小生一句玩笑话，请不要放在心上。"四下一望，见桌上棋盘非常精美，道："仙姑难道也会下棋？"

"不敢，稍稍懂得一些。"妙常道。

"请你指教一局。"

妙常含笑点头。二人便在黑白世界你来我往，杀得天昏地暗。

张于湖不过是想借下棋和妙常多呆一会儿，眼睛望着妙常秀丽的脸庞，心猿意马，棋就下得差了，竟然连输了两局。

妙常笑道："相公，你都让了两局了。"

"仙姑，你不仅琴弹得好，棋也下得妙，小生不是对手。"张于湖见她手摇一把扇子，灵机一动，道："仙姑手里一把好扇，怎么没人题字呢？"

妙常道："欲请相公墨宝，又怕轻慢了。"

张于湖接过扇来，思忖一番："不如挑明一些，看她究竟有没有情。"挥笔题道："碧玉簪冠金缕衣，玉如肌。从今休去说西施，怎如伊。香腻桃腮不傅粉，最偏宜。好对眉儿共眼儿，觑人痴。"

妙常接过扇子，道："词章虽然写得妙，不过语言太轻狂了些。外面闲花野草虽多，相公还是不要狂言才好！"

见她并没有发怒，张于湖又挑逗道："禅房清冷独坐，谁与你为伴？"

妙常道："一炉香烟，空闲时弹弹琴弦，岂不胜似活神仙么？相公，你的意思我也明白，不过贫尼禅心只爱空旷寂静，莲池不是蓝桥，不要耽误了你自身。"

张于湖见她说得真切,叹道:"仙姑,你的心像玉一样洁白,容貌像瑶池的仙女般美丽,可惜白白地老去,请原谅小生的冒昧。"

第二天,张于湖带着王安,悄悄地上任去了。

潘必正进京赴考,前两场十分得意,不料偶感风寒,病倒客栈。在书僮进安精心的侍候下,过了一个月才好,因此错过了策问考试,自然也就榜上无名。潘必正满心羞愧不敢回家,想起有个姑姑,从小出家金陵女贞观,不如到那里投亲,温习功课,明年再赴京考试。

潘必正与书僮进安一路行来,不觉已经到了女贞观。

听见敲门声,观主打开门来,不由得十分惊奇:"呀!原来是必正侄儿,怎么会来到这里?"

潘必正不由得垂泪,只说了句"没有中试",便呜咽起来。观主见状心疼,忙让他坐下。

陈妙常听见堂前人声喧闹,有人悲戚哭啼,急急走了出来:"这一位相公从哪里来?"

观主道:"这是我的侄儿,因为没有中进士无脸还家,所以远投到观中。骨肉相望,实在令人感到凄凉。侄儿,你把考试未中的情况一一说给姑母听。"

潘必正忍住泪水,将落第的情况说了一遍。

观主叹道:"自从与你们分别,远离尘世,我也时时想念着你们,今天见到你,我很高兴。"

潘必正忍不住又哭了起来。

"侄儿,不必眼泪汪汪,总有一天会扬眉吐气。我这里清静安适,翠竹幽幽,虽没有鱼肉,却适合写文章。"观主劝道。

陈妙常见他目光有神,气概不凡,不知为什么,竟有一种亲近之感,不禁也劝慰了几句。

观主随即吩咐香公:"把东头的碧云楼收拾一下,让相公休息。"

潘必正和书童进安从此就在碧云楼里住下。凭栏而望,只见松竹森森,绿柳随风摇摆,不时飘来阵阵荷香,虽是炎夏,却感凉风宜人,十分舒畅，果然是攻读诗书的好地方，一腔愁绪，顿时去了许多。

观中住了几日，潘必正想起那天见到的陈妙常。这几天仔细偷看，果然如临凡仙子，光彩夺人，不禁掩卷叹道："这等美人，为什么偏偏要遁入空门？"又思念家乡，一颗心却似乎让妙常给拴住了，不忍就这样离去。

正想着心事，香公进来道："潘相公，陈姑煮茶焚香，特请相公前去闲谈片刻，请不要拒绝。"

潘必正没料到陈妙常会请他，心中如小鹿乱撞，十分激动，道："好，我们一起前去便了。"

沿着长满芳草的小路，穿过清静的庭院，一阵桂花的清香扑鼻而来。浓荫下，掩着一道小门。

香公道："陈师父，潘相公请来了。"

陈妙常急忙快步相迎："相公，贫尼施礼了。"

潘必正慌忙回礼道："仙姑不必多礼。"

妙常道："禅房草屋，只有清香和苦茶。自相公到观中，还没很好地招待。特备下清茶一杯，聊表心意。"

潘必正道："多谢了。"

"道宁、道成，上茶。"

原来这道宁、道成一个是瞎子，一个是跛脚，给潘必正沏好茶水，道："相公请用茶。"

道成道："潘相公，小尼提醒你一声，前两天也有一位相公，比你稍微老一点，也来和我师父闲谈。谁知他不规矩，可能想调戏我师父，被我师父劈脸喷了八百八十八口唾气，抹了十七八碗唾沫走了。你不要又蹈前辙噢，你若是找我，就不要紧，可以随时奉陪。"

陈妙常叱道："不要胡说，快进去。"

"我真的愿意，不是取笑，若是说谎，让我舌头上生疔疮。"道成笑嘻嘻地道。一边说着，一边不情愿地走了。

潘必正道："这禅房真好，是仙姑建造的？"

"不敢当。不过我这儿庭院幽静，满地松阴无点尘，煮茶品茗，倒可以消除不少烦恼。"

"仙姑是从小出家呢，还是长大以后才出家？"

"贫尼是从小就入空门的。"

潘必正与陈妙常第一次坐得这样近，见她虽是一身僧服，却别有风韵，天生丽质，少女的芳香使他心摇神驰，开口道："博山香炉香烟缭绕，林中深处有黄莺啼叫，虽有仙家景致，但独守禅房，枕衾自温，有谁问寒问暖呢？你看那红花盛开，绿叶娇嫩，蜂飞蝶舞，还不是为着伤春？"

陈妙常道："山林泉下，这一身清静悠闲，也不是红尘中人可以体会得到的。潘相公，巫山迢迢路远，是要伤神劳思的，不要白费了梦中的想念。"

潘必正听她说出这番话来，心不禁凉了半截，正要答话，却见香公进来道："潘相公，观主让你马上去。"

"仙姑，多多打扰了。"潘必正告辞出来，不觉十分惆怅。

其实，观主找潘必正并无什么大事，只是叮嘱侄儿要珍惜时间，好好用功，明年也好中试，衣锦还乡。

晚上，潘必正躺在床上，窗外月光如水，想到陈妙常姣好的面庞，哪里还睡得着？一阵无端的烦恼排不去，解不开，不禁披衣出院，信步到了白云楼下。

只听一阵悠扬的琴声随风传来，凄凄楚楚，似有说不尽的离别情怀，循着琴声望去，却是自妙常的屋内传出，暗自忖道：既是陈姑所弹的琴曲，不如到她的堂内，仔细地听一番，岂不是好？

陈妙常的心思完全融合在这首"潇湘水云"琴曲中去了，潘必正进了屋，她都没发觉。直到潘必正赞道："仙姑的琴弹得真好！"她方惊了一跳，嗔道："你从哪里闯进来的？"

"得罪仙姑了。"潘必正十分歉然。

"是不是为了听这首曲子？"

"小生一人，孤枕难眠，因此在月下漫步吟咏，以遣情怀。忽然听到琴声悠远深长，一时难以自制，不知不觉就走到这里来了。"

陈妙常笑道："我也是见月明如洗，夜色清凉，所以弹奏一曲，稍稍排遣寂寞。相公想必也是知音，向你请教一曲，怎么样？"

潘必正也想趁此良夜美景，向陈妙常一吐衷曲，道："小生班门弄斧，请仙姑不要取笑。"说罢，一边弹，一边吟："雉朝为兮清霜，惨孤飞兮无双，念寡阴兮少阳，怨鳏兮彷徨。"

妙常道："这是'雉朝飞'琴曲啊，相公如此年轻，为什么要弹这种没有妻子的曲调呢?"

"小生本来就没有妻子。"

陈妙常知道他又是借题发挥了,道:"这与我没有关系。"

"想请仙姑再教我一曲,好不好?"

"相公弹奏的琴曲,已是极好的了,贫尼以前还没听到过哩!贫尼只不过学得一些皮毛,又怎么敢班门弄斧呢?"

"仙姑太谦虚了,莫不是嫌小生粗俗,不懂高山流水么?"

"相公这么说,贫尼只好献丑了。"陈妙常也很想和他多呆一会儿。自入观以来,还难得遇到这么知音的人。陈妙常轻轻地拨动琴弦,吟道:"烟淡淡兮轻云,香霭霭兮桂阴,喜长宵兮孤冷,抱玉兔兮自温。"

潘必正赞道:"好一首《广寒游》正是天上仙曲!只是太孤寂清冷,难以排遣愁闷。"

陈妙常道:"相公,你这话就说差了。贫尼倒觉得佛门仙境,清静淡泊,既没有尘世的离别怨苦,也没有无聊的愁闷,春去秋来,花开花落,毫不挂怀。枕席之间,耳听钟儿磬儿响声,睡得更香,焚香颂经,与尘世隔绝,长短是非,有谁评论?难道还不好么?"

潘必正笑道:"仙姑,小生觉得很不好。"

"哦,那你说说看。"

"更深夜静,独坐月下有谁问?琴声怨声,又有谁分得清?空床冷被,月照荷花,三星照人,有谁相陪?枕儿被儿,又有谁与你共温?"也许是潘必正挑逗的话太露骨,陈妙常只觉得耳发烧,脸发烫,佯怒道:"相公,你说话太轻狂,屡屡讥笑。莫非你春心飘荡,有非分之想?我就对你姑姑说去,看你如何辩解!"气咻咻地背过身去。

潘必正见她发怒,不由得慌了,跪下道:"小生信口胡说,请仙姑原谅。"

陈妙常见他跪下,忙伸手相扶。潘必正本想趁机握着她的小手,却也不敢,站起来陪着小心道:"只恨巫山云太深,桃源仙境也羞于找寻了。仙姑慈悲心肠,请宽恕小生的少年心性。告辞了。"潘必正一腔心思都在陈妙常身上,见她铁石心肠,竟没有一丝要留他再坐一会儿的意思,只得痛苦地走出房门。

哪个少年不多情,哪个少女不怀春?陈妙常见他痛苦的样子,心里在说：我哪里是没有春心、不恋凡尘情呢？只是身在空门，又哪敢冒失呢！见潘必正走出了门，又关切地道："潘相公，花丛阴暗的地方，要仔细走。"

听到这句话，潘必正心里一下轻松了许多，回转身道："借一盏灯行路可以吗？"

陈妙常怕别人知晓，面子上不好看，忙关上了门，一双眼睛却早已噙满了泪水。

冷月、清风、青灯、古佛，长夜寂寞，陈妙常似乎都习惯了，但自从潘必正出现以后，好像是一颗石子丢进了古井，一颗青春的心激起了无数的涟漪。潘必正风流倜傥，对她又十分多情，只是姑娘的矜持，使她拒绝了他的求爱，等潘必正一走，她心里叹道："潘郎潘郎，你的心意我十分明白，我只是脸上装狠，口上装硬，如要答应你，羞答答的我怎么好意思。可惜明月照着你是孤零零，我也是孤零零，这满腔情怀，又怎敢让人知道。"

陈妙常的这些心思，潘必正虽然想不到，但也看出妙常对他十分有情，立在花阶，思忖道："她弹奏的琴曲，风韵凄清，句句愁恨，分明有思凡情意，一颦一笑，楚楚动人，青灯古佛，岂不断送了她美妙青春，月下老人，望你早成了我和她的姻缘吧！"

夏去秋来，潘必正与陈妙常咫尺天涯，一直没有成就这段情缘，竟得下了相思病。书童进安坐卧不安，不知如何是好。

潘必正道："进安，自从离别家乡到了这里，不知为什么，得了这场病，恐怕不容易好了，唉，多少心事，又能和谁商谈呢？"

"相公，还是安心休养，不要想那么多，我昨天到街上卜了个卦，说你这病是因为一个女人得的。不要发呆了，还是自己消愁解闷吧！门外有人说话，我去看看是谁。"进安把门打开，"原来是观主和陈仙姑，请进。"

观主来到床边，潘必正挣扎着要起来，观主制止道："必正儿，这几天你的病情怎么样？"

"唉，越来越厉害了！"

"句容有一位方先生，在这里算命，还有些门道，不如去请他来算一算，也好消除灾祸，你看好不好？"

"好吧！进安，你去请句容方先生来。"

"方先生有几个呢，究竟是请哪一个？"

观主道："就是在大中桥头的那一个。"

进安来到桥头，果见一间破房，外面挂着一面"方半仙"的招牌。"是这里了，待我敲敲门。"进安轻轻敲了几下，道："方先生在家吗？"

"是什么人？"一个秃头伸出门来。

"小人从女贞观来，想请先生去起课算命。"

"就去，公子前面带路。"

不一会儿就到了。观主起身相迎道："这是贫尼侄儿潘必正，因为考试落榜，在这里借住，没想到突然生起病来，特地请先生起课算命消灾。"

方半仙见她们一副焦急的样子，故意端起架子道："有没有买下三牲？"

妙常奇怪地问道："先生还没有起课算命，怎么就先要三牲？"

方半仙道："我法术最高，闻名四海，没有一点闲空，今日还有一二千人坐在我店中等着算命，若不是观主呼唤，还不得来呢！"由于牛皮吹过了头，观主与妙常几乎忍不住要笑出声来。

进安当场戳穿他的谎言道："先生，你那间破屋十个人都坐不下，我来接你时，也没看见有一个人！"

方半仙脸都不红，拍拍脑袋，道："忘了，忘了，是昨天。这样吧，先把潘相公的八字说出来。"

潘必正道："甲子年、乙亥月、甲子日、乙亥时。"

"好八字，好八字！天干地支两两相同。凡算人的命运，先看纲要。身体强健，精神旺盛，必能当上大官；身体衰弱，精神疲惫，不仅当不到官，生活也始终穷困。由潘公子的八字推算，木生于冬令，虽然不是很合适，但冬尽春来，将来是大有造化的。加上有亥子水源的培植，是大富大贵的命。不过眼下有红鸾天喜星照命，又犯岁神，所以灾祸必然很重，必须要祭祀才能解祸。"

观主道："既然这样，贫尼就去请个法师来禳解，你看怎样？"

方半仙道："观主这样做就错了。我除了算命之外，又会法术，是张天师门下的大徒弟。赶快去办纸马香烛，我替你禳解。"

进安即刻办好香案，方半仙念念有词道："上香上香，奉请家堂。山神土地，司命灶王。今日祝献，伏惟潘郎。病不脱体，着枕郎当。身上发冷发热，口里要茶要汤。自从今日禳解，叫他早脱灾殃。神道，你若肯依我说，家家主荐，杀猪杀羊；你若不听我说，我叫你庙中无烛无香。只看今朝以后，若强便强。算来不能够就好，也要准备好棺材衣裳，一时魂不附体，大家哭得哀伤。"

进安听他说出不吉利的话，"呸"地碎了一口，骂道："先生，你遇到鬼了！"

方半仙辩道："不是我遇到鬼，是老老实实与你们商量。若要他这个病好，先要遣开旁边的催命大王。"

观主叱道："不准胡说八道，有些薄礼酬谢，你回去吧！"

方半仙接过银子，嘴都笑歪了："多谢，多谢，全凭一张嘴，赚尽四方财。"

观主思忖片刻，道："必正儿，你把病情从头到尾说给姑姑听听？"

潘必正叹道："这病从没有害过，好像是风前败落的树叶，又像是雨后花朵的羞涩姿态，在心里反反复复，难以驱开，真是十分难受，让侄儿泪水满腮。"

"是不是风寒引起的？"

"不是，连眼都困倦得睁不开。"

"是不是因为忧愁引起的呢？"

"也不是。"

观主想起方才半仙说的"红鸾天喜星照命"来，心中略有所动：莫非是害下了相思病？但却不好明白相问。

陈妙常见他病得厉害，不由得心疼，劝道："潘相公，你可能是太思念故乡，梦魂不安，或是怀才不遇，寄托荆榛之外？"

潘必正心里道：我这病都是为你而起，难道你不知道么？为什么要故意说开去呢！只是因为姑姑在旁，不敢说出来。只说了声："我好恨啊！"

陈妙常心头明白，道："相公，不要去怨恨，月亮有圆也有缺，人难免没有灾。只要你放宽胸怀，把心事放开，书斋里自会有春雷来。"

陈妙常话中有话，潘必正岂有听不出来之理？心中总算有了一些宽慰。

只听道宁在外道："观主，有香客来做功德。"

观主道："必正儿，本该在这里看护你，佛殿上有人来，我去一会儿再来。"

陈妙常也起身道:"相公,还是应该去请个医生,我到明天再来看你。"

潘必正苦笑道:"心病还得心药医。"

观主道:"不要乱说。"

见她们走远了,进安不禁嘟起嘴道:"若不是你那个冤家,我家主人怎么会成这个模样,这叫我怎么办呢?"想了一阵,一点办法都没有,只得把汤药熬好,道:"相公,喝点药吧。"

潘必正心里烦闷,将药碗一掀,道:"我不吃药。"朝里睡了。

进安转而一想,相公这病都是从心上生,若是成全了这对鸳鸯,不吃药病都会好,我且骗他一骗:"相公,陈仙姑在亭子里,等你去说话呢!"

潘必正朦朦胧胧听说陈妙常等他说话,也不知哪儿来的力气,一下就翻身下了床,道:"我就来了。"见他站立不稳的样子,进安慌忙上前搀扶道:"我扶你去吧!"

潘必正摔开进安的手道:"我自己去,你不准来。"没走两步,潘必正就跌倒在地。进安心里已完全明白,道:"相公,陈仙姑早走了,是我和你闹着玩的,我搀你进屋去吧!"

再说陈妙常见潘必正竟为自己病倒,心中不禁十分感激他的多情。想起自己苦守清规已好几年了,尘念仍难以去尽。难道就这样青灯伴长夜、冷被看月明?其实凡尘还是快活得多,尤其是潘公子,若能托付终身,也不枉来人世走一遭。想到这里,不禁信笔拈来,写下胸中的幽情:"松舍青灯闪闪,佛堂钟鼓沉沉。黄昏独自展孤衾,欲睡先愁不稳。一念静中思动,遍身欲火难禁。强将津唾咽凡心,争奈凡心转盛。"

忽听有人敲门,忙将诗稿藏在佛经里面,问道:"是谁?"

"是我。"

一听是好朋友王师姑的声音,妙常打开门道:"很久没见你了,今天来有什么指教?"

王师姑道:"指教不敢当,今天才有点空闲,特地来听你讲经。"

陈妙常说道:"你平时不喜欢佛经,今天怎么想起要听讲?"

王师姑尴尬地笑道:"你不知道,我最近和过去不同了。前天在月下,我亲眼见到观世音菩萨,她说我平日念佛,还差一百多声就功德圆满,祥云就来接我上天去了。"

陈妙常道："有这等好事，你为何不多做一会儿功夫，念完了上天去做神仙。"

"唉！我这人凡心太重，别人差我的钱还没还，又养了一些鸡、羊、猫、犬等等，也没卖掉，特别是认得几个和尚，舍不得离开他们，所以我故意不念完。"

"你不要说笑，究竟有什么事就直说吧！"

"妹子，我今天来是特地向你道喜的。"

"师姐，别开玩笑了，我有什么喜？"

"溧阳县里有个王公子，不仅人长得英俊潇洒，又是大富大贵人家。他很爱慕你的美丽容貌，想和你结成连理，不知道你愿不愿意？"

"阿弥陀佛，我和你都是出家人，你怎么能说出这种要下地狱的话来？"

"妹子，我可是为你好。夫妻之情，有谁不爱？嫁给王公子，有吃有穿又有戴，比清贫痛苦要强多了。"

"师姐，多谢你的好意。不过依我看来，门外游荡的蜜蜂，花里放浪的蝴蝶，有如尘土；出家人长伴青松明月，落得一片高洁，岂不强过一朵凡花任人攀折？你还是少啰嗦的好。"

王师姑见她一口回绝，仍不死心，劝道："妹子，他家有财有势，嫁给他，你一辈子也就有了归宿，有什么不好？"

陈妙常见她还喋喋不休地劝说着，把脸一沉，道："王师姑，你再胡言乱语，我们就一刀两断，从此没了这份交情。你就去回复王公子，不要痴心妄想去折月宫里的花枝！哼！"说罢，拂袖而入，将王师姑冷冷地丢在了一边。王师姑情知再说无益，只得灰溜溜地去找王公子。

刚到门前，恰巧遇见万事出门："王仙姑，我们公子的亲事说好没有？"

"唉，不好说得，陈师姑要一心向佛，你们公子还是另选美人吧！"

"罢了？我们公子还急等着你的好消息呢，你却说出这个话来。"

"那现在怎么办？"

"嘿，我教你一个办法，哄公子一哄，就这样说：陈妙常已请到门外了，因为我说你十分标致，她心一动就来了。你去接她，不可抬头。等她进了书房，你就可以成就好事了。"

"好，你进去通报。"

王公子听说陈妙常来了，高兴得几乎要跳起来。万事道："大爷，王师姑哄着陈妙常说你十分英俊潇洒，说得她动了心，所以就来了，你去迎接她要低着头，等她进了你书房，你想怎么样就怎么样。"

"好，你真会办事！大爷我重重有赏。"王公子心里想陈妙常想得心痒难熬，既然来到门前，忍不住要偷偷瞧一瞧。这一瞧不打紧，竟几乎要气昏过去："喂，那美人儿呢？怎么会是你这老狗！"

"呸，叫你不要抬头，你倒会偷看。这桩亲事办不成，特地来回复你这老牛。"王师姑也不甘示弱地道。

"奇怪，她怎么会不肯，总是你不会做媒。"

"这可不能怪我，我费尽口舌都说不动她，她说她一心向佛，不贪恋尘世的富贵荣华。"

"唉，我眼巴巴地望着和她鸳鸯帐里成婚配，如今却竹篮打水一场空。王师姑，你好好想一个办法，如能把她弄上手，我再给你加一倍的谢礼，怎么样？"

听说还要加一倍谢礼，王师姑的两眼都笑眯了缝，道："哟，王公子这样大方，贫尼少不得要费费心思。有了，你过来，我悄悄给你说，不可走漏了风声。"

王公子附耳过去，听了不住点头："好计，好计，就这么办。"

再说陈妙常赶走了王师姑，不禁又想起了潘必正，不知他病好了没有，自己青春年少，难道真的就这样守着青灯古佛度过人生？想着想着，不觉有些困倦，倒下睡着了。

也许是月老故意牵线。这天潘必正大病初愈，心中烦闷，信步而行，不知不觉间，竟来到了白云楼。触景情生，心想：何不去找陈仙姑聊聊？

来到妙常住处，却见她斜倚床头，睡得很甜，俏生生的脸蛋分外妩媚。樱桃小口边还挂着一丝笑意。潘必正心头狂跳，赶紧移开了目光。

窗边桌上，放着不少的佛经。潘必正随手一翻，从中掉下一幅字来。仔细一看，却是一首诗。这篇诗稿，正是妙常刚刚藏在里面的。

潘必正看完诗稿，不由得喜出望外，看来陈妙常已有了思凡之心，对自己也并非没有情意。这诗稿到了我手中，正是天赐良缘，万万不能错过了。待我戏她一戏，看她怎么说。想到这里，潘必正轻轻推了推她的身子，叫道："陈姑，陈姑。"

在梦中，陈妙常梦见自己和潘必正都化成了一对小鸟，飞出牢笼一般的女贞观。外面的天空是那么的广阔，又是那么的自由。她感到开心极了。谁知正在这个时候，潘必正推醒了她。她还以为是道宁，懒洋洋地吩咐道："快扶我起来。"

潘必正趁势把她抱了起来。陈妙常猛地觉得不对，睁眼一看，竟被潘必正抱在怀里，慌忙使劲一推，怒道："你一个读书人，怎好这样？错把仙姑做神女。"

潘必正施礼道："陈姑，我可不是故意的，是你吩咐的吧！其实仙姑和神女，都差不多。今日卓文君遇到了司马相如，两下情同鱼水。"

陈妙常道："不要胡说，你不是相如，我也不是文君。"

潘必正笑道："说不定我正是司马相如呢？"

"潘公子，你太无礼了，我要去告诉你姑母。"

"告什么？"

"告你偷香窃玉，意乱神迷。"

"好啊，那我说给你听，有仙姑思凡呢？"

"说的是谁？"

"你听听就知道了：非痴，我青灯愁绪，听黄昏钟磬，夜半寒鸡。孤衾独抱，未曾睡，先愁不寐。相思，静中一念有谁知，欲火炎遍身难抑。把凡心自咽，只少个萧郎同并，彩凤同骑。"

陈妙常听他说出自己诗稿里的意思，不由得大吃一惊，慌忙去找诗稿。潘必正笑道："你别找了，你看我手里是什么？"

见潘必正手里拿着的正是自己的诗稿，不禁羞红了脸，道："你把诗稿好好地还我也就算了，不然的话，就把你当做是贼抓起来。"

潘必正道："哈哈，那我就把这赃物交出去，如若不然，你来抢去就是。"

陈妙常趁他不注意，伸手去抢，谁知急了些，脚下一个趔趄，往前倒去，正好倒在潘必正怀里，脸"唰"地红到了耳根。想要挣脱，却被潘必正紧紧地抱住了。只觉一阵异样的感觉传遍了全身，说不出的幸福感攫住了她。

潘必正只觉几个月来的相思之苦一扫而光,一面疯狂地吻着,一面解开了陈妙常的衣衫。陈妙常双手无力地抗拒着,任他所为。

潘必正怕惊动别人,也不敢放肆,一会儿已是雨过云收。床铺上,猩红点点,陈妙常双眼泪光莹莹,道:"奴家本是柔枝嫩条,比不得墙花路草,不要让奴家有白头之吟。"

潘必正看着陈妙常如雨后梨花,无比爱怜,道:"妙常,今日恩爱,小生终生难忘,日后若负了今日之情,教小生天诛地灭,永不超生!"

妙常没料到潘必正会发如此毒誓,慌忙捂住他的嘴,嗔道:"又胡言乱语了。"

潘必正搂着陈妙常,舍不得分开,忽听窗外有了响动,慌得潘必正急去躲藏,陈妙常也战战兢兢不敢出声。

却听进安在外笑道:"不好了,不好了,观主已经知道了,说是要叫地方拿你们两个送官,怎么办?"

陈妙常又羞又怕,偎着潘必正道:"如何是好?"

潘必正见进安的样子,已知是诈,叱道:"有我在这里,不许胡说!"

进安做个鬼脸,道:"刚才观主来找你,是我替你们遮掩过去了。我只要陈姑叫我一声就是了,不然的话,我可要出去说。"

妙常道:"叫什么?"

"随你。"

"进安哥!"

"不好,除去'哥'字,添上'相公'二字?"

陈妙常十分害羞,竟叫不出口。

"不叫也由你,我喊人喽!"

"进安相公。"妙常不得已说道。

进安大笑道:"出庵奶奶!"

潘必正奇怪地问道:"怎么叫做出庵奶奶?"

进安道:"难道你不明白?没有我进安相公,奶奶怎么能出庵呢?"

潘必正叱道:"原来是你骨头痒了,在此胡说八道,看我怎么收拾你。"追打着进安走了。陈妙常却早羞得跑了进去。

自此后:两人夜里悄悄往来,颠鸾倒凤,鱼水之欢,也不必细说。

这天,月儿又挂上了树梢,陈妙常靠在栏杆旁,盼着潘必正快点来相会。只要花间影儿一动,妙常心儿都痒痒的,以为是潘郎来了。等了多时,却不见潘郎的踪影,只得倦倦地回到房中,听那漏壶一滴一滴地响着,空荡荡的房屋令人感到是那么的孤寂。想起昨夜的云雨欢会,又是害羞,又是忧愁。

观主平日里见侄儿与妙常的神情有些蹊跷,暗暗留意,生怕潘必正不务正业,荒芜了学业。这日来到书房,只见灯亮着,却不见侄儿。"必正侄儿,你在哪里?"

潘必正此时刚走上花径,准备去幽会。听到姑母的喊声,吓得心如鹿撞,慌忙转身回书房。"姑母有礼了,呼唤侄儿,有什么吩咐?"

"你不读书,却跑到哪里去了?"

"亭子上十分幽静凉爽,侄儿在那里乘凉。"

"为什么这样慌慌张张的?"

"这几天功课忙,没来向您老人家请安,我心神难定。"

潘必正的话,观主并不完全相信,却又没发现有什么不对的地方,只得劝道:"必正贤侄,你要刻苦读书,立下远大的志向,半夜里花间月下,不要闲游荡,争取金榜题名,不要辜负了你父母对你的希望。"

"姑母的教诲,侄儿一定牢牢记在心头。"

"这样罢,你跟我到佛堂去,我一边打坐,你一边读书。等我出定的时候,才可以去睡。一定要这样做。从来佛教与儒家相通,要知道儒修就是佛修。"

潘必正没法,只得强打精神,心思早飞到陈妙常身边去了。好不容易捱到姑母出定,潘必正如逢大赦一般,一溜烟跑到陈妙常处去了。"妙常,我来了。"见妙常不理他却泪水长流,不由得慌了神,道:"为了什么事这么发愁?"

"我发什么愁?把人丢下就罢了。"妙常背过身子,生气地道。

"这话我就不懂了,我想我们今夜又能云雨欢爱,你怎么反倒凄惨愁苦起来了呢?"

"不要说巫山云雨了,你早忘了我们的缠绵情意,让我独自一人,从月东头等到月西头,说丢就丢,哪里看出你有深厚的情意了?"

潘必正搂住她的肩头,道:"我不是故意来迟,我们的事差点就让姑母知道了,当时我已走到半路,听我那狠心的姑母在叫我,只得回去,没想到她把我带到禅堂,待她出定才放我回去睡觉,所以来迟了。"说着,跪了下去,"请原谅我吧!"

妙常见他神情,知道错怪了他,双手去扶道:"男儿膝下有黄金,以后不可轻易下跪噢。"

潘必正起身顺势一拉,将妙常拥入怀中。二人帐中云来雨去,不肯罢休,恨不得长夜漫漫不天明。

俗话说,世上没有不透风的墙。陈妙常与潘必正夜夜欢会,白天两人相遇,那柔情蜜意的目光也让世人看出来了。

观主也十分明白他们二人常常在月下星前偷偷摸摸,躲躲藏藏,倘若事情败露,自己的面子不好看不说,还败坏玷污了佛门清白之地。怎么办才好呢?早早晚晚的事情,防也防不了那许多。想了半天,她才想出了一条釜底抽薪的好计。

"必正侄儿,你在哪里?"

潘必正坐在床前,想起昨夜与妙常欢爱正浓时,却听进安来告诉他们,有人要来出他们的丑,致使惊散了鸳鸯,心中懊恼不已。听得姑母呼唤,只得强打精神施礼。姑母吩咐他坐下,然后道:"必正贤侄,我想你父亲只生你一人,指望你功成名就。如今春试的时间快到了,正好收拾书囊,赴临安应试,不要留恋这里不走。"

听说要赶他走,如同晴天霹雳,使潘必正大吃一惊:"姑母,试期还早,等明年春天去也不迟嘛,只是在这里多多麻烦姑母了。"

姑母见他不肯走,十分生气,道:"你这样说,是因为我怕你在这里搅扰,才要你去赴试么?我和你父亲是同胞手足,看到你漂泊不定,有什么脸面去见你父母?你留恋这里不愿意走,自甘人下,又有什么面目回去见父母呢?日后你父母也要埋怨我。叫我好伤心啊!"说着,泪下如雨。

潘必正也知没有理由继续留在这里,可是又舍不得丢下陈妙常,明知是姑母故意要拆散鸳鸯,也不得不遵命,心下十分痛苦,道:"姑母,小侄就遵从您的吩咐,等我向各房的姑姑道谢就走。"

姑母硬着心肠道:"不必了,等我叫她们出来送你就是了,香公,请各房的姑姑出来。"

众尼姑不知出了什么事,纷纷来到佛堂,却听观主道:"我侄儿今天起程去考试，特地请你们出来送别。"

众尼姑都觉得十分突然，可也不敢多说什么，一一与潘必正告别，只有陈妙常心如刀割，明亮的双眼中，泪珠莹莹，喃喃自语："怎么会这样，怎么会这样呢？"

观主只当没见，催促潘必正道："必正贤侄，该走了，这一去只盼你能竭尽所学，金榜题名，也不枉我的一点苦心。"

潘必正低头应道："是。"瞥见陈妙常悲痛难抑，心中不禁暗怨姑母太狠心，活生生地把心爱的人儿从身边拆散。

陈妙常心里伤痛离别，更想着此去临安千山万水，风寒水也寒，潘郎要受许多苦楚。心中情意绵绵，想留他，又不敢上前，真是肠如刀割心如剑剜。

进安准备好了行装，心中也替公子难过，好好一对鸳鸯，却被棒打散。

潘必正强忍心酸，拜谢姑母道："侄儿就此别了。"

观主吩咐进安道："进安，一路上你要好生照看公子，不要让他餐风宿露。"

陈妙常悄声道："进安哥，你可不能让他吃不饱穿不暖。"

众尼姑也道："潘相公，我们盼着你的好消息早日传来。"

潘必正长叹一声，止不住地热泪双流。

观主瞧他望着妙常依依不舍的目光，心肠更硬了，道："你们大家都回房去，我送侄儿到江边上船，明日回来。"

潘必正一步一回头，被姑母逼着到了渡口："喂，艄公，把船划过来。"进安高声叫道。

船夫把船划过来道："客官，你们要到哪里去？"

"我家相公进京会试，你把我们送到临安，给你一两银子作船钱。"

"好吧，请上船。"

观主见他们上了船，吩咐道："马上开船，不要再转回来，我在阅江楼上看着你们走。明年中榜时，早把喜讯传来。"

再说陈妙常待他们前脚走，后脚就跟了出来。一路上也不管小脚酸痛难当，想着要见潘郎，也不知哪来的力气，竟赶到了江边。抬头望去，猛见观主在阅江楼上远眺，惊得她慌忙躲了起来。

观主见侄儿的船已经远去，不由得笑了，自言自语地道："总算割断了情丝，免得系住昆鸟鹏无法飞。我也可以放心地回观去了。"

见观主走远了，陈妙常方敢走到江边，可连潘必正的船影都望不见了，不由得哭道："潘郎，潘郎，我来迟了。"忽见一艘小船荡了过来，忙叫道："船夫，快摇过来，我要赶上前面参加会试的相公，寄封家书到临安去，船钱我重重谢你！"

船夫见她泪眼朦朦、十分焦急的样子，不由得笑道："一个尼姑，要去追前面那个相公，可惜风太大，不能去。"

陈妙常急得几乎要哭出声来，求道："快送我去吧，船钱我再加倍给你。"

"那好，上船，上船。"

陈妙常立在船头，连连催促船夫开快点，恨不得立刻飞到潘郎身旁，把离别和相思的痛苦诉说。

潘必正这时正坐在船头，默默想着和陈妙常在一起的欢乐时光。可如今只有自己孤孤单单，脉脉情，离别愁，满怀相思，又向谁诉？

忽听江面上传来"参加会试的潘相公，参加会试的潘相公"的喊声，忙令船家停住桨，往后望去。只见一条小船飞也似的赶来，船上立着一个尼姑，定睛一看，不是陈妙常又是谁呢？两人见了面，也顾不得有人在旁，双手紧紧地握在一起，一句话也说不出来。好半天，陈妙常方害羞地抽出手来，拭去眼角的泪珠，低低地道："早晨听说你要走，差点没把我吓死，当着那么多人的面，又不敢对你说什么，眼泪都不敢流。"

潘必正哽咽道："我对不起你，姑母一直把我送上船，头都不准回一下。"

陈妙常柔声道："我不怪你，也不知是谁走漏了消息，观主才会这样。会不会是你平时说话不注意，让观主看出了破绽？"

"我怎么敢说这事？平地风波，令人肝肠痛绝。"

"潘郎，离别时众人在旁，有话难说，因此赶来送你。可一见到你，心中千言万语，一时又说不出来了，你会怪我吗？"

"妙常，我只会疼你、爱你，一辈子都不会怪你。你的情意，我深深地牢记在心中。早晨我不能对你说一声告别的话，你知道我心中多么痛苦吗？现在能够和你见面，我高兴得都不知该怎样说了，我们同行一段路程好不好？"

"太好了。潘郎，你知道我这时的心情吗？我吟首曲儿给你听，好不好？"潘必正轻轻地握着她的手，点了点头。

"秋江一望泪潸潸，怕向那孤蓬看。这别离中生出一种苦难言，自拆散在霎时间。心儿上，眼儿边，血儿流，把我的香肌减。恨杀那野水平川，生隔断银河水，断送我春老啼鹃。"

潘必正见她泪流满面，也觉心酸，喉头硬咽，用衣袖替她拭去泪痕，道："我也有首曲儿吟给你听：'黄昏月下，意惹情牵。才明得双鸾镜，又早买别离船。哭得我两岸枫林都做了相思泪斑，打叠凄凉今夜眠。喜见我的多情面，花谢重开月再圆。又怕你难留恋，好一似梦里相逢，教我愁怎言。'"

吟罢曲儿，二人相视，目光里都透着万千怜爱，心里的痛苦都强自埋在心底。妙常偎着潘必正道："潘郎，这一去，只望你不要别抱琵琶追新欢，不要忘了灯前月下曾双双发下的誓言。"

潘必正抚着她的肩头，道："妙常，你还记得我们初次见面吗？那时心甜意也甜。枕边的恩爱，月下的誓言，又怎会忘记呢！"

陈妙常从怀里掏出碧玉鸾簪，道："这原是我的发簪，你看到了它，就如同看见了我一样，希望你能随时带在身边。"

潘必正把碧玉簪藏在怀里，从腰里解下一枚白玉鸳鸯扇坠，道："这枚扇坠是父亲赐给的，今天送给你，希望是成双鸳鸯的好兆头。"

陈妙常揣好了扇坠，偎依着潘郎，享受着这短暂的幸福。

潘必正真舍不得离开她，道："妙常，随我一同去临安好不好？"

妙常道："我也很想和你一起去，但这样会有人搬弄是非，葬送了你的前程。我们还是在此分手吧！只盼你早寄平安信来，免得我心肠牵挂。"说罢，毅然走下小船，吩咐道："船家，往回开吧！"

船开了，二人遥隔着江水，忍着离别的痛苦，在船头上互相拜了三拜。船影消失在天际，两人在船头还呆呆地眺望着，默默地祝福。

光阴似箭，日月如梭。自秋江渡口送走潘必正后，已是数月，陈妙常思念潘郎，茶饭不思，睡觉不香。这倒也罢了，偏偏这几个月不见来红，时不时想发呕，又见裙带渐渐地短了，不禁又羞又怕，不敢出门。

送妙常进观的结拜姊妹张二嫂看在眼里，悄悄地问她。

陈妙常知道瞒不过她，何况又是结拜姊妹，只得实话实说道："实不瞒你，我与潘郎才好上几个晚上，不料观主逼他赴试，一去杳无音讯，肚里又有了他的骨肉，这教我如何是好？"

张二嫂道："潘郎走时，给你留下什么话没有？"

"他发誓说绝不会忘夫妻之情。"

张二嫂安慰道："妹子，你不必伤心，他是个志诚的书生，绝不会薄幸。你只要把身子养好，等他来迎娶就是了。"

"唉，好姐姐，京城是繁华的地方，我怕他富贵后嫌奴家贫，又怕他被花柳人勾引，三更四更，怕听孤雁的哀鸣。我这样子，既怕人责怪，又怕人询问。这事你知道就行了，千万不要对别人说。"

张二嫂道："妹子，你就放心吧，我以后三天两头来陪你。"

这天，观主在堂前叫住了妙常，道："徒弟，我那侄儿一走，已是几个月了，如今春试之期已过，不知为什么一点信息都没有？莫非又在京中生病了？叫人好担心啊！"

陈妙常道："观主，潘相公吉人自有天相，您就放心吧，早晚会有他的讯息。"背过身来，妙常却暗自落泪：潘郎，潘郎！你一去杳无音讯，让我好为你担心，伤神断魂。不求你高中，但求你平安无事归来，我俩也好重温旧情。

两人思念潘必正，正长吁短叹，忽见进安风尘仆仆地奔了进来，磕头道："太奶奶，小奶奶，进安向你们叩头了。"

见到进安，就好像见到了亲人。观主忙把进安扶起，道："怎么这样称呼了，是不是相公考中了？"

妙常也顾不得害羞，急急问道："潘相公他好吗？"

进安道："中了！中了！好！好！有信送上。"

观主接过信，高兴地自语道："总算没有辜负送他去京城。"

陈妙常见没有问候自己的话，眼泪都要滚出来了。进安忙道："小奶奶，你别急，相公让我把这个蜡丸给你，他的心意都在里面封着呢，等桃花开尽时，他就要来娶你呢！"

陈妙常又高兴，又害羞，道："不许胡说！"

"不用再隐瞒遮掩了，你们两下承认了，就定了。相公给太奶奶的信，就是专为这件亲事的。你们先看信，我还得赶回老家去。"

观主拆开侄儿的信，里面说他在京中举，不久就要到成都路赴任。观主知道侄儿做了官，几乎要笑出声来，只见下面又写道："今有一事，很不好意思说出口，我与陈妙常已有枕席之欢，两下姻缘已有玉簪、扇坠聘定，我会尽早来完婚配，请姑母多多照看妙常，多加成全，我们夫妇百年感恩不浅。"

观主望着羞红了脸的陈妙常，有些生气地说道："好，好。你这出家人，原来是这样！也罢，今日之事，恐怕也是你们五百年前的宿缘，才让你们千里来相会。不知你们用什么东西作信物？"

"潘相公送我一只鸳鸯坠，小徒送他一支碧玉簪。"

"鸳鸯玉坠，碧玉簪，好！这是天意教你们合欢，月老作媒，并非偶然。只是有一件不便，若是在我这里成亲，岂不坏了佛门清静？"观主沉吟一会，道："这样吧，你先到张二嫂家住下，就托她为媒，待我侄儿回来，完婚就是了。"

陈妙常见观主肯如此成全，心中十分感激，害羞地道："小徒不守清规，师父不加责备，又为小徒考虑周全，请受小徒一拜。"盈盈拜倒。观主爱怜地扶起道："你不必如此，快收拾行装到张二嫂家去吧，了却尘世间的一段姻缘。"

再说潘必正遣进安回乡报信后不久，就奉敕任成都路提点刑狱公事。天子特别恩准他先探亲，后上任。

潘必正在京城已久，无时无刻不惦记着陈妙常，因此星夜兼程，不几日已到了女贞观。

观主听说侄儿来了，急急迎出来。

"姑妈在上，受侄儿一拜。"潘必正身在拜姑母，心里却想着陈妙常，目光扫处，却不见陈妙常，连她的声音都听不到。

观主见侄儿一身官袍，随从众多，喜得眉开眼笑，又见他目光四扫，早知他的心思，扶起来道："我儿，你信中的意思我都明白了。你夫妇虽是前世定的姻缘，若是在观中成亲，恐怕佛爷心中不安。陈姑原与张二嫂结拜为姊妹，我已让她先到张家住下，你去迎娶就是了。"

潘必正听姑妈说的有理，一颗悬着的心总算落下来了。随从们知道官爷要在此完婚，个个急想趋奉，在观主的分派下，把新房布置得十分喜庆。

烛光下，张二嫂服侍着陈妙常细心地打扮。陈妙常望着久违的朱铅玉粉，想着这几个月流的相思泪，又是高兴，又是害羞。今日里就要告别尼姑生涯，和潘郎重享鱼水之乐、人间繁华了。

只听外面鼓乐震天，有人唱道："灯辉月朗，鹊度星桥会七襄，鸾笙凤管吹悠扬，金榜人归乐洞房。天上人间，占断无双。"唱得陈妙常心儿跳，脸发烧。

张二嫂道："妹子，他们来接你了，只望你们今后长相恩爱，举案齐眉。"

陈妙常握着张二嫂的手，不禁坠下泪来。

张二嫂道："妹子，今天是你天大的喜事，为什么伤心？"一边说着，一边替她拭去泪水，只觉自己的眼角也湿了。

陈妙常道："姐姐，当初是你指引我入观，几年来，又多承你的看顾，此恩此情，终身难忘。今日一别，不知要何年才能相见，所以想起不免感到难过。"

张二嫂说话也有些哽咽："妹妹，见不见也没有什么，只要日后你心中能想着我，姐姐就很高兴了，咱们出去吧。"

轿子早已等在门外，见妙常出门，鼓乐更是欢快，颤颤悠悠的轿子，使她心里的离愁别绪一扫而光，代之而起的是对潘郎的刻骨思念。

潘必正也十分渴望见到陈妙常。当顶着红盖头的新娘出现时，真恨不得立即就替她揭去盖头。可掌礼官并不理会这些，仍然按部就班地指挥着婚礼的进行。好不容易才听到掌礼官叫道："送入洞房。"

这一夜，两人道不尽的欢爱，说不完的情话，直到天明。第二天，潘必正吩咐左右先骑快马，速到河南老家报信，又对妙常道："今天我们就告别姑妈，回河南老家拜见父母。"

妙常柔柔地："正该这样！"忽地想起自己失散的母亲，又流下泪来。

潘必正心疼地道："妙常，又想起你娘了吗？你放心，我已吩咐人去打听了，不久就会有消息的。"

再说妙常母亲住在潘家，日子倒也过得快，只是每每想起失散的女儿，就禁不住落下泪来。潘母劝慰她时，不禁又想到赴京考试的儿子，若不是有进安来报说已经中举，不久就要还乡，自己还不知会有多伤心呢！

看看又是秋天到了，陈母与潘老爷和潘夫人在闲谈中道："亲家大人，我在这里已打搅了很多时候，没有听到女儿的一点消息，心中很是惶愧不安，打算拜辞，还是回家乡去吧。"

潘老爷与潘夫人知她心意，道："亲家母，说这话就见外了，俗话说：瓜葛之亲，宵旦相依。只要你不嫌弃我们清贫怠慢，不妨就在这里养老。"

陈母原本是怕住久了惹人讨厌，何况自己女儿又不知在什么地方，这门亲事肯定是不成了。如今见亲家一点都没有嫌弃自己，还十分诚恳地挽留自己，心里十分感激，道："多谢亲家了！"

正说着，忽然门子来报，说有公人求见。

潘老爷道："快请。"

公人进得堂来，拜道："禀老太爷，潘老爷奉敕除授成都路提点刑狱公事，如今在女贞观姑母处完婚，随后就到。"

潘凤捋须笑道："好！好！好！我儿到底有出息了，公爷先请客堂用茶吧！"

潘母听说孩儿已是朝廷命官，还娶了亲，马上就回来看望自己，高兴得掉下泪来。只有陈母暗叹自己的女儿不知音讯，多半已不在人世，错失了这段好姻缘。

潘必正带着陈妙常，一路上观景游玩，因此晚了两天才到。潘母见媳妇娇容俊雅，举止从容，有大家闺秀风范，十分高兴。

潘凤因儿子久滞外不归，又私自娶亲，本有责怪之意。今见媳妇得夫人喜欢，儿子也衣锦还乡，也就罢了，道："这是你以前的岳母，还不快去拜见。"

陈母扶起跪拜的潘必正，百感交集，道："贤婿，我自从遭遇战乱，与女儿离散，寄住在贵府，得到令尊令堂的款待照顾，心头一直惶恐不安。今天见到你们夫妇，想起我的女儿，让人好伤心哟！"

潘必正劝慰道："岳母在上，也不必过于愁烦。令爱虽然不知生死存亡，小婿一样孝敬你，让你老人家安度晚年。"

陈妙常看着潘必正的岳母，心中十分纳闷："这位老夫人怎么和我失散的母亲那么相像？唉，如果她在这里，也该两鬓如霜了。"

陈母看着陈妙常，心里也纳闷着呢："怎么这位潘夫人就和我女儿一样？"

潘必正见她们相互盯着看，不禁疑问道："你们怎么啦？"

陈妙常傍着潘必正道："你的岳母好像我的母亲呢！"

陈母也道："你的夫人看来就像是我女儿哩！"

潘母道："我的儿，你把你们两个成就姻缘的事讲给我听听！"

"我们是在姑妈的观中认识的，以玉簪、鸳坠作订情的信物。"

陈母道："这是天作之合！贤婿，你将玉簪给我看看。"接过碧玉簪，仔细地看着，道："这玉簪本是当年亲家给的聘物。小夫人，你是从哪儿得来的？"到了此时，陈母已意识妙常就是自己的女儿陈娇莲，只是还不敢相认。陈妙常也意识到她可能就是失散的母亲，只是也不敢贸然相认，只是说话已带着哭音："玉簪是我母亲从小就叫我佩戴的，可是遇到乱兵，就与母亲离散了。"

"小夫人贵姓？什么地方人？"

"姓陈名娇莲，和母亲是在潭州失散的。"

"哎呀，你真是我女儿呀！我是你娘！"

陈妙常再也忍不住伤痛，和母亲抱在一起，痛哭起来。潘母也觉眼角湿湿的，道："亲家母，这真是天大的喜事，儿女婚姻两周全，就不要再伤心了。"

潘夙见自己老朋友的女儿不仅找到了，而且天遂人愿，还成了自己的儿媳妇，也是高兴得捋须直笑，吩咐道："张灯结彩，喜宴三日。"

后人有诗赞道：

> 京兆府当年指腹，女贞观重会玉簪。
> 慢写出风情月思，画堂前肴酒承欢。

中国十大古典喜剧故事

幽闺记

[元] 施惠

大金建国后，紧邻的北番，游牧在大草原上，骑在马背上能征善战。北番臣服大金后是三年一小进，五年一大进，十年一总进。经过十五年后，见大金没一丝儿回报，北番番主大怒，派一支虎狼之师前来攻城略地。

大金皇帝在迁都问题上听信谗言，处死忠臣陀满海牙一家 300 多口，只有儿子陀满兴福得"明朗神"庇佑，钻到"明朗神"泥像腹中才摆脱追兵。

陀满兴福等士兵走远后，才从神像中走出来，施礼道："谢天谢地，谢谢明朗神爷……"说完便跪下去磕头拜谢。这时只听神像说起话来："忠良遭难，理当保护，这是天意。要相信善恶终有报，你快逃吧！"说完一阵大风刮过。

待陀满兴福抬头望时，那神像早已无影无踪。他急忙站起身，正想逃走，忽然听见："你是什么人？为什么闯到我的花园里来了？"

陀满兴福吓得跳了起来，忙解释说："我不是故意闯进来的，是被人逼得，请原谅。"

那人厉声说："看你那模样，想必是偷盗别人钱财，才被人追赶的。"

陀满兴福急切地说："我不是坏人，也不是贼，是怕被人杀害才逃到这里的。我也是忠良的后代，请你一定要相信我。"

那人仍然严厉地说："你不必狡辩，老实交代。不然的话我就把你送到官府去审问。"

陀满兴福点着头说："请你不要生气，我给你仔细说明事情的缘由。我是女真族的陀满兴福，一直在朝廷里任职，是忠孝军的将领。"

那人将信将疑地打量他一番，说道："你既是忠孝军将领，在朝任职，为何不在皇上身边，却被人追杀到这里?"

陀满兴福满腹凄凉地说："只因为父亲刚直不阿，劝皇上不要迁都，触怒了奸臣，就把我一家老少全部杀死，只剩下我侥幸逃了出来……"

那人语气缓和下来，说道："如果你讲的都是事实，那真叫人心痛。不过，我看你相貌不凡，一定是真的。别害怕了，我不会送你到官府的。如今你落难了，我自当相帮，只是我是个秀才，恐怕是心有余而力不足，还是先到房中暂作休息吧!"

陀满兴福高兴地说："谢谢您。只要您有相帮之心，我就非常感激了。"说着，二人一起走进房中。

那人吩咐仆人摆上酒菜，请陀满兴福吃饭，说："你家能为皇上尽忠效力，我非常佩服，如果你不嫌我秀才穷，我想和你结拜为兄弟。"

陀满兴福摇头说："不行!不行!我是罪犯，恐怕连累您。"

那人执意地说："你不要只看眼前，将来你的冤情会洗清的，会被委以重任，到时别忘了今天的患难之交。"

陀满兴福说："您说哪里的话!我若死里逃生，决不会忘记您的大恩大德!既然这样，我就与你做兄弟。我今年二十八，不知你多大?"

那人说："我今年三十，比你大两岁，你就叫我哥哥吧!"

二人跪下，对天盟誓结拜为兄弟。

陀满兴福感激地说："哥哥，你待我恩重如山。我若能逃脱这场灾难，有出头之日，一定要报答你的恩情。可说了这么多，还不知哥哥叫什么名字，请告诉我，我好铭记在心，以图日后报答。"

那人说："我只认为忠良不该绝命，并不想你的报答。我姓蒋，名世隆，中都路人，只因孝服在身，未能外出应试求官。兄弟，我本想留你在这里暂住几时，但这里常有士兵来巡捕搜查，恐被发现，所以你只能早些离开。"

陀满兴福说："哥哥不必为难。我知道这里很难存身，马上就离开。"说着站起身，就要告辞。

蒋世隆说："慢着，我看你的衣帽想必是弄丢了，我给几件我的衣服。再给你十两碎银做盘缠。"

陀满兴福穿戴完毕，又接过银子说："多谢哥哥。"

蒋世隆说："不必谢了!兄弟，你这一路上莫辞辛苦，要隐名埋姓，暮行朝隐，逃到遥远的州郡才行。"说着，便为他收拾好行装，送他到府门口。

陀满兴福拿起行装，说道："哥哥留步，兄弟就此告辞。"说完，迈出府门。

蒋世隆忽然喊道："兄弟慢走，我还有几句话要吩咐你。"说着，也迈出府门，对陀满兴福道："兄弟你过渡口，也许有人要盘问，你没有官府的公文作通行证，怎么过得去？我忽然想起一个熟人，你替我给他送一封平安书信，他自然会给你发个通行的公文，你一定要记住去找他。"接着，便告知了那人的详情。

陀满兴福一一记在心间，然后郑重地向蒋世隆拜别，昂首离去。不久，便消失在远方的烟雾之中。一日路过虎头山，因本领高强就做了绿林首领。

自从那日陀满海牙在早朝力谏皇上不能迁都而全家遭害之后，朝廷上再无人言语。兵部尚书王镇见军情一天天紧急，心似热锅上的蚂蚁，想为皇上出谋划策，又恐遭奸臣忌恨而祸及家人。

王镇有一女儿叫瑞兰。瑞兰生得肌肤如雪、腰肢似柳、细眉淡如远山、眼中充满盈盈秋水。

一日，王镇为解烦忧与女儿在园中散步赏花，忽报圣旨到。王镇立来到门口跪下，使臣拿起圣旨高声读道：

朕遇国家危险，边疆多难。百姓人心惶惶，民不聊生，敌情难测，无法估量。兵部尚书王镇，你是本朝良将，清明时代的名臣，可前往边境城镇，收集刺探敌人的详细军情，然后自行见机行事。军情紧急，不要停留。钦此。

王镇带着仆人六儿和士兵，载着大量的财宝走水路去北番议和。

王镇走后，不久进入了冬季，天气异常寒冷，屋檐和树梢上都结了冰。番兵步步逼进京城，人们都蜷缩在家中，大街上空空荡荡。瑞兰坐在房中，想着在途中跋涉的父亲，忧愁郁闷积在心间，难以排遣。

突然，一个丫环慌慌张张地跑进门说："小姐，不好了！番兵就要打进京城了，老夫人叫你快去呢。"瑞兰大吃一惊，急忙去见母亲。

穿过回廊，就听见街上非常嘈杂，便加快脚步走到母亲的房里，问道："母亲，这到底是怎么回事？为什么外面吵吵嚷嚷得那么厉害？"

老夫人焦急地说："大事不好了！刚才有人来通知说，番兵已经气势汹汹地攻过来了，他们夺取险要关口，攻打城市，势不可挡，锋不可敌，如今马上就要打进京城。皇上已经开始迁都去汴梁，贴出告示要百姓也随銮驾迁移，今晚就必须全部离开，不许有一个人在京城里滞留。"

瑞兰听完，惊得手足无措，说道："母亲，这该怎么办？父亲远在北边，不能回来，我们母子从未出过家门，往哪里逃呢？不如就在这里不走了。"

这时，家院走进来说："夫人、小姐，千万不能这么做，蝼蚁尚且贪生，为人岂能不爱惜自己的生命？那番兵来了，到处都是刀枪，杀人放火，你们怎能幸免于难呢？以后老爷回来，我们又怎么向老爷交待呢？夫人、小姐，快命仆人收拾整理东西，否则就来不及了。"夫人听了这番话点头同意。

天空飘起了鹅毛般的大雪，寒风刺骨。泥泞的路上挤满了逃难的人。人们顶风冒雪，扶老携幼往前行，不时听见被挤散的人焦急地寻找亲人的呼唤声和老人孩子的哭声。

瑞兰和母亲坐在车子上，夹在逃难的人群中缓缓地行进着。到了黄昏时分，马儿在泥泞的路上挤得太累，绊倒在一块大石头上就再也没有起来，更没有办法继续前行了。

瑞兰和夫人无奈，只得下车，左右看时，全是急着逃难的陌生人，跟随她们的人全都走散了。夫人对瑞兰说："孩子，如今君臣分散，我们母子也面临危难，仆人和车马都没有了，只剩下我们两个人。你要紧紧跟随着我，脚小也没办法，一定要相互紧跟，千万不要走失了。"

瑞兰说："母亲放心，孩儿一定紧跟。"说完二人便步行起来。老夫人与瑞兰相互搀扶着，随着逃难的人群往前行。才走了不久，二人的绣花鞋早已被泥水浸染，分不清帮和底。有时一脚陷在泥里，要用手才能将鞋提起，她们就这样深一脚、浅一脚地走着。

蒋世隆和他的妹妹蒋瑞莲也在逃难的人群中。他们二人走的汗水湿透了衣衫，刺骨的寒风吹来，不禁瑟瑟发抖，可为了逃难，根本顾不上换衣服。

蒋世隆扶着妹妹，怨气满胸地说："真没想到朝廷的那么多官兵都败给了番兵，使得皇上迁都，我们百姓也只得流落天涯。如今还想什么富贵荣华，只要逃过这场灾难，不再胆战心惊就行了。"

莲喘着气说："哥哥，我现在心慌意乱，双脚钻心地疼，浑身冻得发抖，脑子里迷迷糊糊。我恐怕再也走不动了，你自己赶紧逃命去吧。"说着，泪水如线一般落下。

蒋世隆安慰着说："妹妹，你要忍耐些。无论如何，你也要强撑着往前走。只要逃脱番兵的追赶，一切就会好起来的。"

正在这时，逃难的人群突然骚动起来。有人高声说："快逃啊！番兵追上来啦！番兵打到京城，看见城里的人都逃走了，便紧追上来了。"

人们听到这话，便纷纷往前快跑。霎时间，人撞人，人踩人，哭叫声响成一片，逃难的人群更加混乱。一路上留下各种包裹和行李，满地狼藉。

在向南通往京城的大道上，番兵主帅统领铁骑，阵阵喊杀声、急促的马蹄声响彻长空。

番军主帅见是一座空城。气得下命令："不管他们逃到哪里，我都要追上去杀掉他们。除非他们身插翅膀，否则我哪怕追到天涯海角也决不轻饶。先锋军，你们立即快马加鞭追赶上去，我们先进城查看一下，随后就来。"先锋军应令而去。

主帅带着剩余的大队人马，浩浩荡荡开进城中。他在一所官衙前停下来，命令暂时在此休息。

他下马走进官衙，稳稳地坐在原来主人的位置上，感到非常舒适。这时，两个士兵押着一个平民老人走进来。士兵说："启禀主帅，我们在不远处的石板桥下抓住了这个老头。"

主帅上下打量了他一番，问道："你是什么人？为什么没有逃走，却藏在石板桥下？"

老人看了他一眼，答道："我是本地受人尊重的老人。只因年老体弱，经不起路途劳累，便索性留在城里。而你们身处阴山下，对大金皇上称臣纳贡，却为什么起兵来攻打？"

主帅厉声说："大胆！你居然敢质问本帅，不要命了？"老人坦然地答道："我既然留在城中，就早已抱定了必死之心。我偏要问，你们为什么要攻我大金的城池？杀我无辜的百姓？你说这是为什么？"

主帅回答道："这都是因为无法容忍大金皇帝的无礼。我们那里三年一次小贡，五年一次大进贡，十年一次总进贡。至今已是十五年，却不见你们一丝儿回报。俺主大怒，便派兵来夺取州城，也算是报复。"

老人说："你们真是误会了大金皇帝，大金皇帝在前月就已派兵部尚书，带着大批宝物，从水路送到贵国去了。这怎么是无礼呢？"

主帅有些惊讶，许久才说："我怎么不知道呢？你大概在说谎吧？"老人坚定地答道："怎么敢说谎呢？这一切都是事实，绝无半点虚假之处。"

主帅想了想说："那也许是我们从陆路出征，没有遇上吧！你先下去。"

老人走后，主帅在房中沉思片刻，于是下令退兵，传令兵得到命令后迅速离去。

逃难的人们在泥泞而溜滑的山路田地上奔走，风雪交加，道路坎坷，又担心被番兵追上，许多人支撑不住，从山顶滚下山坡，从田间路上滑倒在田里。

就在天色快黑的时候，后面渐渐传来一阵阵急促的马蹄声，接着吼声一片。人群中有人喊道："快跑呀！番兵追杀来了！"可是人的双脚哪里跑得过马的四蹄？转眼之间，番兵就很快围追过来。慌乱的人们惊得魂飞魄散，四处乱逃。

瑞兰搀着母亲在逃难的人群中走着。可突然前面出现一群番兵，人们如潮水般向后退，将瑞兰和母亲冲散，不由自主地往后退。瑞兰高声叫着母亲，可早已不见了踪影。番兵仍然逼过来，瑞兰只好随人逃进树林。

蒋世隆牵着妹妹的手，拼命地往前跑。可突然从旁边杀出一群番兵，众人迅速朝另一边挤去，将蒋世隆和他妹妹挤散。他拼命想朝妹妹的那个方向挤去，可哪能如愿？他被强大的人流挤向另一方。他喊着叫着，可瑞莲已消失在他的视野里。没有办法，他也只好随着人群跑向树林。

番兵们看着逃难的人们被他们追赶得四处乱跑，骑在马上哈哈大笑。先锋军的将军高喊道："士兵们，快追呀！这可比在草原上追逐猎物有趣多了。"

在这时，一个士兵飞马跑来说："禀将军，主帅有令，说大金皇帝已向我国送去宝物，命你火速将先锋军撤回中都，听候吩咐。""知道了，我立刻收兵，只可惜将这么多人白白地放跑了。"说完，立即命人集合军队，趾高气扬地往中都走去。

逃难的人们惊魂未定，更不明白番兵为什么会撤走。当人们确信番兵已经走远，不会在短时间内再追赶过来时，便开始寻找亲人，或扶老携幼，重新走上逃难的路。

蒋世隆见番兵远去，便走出树林，在山间地里寻找自己的妹妹，嘴里不住地喊着瑞莲的名字，可周围见到的都是逃难的陌生人。

他东挤西钻，累得满头大汗，嗓子也喊得有些嘶哑。他焦急地寻找着妹妹，他又高喊道："瑞莲！瑞莲！"只听朦胧的夜色中有一女子的声音答道："我在这里！"

蒋世隆喜出望外，走近一看，并不是他的妹妹，惊讶地说："你是什么人？不是我的妹妹，却为什么要答应？"

那女子孤苦无助地说："我的名叫王瑞兰，从未出过远门，更不识道路。如今我孤苦一人，遇到兵慌马乱，天色已黑，真不知如何是好。还望先生怜我孤苦，救我于危险之中，带我离开这里，以免除灾难，我会牢记你的恩和义。现在我便向你拜上一拜。"说着便拜起来。

蒋世隆赶紧扶起，说道："姑娘不必这样！不是我不帮你，实在是因为我必须赶上逃难的人群，去寻找我的妹妹。况且我自己连亲妹妹都照顾不了，又怎么能照顾好你呢？请姑娘多多原谅。"说完就转身要走。

在瑞兰的苦苦哀求下，蒋世隆转念一想：如今兵慌马乱，人人仓惶逃生，这样一个弱女子没有父母兄弟的保护，孑身一人，如果没有人帮助，说不定会身陷泥潭，或者落入番兵之手。她作为一个女子，请求我的帮助，我还能置之不理吗？想到这里，便说道："姑娘，我们就一同赶路，然后再多方打听情况，寻找各自的亲人。"

瑞兰知他同意了，高兴地说："谢谢先生！今天能得到先生的帮助，一同赶路，使我免遭危难，我真是感激不尽！"

蒋世隆说道："不必这样！在这多难的年代，我们都该互相帮助。只是前面的路还遥远，姑娘还要忍耐些。"瑞兰点点头，与他一起上路了。

蒋瑞莲自被冲散以后，就哭喊着，挤在人群里找哥哥，可见到的都是仓惶逃跑的陌生人。她跑来跑去寻找哥哥,直到路上只剩下稀少的几个人。她呆呆地站在那里,满面泪水地想:哥哥,你在哪里?你丢下我一个人,教我该怎么办?想往后退却已没有安身之处,想往前走可又不知道该走哪条路。

她哭了许久,才渐渐冷静下来,想道:"我不能再站在这里哭了。也许哥哥以为我走到前面去了,就追赶上去寻找了。我也要往前走。可大路上太危险,随时可能再遇到贼兵,只好走小路。可天色已晚,小路上也难行。"

她正在左右为难,听后面有人在呼喊她的名字。她非常高兴,以为是哥哥叫她,赶紧答应,并且停住脚转过身来。可她顺着喊声看去,并不是她的哥哥,而是一位老夫人正跌跌撞撞地向她走来,她有些失望。

老夫人走到她前面,一把拉住她说:"我的孩子呀!我总算把你找到了。你看你浑身上下都让雨水湿透了,双脚沾满了泥浆。唉!你自从生下来哪里受过这样的苦呀?不过,现在顾不了那么多,只要我们母子俩不再走散,就是很好的了。"

瑞莲听了这番话,知道是认错了人,便说道:"老夫人,你看错了,我不是你的女儿。"

老夫人听了生气地说:"你不是我的女儿瑞兰,却为什么要答应?让我耽误了这么多时间,还白白地高兴了一场。"

瑞莲解释说:"我的名字叫瑞莲,听起来与你女儿的名字有些相近,所以错应了。我也正在寻找我的哥哥,还以为他在叫我。"老夫人不再言语,抬脚就要走,可路上又烂又滑,险些跌下去。

瑞莲见状,急忙上前扶住,说道:"老夫人,你是上了年纪的人,怎么能走得了这山路?不如让瑞莲扶着你老人家慢慢走吧。"老夫人高兴地说:"那当然很好。看姑娘的言谈举止,就是我的女儿也比不上你。只是姑娘你跟着我这个老太婆,心里愿意吗?"瑞莲说:"小女子找不到哥哥,也正盼着老人家带着我一同前行呢。"

老夫人见此女子不仅怜恤老人,而且言行乖巧、惹人喜爱,便说:"既然如此,我就把你当做女儿看待,不知你是否愿意?"

瑞莲说道:"老夫人能带小女子一同前行,我已经感激不尽。我能跟着老夫人,便情愿做个小丫头就行了,怎敢指望做老夫人的女儿?"

老夫人越发喜爱她了，说道："姑娘别再推辞，就做我的女儿吧。如果能熬到战争平息，我就和你一同去南京，结束这种逃难的痛苦生活。天色已经很黑了，我们就到前边的茅屋里暂时休息吧。"瑞莲点头答应，搀扶着老夫人朝茅屋走去。

在寒冷的日子里，枯树在寒风中阵阵颤抖，树梢上仅存的几片黄叶也随风飘落下来。这一天，黎明时分，蒋世隆搀扶着瑞兰在山路上蹒跚而行。突然，四周传来急促而响亮的锣声，接着窜出无数个大汉，将他们团团围住。

一个大汉凶狠地盯着他们，高声吼道："你们两个快快留下买路钱，否则就别怪我们弟兄不客气！"

蒋世隆和王瑞兰被这突如其来的事情惊呆了。瑞兰吓得瑟瑟发抖，使劲地躲在蒋世隆的身后。蒋世隆则强做镇静地说："我是穷秀才，她是我的妻子。我们为避战乱才逃难经过这里。希望壮士们怜悯，放我们一条生路吧。"

为首的大汉说："别说没有用的闲话！没有买路钱，就留下金银珠宝。稍微迟延的话，便教你丧命在眼前。听见没有？"

见蒋世隆不肯留买路钱，便把他们两个人五花大绑地押上山，完全不理会他们二人的挣扎与喊叫。

陀满兴福自从在虎头上当上寨主，他便指挥喽罗抢得了大量财物。众喽罗高兴得整夜狂饮大醉，可他却并不十分开心。

这一天，他披着锦绣战袍，头戴红纱巾，坐在房中处理寨中事务，检查所获战利品。突然山寨里响起了敲锣声。他知道这又是喽罗们抓人劫财回来了，便起身走到门外。

众人把蒋世隆二人推到前面跪下，陀满兴福看了他们一眼，说道："你们俩人真是不知死活！这山中路径荒僻，很少有人从这里往来经过。你们居然胆大包天，明知山有虎，偏向虎山行，那可就不要怪我不客气。"说着，鼻子里哼了一声。

蒋世隆跪在地上说："我们不是有意要闯到这里的。只因贼兵来侵扰，皇上和百官纷纷迁到汴梁，百姓身遭战乱，也仓惶逃难。我们夫妻逃出家乡，可途中迷失了道路，才冒然来到这山路上。"

陀满兴福说："要走这条路也好办，只要你留下买路钱，尽管往前走。

不然的话，你们的性命就难保。自己考虑吧！你们是要钱，还是要命？"

蒋世隆哭丧着脸说："将军，我们真的没有钱。我们在兵慌马乱中走了好几天，吃尽了苦头，身上连半文钱都没有，我们哪里还有钱来买路呢？"

陀满兴福不耐烦地说："不必再说那么多！你们立即把这二人拉出去砍了头。"众人听言，纷纷涌上前横拖竖拽起来。

蒋世隆喊叫道："天哪！没想到我蒋世隆今天会冤死在这里。"

陀满兴福听见"蒋世隆"三个字心里一愣，忙喊道："等等！"

他来到蒋世隆面前仔细地看了许久，突然跪下，"哥哥，你真的不认识兄弟了？"蒋世隆想了又想，可实在不知怎么会有这样一个兄弟，便摇摇头说："对不起！我一时想不起来了。"

陀满兴福提醒说："哥哥，请想一想，几个月以前，我为了躲避朝廷的搜捕，逃到你家花园里。如果不是恩人你解危难，我差一点就被押上法场砍头了。"

蒋世隆听到这里，惊喜地说："哎呀！原来你是兴福兄弟。古语道：'相逢狭路难回避。'真是一点也不错。"

兄弟相见，醉卧酒场。第二天蒋世隆便辞别，带着王瑞兰继续南行。

战乱渐渐平息，路上南来北往的行人也多了起来，各中店铺又开张营业。在广阳镇有一个招商店，这个店更以好酒闻名，它前临官道，后靠清溪，四周杨柳绿阴蔽日，一架蔷薇清影零乱，墙壁上画着刘伶赤身醉卧的画像，小窗前更有李白醉眠的图画，显得趣味非凡。

蒋世隆和王瑞兰疲惫地走着。他们来到广阳镇招商店前，蒋世隆说："娘子，你看这招商店环境较好，布置有趣，酒香四溢，不如就在这里喝上几杯酒，解一解旅途劳累再走，你以为如何？"瑞兰答道："一切由你安排。"

蒋世隆听罢，便带着瑞兰走进店里，大声喊道："酒保，快拿些酒来。"

不久，酒菜便端到桌上，蒋世隆仔细看了看，又闻了闻酒，说道："这是新酿的酒，似乎还没有窖过，如今也顾不了那么多，酒保，替我斟一斟酒。"酒保斟满了酒，蒋世隆举杯说："娘子，这乡村酿的新酒既可除乏，又可解忧，请喝吧！"

瑞兰摇摇头，转过脸说："我生来不会饮酒，还是不饮的好。"

蒋世隆惟执意说："娘子，不要推辞，只要略微沾沾唇也好。"瑞兰推辞不过，只好饮了一小口，顿时两颊绯红。

瑞兰举起酒杯说："多谢你一路上的照顾，我敬你一杯。"蒋世隆说："不必客气，这杯酒我是一定要喝的。"说完便一饮而尽，王瑞兰便不再言语，专心吃饭菜。

蒋世隆悄悄地对酒保说："酒保，我与娘子在路上走时，有几句话冒犯了娘子，所以她不愿意喝酒。如果你能劝她喝一杯酒，我就拿一钱银子谢你。"酒保问道："那我劝娘子喝十杯呢？"蒋世隆说："我就给你一两银子，你看如何？"酒保点头同意。

酒保走到瑞兰旁边，举起酒杯说："娘子初次到我们小店，给小店增辉不少，我敬娘子一杯。"瑞兰摇头说："不行，我不会喝酒。"酒保说："娘子如果不答应，小人就给你跪下了。"说着便要跪。瑞兰急忙说："快快请起！我喝下就是了。"接过酒杯喝了下去。

酒保又斟满一杯，举着说："娘子，出门人不能喝单杯酒，要喝双杯才好。"瑞兰拭着嘴角说："我不能再喝了。"酒保又故伎重演，说道："没办法，那小人只得给你跪下了。"瑞兰无奈地说："别这样，你起来吧！我再喝一杯，可这是最后一杯了。不论你怎么做，我都不会再喝了。"说完，又勉强地喝了一杯。

蒋世隆见瑞兰饮下几杯酒后容颜越发娇美，心中非常高兴，也拿起酒壶，自斟自饮了许多杯，直喝得眼前有些朦胧。

等到他们酒足饭饱之时，天色已晚，可蒋世隆仍然没有启程的意思，王瑞兰推推他，提醒说："先生，时间不早了，我们该走了。"

蒋世隆喝完最后一杯酒，说道："这里的酒的确好！不过，我们是该走了。酒保，快来开钱吧。"酒保应声过来结了账，顺口问道："天色不早了，你们还要赶到哪里去呀？"蒋世隆说："我们想赶到旅馆住宿。请问，这里到旅馆还有多远的路？"酒保说："还有三十里路，远得很呢。不如就住在这招商店里。我们这店是前面卖酒，后面住客。"

蒋世隆转头对瑞兰说："娘子，酒保说到旅馆还有三十里路。时间已晚，恐怕不容易走到了，就在这里住下吧？"瑞兰点头说："也好，就住这里吧。"二人又坐到座位上。

蒋世隆对酒保说:"我们不走了。给我打扫一间房,铺好一张床。"酒保立即说:"好的。你们稍候,我这就去办。"正抬脚要走,瑞兰喊道:"酒保过来,我有话要说。"

酒保走到瑞兰旁边,瑞兰问道:"刚才那位先生是怎样吩咐你的?"酒保答道:"他叫我打扫一间房,铺好一张床。"瑞兰坚决地说:"不行。不要听他的,只听我的。给我打扫两间房,铺上两张床。知道吗?"酒保点点头,转身便要离去,忽然又听蒋世隆喊道:"酒保你过来,我还有话要说。"酒保有些迟疑,但仍然走到蒋世隆的身边。

蒋世隆悄声问道:"刚才娘子对你说了些什么?"酒保回答说:"娘子叫我打扫两间房,铺好两张床。"蒋世隆生气地说:"酒菜钱是我给的,你怎么不听我的话?还是只打扫一间房子,安一张床。"酒保点头说:"是,是。酒菜钱是先生给的,我就听先生的。"转身迈出一步,只听瑞兰又喊着:"酒保,我还有话要说。"酒保无可奈何地走过去。

瑞兰低声问道:"酒保,刚才先生又说了什么?"酒保说:"他叫我还是打扫一间房,安好一张床。"瑞兰怒气冲冲地说:"你这个酒保,只照我说的去办就是了,怎么这样变来变去的?"酒保被逼急了,也生气地说:"你们两个只管叽哩咕噜,咕噜叽哩,真不像一对出门的夫妻。我到底听谁的?"

蒋世隆问道:"酒保,你为什么生气了?"酒保大声说:"不是我生气。先生叫打扫一间房、安一张床;娘子叫打扫两间房、安两张床。你说,我到底听谁的?"蒋世隆说:"那就听我的。"酒保坚决地说:"不!现在既不听先生的,也不听娘子的,我要按我的意思办,打扫一间房,安上两张床。这样既听了先生的,又听了娘子的,每人听一半。余下的事我就不管了。"说完便走了。

不久,酒保收拾好房间,走出来请他们二人去休息。

蒋世隆和王瑞兰来到房中,梳洗完毕,便坐在各自的床上。蒋世隆说:"娘子,请睡吧。"瑞兰也说:"先生也请睡吧。"可二人都没动。

蒋世隆轻声叹息起来,说道:"唉!不知为什么,我心里非常忧愁烦闷。"瑞兰说:"你的忧愁根源也许我知道。可受礼法拘束,人非土木,欲说也难道。还请先生自己珍重。"

蒋世隆似乎没有听清她的话，轻轻念道："寻踪访迹遇林中。"

瑞兰续道："受苦扶危出祸丛。"蒋世隆接着说："我和你有缘千里能相会！"瑞兰又续道："我只是无缘对面不相逢。"

蒋世隆听了问道："娘子，你为何说这样的话？大概你忘了在树林中说过的话了吧？"瑞兰急忙说："我怎么会忘了呢，在树林中我说与你作兄妹同行。"蒋世隆说："你是说了这样的话，可我说我俩相貌不同，语音也不一样，娘子又怎么说的？"瑞兰摇着头说："我再没有说什么了。"蒋世隆解嘲地说："真是贵人多忘事。娘子再想想。"瑞兰只好说："我想起来了，当时我说如果有人盘问，就暂时称做夫妻。"

蒋世隆抓着她的话说："这就对了。别的好暂时，这做夫妻也可以暂时吗？我也不问娘子别的，这仁、义、礼、智、信可曾知道？不说前面的，就单说这个'信'字。天若失信，则云雾不生；地若失信，则草木不长；做人怎么能失信呢？"瑞兰急忙辩解道："先生，我从来没有对你失信呀！"

蒋世隆步步紧逼地说："既然不失信，为什么不照树林中说的话去做呢？"王瑞兰不作正面回答，只是说："先生，你的恩情我不会忘记。只要你送我到南京，我就多拿些金银酬谢你。"

蒋世隆说："你没听说'书中自有黄金屋'吗？我要你那么多金银干什么？"瑞兰想了想，又说："那我就请爹爹给你一个官做如何？"

蒋世隆摇头说："不必了。再说官是朝廷的，不是你们家的，怎么能说给就给？"二人一时没了言语。

过了一会儿，蒋世隆为缓解气氛，问道："我想起来了，这一路上还没问娘子，你是什么样人家的女子？"瑞兰叹息道："先生，你别问了。如果提起我家的事，不要说与你同行同坐，恐怕连站立的地方也没有你的。"

蒋世隆越发好奇地说："这么说来头不小。我很愿意听。"瑞兰说："我祖父是王和，父亲是兵部王镇尚书，母亲是王太国夫人，我则是贞淑守节的千金小姐。"蒋世隆揶揄地说："既然是千金小姐，怎么会跟一个穷秀才走呢？"瑞兰反唇相讥道："不知你的妹妹现在跟谁走着呢？"

蒋世隆心想："这女子不同一般，不能硬来。若来硬的，就会闹僵，还是来软的。"便放缓语气说："娘子原来是官宦家女子，我蒋世隆就是低着头看看你的厅堂都是不可能的，如今我却与娘子同行同坐，很不合礼仪。还望娘子高抬贵手，饶了我的不敬之罪。"说着，便双腿跪在地上。

瑞兰见状，也急忙跪下说："先生不必这样。我虽过去荣华富贵，可眼前孤身一人，穷困不堪，幸亏遇到先生，你解救我、保护我，你的再生之恩我终生难报。应该跪拜的是我。"说着，便拜了几拜。

蒋世隆急忙将瑞兰扶起，说道："我们也许真的无缘。你到了南京行朝，与父母在一起欢乐无比，可我再想见一见你。就是万万办不到的了。"说话时有些伤感，瑞兰安慰说："我不会食言的。那时我会求告父亲，请个媒人来说合成亲，这样也保全了我的名节，难道不好吗？"

蒋世隆生气地说："哼！到那时你还会要我这个穷书生吗？你们自然要高攀，怎么会招我做女婿？再说名节，如果前些时候在虎头寨里没有我，恐怕你早被贼兵抓了去，又怎么保全你的名节？"他越说越气，声音震得窗户纸哗哗作响。瑞兰畏缩地躲在角落里。

正在这时，有人在门外急促地敲门。蒋世隆定了定情绪，打开房门看，原来是店里的掌柜，便问道："有什么事吗？"

掌柜走进门说："官人、娘子，你们的话，我们在隔壁都听见了。我想过来看看。"蒋世隆余怒未消地说："既然这样，也不用瞒你老人家了。不知你有何指教？"

掌柜慢慢地说："秀才官人，她是官宦家的千金小姐，自然不会去桑间濮上赴男女之约，又怎么会钻穴偷看、越墙相随呢？我说秀才，你是个读书人，难道不知柳下惠坐怀不乱的故事吗？"蒋世隆被这番话说得红了脸，说道："惭愧！惭愧！"掌柜又说："你不要见怪，先到前边楼上暂时坐一坐，老夫有别的话要对小姐说。"蒋世隆应声而退。

掌柜轻声开导说："小姐在上，老夫有一句话想说给你听。古人言：'男女授受不亲，礼也。嫂溺援之以手，权也。'所谓权，是指遇到特殊情况，虽然违背了经却又符合道理。就说小姐本来住在深闺，穿衣服不能让人看见衣里，说话不能让外人听见，这是常理。可如今却在道路上奔走，风餐露宿，这是因为事情发生了变化。况且在国破家亡、流离异乡的情况下，与母亲失散，跟着陌生男子走了几百里路，虽然小姐冰清玉洁，一尘不染，也只能向天表白，世人有谁能相信？有谁能辨别是非？这正所谓昆冈失火，玉石俱焚，也是无可奈何的。"掌柜说到这里，顿了顿又说："现在如果小姐仍然坚决不答应，料想那秀才也不敢强逼，你们二人走出门就各不相顾。可是如果你再遇到坏人、无赖，强逼成亲，不仅玷污了小姐的金玉之身，而且还得不到理想的丈夫，岂不可惜？依我看来，小姐不如灵活变通一下，与秀才结为夫妻，也算很好的一对。"

瑞兰并没有被说服，依然说："老人家，你说得不错，可我不能答应这件事。还求老人家暂时留我在这里住一住，等以后见到父母，他们一定会重重酬谢你的。"

掌柜听了失望地说："你不答应，我也没话可说。但是我这小店中来往的人太多，不便留你住在这里。你好自为之吧。"说着便要转身出门。

这时，掌柜的夫人走进门说："老头子，你别这样。她只因为没有父母之命、媒妁之言，才不便答应。我看，我们就暂且做个主婚人，安排一桌酒席，就算是成亲的喜酒。这样依礼行事，不算苟合，小姐以为如何。"

瑞兰听她说得有道理，也想不出更好的办法，便说："那样也好，一切就请公公婆婆看着办吧。"掌柜的夫人闻言，赶紧对掌柜说："老头子，你赶快去请秀才回来，我去准备酒菜。"说罢便拉着他走出房门。

不久，红烛点燃，酒席备好。掌柜夫妇坐在主婚人的位置上，蒋世隆和王瑞兰拜过天地，喝下合卺酒，简单的婚礼就结束了。掌柜夫人说："官人、娘子，时间很晚了，请早些安歇吧。我们回去了。"说完便走出去了。

屋内只剩下蒋世隆和王瑞兰二人，他们在红烛下对坐无言，恍然如在梦中。过了许久，蒋世隆才清楚地意识到这一切都是事实，便开始仔细欣赏瑞兰的容颜，他越看越觉得瑞兰俊俏娇媚。

瑞兰被蒋世隆直愣愣地盯得不好意思，羞怯怯地说："你别这样看着我。我如今已是你的妻子，只恐将来你飞黄腾达，将这恩情和心意都忘掉了。"

蒋世隆急忙说："小姐不必担心，我敢对天发誓，绝不生此心！"说着便跪地发誓道："我蒋世隆对天发誓，从今以后与娘子恩恩爱爱、白头偕老，不敢生半点异心！如果我忘了小姐的大恩，对不起小姐，将遭天地惩罚，前途永远不吉利。"

瑞兰听言，赶紧扶他起来，说道："快快请起！我已明白你的心意，何必发誓。"说着，便依偎到他的怀里，心中充满了无限的柔情与蜜意。此时已是夜半三更，万籁寂静，唯有清风明月，是这对患难夫妻的见证。

蒋世隆和王瑞兰在乱离中结成夫妻，也算恩爱美满。本打算继续赶路，却没料到蒋世隆生起病来，并且一天比一天沉重，便只好留在招商店里。

一天中午，广阳镇的官道上来了一队朝廷的人马。为首的就是王镇，他奉旨到边境去，向北番献上许多玉帛和宝物，终于使两国重修旧好，停止了战争。如今他正催马疾行，想赶到南京打听家人的下落。

王镇骑马走在前头，对六儿说："告诉众人快走，我们到孟津驿再住下休息。"六儿小心地说："老爷，这里距孟津驿还有一段路程。是否需要请你先写了报子，派人送去通报一声？"王镇说："也好。就找个地方休息一下，我写个报子。"六儿说："前面有家招商店，我先过去看一看。"

六儿带着几个人走进店里，高声喊道："快叫掌柜的出来！我们是兵部尚书王老爷家的人，我们老爷要进来歇息一时。"

掌柜闻声，急忙走过来说："大爷，小店又窄又小，恐怕不合你家老爷的意。"六儿说："我家老爷不住这里，只要能写个报子就行。"掌柜说："那就请大爷随我去看，看中了便请你家老爷进来。"说完，带着六儿去看房间。

六儿看了一间又一间，都不满意，走到蒋世隆住的房门口，往里一看说："这一间还可以。"掌柜说："这里住着一个得病的秀才。"六儿说："只让他出去一会儿，等老爷写完报子再进来，有什么不可？"

他的声音很大，王瑞兰在房里听得非常清楚，有些惊讶地想："咦！这声音好耳熟，像是我家六儿的。我去喊一声试试看。"想到这里，她走近门口喊道："六儿！六儿！"六儿转头一看，吃惊地说："哎呀！小姐！你怎么会在这里呢？"王瑞兰非常高兴，说道："果然是你！你怎么到这里来了呢？我父亲呢？"六儿也高兴地说："说来话长。老爷就在店外，快随我去见见吧。"王瑞兰便跟着走出来。此时，王镇已下马，正等着六儿来回报。突然见六儿领着个女子走出店门，心中有些惊奇，但一时没分辨出是谁。只听王瑞兰叫道："父亲！我是你的女儿瑞兰呀！"这时，王镇惊喜交加，一把抱住扑到自己怀里的女儿，也禁不住老泪纵横。

父女抱头哭了许久，才在六儿的提醒下走到店中坐下。瑞兰问道："父亲，你奉旨临边已经很久了。这段时间里你的身体好吗？"王镇摇头叹息道:"唉。我离开家的几个月时间,一直思念家乡,思念亲人,两鬓都添了不少白发,身体也大不如从前。后来听说迁都汴梁,我更担心你们母女。说到此,我想问你,你怎么会在这里?你的母亲呢?"

瑞兰擦干眼泪,想了想说:"父亲,说来话长。你刚离开家不久,番兵攻来,皇上南迁,我和母亲也开始南逃。那时节雨紧风寒,人心慌乱,我和母亲匆忙往南走。有一天天色渐晚,阴云密布,风雨交加,我们挤在逃难的人群中走着。突然番兵冲杀过来,逃难的人都往树林里跑,我和母亲被人群冲散,至今仍然没有找到母亲。"说着,泪水又溢出。

王镇着急地问:"孩子,你与母亲走散,现在和谁在一起呢?"瑞兰小心地说:"我跟着个秀……"话说到此便哽住了。王镇追问道:"秀什么?你快说呀。"王瑞兰鼓足勇气说:"我如今跟着个秀才,他是我的丈夫。"

王镇没等她说完,便气愤地打断道:"胡说!他怎么会是你的丈夫?谁是媒妁?谁做的主婚人?他出身什么样的人家?"王瑞兰解释说:"父亲,在兵慌马乱的时候,我孤独无依,他好心帮我,我们便结成了夫妻,哪里想到去挑选门当户对的郎君?"

王镇蛮横地说:"不行。我不承认你们这桩婚事。六儿,去把那秀才叫来,我有话要说。"六儿应声而去。

不久,蒋世隆便随着六儿走来。王镇仔细打量他一番,轻蔑地说:"瞧瞧你这穷模样,不知哪年才能做官?居然还敢娶我的女儿。"蒋世隆不卑不亢地说:"古人言:'海水不可斗量。'你又怎么能以衣貌看人?"王瑞兰也在旁边说:"是呀,父亲。他读诗书十余年,到时一定会鱼跃龙门、金榜题名。"

王镇怒气冲冲地说:"你不要帮着他说话!你可是母亲生来父亲养,到现在却不听父亲的话,一心向着情郎。我看,你还是赶紧随我离开这里吧。"

蒋世隆对瑞兰说:"你父亲是铁石心肠,硬要拆散我们。可当初是我救你于危难之中,我们相互恩爱,你难道忍心把我丢在这旅店里而随你父亲离去?"

王瑞兰被逼得左右为难,走到蒋世隆身边悄声说:"官人,我怎忍心离你而去!可我又怎能让父亲生气?官人,我们去求求父亲,请他准许我们在一起,好吗?"蒋世隆想了想,勉强点点头。

他们二人来到王镇面前,蒋世隆祈求说:"岳丈,求你可怜我正卧病在床,准许我和瑞兰在一起。"王镇生硬地说:"谁是你的岳丈?别说你卧病在床,就是死了,又有谁来可怜你?"蒋世隆伤感地说:"我一定是要死了。就求你让瑞兰等我三五天,替我煎药煮粥,我也死而无憾了。"

　　王镇听罢,恶狠狠地说:"呸!你要死就早点死,我女儿一会儿也不能等。"接着对六儿说:"你快去把小姐给我拉上马,我们立刻就离开这里。"

　　六儿听了他的命令,就走过去强拉瑞兰。蒋世隆气得大声喊道:"你们好没道理,只靠着官职高势力大,强迫我们夫妻分离。你们这是仗势欺人,不讲道理!"边喊边用力拉瑞兰,可他哪里是六儿的对手。

　　瑞兰被强拉出门,眼看着蒋世隆无法阻止,痛哭道:"官人,我被父亲强行带走,恐怕再也没有办法与你见面,也不能够看着你的身体恢复健康。你放心,我离开你,绝不会再重新嫁人,我的心中只有你。你也要抓紧读书,早日赴科场。"

　　蒋世隆听了她的话,也痛苦万分地说:"娘子,我没有了你,这一生便要孤独到老,决不重婚再娶。娘子,我们今生不能在一起,我死后灵魂会到你身旁,始终跟随着你。"

　　这时,王镇走出门催促说:"六儿,快把小姐拉到马上去。"六儿硬将瑞兰拉上马,牵着马就走,蒋世隆跟跄地跑过来,拉住马说:"我不要娘子走!不要娘子走!"王镇赶过来,用力将他推开,他站立不稳,歪倒在地。蒋世隆再也无力挣扎,拖着沉重的身体,在掌柜的搀扶下勉强地走回店里。他转头朝外再望时,官道上已空无一人。

　　时过一月,蒋世隆的病情有了好转,但夫妻离别、兄妹失散的痛苦折磨着他,使他心灰意冷,面容憔悴。

　　一天清晨,陀满兴福在招商店找到蒋世隆,蒋世隆要了些好酒好菜,二人畅饮起来。

　　蒋世隆饮下一杯酒,问道:"兄弟,你怎么会到这里来的呢?"

　　陀满兴福说:"我本来为逃捕杀,到山林中暂时藏身,但总觉得有违天理,心灰意懒。幸喜遇到皇上大赦天下,我才有了重生的希望,我决心改过自新。多做好事,便遣散了喽罗,离开山寨。后来听说行朝要开科场选拔贤士,便决定到南京应试,顺便寻找哥哥的下落。我沿途询问,得知你在这里，就找了进来。不知哥哥近来可好吗？"

蒋世隆被他一问，刚有的一点高兴之情顿时减了一半，叹息着说："唉！别提了！我自从与兄弟分别以后，冒严寒，顶风雨，受尽了劳累，吃尽了奔波之苦，再加上忧愁思虑，走到这招商店就大病一场。"

陀满兴福同情地说："没想到哥哥竟然这样不顺心。不过，哥哥不要太难过，上天会保佑哥哥早日康复的。还望哥哥注意饮食，不要忧愁劳累。我还忘了问嫂嫂贵体好吗？"

蒋世隆听了他的话，猛然感到揪心的疼痛，泪珠止不住滚落腮边，一时无法言语。

陀满兴福惊奇地说："哥哥，出什么事了？难道嫂嫂病得很重？"

蒋世隆摇摇头。

陀满兴福又问："那是遭到什么横祸？不幸遇难身亡？"蒋世隆仍然摇头。陀满兴福又猜道："难道她喜新厌旧，又改嫁了别人？"

蒋世隆还是摇头。

陀满兴福有些着急地问："这也不是，那也不是，我再也猜不出是什么。哥哥，你快说呀！"

蒋世隆强忍住泪水，哽咽地说："是有人依仗权势，活活将我们夫妻拆散。"

陀满兴福一听，怒火中烧，愤愤地说："哼！没想到居然会有这样的事。哥哥，你告诉我这个人是谁，看我去找他理论理论。"

蒋世隆叹息说："其他的人好理论。可此人是我的岳丈，是他依势挟权欺辱我，嫌贫爱富拒绝我，又怎么与他说理？"

陀满兴福也感到为难，冷静地想了片刻才说道："哥哥，这样看来是要好好斟酌。他是你的长辈，你是他的晚辈，都是至亲的亲戚，只能暂时顺着他，忍受此气，等过些时候再想办法求人去说和。"蒋世隆有气无力地说："现在也只好这么办。事若不成，也只怪我与她的缘分太薄！"

说到这里，二人都沉默了，只管饮酒吃菜。过了一会儿，陀满兴福说道："哥哥，你如今这样的处境也无奈，我突然想了一个办法，不知哥哥以为如何？"蒋世隆忙问："是什么办法？说出来听听。"

陀满兴福说："哥哥，近日朝廷发下文告，号召天下文武贤士都到行朝去参加科举考试，这正是男子施展抱负、实现理想的好时机。哥哥，你不要为了夫妻恩爱的事而耽误了前程。你可以收拾一下行李，同我一起前往行朝，一来可以应举求官，二来可以打听嫂嫂的消息，不知哥哥以为如何？"

蒋世隆点点头说："这倒是个好办法。可是，我这一个多月病在这里，钱袋都掏空了，还欠了掌柜的一些房钱，一直没能还他，怎么好就这样离开？"

陀满兴福说："只要哥哥同意我的办法就行了。至于钱，兄弟带得许多，还给店主人就是，不用哥哥费心。这就将掌柜叫来，付清了所有的房钱。"

蒋世隆想着到南京，便可以想办法得知瑞兰的消息，他的病似乎好了大半，精神为之一振，即刻收拾好行李，与陀满兴福一起上路了。

严冬时节，道路上几乎没了行人。王老夫人和蒋瑞莲应雪站在黄河岸边的孟津驿旁边，老夫人气喘吁吁地说："孩子，我实在走不动了。现在天色已晚，附近似乎也没有旅馆，我们就在这驿站门口暂住一夜，明天早起赶路吧。"

瑞莲还没有答话，就见一个官吏走过来，大声喊道："你们这两个妇人是什么人？为什么来到这里？快走开！这里是朝廷使臣住宿的地方，一般人不得逗留。"

老夫人在瑞莲的搀扶下走过去，向驿丞说明了逃难的经过。驿丞见她们走投无路，也觉得可怜，就领她们在走廊下暂时安歇，给她们弄些饭吃后，又拿来席和被褥。

驿丞刚把老夫人和瑞莲安置妥当，王镇的一队人马也到驿站过夜休息。

时过三更，栖身在走廊下的夫人和瑞莲也难以入睡，她们各自想着心事，默然无语地依偎在一起。看到如今落难的情景二人禁不住抱在一起呜呜地哭了起来。

哭声传到书房里，王镇从梦中惊醒，感到非常奇怪，问道："六儿，六儿，你一夜不睡觉，在那里哭什么？"

六儿醒来，迷迷糊糊地说："老爷，我没有哭呀！"六儿揉揉眼睛，仔细听了听，说道："好像有人在哭。会是谁呢？老爷，我这就去叫驿丞来问问。"说完，起身出去了。

不久，驿丞披着衣服匆匆走进门。王镇生气地说："我告诉过你，我路上鞍马劳累，想好好睡一觉，不许闲杂人来打搅。可我正在睡觉，却听到这边悲叹，那边啼哭，这是怎么回事？你要说清楚。"

驿丞小心翼翼地说："启禀老爷，昨晚老爷未到的时候，有两个妇人到这里借宿。我不知老爷要来，又见她们身上寒冷，便留她们在走廊下暂住一夜。想必是天寒冻得哭了，惊扰了老爷。这是我的罪过。"

王镇恼怒地说："你真该打，这里是朝廷使节住宿的地方，怎敢允许妇人在这里住宿。快去把那两个妇人带过来。"驿丞应声而退，六儿也跟在后面去了。

驿丞走到廊下说道："你们两个妇人好不懂道理！我好意让你们在这里暂住一夜，可你们整夜里只管哭哭啼啼，惊扰了尚书老爷。如今他责骂了我，还派人来抓你们，你们自己去说吧。"

瑞莲一听，止住哭声，惊恐地说："母亲，这可怎么好？快想想办法吧。"老夫人也惊得手足无措，想站却站不起来。

这时，六儿走过来，老夫人大吃一惊，忙起身上前问道："你是六儿吗？"六儿见有人这样叫他，定睛一看，惊叫道："哎呀！你是夫人！"夫人点点头。六儿高兴地说："夫人，老爷在书房里，我扶你过去。"瑞莲也喜出望外，忙扶着夫人走进房去。

夫人刚进门，王镇便吃惊地说："夫人，是你吗？你怎么在这里？"老夫人流着眼泪说："是我，是我！老爷，我们终于又见面了。"王镇急忙走上前，将她扶到床边坐下，又问道："这女孩是谁？我怎么没见过？"

夫人擦干眼泪说："她是我在半路上认的干女儿。"瑞莲施礼说："我在逃难中与哥哥失散，幸好遇到夫人，蒙夫人不弃，认做干女儿，我们便一路相随而行。"

王镇与夫人各自叙说了分别后的情景，王镇突然说："我只顾高兴了。六儿，快去请小姐过来。"夫人惊喜道："老爷，你找到女儿了？在哪里见到的？"王镇说："夫人别急，待我慢慢告诉你。"

正在这时，瑞兰急匆匆地走进门来，夫人一把抱住她说："孩子，你受了无数的痛苦吧。娘自从与你失散，见人就询问，只愁你举目无亲，孤苦无依，可一直没有得到你的音讯。你和父亲是在哪里见到的？"

瑞兰擦着眼泪说:"我也一直寻找母亲的下落,可一直没找到。我和父亲是在一个招商店里遇到的,可我还有件事情想说……"王镇怒气顿生,说道:"有什么事非要现在说不可?夫人,你也不要絮絮叨叨没个完。我们一家人已经团圆,过去的事还提它做什么?"瑞兰强咽下话,泪水却扑簌簌地掉下来。

王镇为缓和气氛,说道:"夫人,我们今日团聚非常高兴,不如叫人准备酒席,庆祝一番。"夫人说:"老爷,这里是驿站,不太妥当。还是等到南京见过君主,再大摆宴席会佳宾,不知老爷以为如何?"王镇点头说:"夫人说得有理。六儿,通知驿丞天亮后准备好船只,我们立刻起程。"

不久,黎明来到,天边露出了朝霞。驿丞早已准备好船只,在那里等候王镇他们了。

王镇带着一家人登上船,心中非常高兴,与夫人站在船头欣赏水上风景,不时发出笑声。王瑞兰想着将远离自己的丈夫,心如刀割,却只能暗自垂泪。蒋瑞莲想着失散的哥哥,也愁闷满怀。船离开了码头,开始在水中缓缓行进。

初夏的傍晚时分,瑞兰默默地走出绣房,穿过静悄悄的庭院,来到清澈的水池边,望着那浮在水面上的圆圆的小嫩荷叶,许久才轻轻地叹息一声。

瑞莲走到她的身后,听到叹息声,便关切地问道:"姐姐,面对着这良辰美景,本该快乐才是,而你却愁眉不展,面带忧伤,在这里长吁短叹,到底是为什么?"

瑞兰勉强地说:"我在绣房里绣了一天的花,眼见天色已晚,本打算出来散散步,谁知见到眼前的景色突然又感伤起来,不免叹息了一声,哪里是为别的?"

瑞莲走近她的身边,仔细打量了一番,诡秘地说:"姐姐,近日来你的脸庞又瘦了不少,难道又只是在为夏月伤怀?姐妹之间不要相瞒哄,依我猜来,一定还有别的原因,这原因嘛,一定是……"

瑞兰抢着说:"一定是什么?别在那里胡思乱想了。"瑞莲说道:"我没有胡思乱想。看你那表情,多半是因为牵挂着姐夫。"

瑞兰一听,顿时恼怒地说:"你好没道理!居然多嘴多舌,拿那滥名儿来招惹我。给我找别扭，我在父母身旁非常快活。还想要他做什么，依我看来是你想要，果真如此。你要多少嫁妆都给你，可千万别把我牵扯上。"说着，转身就要离去。

瑞莲赶紧走上去拦住，问道："姐姐，话还没说完，你要到哪里去？"瑞兰躲闪着往前走，并说道："我到父亲面前去，告诉他说你这个小鬼头动了春心。"

瑞莲一听，吓得急忙跪地说："姐姐，我是故意说着玩的，你千万别当真。请姐姐高抬贵手，饶过妹妹一次，我以后再也不乱说了。"瑞兰急忙扶她起来，说道："这些话怎么能说着玩呢？起来吧，念你初犯，就暂且饶你一次，今后再不许这样说。"

瑞莲连连点头说："我知道了，谢谢姐姐！"接着，似乎想起了什么，说道："哎呀！姐姐，你在这里散散步，我要先回去了。"说着转身离去。

瑞兰独自一人步入花园，此时天色已黑，半弯新月斜挂在柳梢上，月光透过树叶和花枝洒在大地，留下斑斑阴影，一片清凉而幽寂。

瑞兰闲步来到园中的香案旁，轻轻揭开香炉盖，燃起一炷新香，然后虔诚地对着新月拜了又拜，嘴里小声说道："明月苍天，请接受我王瑞兰深深的一拜！祝愿那个被我抛在店中的丈夫病体早日康健，祝愿我与他能再见面，同欢同悦。"接着，插好香炷，又对着月亮深深地拜了拜。

这时，瑞莲已悄悄走来，她一直隐藏在花丛中跟着瑞兰。听瑞兰祷告完，她轻轻拽了拽瑞兰的衣袖，说道："姐姐，你怎么不说小鬼头动了春心呢？"

瑞兰听得大吃一惊，说道："妹妹，你不是回去了吗？怎么又在这里？"瑞莲答道："我是回去了，可我又来了，还听到了你的话，现在要走了。"

瑞兰焦急地问："妹妹要到哪里去？"瑞莲答道："我也要到父亲面前去说。"

瑞兰赶紧拉住她的手说："妹妹，你不要去，不要去。"

瑞莲执意地说："不行！姐姐快放开手，这一回我是非去不可。"说着，就要挣脱而去。

瑞兰急得无奈，只好跪地说："妹妹，饶了姐姐吧，请你别到父亲那里去。"

瑞莲见姐姐两颊羞红，低垂着头，纤手弄着衣角，一副娇怯无奈的神态，便软下心来，说道："姐姐请起。妹妹我不去就是。只是我们姐妹间彼此不该见外，你就告诉我吧。"

瑞兰站起身来，想了想说："好吧。看样子我也没法向你隐瞒，就从头到尾仔细讲给你听吧。"接着就讲了起来："那人姓蒋，名字叫世隆，家住在中都路。"瑞莲听了惊问道："姐姐，你怎么认得他？他是什么样的人？"

瑞兰没有注意到她问话的语气，继续说："他是我的丈夫，自幼读诗书，有一个妹妹相依为命，不料在兵荒马乱中失散了。"瑞莲听着，眼泪止不住流下来，甚至呜呜咽咽地哭出声来。

瑞兰惊讶地问："妹妹，我忧愁悲伤是情理中的事，为何你却如此啼哭起来，莫非你是我丈夫的旧妻房？"瑞莲哭着说："他是我失散的哥哥呀！"

瑞兰大为惊讶，半天才说道："噢！我明白了。那天你们兄妹失散后，他急忙回去叫喊寻找，只因我俩名字的字音相近，我错应了声才得相会。妹妹，这么说来我与你比以前更亲，从今后我们要更加体贴、更加爱护，以后你就是我最亲近的人了。"

瑞莲也擦干眼泪说："是呀！照理我是你的妹妹和小姑，你是我的嫂嫂和姐姐，我们是要更加体贴、爱护。只是你既然与我哥哥结成夫妻，又为什么要与他分离呢？他离开你的时候还好吗？"

瑞兰被她一问，眼中便充满了泪水，说道："都是父亲在招商店里狠心将我们硬拆散。那时正是寒冬冷月，他身体还患着重病。"瑞莲心痛地说："我哥哥病重，你怎么能割舍下他独自走了呢？"

瑞兰哽咽着说："他是我的丈夫，我怎么能割舍呢？只恨我当时无力挣扎，被他们强行拉到马上，我无论怎样怨恨悲伤也无济于事，眼睁睁地看着离他越来越远。"

瑞莲听了也心如刀绞，说道："我哥哥的命真苦，他拖着病体，眼看着妻子被人强拉走，该怎么办呢？"瑞兰拭着泪说："自从我离开他，无时无刻不想着他，心中酸痛难忍。那时节，他口袋里已没有多少钱，吃的药又缺，无人照顾，再加上忧愁烦闷，该是怎样的度日如年啊！可我却毫无办法。"

两人相对悲痛了许久，瑞莲竭力止住悲伤说："姐姐，事已至此，只好听天由命。也许哥哥会遇到好人，治好他的病，他一定会赶到南京来寻找我们的。到时候我们会兄妹重逢、夫妻团圆的。"

瑞兰也擦尽泪痕，说道："我也希望我与他能破镜重圆、断钗再接，更希望你们兄妹相见。时间不早了，我们赶紧回房吧。"

瑞莲点头答应，二人互相挽着手，沿着花间的小路款款往回走去。

蒋瑞莲在得知王瑞兰心中的秘密之后，与她更加亲近，经常在一起刺绣、聊天，共同想念与她们最亲的亲人。

一天，蒋瑞莲照例端着针线，走到瑞兰的房中一起刺绣。这时，丫环走进屋来，说道："启禀两位小姐，老爷请你们赶紧到前厅里去，说是有重要事情告诉小姐。"二人四目相对，猜不出什么事，便收拾好针线，起身走出房门。

二人来到前厅，老爷和夫人都已坐在那里了。她们赶紧走上前，施礼见过父母，然后在旁边坐下。

王镇捋着胡须，打量了她们一番，点了点头，说道："女儿已经长大成人，我也年老了。今日皇上传来圣旨，皇上隆恩可怜我年老无子，让我招赘新科文武状元做女婿。现在我请夫人和两个女儿来，打算一同递送丝鞭，不知夫人意下如何？"

夫人高兴地说："老爷，男大当婚，女大当嫁，这是咱们家的喜事。况且皇上降诏，更是荣幸，还有什么可考虑的！可马上派人去递送丝鞭。"

瑞兰听到父亲的话，大吃一惊，这时又见母亲爽快地答应，急忙站起身来说："父亲、母亲，孩儿以为不妥。我现在想告诉你们，我已经有丈夫了，不敢遵从父命。"

王镇听罢，怒气顿生，大声吼道："胡说！你哪里有丈夫？你的丈夫现在在哪里？你好没廉耻！"

瑞兰小声但很坚定地说："父亲、母亲，你们不要生气，听我仔细说明：去年番兵入侵京城，父亲前往边关，我与母亲在逃难中被人冲散，我孤独无依，举目无亲，流落在旷野之中，幸亏遇到秀才蒋世隆，他见我可怜，救了我，并与我结伴同行。在逃往汴梁的路上，又被强盗抓进山寨，差点被杀，幸亏寨主是他旧时的朋友，情深义重，才被释放。如果没有他来搭救，我不知会死在何处。后来我与他同到招商店中，海誓山盟，结为夫妻，可正当他病重时，父亲来到，硬将我们夫妻拆散，可怜他身染重病独自留在店里。"

瑞兰说到这里，哽咽无语，过了片刻才接着说："如今皇上降诏，父亲命我再选夫婿，我也不敢故意违抗，但父亲高居相位，掌握朝廷大权，博览群书，精通历史，只有教训女儿守贞守节之道，哪有强迫女儿重婚再嫁之理？况且蒋世隆本是读书的才子，有朝一日鲤鱼跳过龙门，会一举独占鳌头。孩儿我宁愿固守节操，也不能遵从父命，轻易抛弃有恩之人。"

王镇被瑞兰的一席话说得直发愣，半天才蛮横地说："我不管那么多。这是皇上的旨意，谁敢违背？"

瑞莲听了姐姐的话，心中非常感动，说道："父亲，小女瑞莲也有话要说。"王镇白了她一眼，问道："你又有什么说的？"

瑞莲站起身说："我自从那日遭受战乱，与哥哥在途中失散，独自流落在旷野，遇到夫人呼唤女儿的名字，因名字与我的相似，我便答应，幸蒙夫人收我做伴，我才脱离危难。后来父亲从边关回来，在旅店中相遇，让我留在府中，视我如亲生女儿，我无法报答此大恩大德。一日我与姐姐烧香祈祷，才知姐姐与我哥哥蒋世隆已喜结良缘，成为恩爱夫妻。"

夫人和王镇听到这里都非常吃惊。瑞莲继续说道："如今父亲命我们姐妹招赘文武状元，可我哥哥蒋世隆博学多才，有朝一日也一定会显身扬名，因此瑞莲甘愿与姐姐一同守节。如果能天随人愿，我哥哥一举成名，那时夫贵妻荣，夫妻团圆，我也谨遵兄命，再配鸾凤，一定报答父亲的养育之恩。还望父亲成全。"

王镇气得脸色铁青，挥着手说："不要说那么多！这是皇上的圣旨！我只依旨行事。家院，快给我把官媒找来。"

不久，家院领着官媒进来。王镇不顾姐妹的反对，坚决让媒婆带家院到文武新科状元府上递送红丝鞭去了。

在新科状元的府中，蒋世隆和陀满兴福也一直忙着送往迎来。这一天，他们终于把客人都送走了，府中得到片刻的安宁，他们回到屋里坐下。

家人带着媒婆和家院走进来，两人走上前施礼道："二位老爷，官媒婆和家院给您叩头。"

蒋世隆与陀满兴福都有些惊讶，问道："你们是从哪里来的？到这里有什么事吗？"媒婆回答说："启禀二位老爷，我们是王尚书府中的官媒和家院，一来奉皇上的圣旨，二来受王尚书的差遣，特意来递送丝鞭，请二位老爷各娶一个好妻子。"说着将小姐的画像和丝鞭递上。

陀满兴福有些喜出望外，说道："既然是皇上降旨，王尚书又有意，我们也不好推辞，就收下吧。"说着，收下一个丝鞭。

蒋世隆接过画像看着，不禁悲从中来，泪水涌入眼眶，有些哽咽地说："兄弟，你自己接受丝鞭吧，我断然不能接受。"

陀满兴福说道："哥哥，过去的事已经过去，今日有如此好的女子，重新结成夫妻，有什么不好呢？"

蒋世隆满含悲伤地说："兄弟你有所不知，我与你嫂嫂虽然在逃难中相识，可我们互相帮助、相亲相爱。我在广阳镇招商店中病重的时候，是她为我煎药煮饭，吃了不少苦，只可恨她父亲王尚书遇见后强行将她夺走，而我一个病重的书生难以与他争斗。到如今我仍然想着你嫂嫂，想着她对我的深情厚意，我怎能忍心舍弃她而再配鸾俦？"

陀满兴福被他的情意感动，想着他的话，突然说道："哥哥，你说招商店里拆散你们姻缘的是王尚书，而今天吩咐媒婆来递送丝鞭的也是王尚书，事情有些可疑，这两个人会不会就是一人。如果是的话，哥哥就有望破镜重圆了。"

蒋世隆经他一提醒，觉得有些道理，但马上又摇摇头说："不可能，不可能！兄弟，你不要胡乱猜疑了，这种事情是太不可能的。"

媒婆在一旁听见两人的对话，心里非常奇怪，想着："事情真怪！王家大小姐说在招商店里有了丈夫，不肯再嫁；这文状元又说在招商店里有了妻子，不肯再娶。这究竟是怎么回事呢？待我仔细问问。"想到这里，便说："二位老爷，你们说的话我越听越糊涂，还请二位老爷告知详情，我也好向王尚书回话。"

陀满兴福见蒋世隆不肯说，便替他向媒婆简要地说了事情的经过。媒婆听后感叹地说："原来状元老爷是非常重义的大丈夫，实在令人佩服。那我该怎样回禀王老爷呢？"

蒋世隆在一旁说："麻烦你们回去对你家老爷禀告一声，就说这门亲事我是断然不能答应。"媒婆和家院听罢，告辞而去。

黄昏时分，王镇和夫人坐在前厅里，焦急地等待着回音。不久，家院和媒婆走进来，向二人施礼。

王镇急着问："你们去了这么久才回来，事情办得怎么样？二位状元接受丝鞭没有？"

媒婆答道："回老爷的话，我们奉了圣旨，领了老爷的重托，到状元府说亲。那位武状元欣然接受，没有推辞，可那位文状元却坚决不肯答应。我们两个人再三劝说他，他见推辞不过，才说明了原因。"

王镇问道："有什么原因，居然敢有违圣旨？你赶快说来。"

媒婆便说明了原因，夫人听完非常惊讶，对王镇说："老爷，这事太奇了！大女儿瑞兰的名字与他妻子一样，小女儿瑞莲的名字也与他妹妹的名字一样。我们在逃难途中母女失散，你在招商店里与女儿重新相见。这些事实完全相同，难道这只是偶然的巧合？老爷，现在怎么办呢？"

王镇也觉得事情太奇怪，听她一问，想了又想说："我想起一个办法，明日我们摆下一桌酒筵，让媒婆去禀告状元，就说既然他心中不愿意，我们也没法强求他做亲眷。亲事不成，但人情在，我们请他来小酌一番。"

夫人不解地问："既然不能成亲事，又请他来做什么？"王镇狡黠地说："我请他来是另有目的。在他饮酒之时，我们就让瑞莲隔着帘子认认，看他是不是她的哥哥。这样一来，事情的真假不就明白了吗？"

夫人点头说："这个办法果然很好！"转头对媒婆和家院说："你们二人明天就按老爷说的去做，到状元那里禀告说，我家老爷深知他的心意，不敢强攀亲事，只请他来我家做客，别无他意，希望他不要推辞，千万要来赴宴。"媒婆答道："老爷、夫人放心，我们就照你们的吩咐去做，一定把状元请来。"说完便告辞离去了。

蒋世隆一夜未睡，他躺在床上想："这一年多来发生了太多的变化。妹妹在逃难中失散，妻子被强行抢走，心中烦乱不堪。本想考中状元后一心报国，没料到王尚书又派官媒来说亲，让我更加烦恼，更加思念我的爱妻，不知什么时候才能得到她的消息？更不知何时才能相见？"

天亮的时候仆人走进来说："老爷，王家的家院和媒婆又来了，说是有事要对老爷说，请老爷务必相见。"

蒋世隆不耐烦地说："我不是已经拒绝了吗？他们又来干什么？我不想见。"

仆人说:"我对他们说过这些话,可他们说是为别的事来的,一定要当面禀告老爷。"蒋世隆无奈,只好跟着他走到前厅。

蒋世隆见到二人,有些不快地说:"媒婆、家院,我昨天已经让你们回禀你家老爷,这亲事我无论如何也不敢答应。你们怎么又到这里来呢?"

媒婆陪着笑脸说:"回禀状元老爷,我家老爷命我们回禀老爷,婚姻之事不敢强攀,但久仰状元老爷文才高妙,相貌出众,故命我们来请老爷屈驾寒舍,与我家老爷见上一面,别无他意。"

蒋世隆听说来意,便也谦和地说:"既然如此,我也正该去拜见你家老爷。这样吧,你们先回去,我随后就到。"

媒婆和家院见事情办成,心中暗自高兴,唯恐有变,便匆匆忙忙告辞而去。

在王尚书府中,丫环仆人们一大早就起身,开始打扫厅堂,布置陈设,摆好桌椅,准备酒菜,以迎接状元的到来。

王镇把张都督请来陪客,进门后,张都督问道:"老大人今天把下官招来,不知有何事指教?"

王镇叹息说:"老夫今日聊设小宴,只因一事需要张大人相帮,否则我真的很难解决了。"

张都督说:"什么事如此严重,还请老大人明言。"

王镇说:"此事说来话长,去年番兵入侵,我奉旨临边,老妻带着小女瑞兰往京城躲避,可途中被军马赶散,母女分离。后来老夫在回京时路过磁州广阳镇,在招商店里遇见小女跟随一个秀才为伴,老夫一时气愤,没问清楚情况,就丢下那秀才,带着女儿回到京城。近日蒙皇上隆恩,让小女招赘新科状元为婿,昨天派官媒、家院去递送丝鞭,那状元说有妻子,不肯接受,经再三劝说,他才说出真情。看样子那状元似乎就是招商店中的秀才。"

张都督听到这里,惊讶地说:"哎呀!天下会有这样巧的事吗?这真是太奇啦!"王镇继续说:"大人别急,还有更奇巧的事呢。当初老妻在途中丢失了小女,便四处高喊小女的名字,忽然有一个女孩子名叫瑞莲,因与小女的名字相近,答应着来到她面前。老妻见她是好人家的女孩,就把她带回来,认做干女儿。这女孩又是状元的亲妹妹。"

张都督拍着手说:"这的确是更巧了!天下这些奇巧的事都让大人遇

着,如今大人打算怎么办呢?"

王镇说道:"这一切都还在猜测之中,没有证实。今天我设下酒宴,是请状元到这里来,让他妹妹隔着帘子认一认,以便确定真假,再做进一步的打算,所以特意请张大人前来屈尊相陪。"

张都督爽快地说:"这个理所应当。我一定不负老大人的重望,助老大人尽快弄清事实。"王镇连声说谢。

正在此时,家院快步走来说:"启禀老爷,状元已经来了。"他们二人急忙走出前厅相迎。

蒋世隆刚跨进府门,就见王镇他们迎了出来,便上前施礼说:"学生拜见两位老先生。"王镇二人也赶紧施礼说:"老夫拜见状元大人。状元大人请屋里坐。"

蒋世隆推辞一番,三人便一齐走进前厅分别坐下。张都督说了几句祝贺、奉承的话,便直截了当地问道:"状元大人,听说老大人的小姐奉旨招阁下为婿,阁下为什么不愿答应呢?依我看,这可是一对好姻缘呀!"

蒋世隆神色有些黯然,说道:"二位老先生不知,学生实在是有原因的。去年番兵入侵,我与妹妹逃往汴京,在兵荒马乱中失散,四处都找不见,我便大声喊着妹妹的名字瑞莲,有个姑娘答应着来到面前,可不是我妹妹。"

张都督假意问道:"这姑娘怎么会答应呢?"蒋世隆答道:"她的名字叫瑞兰,与我妹妹的名字相近,所以就错应了。"

张都督关切地问:"那后来呢?"蒋世隆说:"她孤身一人,求我带她一同前行,我见她无依无靠就答应了。二人来到招商店,店主人为我们做媒主婚成了亲。我们夫妻情投意合、恩爱无限。谁知我突然病了,她的父亲王尚书正巧遇上我们,硬把她夺走了,我们夫妻被活活拆散。"

张都督愤愤地说:"咳!这个王尚书真不该做这种事!"接着又劝慰说:"状元大人,那已是过去伤心的事,就不要再提它了。如今皇上下旨为你定亲,实在是一大喜事,你就依从了吧,以后就不会再有伤心的事了。"

蒋世隆摇摇头说:"我无法依从。我蒙受妻子的恩德不浅,我们相亲相爱,即使她离开了我,我仍然一直想念着她,我不能做无情无意的负心汉。"

张都督说道:"状元大人,不论如何,你总不能终身不娶吧?"蒋世隆坚定地说:"我一心只想着她,海枯石烂也不会变。即使终身不娶,又有什么不可以呢!"

张都督又试探着说:"状元大人,做人不可太固执。这次是皇上给你说亲,你如果成了这门亲事,可以尽享荣华富贵,有什么不好呢?许多人想攀还攀不上呢!"

蒋世隆轻蔑地说:"我不想攀这门亲事。难道荣华富贵就可以改变做人的标准吗?读书人自当仰慕圣贤,忠于感情。请老先生不要再为此事操心。"

二人说话的时候,老夫人已经领着瑞莲走来,隔着帘子悄声说:"孩子,你仔细看看那位状元是谁?千万别看错了!"

瑞莲见她神秘的样子,不知是何原因,便依照她的话,轻手撩开竹帘细看那人。突然,她吃了一惊,心想:"哎呀!这状元为何如此像我的哥哥?不可能,也许是我心慌看错了。"她又仔仔细细看了一遍,是她一直想念着的哥哥。她禁不住掀开竹帘,激动地喊道:"哥哥!"

蒋世隆听见这喊声大吃一惊,定睛一看,站在面前的果然是自己的妹妹,他也激动地说:"妹妹,终于见到你了。"二人拥抱在一起,泪水像断了线的珍珠往下落。

张都督悄声对王镇说:"老大人,事情果然是真的。我这就告辞了,回去准备些绫罗绸段和美酒佳肴来给您贺喜。"说着,就悄悄转身离去。

蒋世隆镇静下来。问道:"妹妹,你怎么会来到这里?"

瑞莲擦干眼泪说:"那天与哥哥失散,我孤独无依,幸亏夫人相怜,收留我在身边,关心照料着我,视我如亲生女儿一般。我来京城就一直住在这里,今天又见到哥哥,我非常高兴。"

蒋世隆听了说:"妹妹能得夫人的照料,我也非常高兴,非常感谢夫人和老先生。看来只是我时运不佳,痛苦和忧伤始终伴随着我。"

瑞莲高兴地说:"哥哥,你不会痛苦了。不仅我在这里,嫂嫂也在这里。"

蒋世隆更加吃惊,问道:"妹妹,你怎么知道我成亲了?又怎么认得你嫂嫂?"

瑞莲说:"我和小姐在花园中烧香拜月,她说出了心愿,也说了你与她在招商店里结成姻缘。"

蒋世隆疑惑地问:"妹妹,你难道没有认错人吗?"

瑞莲着急地说:"我怎么会错呢?籍贯、姓名、事实都相同,没有半点差错。"接着,转身对夫人和王镇说:"父亲、母亲,望二老成全,快快请姐姐出来,好让他们夫妻相聚。"

王镇愣了许久,这时才回过神来,点点头说:"是的,是的,丫环,赶快去请小姐出来。"丫环应声而去。

不久,一阵急促的脚步声伴着叮当的环佩声越来越近。蒋世隆屏住呼吸,朝厅门外望去,只见瑞兰出现在门口,憔悴的脸上泛起一丝红晕,眼中噙着泪水望着他。蒋世隆情不自禁地跑过去,紧紧拉住她的手说道:"是你吗?瑞兰!我不是在做梦吧!"瑞兰使劲地点着头。

老夫人走过来说:"孩子,贤婿,许久不见,到厅里坐下慢慢说吧。"蒋世隆牵着瑞兰的手,一同走到厅里坐下。

瑞兰伤感地说:"在招商店时你的病未好,我就不得不离开了你,我的心中一直牵挂着你。不知你究竟怎么样了?"蒋世隆抚慰着她说:"幸亏上天保佑!我的身体恢复了健康。后来遇到我的结义兄弟,便一同进京考试,同时中了文武状元。今天与你相见,我太高兴了。"

老夫人说:"既然你们夫妻已经见面,以后有时间叙谈。我和老爷商量过了。你们各自准备一番,换上新衣服,再把武状元找来,给你们两对一起成婚。"

在王尚书的府中格外喜庆热闹,人们欢欢喜喜布置两个新房,四处摆满了鲜花,窗户和门上都贴着大红喜字。

两对新人按照礼仪在行事。王镇和老夫人坐在位置上,心满意足地看着眼前这一切,禁不住喜上眉梢。

王瑞兰和蒋世隆这对有情人,在经历了无数的痛苦之后,终于又同坐在红烛之下,相视而笑了。很快,蒋世隆、王瑞兰的爱情故事被广泛流传开来,成为佳话。

时人作诗云:

$\qquad$ 由来好事最多磨,天与人违奈若何。
$\qquad$ 拜月亭前愁不浅,招商店里恨偏多。
$\qquad$ 乐极悲生从古有,分开复合岂今讹。
$\qquad$ 风流事载风流传,太平人唱太平歌。

中国十大古典 喜剧 故事

绿 牡 丹

[明] 吴炳

宋朝时候，吴兴有一书生谢英，字瑶草，祖籍汴京，父辈随宋高宗南渡，避难于江南。谢英虽才华出众，无奈家贫如洗，暂屈人下。寄居在少年财主柳希潜的学馆。

柳希潜，字五柳，是世代仕宦子弟，家私颇厚。为了附庸风雅，点缀自己就邀谢英来他家城外别墅里同馆共砚。柳希潜乃纨绔子弟，根本就无心读书，谢英也落得个清静。

谢英一心研读诗书，以图来日遂男儿之志。

柳希潜自从邀谢英来家，自己还没有到文馆来过。为了怕谢英怪自己奚落他，这天快近中午时，才慢慢悠悠地来到文馆，一进门，就看见谢英正在专心作文。

柳希潜喊了一声："谢兄！"谢英因专心写作，没有听见。便来到谢英的身后，轻手捏脚地把谢英的衣带系在桌腿上，然后把嘴对着谢英的耳朵，大喊一声："谢兄！"谢英一惊，回头一看见是，便要站起身来让座，谁知衣带又被系在桌子上，只好尴尬地笑了笑。柳希潜见此大笑道："谢兄真是太用功了！"

谢英问道："柳兄为何至今才来？"

柳希潜遮掩道："家中有些杂事，耽误了，敬请谢兄原谅！"

谢英说："今天正好是文会之期，柳兄就请在此试笔吧！"

柳希潜马上推辞，说："哎！学业一向荒废了，只怕是作不出来了，改日再来请教吧！"

正在此时，响起了敲门声："柳大，柳大，怎么把门闩起来了？快开门！"

一听声音，柳希潜就知是自己的好朋友车尚公，不禁满心欢喜，"谢兄，这是车大的声音，快去开门。"

谢英说："作文就作文，不要又去应酬闲人，就当不在家好了。"

柳希潜暗想："我在这里写文章受苦，不能让这个泼皮逍遥，别让他跑了，叫他也尝尝这个滋味。"一面想，一面强忍住笑，道："谢兄，你不知道，车大平常最爱做文章，让他进来一起写。"

听他这样说，谢英想到多交一个文友也好，便将门打开。

车尚公和柳希潜一样，也是一个浪荡的富家公子，见谢英开门，不由一愣："这位是？"

柳希潜介绍说："这是我家塾老师谢英兄。"

谢英的文章写得极好，车尚公虽是泼皮，也知道他的名声，躬身施礼道："哦，就是宗师去年点的头名秀才，久仰大名。"

谢英一边还礼，一边说："刚才柳兄说车兄最喜欢写文章，现在就要请教。"

车尚公一听说要他写文章，慌忙摆手："柳大，又是你信口胡说了。"转身就想溜，却被柳希潜拉住了。

"车兄不必过谦，一定要请教。"谢英不知他的底细，心想多一个人做文章总是好些，坚持要留住他。

车尚公见事不妙，忙道："哎呀，我可没带笔砚来，下次再请教谢兄吧！"

谢英笑着指了指桌上已备好的笔砚，道："车兄，小弟都准备好了，请坐下来吧！"

车尚公愁眉苦脸地坐下了，却听谢英又道："小弟刚刚组织了一个文会，二位兄长既然在这里作文，就是会员了。没有规矩，不成方圆，因此小弟还拟了一个文会章程，请二位细看。"说罢，将章程递了过去。

车尚公与柳希潜对望了一眼，都嫌谢英有些多事，不肯接章程，同声道："不用看了，谢兄说一说就是了。"

"那好，小弟先将处罚条例从头细说，第一，作文日期定于三、六、九，到时要早来，风雨不变，无故不到的受罚。不许假称事忙或装病，借以逃避。"

车尚公拨浪鼓似的直摇头："嗬，乖乖，这么厉害！"

谢英不加理会，继续说道："第二，作文必须在天黑以前完成，否则亦要受罚。第三，作文要沉思默想，不许胡乱走动，更不许偷看别人的文章，点灯时分尚未完成便算输了，也当受罚。"

柳希潜"哎哟"叫了一声，道："这更厉害了！"

谢英笑道："这些不过都是旧规定，还有更重要的新规章呢！"

"啊，还有更厉害的？"

"当然。第一，偷抄旧文章的罚。第二，传递文章作弊的罚。鱼目混珠，托人传递，通算作弊。"听到这条规定，车尚公与柳希潜不禁叫苦道："这一条太厉害了！是不是可以略略放宽一些？"

"这条对大家都好，不应该要求放宽。"

"既然这样，会友还有哪些人呢？"

"顾文玉，已经打过招呼了，下次入会。"

"每次题目由谁出？"

"大家轮流主持文会，出题目。今天暂由小弟主持文会，题目已出好了，二位请看。"

车尚公接过题目一看，念道："杜再贼。"又问谢英道："这是什么意思？难道是说名叫'杜再'的贼的事么？"

谢英已知车尚公和主人一样，草包一个，几乎要笑出声来。

柳希潜抢过题目一看，不禁大笑起来："哈哈，这都不认识么？是'牡舟贼'。"

谢英摇摇头，微微笑道："是'牡丹赋'。"

车尚公脸都不红："对，对，是'牡丹赋'，我一时眼花了。"

柳希潜心里咒骂谢英："你这书呆子，怎么不早告诉我。"口里却道："我本来就认识，是故意骗他取笑的。"

谢英道："既然二位都已明白，请安心作文吧！"

车尚公心无点墨，不禁发慌，坐在位上，还得装作胸有成竹的样子，摇头晃脑，胡乱地吟诵着。

柳希潜也不比他好受，慢慢地磨着墨，想着如何混过这一关。

只有谢英奋笔疾书，不一会儿，已写好了一大段。见他们二位坐立不安的样子，便问道："二位仁兄已誊清了么？"

车尚公摇头道："小弟才打草稿。"

柳希潜嘴巴一撇，低声笑道："他能起什么草稿？不过是涂鸦罢了。

左思右思十年才写出著名的《三都赋》，我也得好好构思才行。"

车尚公讥笑道："构思一百年也没有一句吧？"见柳希潜朝他做个鬼脸，自觉没意思和他拌嘴，伸了伸懒腰，一边双手直捶腰，一边叹息道："哎呀，从来没有坐过这么大半天，腰都要累断了，要有几个漂亮的小妞来按摩按摩就舒服了。"说着立起身来。柳希潜也受不住了，一边站起来，一边直搔喉咙："口渴得很，要来几杯好酒就对了。我可受不住了，不过就是罚点银子嘛，还是性命要紧，身体要紧。"

谢英道："小弟已做完了。二位仁兄是自愿认罚的喽？"

"罚多少？"

"每人罚一两纹银！"

"要是耍赖，不认罚，又怎样处置我们呢？"

"这也好办，以后不许你们参加文会就是了。"

"哈哈，正好落得个清静快活！"二人一边耍赖，一边拿起谢英写的"牡丹赋"，胡乱地称赞起来。

这时，门外又走来一个书生，衣着极为朴实，但眉宇间却透露出一股灵气来。只听他吟道："意气相期许，鄙吝都忘去。问字重过杨子居，剥啄原嫌絮。"这位书生不是别人，正是当地有名的才子，谢英的知心朋友顾文玉。他知道今天是文会的日子，想来看看谢英新作的文章。

谢英正被两个无赖吵得心烦，听见有人敲门，便走出书房去开门。柳希潜与车尚公咬耳道："我们趁此机会跑了吧！"便悄悄地跟在谢英身后。

"哦，原来是文玉兄，请进。"

顾文玉看到柳希潜与车尚公在谢英身后，施礼道："车兄、柳希潜兄都在这里。文会好兴旺呀！"

柳希潜、车尚公二人见躲不掉，便以攻为守，诘问道："顾兄为什么不来？"

"家中有点小事，已向会长请过假了。"

车尚公道："你是无故推托，也该受罚。"

柳希潜接口道："少不得要罚一两。"

顾文玉心想自己一个穷书生，哪来的银子受罚，只做没听见，团团一揖："小弟先拜读各位兄长的大作吧！"

车尚公衣袖一拂，道："小弟今天文思不畅，已经甘认受罚了。"

柳希潜"嘿嘿"地干笑:"顾兄要拜读小弟的大作,明天补送过来就是。"

谢英回礼道:"小弟俚语村言之作,恐怕玷污仁兄的眼睛。"

顾文玉双手接过文章,连说"不敢当",一面仔细看过文章,拍掌道:"妙,妙,妙,好一篇牡丹赋,芬芳灿烂,足称名花,宙合大社中当以此作为第一。小弟马上交人刻版好了。"一面将文章笼入袖中。

谢英谦道:"仁兄过奖,倒教人见笑了。"

车尚公不解,问道:"什么宙合大社?"

顾文玉道:"小弟准备遍访天下名士,征集他们的文章,从中筛选出最精妙的文章,汇编在一起,刻版印行,让天下爱好文学的人都能看到。如今征集诗文的文书已传遍了吴楚各地。"

柳希潜道:"这么远的地方,都征集到了?"

"不错,这样的好事,像我们这样的读书人,不会不支持。到时候,诗文定会满车满箱地运来。"

"这些诗文就是由顾兄评选了?"

"评选不敢说,不过是略微纠正一些文字错误,编辑成书罢了。"

柳希潜道:"这样看来,只要是朋友的文章,都可以收编进去了?"

"这个还得再作商量,滥竽充数还是不行。"

"小弟有几篇好文章,求你一定给我刻上去。"

车尚公也嚷道:"小弟也求你给附上一两篇。"

顾文玉心中暗笑:"这两个草包能有什么好文章!"只得推托道:"真对不起,目录已经刻定了。"

柳希潜有些不快:"噫,刚才谢兄的那篇赋,怎么又放在袖子里要带去?"

谢英怕他们歪理纠缠,急急摆手:"拙作本来不通,千万不能刻。"

车尚公见顾文玉不肯给面子,也有些愤愤然:"小弟多给些刻版费就是了嘛!"

顾文玉微微一笑:"哪里是为这个!"

柳希潜发怒道:"小顾,你也太傲慢了,你是什么文坛领袖?还不是冒充名儒。"

顾文玉气得半天才说出话来:"你,你,你,怎么就骂起人来了?"

车尚公也指着顾文玉的鼻子道:"骂你又怎么啦,大爷也不求你给刻了,死了张屠户,总不成会吃混毛猪吧?"

"嘿嘿,你也别臭美,这样低水平的人选的文章,恐怕也作不得准。"柳希潜接着又刺了一句。

谢英见他们都十分气恼,出来打圆场道:"柳希潜、车尚公二兄不必着急,等出续集时,收入些人情文章就是了。"

二人"哼"地一声走出门去。

谢英安慰道:"文玉兄,这些蠢才何必理他!大刻将成,想请何人作序?"

"想麻烦兄长你来承担!"

"小弟哪里敢当此重任。本城沈省庵老先生,是名闻遐迩的博学前辈,若能得他写篇序言,也会给本书增色不少!"

"沈老先生是本家的世交,明天就去央求他。小弟告辞了。"

沈省庵老先生原是翰林学士,后告老还乡,专心专意做起诗来。对本地稍有才气的年轻人悉心培养。沈老先生只有一个女儿,名叫婉娥,生得端庄美丽,性情温柔贤淑,既善于女红,又精于诗歌。

这日春光明媚,院中的牡丹都已经盛开,沈老闲暇无事,叫丫环小凤去喊婉娥出来赏花。情窦初开的婉娥在深闺之中,难免没有思春的情怀。

婉娥出来后,扶着爹爹,沿着花径,边走边道:"爹爹,您看院中牡丹千种,鲜艳非常,好像是西施穿上了新衣裳,在迎风微笑呢。"

"这叫绿牡丹呀。旧的花谱上没有记载。据说唐朝有一个种花能人叫宋仲儒,能用幻术来改变花色,流传下来这个品种,一棵要值百两银子!"

"喵,原来还是这么名贵的花!"婉娥惊喜道。

"孩子,你既然如此喜爱它,何不作首小诗,也是咏花的胜事。"

"笔砚都沾满了灰尘,好些时都懒得做诗了。"婉娥嘴上这样说,却仍然叫人拿来笔砚。

婉娥心里想:"初春吟诗最易勾起忧愁,如今佳人面对名花,难道能无话说?"

沈老见女儿暗自沉吟,问道:"诗可做完了?"

婉娥吟道:"小饮花前好句催,匆匆愧乏谢家才。春衫不共花争艳,翠袖今从别样裁。"

沈老点头赞许："花有别种姿态，诗有别种情趣。没有这些花听不到这首好诗，也只有这首诗才配得上这些花，好！好！"

正说着，一仆人手持书信上前禀道："老爷，顾相公有封书信送给您。"

沈老看过书信，道："原来是顾文玉侄儿，新选了一些文会作品，请我作篇序言。"

婉娥低低地道："爹爹有事，孩儿先回去了。"

沈老望着女儿背影，心中十分快慰，又为她的终身大事发愁。女儿有这样的文才美貌，岂能配一个无才之辈？朋友家里都有文会，我何不创立一个小小诗社，一则可以培养年轻后生，二来也可借此寻求一个好女婿。顾公子是世交，不用说了；还有柳希潜，车尚公，都是旧家子弟，一同邀来入社，想到这里，高声叫道："家院，明天来这里等着领名帖，请顾相公和柳希潜，车尚公几位相公，同来参加文会。"

再说车尚公有一个妹子，名叫车静芳，与其兄大不相同。不仅容貌绝世，就是那诸子百家，前代史籍，也无不通晓。诗、词、歌、赋，挥笔立成，不少成名的秀才，也比不过她。

因为她的父母过世得早，哥哥又不成器，好在有奶妈钱氏悉心照顾她，与她为伴，也不觉得十分寂寞。

这天车尚公又早早游逛去了，车静芳独倚窗前，翻看着早已读熟的诗书。却听哥哥远远地嚷着："平时不烧香，急时抱佛脚，妹妹，你在哪里？"转眼间，车尚公风风火火地闯了进来。

"哥哥，出了什么事，这么慌张？"

"哎，不知从何说起！沈翰林家里成立文会，竟然邀我去作文。"

"这是人家的好意啊！哥哥前去就是了。"

"哎呀，妹子，你知道我是作不出文章来的，还来打趣。"

"既然这样，不去也就罢了。"

"那怎么行？沈老先生下帖相请，如果不去，一定会惹他生气的，朋友们也会嘲笑我。妹子，帮我想想办法吧！"

静芳故意不理睬，道："我一个女孩儿家，能有什么办法？"

车尚公看着妹子，有些惭愧地笑道："好妹子，我千思万想，想出一条计来，这文章要着落在你的身上。"

钱妈忍不住笑道："奇了，怎么倒出在小姐身上？难道教小姐替你去考？"

"这会考是替不得的，写文章倒是替得的。实在没法子了，只得求告好妹子，代替我这一次。"

"哥，你这做秀才的，临到作文时尚感到为难。我女孩儿家，啥时候请老师来教过我。"

"妹妹从小聪明，不像哥哥我这样愚蠢。"

"我就是从小认识几个字，只不过在街头偷听过瞎子说鼓书，哪里懂得诗词文翰呢？哥哥还是另请高明吧。"

钱妈见车尚公着急的样子，有些不忍，劝道："小姐过于谦虚了，文章还是做得很好的。大官人平时不用功，所以才来求你，你不帮他，他求谁去？"

车尚公央求道："好妹子，哥哥不行，自己也很惭愧，看在过世的爹娘份儿上，救一救我吧！"

静芳见他说到爹娘，方才心动了。

"也没听说有什么出众的才子，哥哥也不去争什么名次，只求胡乱搪塞过去就行了。况且你作出的文章，自然是绝妙的。"车尚公一面说，一面跪了下去。

静芳慌忙扶起，道："小妹答应哥哥就是了，同胞一场，用得着这样么？只是由何人传递进去？"

车尚公见妹妹答应了，欢喜起来，道："我也想到这事了，若教书房小厮传送，恐怕引起别人猜疑，反倒不好。就让钱妈妈给我传送吧。"

车尚公在家中忙着求妹妹。柳希潜接到会考的请帖后，心中一乐："嘿，小谢在我家当塾师，一向让我讨厌，今日方才派上用场。沈翰林要我去参加会考，用得着我搜索枯肠作难么？让小谢替我作文就是了。"即刻吩咐谢英早做准备，不可出门会友，免得临时找不着人。

第二天，柳希潜高高兴兴地直奔沈翰林家，半途被家院手持拜匣追了上来："公子，你的拜匣忘带了。"

柳希潜不高兴地叱道："带这个来干什么？"

"你用的笔砚都在这里边，不需要么？"

"蠢才，连这点都不明白，等我先到考场，题目出来后，你再送笔砚来。那时我便把题目给你带回去，叫谢相公快些做完，趁着来送午饭的机会，就传递给我。你可要小心留意，不能让人知道。"

家院心里嘀咕道："沈翰林呀沈翰林，你防备再严密，也挡不住我家公子的作弊方法多。"

快到沈翰林家时，车尚公、柳希潜、顾文玉三人不期而遇。车尚公白眼一翻，道："顾兄，文会要刻印的诗文可选完了。"

顾文玉知这两个泼皮不好缠，便不理会他们的讥刺，车、柳二人觉得无趣，也不再多说，结伴往沈翰林家而来。

沈翰林正盘算着今天到底能选中哪一位门生，家院已来禀报说三位相公到了。沈翰林未及下堂，三人已叩拜阶下，道："承蒙老师呼唤，恭请指教，求老师不要抛弃我们这些无名后生，只希望把我们同收门下！"

"快起来，快起来，老夫如何敢当！"沈翰林将他们一一扶起，"老夫年迈，视名若粪土，诸位年轻，前程似锦。希望各呈才思，老夫也好一饱眼福。"

顾文玉恭敬地道："小生刻版的序文，得蒙老师大笔，十分感谢。"

"刻完时请送老夫一部。"

"正要请老师指正。"

沈翰林见人都齐了，清了清嗓子，道："今天会考，原是为了使大家能借此有所进步，所以必须按号入座，拿着签方可走动。各位应当严守文会规则，不准聚集在一起私自交谈，至于夹带传递等作弊现象……"

听到这里，柳希潜、车尚公不由大吃一惊，心里叫苦："今天完了。"

不料沈翰林顿了一顿，又继续说道："本不是贤人做的事，老夫也不必防备了！"柳、车二人松了口气，道："做文章弄假，简直猪狗不如！"

沈翰林赞赏地望了他们一眼，又道："老夫还有一句话，先让诸位知道。老夫冒昧批阅大作，定会秉公评定，一次成绩高低，本不是定论，考在最后的不许乱发议论，考在前头的也不要骄傲自满，一切为了友谊才好，文会也可以长久办下去！"

大家齐声应道："学生谨遵前辈的教诲。"

待大家都依字号坐下之后，沈翰林将诗题发下，道："以绿牡丹为题，各赋绝句一首。"

柳希潜见家院还没来，有些着急："笔砚怎么还没送来？"话刚落，就听家院在门外嚷道："柳希潜相公，我给你送笔砚来了。"柳希潜接过拜匣，悄悄地将题目放在家院手中，道："午饭要早点送来。"家院会意地去了，忽听车尚公道："老师，我肚子疼，想上趟厕所。"

沈翰林点头答应，给了他一张出恭签，然后起身道："老夫坐在这里，恐怕各位要受拘束，我先回去了。"

车尚公走出门来，就瞧见钱妈已等在那里，回头一瞅没人，便一溜烟跑过去，低低地道："题目在这里，小姐做完了，马上送来，不要超过了时间。"

钱妈道："老身知道，你就放心吧。"

柳希潜正自坐立不安之际，家院已捧着饭盒进来了，道："相公，请先用饭。"顺势将文章递给了柳希潜。

"到这时才送饭来，真是急死人！"柳希潜一面埋怨，一面悄悄地看文章。

车尚公心里却雪亮："柳希潜是有些缘故了，我的定心丸却还没到手，少不得再去领个出恭签，到门外去等钱妈。"

柳希潜心里有底，落得说风凉话："车兄，你怎么又要上厕所？"

"这两天老是泄肚子，老兄若是怀疑小弟出去要作弊，可跟着小弟一同到厕所去一趟，看看可有家里的男仆靠近我么？"

车尚公出门一望，不见钱妈的踪影，额上的汗就冒出来了："我厚着脸皮一再嘱咐，难道妹子是假心假意答应？不会，妹妹平时性情是很慢的，我再等一会儿。"正着急时，钱妈已走过来了。

"原来大官人在这里等着。"一面说一面把文章交给车尚公。

车尚公回到位上，一边抄，一边想："谁能想到这篇好文章是出自一个女子之手呢！"刚刚把文章抄完，沈翰林的家院进来道："请各位相公当面把试卷密封好吧。"

第二天，沈婉娥也知道爹爹以绿牡丹为题，会考了秀才，很想知道这些秀才们写得如何，便往沈翰林书房走去。不巧沈翰林不在，却有三张卷子放在桌上。

第一张是柳希潜的，婉娥轻轻吟道："纷纷姚魏敢争开，空向慈恩寺里回。雨后卷帘看霁色，却疑苔影上花来。"不由惊叹道："果然是天下少见的好诗，怪不得爹爹取作第一。"

又看第二卷，却是车尚公的卷子："'不是彭门贵种分，肯随红紫斗芬芳。胆瓶过雨遥天色，一朵偏宜剪绿云。'好！好！风致不比前篇差，取作第二名，将就说得过去。"

再看第三卷，却是顾文玉的诗作："碧于轻浪翠于烟，如此花容自解怜。仿佛姓名犹可忆，风流错唤李青莲。"婉娥又吟了一遍，自言自语道："嗯，此篇与前两篇的思力差不多，排在第三，有点吃亏了。"

三篇看完，婉娥心中不由得荡起一股春情，霎时羞上眉梢，唯恐被爹爹撞见，急急地转回闺房。

婉娥刚去，沈翰林散步回家，十分感慨：如今的年轻人文采好，真是后浪推前浪，老年人才思不如年少。这三篇文章勉强划了等级，其实都是好诗，难分高下。女儿前天作的那首小诗，老夫拿去让他们看看，就说是我做的，不知他们是否认得出来。

沈翰林步出书房，方见柳希潜、车尚公、顾文玉已在客厅等候。待大家施礼已毕，朗声道："诸位佳作，老夫已批阅完毕，只怕名次排列不够妥当，大家不要计较才好。第一名天字号，第二名地字号……"

柳希潜、车尚公二人道："不用拆了，这份卷子自然是顾兄的了。"

沈翰林微微一笑，道："老夫打个譬喻，三位如果同赴进士宴，恐怕美名儿还说是探花好！老夫也有粗俗小诗一首，请教诸位。"沈翰林将沈婉娥作的诗递了过去，柳希潜与车尚公看过后称赞不止："老师的大作，果然不同凡响，学生们万不及一。"

顾文玉看后却沉吟不语，忖道："不像是沈老先生做的……"

沈翰林见他沉吟，道："顾兄怎么说？"

"依学生看起来，不是老师手笔。"

"什么？难道老师做不出，要请人代写么？"

沈翰林微笑道："你先说说这首诗怎样？"

"这首诗十分娇媚，学生很喜欢，只是觉得太娇媚了一些，看风采像是闺阁之作呢！"

"确实不是老夫所作。"

"那是出自何人之手？"

"这也不必去管他了。"

顾文玉暗想：诗中说愧乏谢家才，显然是指谢道韫的故事，嗯，这话语蹊跷，诗作得也很俊俏，这代笔之人倒像是一个才女。

柳希潜与车尚公没有看出诗作者是谁，胡乱奉承了几句，甚觉无趣，便向沈翰林作别道："老师，这次的考卷让学生拿回去吧！"

沈翰林点头道："好！大家传看就行了。"

顾文玉与沈翰林告别，竟不理睬柳、车二人，独自去了。

柳希潜十分气恼，嘲笑道："你看小顾太没意思了，自己就走了。"

车尚公也跺着脚叫道："小顾，难道你一辈子再不和我们见面了？"

"嘿，我有个主意，以请同社朋友为名，把他骗到家来，羞辱他一场，怎么样？"

"好主意！就让小弟做东道主好了！"

二人想到一起，觉得甚为有趣，不由得相视大笑起来。他们在这里高兴，车静芳在家里可就着急了：我与哥哥同道作弊，这干系却是不小。考得低了，应当羞死人了，哥哥去看成绩，怎么还不见回来？

车静芳正坐立不安，车尚公趾高气扬地走了进来："多谢妹子，多谢妹子！"一面连连作揖。

"考了第几？"

"侥幸考了个第二。"

"考得也不算高，有什么值得谢的。"

"妹妹，这话就差了。若凭哥哥的本事，别说第二，就是考第六都不成！刚才沈老先生公布考试名次的时候，哥哥脸上好光彩哟！"

"大官人，柳希潜相公差家院来请你，现在门外等着哩。"钱妈进来说。

"好，你去告诉他，说我马上就来。对了，考卷还在袖子里，你看完了，我再传给别人。"说着，把卷子递给车静芳，出门去了。

车静芳接过卷子一看，不觉自语道："这第三名的卷子，倒也不弱，诗文也是一流，却排在最后，那第一名不知是怎样的奇妙哩！"

静芳把谢英代做的诗文反复吟了几遍，心中感叹："天下竟有这样的才子么！"又反复琢磨："青苔绿花色相近，丝毫不露雕琢痕迹，文思奇妙，条理清晰，堪称鬼斧神工。奴家平时吟咏之余，总觉得那种超凡的文才，今生难见，想不到今日得吟这千古绝唱，奴家只得甘拜下风了。"

抚弄着这张试卷，车静芳触动起心思来：想我车静芳，空有这如花之容，文采也不过白白受人称赞，年过二八，还不知许配何人？哥哥又不把此事放在心上，自己又不好明言，倘若哥哥糊涂，把奴家配与他那些狐朋狗友，岂不误了奴家终身？唉，我若能得配文才有如这位书生一样的丈夫，终身有托，也就满足了。想到此处，一时间竟泪如雨下。

忽听有脚步声响，静芳急忙将泪水拭干，钱妈看到小姐流泪，问明了情况，心中暗想：小姐的意思，似乎是看上了柳希潜，老身总得让小姐如愿才好。

柳希潜会考考了第一传遍了吴兴，都恭维他是沈翰林的得意门生。这两天他高兴坏了，竟连文章是不是自己做的也忘记了。

这天来到别墅，才想到该去看一看小谢。

听到敲门声，谢英急忙开门："原来是柳兄到了，小弟草就的那首绿牡丹诗，不知用上了没有？"

"小弟从来就是考第一的，这次幸得老兄帮助，不过也只是照常。"

谢英暗自好笑："天下竟有这样不知羞耻的人。"

家院洋洋得意地走了进来："禀大官人，车家把会卷送来了。"

谢英道："放在这里，让我也看看。"

家院又道："大官人，有人请你去赴宴呢。"

"这样说来，我先去了，真是酒债难偿。"望着他们远去的背影，谢英又好气又好笑：这柳希潜在我面前还这样装腔作势，在外面还不知如何吹嘘哩？沈老先生，你把一个白丁取作第一，恐怕差了些吧！如果不是糊涂也是眼花，连做假也瞧不出来，真是的。

气恼一阵，又将会卷一看："哎呀，奇怪，车尚公第二，文玉兄倒成了第三，莫非是评卷的人受了别人的托付？难道这个只会唱花脸的车尚公也会做诗？"谢英疑心顿起，再看车尚公的诗，不由得不叫好："妙哇！清新俊逸，是庾信、鲍照似的一流人物呀！他怎么做得出这样的好诗？恐怕也是传递进去的。"想了一阵，又觉奇怪：车尚公家没请到这样的高手，他家中也没有这样的朋友，谁给他代笔呢？就是吴兴城中，我也没有听说有这样出众的人才，大概他家有个深藏不露的高人。

正自胡思乱想，钱妈听看门人说柳希潜大官人正在书房读书，径直走了进来，见到谢英便叫："柳相公。"

谢英一看不认识，便道："我从来不认识妈妈，今天有何事来到柳家？"

钱妈以为他就是柳希潜，见他长得一表人才，风流儒雅，心中赞道："与我家小姐果然天生良配，老身这媒是做定了。"说道："老身的家就在你庄房附近，今天特意来与你说闲话。"

"妈妈有话尽管说。"

"老身姓钱，是车大官人家的奶妈。"

"哦，就是车尚公了。"

"正是，相公你的家世，老身都知道，但不知相公家中还有什么人？可曾娶过妻子？"

谢英心中一动："听这口气好像是来提亲的，我不免来个将错认错，暂且承认是柳希潜，看她说些什么？"叹道："钱妈，不瞒你说，小生是读书人，苦读寒窗，虚度年华，至今仍是孤身一人。"

"相公贵庚多少了？"

"十九岁了。"

"怎么还没娶亲？"

"说的人家也不少，只是小生想略微挑拣挑拣。"

"什么样的才能中相公你的意呢？"

"既要长得漂亮，又要有文才，譬如有卓文君那样的美貌，苏蕙那样的才华，难哪！"

"这么说来，连亲都还没有定？"

"不错。"

"原来是这样。"

"小生也想问问钱妈妈，方才妈妈说是奶妈，那么，是乳养大官人的了。"

"这倒不是，是小姐的奶妈。"钱妈微笑道。

"哦，原来是带着小姐，小姐多大年龄了？"

"刚满十七,青春无价。"

"许配人家没有?"

"还没有。"

"为什么?"

"俺小姐也像相公这样说,要挑个才貌双全的,才肯嫁给他。"

"挑相貌也是应该的,不过,女人家不通文墨,怎么知道谁有才?"

"我家相公会考的诗就是小姐作的。"

谢英惊讶道:"你家小姐作的?"

钱妈道:"你若不信的话,卷子在这里,请相公仔细认一认,闻一闻上面还有小姐的香气呢。"

谢英嗅了嗅试卷,点头道:"果然香,钱妈。我作的诗,小姐看过了不知她以为如何?"

"她也像你这样喜欢,吟诵终日,不肯离手,老身暗暗地听她一再赞叹。"

谢英心中暗喜:"原来小姐也很欣赏我!本该说出真名实姓,又怕钱妈嫌我贫寒,不肯帮忙成就好事。先含糊地认下,等她回复了小姐,再有好消息到来时,才能说清底细,对,就这样办!"想到这里,谢英道:"小姐既然喜欢看小生的诗,等有了新作,再去请教。"

"相公千万不要对别人说。"

"这是自然。"

钱妈高高兴兴地走了。

车静芳自钱妈去找柳希潜后,心里就一刻也不得安宁。钱妈去了并不久,车静芳似乎就像过去了一年。在窗前站得久了,车静芳不知不觉困倦起来,依着栏杆朦朦胧胧地睡去,似乎柳希潜相公正吟诵着自己作的诗,向自己倾吐爱慕之情,自己也吟诵着柳希潜相公的诗,对他脉脉含情,大加赞赏哩!

钱妈回来时,见小姐梦中念念有词,不禁微微一笑,道:"小姐!小姐!"

车静芳被惊醒,见钱妈正对自己微笑,道:"钱妈,你回来多久了?"

"小姐,我刚回来。柳希潜相公好英俊哩!雪白的脸蛋好像抹了粉似的,身姿么,好像玉树临风。这段好姻缘,可不能错过了。"

车静芳脸上一红:"钱妈,书生善于诳骗,还得向旁人仔细打听,多半当面讲的并不是真情。"

"小姐放心,老身这一次访问,是弄清楚了的。明天大官人请会考的朋友,柳希潜相公一定要来。小姐亲自去看一看,就知道了。不会有差错,你看看那风度长相,也一定会说是个好相公。"

"这样说也有道理,只在帘子里看看就行了。"

"啊呀!差点忘了。明天是浴佛节,庙里的姑姑请老身去吃饭,好些会友都去念佛,看来不能陪伴你了,等老身回来时,再细问小姐就是了。"

一夜无话,第二日车尚公令家院准备好了酒席。顾文玉原本打算不来,又见柳希潜家院来请,若是不去嘛,又怕两个泼皮说他考的不好,不敢赴席,只好勉强地随家院来到车家。

车大一见,笑嘻嘻地迎上前去,道:"小弟备了一杯薄酒,单请同社的朋友,便是谢兄与柳兄同馆的朋友,也没有邀请。"

柳希潜答道:"小弟下次做东。"

顾文玉谢道:"小弟尚未宴请二兄,怎好先来打扰。"

车大道:"请坐席吧。"

"顾兄先请。"

"不敢,还是柳希兄先请。"

车大道:"若论年龄,该是柳兄;若论名士么,还应该是顾兄。"

顾文玉看穿了他们的虚情假意,微笑道:"还是按照会考名次才对。"

柳希潜哈哈大笑:"这样小弟就占先了。"见车大与顾文玉依次坐下,又道:"小弟下次不去参加会考了。"

车大故作惊讶:"哦!那是为什么?"

"小弟这两天偶然得了点小病,请车兄告诉社长,说我到时不能赴会。"

"我看柳兄红光满面的,不像有病啊!"

"唉!你不知道,我这是心病。我若再去,顾兄又不能得第一,怎么好意思哩?"

"你这一说,倒提醒了我,我一去又准考第二,再说我的事也很多,就由社长处罚好了!"

"这么一来,我有病,你又事忙,就只有顾兄一人去考,还怕第一不是顾兄的么？哈哈！"

顾文玉任由他们冷嘲热讽，觉得和他们争执不值得，自抿了一口酒，微微一笑。不知他们还有什么名堂，便告辞道："酒喝多了，小弟得回去了。"

柳、车二人慌忙把顾文玉拉住，道："那怎么行？今天总得好好乐一乐，顾兄不愿赏脸么？"

柳希潜道："大家唱支曲子，怎么样？"

车尚公道："太一般了，没劲！"

"那咱们来演场戏，怎么样？"

车尚公一拍大腿，道："太好了，只是演哪一出？"

柳希潜装作深思一会儿，道："有了，就演《千金记》中的一出'韩信胯下'，你我二人扮演淮阴少年，顾兄，你就扮演韩信，怎么样？"

顾文玉作难道："这个……小弟从来没演过戏。"

"顾兄，又来程朱道学那一套了，大家都是在戏场中逢场作戏么，逗逗乐子，有什么不好？"柳希潜一边说，一边强自拉顾文玉站立，"你不用唱，只站在这里，当个韩信就行了。家院，你就打一打鼓板。"

不一会儿，柳希潜、车尚公就打扮妥当，唱着上场："淮阴少年总驯良，叵耐韩信忒性刚。今朝必定到街坊，要使旁人笑一场。"

柳希潜本是泼皮，如今装扮成淮阴恶少，倒也十分相像，只听他道："我就是淮阴少年，名叫王一，兄弟就是王二，都是淮阴市上有名的好汉，近来出了个什么韩信，整天背着一把宝剑，在市上摇来摆去，显得我们不像好汉，真是可恶！不如找到他羞辱一场，方消我恨。"

车尚公接着道："前面来的那一个就是他了。"

"韩信，你这样一个人，只在河边钓钓鱼也罢了，偏要大模大样地自称好汉，抵得上我们的一个屁么？"

"我听说好汉杀人不眨眼，你若真是好汉，就用剑把我兄弟二人杀了，才显出你有本事。若是不敢，就好好低了头，从我们的胯下爬过去。"

他二人在此胡闹，小姐在帘子里早看得清清楚楚。顾文玉只是冷眼旁观，心里十分明白，只是不言。

柳、车二人更加放肆，把脚叉开，便令装扮韩信的顾文玉从胯下钻过去。哪知他二人只顾得意，没料到踩到一根猪骨头上，脚下一滑，双双跌了个仰面朝天，十分狼狈。顾文玉也忍不住大笑起来。

二人爬起来，也忍不住笑了。顾文玉见他们这副井底之蛙的嘴脸，早悄悄地走了。

车静芳隔着帘子见到柳希潜后，心中翻腾开了：那柳相公一脸俗气，愚蠢若猪，市侩腔调，一副浪荡公子模样，哪有半分文士的气质风度？钱妈那样的夸奖他，不知看中他什么了？真是奇怪，等钱妈回来，要问个明白。

晚上，钱妈回来听小姐讲述情景后，越发惊异，沉思了一会儿，道："小姐，明明有个柳希潜相公在他家坐着，若有代替做诗的，必定就是那人了。待老身再到他庄上，看个仔细，说不定会猜破诗中的谜。"

车静芳点点头，嘱咐道："我只爱这诗，不管他姓柳不姓柳，就算家世贫寒些，也没关系！钱妈，这一次可要问明白了，莫要含含糊糊便回来，还有一件事，你要那人再作一首绿牡丹诗拿回来，才能相信他。还是上次的诗题，重作要有新意。"

"老身都知道了，决不会再糊里糊涂的张冠李戴，小姐就放心吧！"钱妈笑着说。

"你去了快些回来。"小姐是钱妈从小奶大的，说话也不避羞了。

第二天一早，钱妈急匆匆往柳希潜家赶去。柳希潜在家正想着心事：我赌钱饮酒，日子过得倒也潇洒。可是如今已二十多岁了，脸上也长满了胡子，还没谈到婚姻大事。虽然也认得几个婊子，玩玩也还不错，若是娶来做老婆，就没什么意思。听说车大的妹子，不仅人长得漂亮，而且聪明，诗词歌赋，无所不通，车大前日考个第二，想必是他的妹子代笔。我若把她娶为老婆，代笔也不需找别人了。昨日在车家吃酒，帘内像有女人走来走去，想必是车小姐了！车大与我最好，说出来没有不依的，只是也得小姐自家情愿，先找一个中间人去说一说才好。但不知三姑六婆之类，哪个常到他家去？

正想得心痒痒的，钱妈走了进来。

柳希潜暗喜："老天有眼，送上门来了。"一边迎了出来："钱妈妈，小生有礼了。"

钱妈满心疑问，问道："你是谁？"

"我是柳相公。"

钱妈心中嘀咕：这个人的嘴脸真够难看的，小姐看到的一定是他了。向柳希潜回礼道："昨天相公可到我家赴席了？"

"正是。请问钱妈妈到这里来，有什么重要事情？"

钱妈转弯极快，道："没什么事，只是闲着没事，到处走走，想看看你的花园。"

"小园也没什么好看的，钱妈有话，就请说了吧！"

钱妈见推搪不过，只得实说："不瞒相公，老身是来寻找一位官人！"

"哦，找哪个？"

"前天坐在书房里的，莫非是相公的同学么？他也说是柳希潜相公。"

柳希潜暗骂：小谢真是可恶，私下里竟然冒用我的名义。笑道："钱妈妈，我这里并没有别人。"

钱妈自言自语地道："明明有一个人，这次偏遇不到他，老身今天是空跑一趟了。"

柳希潜见钱妈不肯说，便讨好道："钱妈妈你今天有幸来到这里，就请钱妈妈帮个忙。"

"别开玩笑了，我一个穷老婆子能帮你什么忙哪？"

"学生说的可是正经话，只有你老人家能帮这个忙，你看学生这么大年纪了，到夜晚还是空床冷被窝，没有找到好姻缘。"

"哈哈，老身又不是媒婆，这个忙实在是帮不上。"钱妈说完转身走了。

谢英听到钱妈的声音，赶忙追到门外，想把她叫回来，问个明白，谁知连影子都没见到，不禁叹了口气，暗中叫苦。

柳希潜把想娶车小姐的意思告诉了车大，车大也不敢随便做主，便说只要妹子愿意，自不碍事。

过了两天，柳希潜听说沈翰林在挑选女婿，又想娶沈小姐。毫不犹豫地拿着谢英的诗稿，往沈老先生家里赶去。

车大听说沈老先生要招女婿，怕被柳希潜捷足先登，抄了几篇妹子的诗稿，也向沈老先生家奔去。

二人来到沈家，沈老先生正为女儿的婚事担心，见到他们，便请他们到客厅叙话。

二人拿出礼贴，双手捧上道："多蒙老师不嫌弃学生，收下我们为弟子，今天我们来看你，带了一些薄礼，请老师收下。"

沈老捋须笑道："好！多谢二位的盛情，我就收下了。"

二人又拿出诗稿，道："学生还有些习作，请老师当面批评指教。"

"二位的佳作让老夫慢慢地翻看，晚几天再送还。"

"学生一来是想多多侍候老师，二来想请老师对拙作多加指教。"

沈翰林十分高兴，呵呵笑道："二位太客气了，诗文嘛，日后多多相互参详就是了。"

柳希潜见说得沈老先生喜欢，乘机道："老师，门生还有一件事要说。"

"哦！什么事？"

"门生空长二十多岁，还没成家。"

"像柳希潜公子这等人才，早该有人来择婿了，是怎么回事呢？"

"穷愁潦倒总是因为我无才吧！"

车大心里一惊：怎么他也是为这事？唯恐自己的心愿要落空，忙道："门生刚才也正要说这意思，不料柳希潜先说了。"

沈老先生奇道："你们都是大家子弟，怎么都还没成亲？"

车大叹道："人情如纸，门生家境早非昔日了，只盼良缘来自天上裙钗。"

"这么说来，二兄是否有了意中人，要老夫做什么？"

二人争着要先说，沈老先生只得道："二位同时说就是。"

二人果然一同说道："听说老师家中有爱女，老师也不把我们作外人看，我们想给老师当个半子，不知老师……"

沈老一听乐了，笑道："这真是'一家有女百家求'！二位都是知己，同来老夫这里说亲，教老夫也不好回答。"

柳希潜道："自然是把学生放在前面，学生是老师新取的第一。"

车大也不甘示弱："老师当时也说学生的诗也该第一。"

二人此时早失了仪态，争得面红耳赤，沈老摆摆手道："二位不必争了，容老夫好好考虑。"

恰在这时，顾文玉又走了进来。柳希潜以为他也是来求亲，恨恨地道："小顾，你来也是白搭，老师的女婿，已确定是我了。"

"放屁，老师的女婿，选的是我。"车尚公争道。

顾文玉也不理他们，上前向沈老施礼，道："学生此来，是送习作给老师看，并带来拙选《宙合大社》一册，请求老师斧正。"

沈老接过诗稿，笑道："不错，老夫定要拜读。请坐。"

顾文玉坐下后，方对车大、柳希潜道："老师选择女婿，自然要当面考试诗文，细细地访察人品、文才，岂是你们就可以争来的么？"

沈老暗自赞许，道："来求亲的人很多，老夫都没有轻易应允，陪伴我这暮年老人的只有这一女，三位才学都很优异，老夫也不知选择哪位为好，想来书中自有颜如玉，且等你们都考上进士，再来询问如何定亲纳采。"

柳希潜、车大一下傻了眼，心中叫苦："若要考上进士，这婚事就不稳当了。"

顾文玉却十分欢喜，道："老师的大门里面当然不能有白衣女婿，等考中进士以后再商议亲事，是最好不过的了。学生还要问老师，会考什么时候再举行？"

"待秋来凉爽些，再确定日期怎么样？"沈老笑着征求大家的意见。

顾文玉和柳希潜、车大从沈老家出来，自顾自地走了，柳希潜心里却有了主意："听老沈口气，不像是许亲，我得先把车小姐骗到手，免得到时两头落空。"

柳希潜心里正想着，却见车大变了脸，发怒道："柳大，你他妈的真不是个东西，那边你求我的妹妹，怎么这边又求人家？"

柳希潜忙陪笑脸："你没有答应，我只得另找门路，不要见怪，不要见怪！"

车大见他赔礼，怒气少了许多，"不是我不来回答你，只是我妹妹心里不愿意。"

"又来说假话，啥时候见女孩子嫁人是自己做主，令尊、令堂不在，自然是你说了算。"

"嘿，你倒是狡猾，你的亲事要骗我帮你成就。我的亲事，又有谁帮忙呢？"

柳希潜听出了弦外之音，道："其实这也不难，沈老师心里，这门亲事当然是要许你我，当时小顾在座，不好说得。若论考试成绩，这门亲事,归根结底你要让我。哎,你别争,你若把你妹子许给我,沈家的亲事,我就让与你。"

车大大喜过望,道:"就这么说定了。"

车大突然想起一件事,拍着柳希潜的肩膀道:"前天我在妹妹面前替你说好话,说你很有文才,是沈翰林批定的第一名!可是我妹妹很古怪,说你一个字都不通,哪有什么文采?考第一的诗文,是传递进去的。"

柳希潜大吃了一惊!这车大妹子真是活神仙了。连忙分辩道:"什么叫传递?小弟从来没听说过这种事,大舅千万要替我表明心迹。"

"我也替你分辩啦,我妹子就是不相信,说要隔着帘子当面考你一首诗。"

"这个容易,只要你妹子愿意,我明天就来应考了。"

车大唯恐他考不上,又来与自己争夺沈小姐,千叮咛万嘱咐地道:"你可得用心!"

"大舅子放心,你妹子肯定会嫁给我的。"柳希潜想着有谢英帮他,大不了再搞一次传递就是了,所以并不把面试十分放在心上,一心盼着车小姐招考。

谢英去车家几次都没见着钱妈妈,心里直抱怨自己隐姓埋名,错失良机。又想柳希潜不知又要到哪家会考,央求他做文章,等了许久,也不见他把题目送来。

正有些烦躁,忽见家院自言自语地走上来:"前次骗了个第一,今天又想去骗个老婆。"

谢英听到"骗老婆"三个字,不禁起疑,问道:"柳公子在哪里会考?"

家院说:"在车家,接受车小姐的招婚考试。"

听家院这一说,倒令谢英吃了一惊:莫非是她?

见谢英惊疑不定的脸色,家院以为他不相信,补充道:"就是车大官人的妹子,你若不信,问问车大官人就明白了。"

谢英发觉了自己的失态,摇头道:"哦,是车小姐了,这篇文章我更不能作了。"

"那是为什么?"

绿 牡 丹

"替人作文去骗人家小姐做妻,岂不有损阴德?不作!不作!"

家院见他十分决绝,不禁慌了,忙跪下恳求道:"谢相公,小人向你说了真话,诗文又没有拿回去,小人我就活不成了,你总不能见死不救吧?"

谢英见他不住地磕头,一时十分为难:这诗文若是不作,家院要被柳希潜打死,岂不是自己的罪过。若是作了诗文,那不就毁了车小姐一生吗?自己的好姻缘也断送在自己手上,于心何甘呢!思前想后,忽地想起一条妙计:不如做一首歪诗,让小姐看了大笑一场,断绝他求亲的念头。想到这里,对家院道:"你既这样恳求,就替他作了吧。"

家院又磕个响头,才站起来道:"多谢相公,小人就在门外等候。"

谢英打开题目,不禁大奇:又是"绿牡丹"!沉思一会儿,吟道:"牡丹花色甚奇特,非红非紫非黄白。绿毛乌龟爬上花,只恐娘行看不出。"吟了几遍,不禁笑了起来:"那狂徒哪里知道其中深意,自然照抄不误,说不定还要在旁人面前炫耀自己作的新诗呢。柳希潜,柳希潜,你若求我骗骗别人倒也罢了,竟然求我作文去骗我的车小姐,丢人现眼可别怪我了。"

笑了一会儿,便叫家院把文章拿去,嘱咐道:"你要收好,不要让别人知道。"

柳希潜早到了车家,心中无底,自然发慌,深恐小姐厉害,一眼看穿破绽,便打车大的主意:"车大。"

"你做文章就是了,叫我做什么?"

"有件事要求你帮忙,等会儿我的家院要拿一束纸来,请你悄悄地给我送来。"

车大笑道:"这是叫我给你传递了?"

"不要声张,让你妹妹听见了可不得了。"

"她还没出来哩,你就吓成这样。"

"没办法,只有求你,办好了这件事,沈小姐就一定让给你了。"

想起沈小姐,车大眉开眼笑起来:"也好,就帮你这一次。"

"帘内有人影走动,可能是你妹妹来了。"

车大慌忙躲了下去。柳希潜用鼻子一嗅,一股少女特有的芳香扑鼻而来，心头一阵骚动，偷偷地从扇子底下往帘里瞧，朦朦胧胧，看不清楚。

柳希潜想给车小姐留个好印象，禁不住站起身来，扭扭捏捏地走着起来，装着一副风流潇洒的模样，却不料钱妈走出帘子，高声叫道："那位考生不回到考场，到处闲走，不怕本监场判你犯规么？"

若是往日，柳希潜定会对钱妈大发脾气，今天却不敢造次，急忙归坐。柳希潜坐了一会儿，便耐不住了，想站起来又不敢，坐在那儿作诗，哪里做得出来。只觉两眼沉重，唯恐睡去，只得使劲揉眼睛，捶腰打腹，谁知仍然睡着了，鼾声大起。

钱妈笑道："小姐，看样子他好像睡着了哩！"

"他是想东床坦腹得佳配，哼，任凭你一梦到南柯！"

钱妈知道小姐的心思，今日让柳希潜来考，不过是为了堵哥哥的嘴。只看柳希潜这情景，就不是做诗的材料，出帘叫道："柳相公不要睡，快起来作文！"

"学生本来就没有睡，正在构思诗文，不要乱打扰嘛。"柳希潜心里却在骂家院怎么还没把诗文送来。

家院这时已经到了，正要进考场，却被钱妈的声音吓了一跳："不准放闲人进来。"

家院正在着急，却见车大向他招手，忙走过去，车大附耳道："你家相公让我给他传递进去。"

车大接过字条，走到柳希潜桌旁，一边说，一边丢眼色："柳兄做得如何了？"

柳希潜会意，道："肚子里已想出来了，只是还没写出来！"

车大靠近柳希潜，暗暗地把诗文给了他。柳希潜得了诗文，精神一振，埋头飞快地抄着，不一会儿就大叫道："学生交卷。"

车大又走了进来："大作完成了？"一面看诗，一面大肆称赞。柳希潜也十分得意地道："小弟自己也觉得这次作的诗不怎么出丑，只怕你妹妹难以看得上眼。"

"等小弟拿进去让她看看。"

车小姐看完了诗，不禁笑弯了腰："真是精妙！可知花了不少功夫斟酌哩！"

车大道："是很用心作的了。"

"真亏了他会抄,一个字都没抄错!"

"果然誊写得很清楚。"

"比上次的佳作更要好得多!"

"上次已考了第一名,这次该是超等了。"

"好倒是好,只怕这诗不是他自己作的。"

"妹妹,你亲自监场,可看见有谁给他传递了?"

"你先去问他,叫他讲真话,是谁代他作的这首打油诗?"

柳希潜见车大走出来,急忙问道:"你妹妹怎么说?"

"我妹妹看了你这大作,只管哈哈地笑。"

"看来她是喜欢这首诗了,可曾说这诗写得好?"

"她一边笑,一边说,比上一次的诗更好。"

柳希潜长长地出了口气:"这样看来她是真的中意了。"

"不过她怀疑这首诗你是求别人代你作的。"

"凭小弟这样的才学,怎么会去求别人?"

车小姐在帘内听了,更觉好笑:"他以为是真的称赞他呢,至死不承认是别人代笔。钱妈,你再出去问他一问。"

钱妈走出帘外,道:"柳相公,如果不是你亲自做的,就要直说出来。"

柳希潜心里发虚,嘴头却很硬:"你们三个人,六只眼看着我,难道文章会凭空飞进来?"

"你若真的没有作弊,就赌一个咒怎么样?"车大一旁帮腔道。

"赌咒就赌咒,老天在上,倘若我柳希潜作弊,就让我从天上掉下来摔死。"柳希潜心里却道:这不过是白眼咒罢了,我又没有翅膀,怎么会飞到天上去?糊弄他们一下好过关,赌过咒后,柳希潜细一想:噫,莫非他们是想赖掉婚姻?不行,我得反守为攻:"哎,钱妈,你们无故地嘲笑责问,莫非是想赖掉婚姻、无端生事不成?我实话对你说,想赖掉亲事是办不到的!"

"柳相公,不要着急嘛!"钱妈笑着道。

"又不是我自找苦吃要来考,是你家小姐约我来的,如果文章作得不好也就算了,既然你家小姐对诗又很赞赏,为什么还要一再找我的别扭?"

车大安慰道:"放心,我进去替你求求情就没事了。"

钱妈也随车大走进帘内，笑了一笑道："你可听见他在发脾气么？"

车小姐叹口气，道："他以为真的是首价值千金的七言诗，便认真地与你瞎闹腾，恐怕他连词义都没弄懂就抄写下来了。"

"这样说来，不怎么好了。妹妹，你照实说这首诗究竟怎么样？"

车小姐微微一笑，道："他被代笔的人耍了，还糊里糊涂的不知道，那骗人的也实在聪明，但也难逃罪过！"

钱妈道："小姐只说好笑，恐怕他还不服气，不如明明白白把好笑的缘故说给大官人听，也好叫大官人回复他去。"

车小姐点点头，念诗道："牡丹花色甚奇特。"

车大道："意思倒也明白。"

"非红非紫非黄白。"

"不是红的紫的又不是黄的白的，保准是绿的了，切题切题。"

"后面二句好笑得很，说：'绿毛乌龟爬上花，恐怕娘行看不出'，这很明显是自己骂自己是乌龟了。"

听车小姐这一解释，车大与钱妈都忍不住笑了起来，只听小姐又道："真的还是假的，这可是他自认的，细细想来，还是认作别人代作的倒好些。"

柳希潜只听他们在帘内大笑起来，不知是福是祸，见车大走出来，急忙问道："你妹妹没什么可说的了吧？"

车大笑道："我且问你，这首诗该怎么解释？"

"总是极好的了，哪里还需要去解释！"

"我妹妹说你被人家给骗了，诗中是拿乌龟来骂你。"

"不会吧？"

"刚才听我妹妹念了一遍，还略微有些印象，我们一起念念看。"

两人把诗又念了一遍，车大嘲笑道："以后叫你柳乌龟就行了，这卷子是你自己的供状，我得把它藏好。"

柳希潜只觉脑袋"嗡"的一声，血液冲了上来，一把抢过诗卷，扯得粉碎，气得怔怔地立在那里。

车大道："这件亲事，我替你费了多少心机，从中说合，今天又帮你传递，大体上是成了，谁叫你抄这样的诗，自己打破自己的鬼把戏。不要说你没脸见人，连我也没脸了。请了，就是你用尽西江水，也难洗掉今天的满脸羞。"说完,也不再理会柳希潜,自顾自地走了。

柳希潜自觉灰溜溜的,见到谢英,咬牙切齿地道:"小谢你这个畜牲,吃着我的饭,得了我的酬金,倒来捉弄我?哼,大爷现在把你赶出门去。"

谢英收好书囊,头也不回地走了。

沈小姐听说会考的三个相公又送来了诗稿,便令丫头小凤把诗稿给她取来。

小凤道:"三位相公中,只有姓顾的长得清秀,姓车和姓柳的却丑陋得很!"

沈小姐道:"只要才学好,长相俊丑又有什么关系?"

小凤道:"小姐,相貌也是很重要的哩,古时宋玉有人隔墙偷看,潘安的车子让人掷满了水果,哪里见过有才的人没有一付好相貌呢?"

"丫头多嘴,再添些香在博山炉里。等我把诗稿细看一遍。"

看了柳希潜的诗稿,沈小姐有些奇怪,怎么满纸都写的是穷愁潦倒,比喻他自己像王粲到荆州依附刘表一样是不得已的,这样的口气倒像是个坐馆教书的秀才。这就不对了,柳希潜家历来是官宦大家,不应该有这样凄苦的诗篇。沈小姐再一翻看,见一首诗题是"赴柳宅新馆",疑心更大,更不对了!他自己姓柳,怎么反而说柳馆?可见这诗稿不是他作的,莫不是末世英雄,把别人的诗稿抄来当做自己的,拿来骗人?

再看车大的诗,完完全全是一个女孩写的闺中情事,那种娇媚情痴,是任何男人也模仿不了的。

沈小姐忖道:"看这两人的诗稿,都是别人代笔,前次会考的诗文,恐怕也是有假。"再翻看顾文玉选刻的《宙合大社》,自言自语地道:"爹爹亲自作序,顾生又有选刻,必然是知名之士了。"再往下翻到顾文玉的诗稿,发觉与会考的诗文风格相同,心里想着前次会考,他才考了第三,柳、车两个白丁把别人的诗稿抄来与爹爹看,却取了第一、第二,很为顾文玉抱不平。再细想爹爹会考的用意,似乎是想借此择婿,这可不能马虎了,差点把一颗美玉给掩埋了。想到这里,沈小姐的脸不由自主地红了。

"孩子,你在这里看什么书?"沈翰林不知什么时候走了进来。

"是三位学生送给爹爹的诗稿。"

"我倒没来得及看,可还好么?"

沈小姐笑道："好倒都是好诗，只怕里边有弊。"

"哦，有什么根据么？"

"那一卷姓柳的诗稿里，有一篇诗题是'赴柳宅新馆'。"

"这就不像是他自己的口气了？"

"那位姓车的竟然抄了一本女子的诗来！"

沈翰林忍不住笑道："有这样的怪事？"

"只有姓顾的诗稿，与会考诗文差不多。"

"前些日我也有些疑心，他三人一块来拜访我时，我把你的那首诗让他们看，想以此试试他们的眼力。柳、车二人乱加赞扬，那顾生却说诗不是我做的。"

"这也亏待他了，依女儿看来，何不再次举行会考，以识别真有才学的人？"

"已经定下来了，再过几天就要会考。"

"爹爹，这次会考一定要严格一些，避免作弊传递，鱼目混珠。"

沈翰林看破了女儿心事，道："这次我就坐在考场不走，谁有真才实学，自然水落石出，总得遂你心愿。"

沈小姐一颗心思挂在了没见过面的顾文玉身上，顾文玉在家里也正想着精通诗文的沈小姐。

顾文玉一边把沈小姐的诗抄到墙壁上，一边在想：那天我送诗文去沈老师家，柳、车二人正向沈家求亲，幸好老师没有答应……

正想着，不料谢英走了进来。"哎呀，是瑶草兄到来，失迎了。"

谢英看到墙上的诗，道："这首诗是谁作的？倒也清新俊逸。"

"是一位女子。"

"是哪一位？"

"沈老先生的女儿。"

"我只以为闺阁中俊杰不过是有一无二，没料到眼前有这样多的女才子。"

"谢兄大概又见到哪个啦？"

"你已经见过了，只是不知道。"

"这倒使我糊涂了，说来听听。"

"前些时会考的第二名就是个女子。"

"错了，那是车大呀！"

"车大哪里会作诗？是他妹子代作的。"

"你是怎么知道的？"

"不瞒你说，柳希潜考第一的那首诗，也是小弟代他作的。"

"原来是你的大作，怪不得这样出类拔萃！至于女人代考，还是第一次听说。究竟是怎么回事？"

"说起来好笑得很，那车小姐看了小弟的诗，只以为是柳希潜作的，哪里知道中间有弊。"

"她自然不知道是你作的。"

"小弟看小姐的诗，虽然不相信是车尚公作的，却也想他家没有人给他代笔。"

"后来怎样知道的？"

"小弟正在疑惑不解的时候，不料车小姐的奶妈来了，是她告诉我的。"

"她怎么到你馆中来了？大概是来相女婿的吧？"

"听她说话也是个打听亲事的口气，不过把我当成柳相公了，我也将错就错，默认是柳希潜。"

"哪里去找这样一个漂亮的柳希潜！如果奶妈再来时，就该给她说个明白。"

"她以后再来时，小弟偏偏又没遇到。顾兄，沈老先生的女儿有婆家没有？为何不去求婚？"

"会考的第一、第二都让柳希潜、车大抢走了，小弟哪里挨得上号呢？"

"才学是真是假，总是瞒不住人的，若严格地加以重新考试，他们的伎俩立时就穷尽了。"

"我还要求谢兄不要再为他代笔了，到时候说不定要拿到会长那里，问出你的罪过。"

谢英笑了起来："问我什么罪？"

"求人的、代笔的，都一律同罪，你只要看一看科场规定就知道了。"

"不要取笑，小弟正因为给人代笔这件事，受了多少窝囊气！"谢英接着便把前后始末细说了一遍。

顾文玉安慰道:"柳希潜这等可恶,你就在我这里暂时住下,怎么样?"

谢英和顾文玉志趣相投,就暂时住下了。

车大听说柳希潜将谢英赶出来了,心想:小谢讨厌,也该这样惩罚他,只是柳希潜少了代笔,日后恐怕又要懊悔,这第二毕竟不如第一,上次被柳希潜占了第一,心里也不甚舒服。若把小谢请来,给他半年酬金,他自然感激。倘有用得着他的地方,也肯效劳。下次会考不怕他柳希潜会抢了第一去。何况近日为柳希潜说合亲事,面试出丑,我也不好意思再去求妹子代作诗文,不如另找门路,反觉更好办事。想到这里,车大早早就派人去请,一面张罗酒席。

车大想好后,叫钱妈备好酒席,请谢英给自己开学。

谢英见车大相请,明知他也不是好主人,却想到趁此机会见到车小姐,因此也就拎着书箱来了。

车大将谢英迎进来,寒暄了几句,骂几句柳希潜不通人情,自己要向谢英请教学习的假客套,便入席了。

钱妈在书房后面偷偷地细看,发现新来的先生就是那位柳希潜相公,十分欢喜,便在旁边等着。

谢英散席出来,正瞧见一直想见面却又见不着的钱妈,慌忙拱手施礼。钱妈回礼道:"柳相公,我第二次去找你,没想到遇到了那位柳希潜相公,他说再没有第二位柳希潜相公了。"

"实话对钱妈说,小生本来不姓柳,姓谢,名叫瑶草,原想等妈妈再到书房时,说明其中缘故,没想到又被柳希潜给打发回去了。"

"原来是谢相公。"

"钱妈,我的家世贫寒低微,行囊箱件寥寥无几。"

"谁与相公讲究门第了?只是尚未婚配这话可是真的?"

"小生怎敢诳骗妈妈?不是我自己耽误婚姻,有谁来怜惜我这出身贫寒之人!请问妈妈,那柳希潜到这里来求婚,小姐可曾答应过他?"

钱妈把柳希潜出的洋相笑着告诉谢英,末了,想起小姐说的不要管姓柳不姓柳,只要见到作诗的人,要他再作一首绿牡丹诗以为证据,便道:"俺小姐很喜欢相公的佳作,何不再作一首,让老身转给小姐。"

谢英听说小姐喜欢，自然十分高兴，道："什么题目？"

"小姐面试柳希潜相公的题目，是什么绿牡丹，相公就用这个题目作一首吧！"

谢英略一思索，吟道："叶色花容殊不辨，但闻香气袭庭阑。朦胧月下宜详认，莫作刘家黑牡丹。"

"老身哪里记得住？桌上有纸笺，请相公写上吧！"

谢英一挥而就，道："钱妈，就请你作个传递，新题目来不及仔细推敲词语，但也不像他人那样腹中空空，任凭你定哪天为帘试日期。"

"相公这样高才，还用得着什么帘试！"

"钱妈，须要记清楚，我叫谢英，不是柳希潜，不要把姓名记错了。"

"老身知道。谢相公，只怕这家庭教师的景况凄凉，不可久栖。"

小姐却不知道谢英已经来了，心头正想着到哪儿去找他，让他也知道自己的一片心意。钱妈欢天喜地走了进来："小姐，你在哪里？"

"钱妈，什么事让你这么高兴？"车小姐不解地问。

"大官人请了一位教书先生到咱家来，我都见过了。"

"见了教书的先生，有什么可欢喜的？"

"你道他是谁？就是前些天在柳家庄上见到的那位相公，他原来不姓柳。"

车小姐不禁一阵心跳，道："你问清楚他的姓名没有？"

"他说他叫谢英。"

"这个名字在过去刻印的诗中见过，好像是个知名之士了。"

"他本来在柳家做家庭教师，考第一的那首诗，就是他代柳希潜作的。"

"我说这个油头滑脑的蠢才也做不出来。"

钱妈笑着道："小姐，柳希潜那首在帘外面试的诗，也是谢相公替他作的。"

"我知道，那是他怕明珠暗投难以自表，因此故意把诗写得那样好笑，让我明白其中的蹊跷！"

"柳希潜因为谢相公作弄了他，就把他赶了出来，大官人又把他邀请了过来。"

小姐心想以后有机会听他吟咏了，心中十分高兴。钱妈又道："小姐，这一次可相信我说的话了吧？你去看看就知道他光彩照人，气度不凡。"

"这也用不着了，只是他家中的情况，可问明白没有？"

"问清楚了，因为家境贫寒，穷愁潦倒，所以至今还是孤身一人。哦，老身还要他作了一首绿牡丹诗，真是有学问，提起笔来一挥而就，在信封上还随手抹勾了一对鸳鸯。"

钱妈一边说着，一边从怀里掏出了用信封装着的诗篇。小姐一时害羞，道："只怕是外人的诗文，我这女孩儿家不好拆开来看。"

"小姐，这又不是那些淫秽诗词，不过与先前的会考诗卷一样，与前诗唱酬。"

小姐展开诗卷，不禁叫绝，钱妈跟着小姐，原是识得几个字的，惊奇地问道："绿色的牡丹已够奇特的了，哪里有黑色的牡丹？"

"这是嘲笑那个白丁的。黑牡丹是牛，意思是叫我不要认错了。"

"前几天把他骂做乌龟，如今又把他骂做牛，谢相公倒是会取笑他呀！"

"这诗虽是偶然笑骂之句，但行文酣畅，也足以流传千秋。"

"小姐，你也该再作一首回答他。"

"我怎好在他面前逞能？"小姐想起自己独守空闺，谢相公暂在书馆存身，这门亲事不知成也不成，一时愁绪万端，不觉长叹一声，让钱妈扶自己入房休息。

车大请到了谢英，没过几天，又是会考之期，暗中吩咐谢英在家等题目替作，又去求了妹子，心想有两个高才替作，万无一失，准拿个第一，沈小姐不就嫁给自己了吗？便兴冲冲地向沈家走去。

柳希潜赶走了谢英，车大的妹子又没答应自己的亲事，只得又去打沈小姐的主意，听说第二次会考，无奈之下去求一个在街头替人写信的老秀才替自己写文章，安置停当之后，也往沈家走去。

沈翰林见他三个都到了，便拿出顾文玉的文稿道："顾兄的诗文，我都批改过了，真是名言俊句，层出不穷，佩服佩服！"

顾文玉忙谢道："老师过奖，学生愧不敢当！"

柳希潜与车大见没说到自己，争着道："学生的拙稿，想来老师也批改过了，望老师也给以指教。"

沈翰林道:"二兄的文稿,还没来得及细看,诸位都在这里,上次排的名次,只怕外边的议论不怎么佩服。"

车大与柳希潜大道:"很佩服的。"

顾文玉道:"老师根据文章优劣评定等级,实在是十分公平。"

"你们都很谦逊,自然很好,不过上次会考,制度过宽,为了避免传递,今天会考,老夫已为各位准备好了午饭,各家不必再送来了,也不许到大门外去上厕所,各位可要用心作文!"说到这里,沈翰林又叫家院把数十个杂役叫了进来,吩咐道:"大家把考场门口守好,如有人在门口走动,不论是谁,一律赶走,不许放进来一个,如若出了差池,重打三十大板,听清楚没有?"

众杂役齐声应道:"听清楚了。"

一见这个阵势,柳希潜与车大心里直叫不妙!

三人落座,打开题目,是"辨真论"。柳希潜向外大叫:"家院,把笔砚给我送来!"

家院答应一声,正要进场,就被杂役拦住了。家院道:"俺家相公的笔砚在拜匣里!"一边说,一边硬往里挤,这时过来两个彪形大汉,将家院架了出去。

沈翰林微微一笑,吩咐杂役道:"把准备好的笔砚给柳希潜相公。"

车大见状,伸了伸舌头,道:"老师,学生要出去解手。"

沈翰林道:"屋角边有便桶,不要出门。"

恰在这时,钱妈到了门口,正往里窥探,便被杂役赶走了。

柳希潜与车大这下傻眼了,什么叫"辨真论"都不懂。还是柳希潜脸皮厚一些,走出座位问道:"老师,什么叫辨真论?这首诗要作四句?还是作八句?"

沈翰林道:"这不是诗,是一个论题,天下有真有假,真假混在一起,须要分辨明白才好!"

车大道:"老师,这个题目出在哪一本书上?《大学》、《中庸》、《论语》、《孟子》,说明白了,学生也好作文。"

柳希潜自作聪明道:"自然是根据《论语》上的。"

"根据是什么呢?"沈翰林道。

"'辨真论'的这个'论'字,就是《论语》的'论'字了。"

沈翰林笑道:"果然不差,下去作就是了。"

车大与柳希潜以为真的问明了题意主旨,心中稍安,不过两人胸中无点墨,眼见吩咐前来传递的人都给监考守护的杂役赶走了,真是又气又急,在场中做出肚子疼、头疼、呕吐的各种丑态。沈翰林只是微笑,却仍不许他们出门。

顾文玉思如泉涌,奋笔疾书,不多时已经完卷,见车大、柳希潜悄悄移近桌来,便故意离得远些。

柳希潜低声叫道:"顾兄,你是个好人,借开头一段给我抄抄吧!"

车大也许愿道:"给我略讲一讲,回去我就请客。"

顾文玉道:"抄也该让你抄,讲也该给你讲,只是前些时太自大了些。若是让老师知道,我也脱不了干系。"

柳希潜见他不肯,只得装病道:"老师,学生夜里着凉了,一时头疼眼花起来,文章已经思量好了,只是没法写,等下次多作几篇吧!"

沈翰林微笑道:"既然身体不好,也不好勉强,就请回去吧。"

车大也趴在桌上大叫:"哎哟!我的肚子,疼死我啦,怕是绞肠痧旧病又发作了。"

沈翰林忙叫杂役把他们扶出去。二人出了门,精神一下就好了,笑道:"嘿,我没病。"

杂役问道:"二位相公怎么假装有病?"

"刚才是真病,现在又好了。"

"既然好了,二位请再进去,把文章作完怎样?"

"不行!不行,那样病又发作了。"二人边说边装作有病的样子,走出了沈家的门。

沈翰林将顾文玉的文章仔细看过,称赞道:"这篇文章议论深广,学问见识都很有独到之处,我看是个真才,前次委屈你了。"

顾文玉看时机成熟,便将谢英如何潦倒有才,替柳希潜作诗,车小姐为兄作诗传递说了一遍,末了,又道:"谢兄也很愿意拜识老师,只是不敢轻易登门,恐怕被门人讥笑。"

"顾贤侄的这位朋友才情不凡,你有这样的知交,早该邀他一同来了。麻烦贤侄明日邀他来我这里见一见面。"

"学生一定办到。"顾文玉赶忙应诺下来。

第二天，谢英果然如约来到沈家。

沈翰林闻报，出门相迎。谢英施礼道："久仰老先生盛名，今日能睹尊颜实乃万幸。"

沈翰林回礼道："先生读书万卷，下笔有神，老夫十分钦佩，请坐。"

谢英不敢上坐，道："既蒙先生夸奖，就该排在学生之中了，还是老师上坐。"

"先生过谦了，听顾贤侄说，柳希潜会考之作，是先生代写，果真有这事么？"

"实在惭愧！"谢英不好意思地点头承认。

沈翰林微笑道："外边人不知道内情，见我取了个白丁作第一，只说我醉酒后做了一件糊涂事，哪里知道这首诗本来就写得好，还算老夫眼不花，没有定为第二名。"

谢英道："名次学生倒不敢计较，只希望能得到老师的指教。"

"指教不敢，日后相互切磋就是。相公的学馆还在柳家么？"

"近日车兄又把我招到他家去了。"

"听说车生的妹妹，也很喜欢填写诗词。"

"我听说车兄会考的诗文，是他妹妹代作。"

"哈哈，这倒很有趣，会考不像会考，倒像是才子佳人唱和的诗篇。可惜先生可能已定亲了，车小姐自然也应该有了人家，不然的话，老夫少不了要从中给你们保媒了。"

谢英没想到沈翰林居然肯为他做媒，忙道："学生还没有定亲，就是车小姐也还没有定姻缘。"

"这就太好了！"

"不过她是富家小姐，恐怕不肯嫁给穷汉，自然要挑选豪门大族，缔结良缘。"

"择婿是要择才，怎么能讲究门第！我要给你们说合了。"

"还有一事，那柳希潜已抢先向车小姐求婚了，车兄与他关系最好，常在一起喝酒作乐。"

"难道就答应了？"

"车小姐执意不肯，她也是红颜薄命，满怀幽怨，只怕她哥哥强逼她嫁给白丁，误了终身。"

沈翰林也是性情中人，车小姐这样的才女嫁给柳希潜这样的白丁，岂不是糟蹋了么！不禁气得大叫起来："岂有此理，一个才华绝世的女子，怎能轻率抛给别人？官宦的后代，都是世交至友，我就是强来主婚，也不怕车生不依从。小女也懂得一些诗文历史，正要请车小姐来我家与小女做伴，到时说明情由，她自然乐于依从。"

"学生先谢老师的大媒了。"谢英知道车小姐对己有意，如今沈翰林又亲自做媒，这段姻缘已有八分了，自是十分欢喜。

沈小姐早听说车小姐极有文才，也很想与她相见。听爹爹说已派人去请，就坐不住了，时时差人去门口张望。

车小姐也非常仰慕沈小姐的文才，也早想来拜访，既有人来请，便带着钱妈一起过来。两下里见面，互道了一番仰慕的话。问起各人的爱好，针线刺绣竟然都十分生疏，不过除了看书便是练习书法，或是写一些小诗，就更觉亲近了。

说起近日的会考，两人都极力夸赞顾文玉和谢英的诗篇。丫头小凤嘴快，道："俺老爷也说顾相公果然有才学，说要把小姐许配与他。"羞得沈小姐要打小凤，却被车小姐拦住了，道："恭喜姐姐了。"

沈小姐道："你别听她瞎说，我倒要恭喜姐姐了。"

车小姐道："喜从何来？"

"听爹爹说，替柳相公作文的谢相公文才出众，英俊潇洒，因为四处漂泊还没定亲，爹爹说要替他保媒。"

钱妈道："是哪一家？"

沈小姐笑道："就是你家小姐！"

"可真的说这话了？"

"我爹爹主意已定，说是硬要为姐姐主婚。这不是天大之喜吗？"

车小姐心系谢英，却怕哥哥嫌他出身寒微，姻缘难成，一直忧闷于心，如今听说沈翰林要为自己主婚，心中的一块石头终于落了地。钱妈是十分乖觉的人，如何不懂小姐的心事？知道小姐不好意思表态，便道："既然老爷有这番好意，俺小姐就拜他为义父，与小姐姊妹二人住在一起就好了。"

沈翰林得知车小姐愿拜自己为义父，高兴得合不拢嘴，当即就认了亲。车小姐长沈小姐一岁，就做了姐姐，在沈家住了下来。

车尚公见妹子去了沈家，初时并不在意，后又听说沈翰林做主把妹子许了谢英，不禁气得火冒三丈："嘿，真是好笑！妹子嫁人，我做亲哥哥的都不知道。天下不通道理的人，再没人像老沈的了。会考的时候让我出丑，也就算了，一个妹妹，好好请到他家里去，就认了他做干爹，还公然主婚，许给穷得活不下去的小谢，竟然也不告诉我一声。有这样奇怪的事！"正骂着，柳希潜来了，问道："车大，出了什么事，这样烦恼？"

"不要提了，老沈真是好笑，竟然擅自做主，把我妹子许了小谢。"

"他又不是自家的叔叔大爷，怎好这样乱来？我有一个主意。"

"什么主意？"

"他若是肯把自己的女儿许给你，你才能答应由他把你妹妹许给别人。"

"我也是这样想的，可他又把女儿许给小顾了。"

"世上哪有外人来主婚的事，这是明摆着欺负你，你就该上门去骂。"

"若骂了也不理睬，又怎么办？"

"那就告诉亲友，齐去找他理论。"

"也不睬呢？"

"那就去告状。"

"不妙不妙，与戴乌纱帽的打官司，输多赢少，得另想办法才好。"

柳希潜想了一阵，道："我想你妹妹原该许给我，沈小姐原该许给你。上次我们一块商量的一点也没错。我们可以派人去说，要让老沈等秋试张榜以后再定。"

"那有什么用，我们又考不中。"

"这好办，我们可以先用钱买通报录的人，在未张榜以前，先假报你我中了。咱当夜就要求成亲，等生米煮成了熟饭，就算知道是假的，也只好不了了之。"

"嗨，真是妙计。"

"在外面要提前买题名录先传报，在家中也要假装着非常欢喜、热闹。"

"柳大，你的意思是要装得很像。"

"不错，要当真的一样，不仅要给报录人发赏钱，还要赏给他们衣帽。"

"没有条子怎么办?"

"这个也不难,刻一张纸条就行了。"

"赏给报录人的银子也要假装着用秤称一下。"

"只要能把老婆骗到手,花点钱财又有什么关系。"

"还是你有办法。"

"这就叫'愚者千虑,必有一得'。"

"只怕诈骗婚姻,是犯法的哟。"车大想到这里,心里有些发毛,但又想到不行此计,花容月貌的沈小姐如何能拥入怀中?从来就说"色胆包天"。车大与柳希潜暗中准备不提。

秋试过后。沈翰林在朝中原是很熟的,顾文玉、谢英三场考试的卷子也看过了,料定二人能够考中,高兴地回到府中静候佳音。

这天,沈翰林在书房中正细看谢英与顾文玉的诗稿,就听家院传报谢、顾、柳、车四位门生来访,便迎了出来。

叙礼已毕,说起这次考试,沈翰林道:"谢、顾二兄的卷子我都看过了,定然考中,喜得我都睡不着觉。"

谢英与顾文玉道:"老师过奖了。"

车、柳二人道:"学生的卷子,忘了给老师看了。"

"不用看,你二人的卷子也一定都很好。"沈翰林笑着道。

"听说老师的小姐就要挑选女婿,有中意的人没有?"柳、车二人把话切入了正题。

"已经选定了。"沈翰林高兴地道。

"哦,是谁呢?"

"就是顾文玉。"

"谁做的媒人?"

"是老夫亲自许配的。"

"顾文玉又有什么好处?老师就许给他。"柳顶撞道。

"嘿,顾文玉学识渊博,下笔成章,人又英俊高雅。"

"我看人才长相也很平常。至于文章么,谁不会做?"车尚公插嘴道。

看到沈翰林似乎要发怒了,柳又点了一把火:"车兄,你的妹妹,听说也已许配人了。"

"没有这回事。妹妹许配人，难道我这亲哥哥倒不知道？"

沈翰林见他俩一唱一和，存心是来找茬的，不禁怒道："她父母都不在世，做哥哥的应该用心查访，找一个好人家。"

柳希潜道："也没见许配得不好呀。"

沈翰林道："有几家都匆匆忙忙来我这里求婚，我比较一下，有人与她文才相貌都很相当。"

"文才相貌都相当，是哪一个？"柳希潜明知故问。

"就是谢英。"

车尚公黑着脸道："我没有答应，难道是我妹妹自己答应的？"

"我与你父亲是同辈人，按礼应在你父辈的行列，况且你妹子已拜我为干爹，这婚姻大事，我便代你过世的爹做主，又有什么不可？"沈翰林理直气壮地道。

柳希潜与车尚公见辩不过沈翰林，便撒起泼来，一人指着谢英，一人指着顾文玉骂道："你们两个狗才竟敢来抢夺我们的亲事，我们与你俩不能算完。"

顾文玉怕他们胡搅蛮缠，长此下去不好看，便向沈翰林道："老师，这门亲事还请多多询求才子名士，也免得人家乱发议论。"

谢英也道："这门亲事门第悬殊，学生也不敢有过分的奢望，亲哥哥又不答应，恐怕不那么妥当。"

沈翰林道："两位也不必怕他们，有我做主，有什么关系？"

柳希潜见沈翰林不让步，便道："老师把二位小姐许给他们，不过是说他们的才学好。"

"不错。"

"嘿，好才学也不是吹的，要名题金榜才是名副其实。"

"你也知道这个理么？"

"老师又怎么知道我们不能考中？"

车尚公接着又道："当初老师也说过，考试得中之后，方才商议亲事。"

"对，我曾说过这话。"

"那么，老师可不能失信。如果学生侥幸中了，便是老师的女婿，也不会给老师丢人。"

柳希潜也道:"如果学生也侥幸考中,只要娶车兄的妹妹,这里也预先说明。"

"你们怎么就认为自己能考中,谢英、顾文玉就不能中?"

柳、车二人得意地道:"若是他们中了,那无话可说。可是天下的事很难预料,多少巧的反被拙的嘲笑!倘若谢兄、顾兄偶然落榜,小弟们时运凑巧,也和上次会考一样取在前头,那时不要怪小弟不客气,亲事免不了要让给我们了。"

沈翰林笑道:"中还是不中,张榜以后自然能见分晓,何必预先估计?"

谢英、顾文玉只觉得柳、车二人好笑,两个白丁也想中,岂不是天大的笑话?接着道:"估计也就在这两三天内了?"

柳希潜道:"听说今年张榜最早。"

车尚公道:"我从报录人那里听说,不出今天。"

大家正说着,忽听外面人声嘈杂,不一会儿跑进一群报录人,嚷着道:"报报报,柳希潜相公、车尚公相公中了!"一面嚷,一面围着柳、车二人要赏银。

谢英、顾文玉见没有自己,不禁有些着急,几次询问报录人,报录人只是冷笑,并不理睬。二人只得向沈翰林告别,急急地走了。

柳希潜、车尚公眉开眼笑,道:"老师,这亲事可是学生我们的了吧。"两人说到这里,竟唱了起来:"新郎头上帽光光,门楣今日更显扬,今晚咱们就要入洞房。"唱完哈哈大笑着,被报录人簇拥着回家去了。

沈翰林见人都走尽了,心中疑惑难消:"奇怪,学识好的不中,偏偏中了这两个白丁?"正自苦苦思索,家院又来报:"禀老爷,车家、柳家又差人来说,今天夜里就来迎亲。"

沈翰林暗自思忖:谢、顾二人暂时怀才不遇,岂能让那两个白丁占了便宜,今天本是黄道吉日,趁此机会先把顾生、谢生招赘入门,省得他们再来找麻烦。

沈翰林吩咐下人将新房置妥当,为谢、顾二人举行婚礼也。

两对新人刚刚行过大礼,柳、车二人知道弄巧反拙,气急败坏地赶了来,道:"老师,你说过考中的才成婚,可不能耍赖。哼,也不怕招那个穷女婿被人耻笑。"

沈翰林道:"已经举行了婚礼,不必再说别的了。"

柳希潜、车大一人扭住谢英,一人扭住顾文玉,嚷道:"成不得!成不得!咱们就是大闹一场,拼个大家都成不了完事!"

正闹得不可开交,又有报录人直直地闯了进来,嚷道:"哪位是谢相公?顾相公?你们中了。"

这一嚷,满屋的人都吃了一惊,柳希潜、车大也松了手。

沈翰林喜道:"果然老夫的眼力没错,这位是谢相公,那位是顾相公。"

报录人取出录条道:"第一名谢英,第二名顾文玉。你二人中得最高,赏钱该加倍给了!"

柳希潜、车大嚷道:"只有条子不足为凭。"

报录人拿出全部录取名册道:"金榜题名的共有五百名,全部在此。"

沈翰林道:"怎么不见柳、车二位的姓名在上边?"

"恐怕先前的是假的了。"谢英道。

柳、车二人心中发虚,忽然又有报录人闯了进来:"报,报,报。"

来人道:"小人报是报升官消息的。"递上报录又道:"恭喜老爷被皇上选入内阁,要你们日夜兼程入京。"

沈翰林见柳、车二人灰溜溜地要走,又挽留道:"二位先不要走。不知车相公现在是否愿意把令妹许给谢英了?"

车大有些不好意思,道:"我本来就愿意许给他的。"

谢英行礼道:"多谢内兄。"

车大忙还礼道:"给妹夫贺喜了!"

沈翰林又道:"这两桩亲事,虽然都由我主婚,尚少媒人,想求柳希潜兄担当如何?"

柳希潜道:"理当效劳。"

"二位的亲事,都包在老夫身上,日后寻一个门当户对的佳人。"沈翰林道。

柳、车二人道:"谢老师。"

两对新人重又行过大礼,各入洞房。花烛下,道不尽的相思,说不完的温柔。一夜的鱼水之欢,也不必细说。

中国十大古典**喜剧**故事

风筝误

[清] 李渔

茂陵在爆竹声中迎来了新春，爆竹留下的残红与大地银装相映。穿着新装的孩子们在冰天雪地里欢天喜地地玩耍着。

　　大年初一的早晨。韩世勋看着眼前的雪景，陷入深深的思绪中。这天对于他来说，是个伤心的日子。

　　父亲病逝那一天，正是大年初一，父亲把他托付给结拜的好友戚补臣，他也就从此失去了双亲，寄居在戚家。

　　戚补臣拿他当做自己的儿子来对待，让他同儿子戚友先同窗修学。他孜孜求学，精通经史，能诗善画，才华横溢，被人推崇为当今的潘岳与张绪。而戚友先贪玩成性。

　　如今韩世勋已成年，自认为参加科举考试、求取功名并不难，难却难在不容易觅到称心的女子成佳偶。

　　在他看来，女子有两样不可缺少，即天姿和风韵。有天姿而没风韵，就像个泥塑的美人，无生气！有风韵而没天姿，又如同花面女旦不值一看。必须是既有天姿，又有风韵，才值得稍稍留连徘徊。但就是天姿、风韵都具备，也只能算半个，那半个还要看她内中的才华。倘若是内心粗俗，配不上花一般的容貌，也难以成为金屋之娇。可这样的女子到哪里去寻？

　　婚姻从来都是父母之命，媒妁之言，又怎么能亲自见过女子的容貌，试过女子的才学，才下聘礼呢？不过，他仍然认为不可以草率地订婚，宁可迟缓些，即使再难，也要等到有称心如意的女子才肯成婚。

　　韩世勋正沉思着，忽听仆人说："韩公子，老爷已在大厅上，正吩咐人找你呢。"

韩世勋来到大厅上，见戚补臣、戚友先都穿戴整齐地站在那里，便迎上去施礼道："老伯、贤弟，祝你们新年快乐！"

戚补臣非常高兴，忙说："贤侄，新年快乐！"

戚友先也说："对，对，我们都新年快乐！"

戚补臣看看韩世勋说："我最近事情比较多，对你有些照顾不周。听仆人说，你读书通宵达旦，要注意些身体。如果身体坏了，我就愧对你的父母了！"

韩世勋说道："老伯，小侄是异姓的孤儿，承蒙您的抚养、教诲，您恨不得挽我上青云，扶我上天梯，对我的深情早已超过了亲生的父子，我对您的感激也无法用语言来表达，就是先父在泉下有知，也会感激无限的！老伯怎么能说'愧对'呢？现在人与人之间，活着时尚且反复无常、玩弄手段，何况朋友死后，又有谁肯照顾他的子孙？可叹人死则友谊废，谁还会为知交流下真诚的眼泪呢？可敬的是老伯仍有古风。这样的恩德，不知哪年才能报答？我惭愧自己无能，没法衔环报德，只有感激流涕。"

戚补臣捋着胡须，说道："我与令先尊的友情，非常人可比！当年他把你嘱托给我，希望我把你抚养成人，给你成家立业，代他尽到父亲的责任。如今你已成年，只管用功读书，注意身体，别都不用你操心，我只希望你有朝一日金榜题名，也算完成了我一个心愿。至于结婚成家之事，你也不必担心，我会为你选一门理想的亲事，不会吝惜聘礼！我要对得起老朋友的嘱托！"

韩世勋欠起身说："老伯的话，小侄铭记在心！我一定用功读书，早日考取功名，也不枉老伯这么多年来的教诲。我若能考取，也要感谢贤弟对我亲兄弟一般的照顾，而不把我当做异姓的孤儿看待。"

戚友先在旁边听了，摇着手说："老世兄，古人说：'四海之内皆兄弟。'何况你我两家是有着深厚友谊的世交，如同一家人，哪里是什么异姓？本来就是亲兄弟，又何必过分客气？不如我们喝杯屠苏酒，求个吉利！"

戚补臣对仆人说："快吩咐厨房，将酒宴摆上来，我们要饮酒贺新年！"

酒宴便已摆好后，戚补臣邀韩世勋就坐，戚友先也随后入座。他们举起酒杯,共贺新年。一时间,杯觥交错,祝语频起。戚补臣看着这和睦友爱的情景,非常高兴。

酒宴将完时,仆人拿着帖子走来说:"禀告老爷,刚才詹老爷来拜年,说新年事多,不敢请见,留下帖子就走了。"戚补臣说:"快把帖子拿给我看。"仆人把帖子递上,戚补臣翻开,仔细看了看,说道:"原来是詹烈侯,是我极要好的同年科举。古人说:'礼尚往来。'他既然来了,我就应该回拜。你们尽管吃得开心,我去拜贺完毕就回来。"

戚补臣走出家门,乘上轿,朝着詹烈侯的府中走去。

詹烈侯,名武承,字烈侯,进士出身,官拜西川招讨使。他善于治理边疆,人老志壮,雄心勃勃,在朝廷中有很高的声望。但遭人陷害罢官回乡。他的正夫人早已去世,没留下个儿子。有两个小妾,一个叫梅氏,一个叫柳氏,各生一个女儿。她们从不谦让,一年之内就有三百天在争吵。

戚补臣来到詹府门口,詹武承匆匆走出来迎接,邀请戚补臣进入厅堂。二人坐定,戚补臣说道:"近来听说在川、广之间,蛮兵作乱,气势猖狂。朝廷议论纷纷,说是要重新起用詹兄,使你官复原职,不知是否确实?"

詹武承说:"我也听得些风声,但不知是真是假。我虽然两鬓斑白,身居山林,但得知蛮兵作乱,残害百姓,扰我边疆,我也很想披挂上阵,为民除害,为朝廷出力。可是,世事并非都如人的意愿,我只能强迫自己不想罢了。"

戚补臣闲聊会便起身告辞。

詹武承送走了戚补臣,大步走到柳夫人房前,侧起耳朵,轻轻地听里面的动静。

只听柳夫人说:"淑娟,你爹爹昨天在那边过年,今天这个时候都还没过来,大概又是被那老妖精缠住了。"

淑娟说:"今天是大年初一,爹爹绝不会使我们母女受冷落的,想必有要事缠身,再等一会儿会来的。"

詹武承听着,心中有些高兴,想道:"这女儿为父亲着想,真不错!"便提起精神,高声喊道:"夫人、女儿,快开门,我来了!"

淑娟听了,忙开门说:"爹爹,新年好!快进来吧!今天是大年初一,孩儿我准备了春酒，给爹爹、母亲祈求长寿。"说完，便吩咐人摆出酒菜，扶二老入席。

酒席上，淑娟举起酒杯说："祝父亲、母亲健康长寿。但愿年年都像今天，开心愉快！"詹武承也举起酒杯说："爹爹有你这样的女儿，非常开心！你已经十六岁了，爹爹祝愿你早日嫁个好郎君！"淑娟听了，脸颊飞红，娇声说："爹爹，你说些什么呀？"

詹武承略显忧愁地对柳氏说："夫人，我已近晚年，只有两个女儿。你生的这一个端庄聪明，也算替我争气，不愁找不到好人家。只是二娘生的那一个，容貌不好看，又生性愚蠢无知，我整天为她担心，真不知道她如何去做人家的媳妇。"

柳夫人夹些菜递到詹武承的碗里，说道："老爷，你也不要忧愁，世间的人和事总要有个了结。照我看来，也不能怪女儿不成器，只怪那老东西的教法不好。有那样的娘，就有那样的女儿，别人是没有办法改变的。"

谁知此时梅夫人和她的女儿爱娟已躲在门外听了很久，听到屋里对话后怒不可遏，梅夫人冲进门，指着柳氏怒吼道："小妖精，你同丈夫喝酒，凭什么把我娘儿两个当佐酒的小菜吃？怎么见得我的教法不如你的教法？怎见得你的女儿，要比我的女儿强？你不要自以为了不起，把别人贬低，也不看看自己是什么东西？"

柳氏站起身，大声回敬道："我才不是小妖精，你倒是个老妖精。为什么别人在房里喝酒，你却躲在墙角里偷听？可笑的是你这老狐狸，越老越猖狂，用迷人的手段到处寻郎。"

柳氏与梅氏在对骂中，动手打了起来，詹武承拦在中间，不住地劝解说："二位娘子，求求你们别发怒，也别动手！都是一家人，有什么样的冤仇，动不动就打人伤人？有话慢慢说，慢慢说！"

淑娟也上前将自己的母亲拉到一边，低声劝解，并用身体挡着母亲，以免被梅氏打着。

詹武承乘机也将梅氏拉到一边。

爱娟冲到柳氏面前，说道："三娘，我母亲教我的方法不好，你的教法好，以后就劳你教教我吧，我倒要好生领教领教！"柳氏侧过脸去，不理会她。

爱娟走到淑娟面前，斜着眼睛说："妹妹，你长得花容月貌，是做夫人的娇模样，举止端庄，又是皇后的尊贵腔调。我比起你来，又丑陋，又愚蠢，只能做个农家媳妇、商家娘子。将来你当了夫人、皇后，也该提携提携我，让我当个皇亲国戚。"

淑娟拉着爱娟的手，陪礼道："姐姐，是我们说错了话，请你原谅，你和我一直都是和和气气的，不要为了几句闲话，就成了冤家对头。"爱娟听了，低下头，不再言语。

淑娟又转身对着梅氏说："二娘，刚才是我母亲不对。请你看在孩儿的面上，不要生我母亲的气，好好保重身体！"梅氏听了这些话，非常舒服，心中的气也消了大半。说道："没想到愚顽奸诈的人，居然生下个贤惠聪明的女儿。好吧！今天看在你女儿的面上，不再与你计较，不过，以后若再听到你胡说八道，我不会这么轻易罢休！"又对爱娟说："孩子，我们回去。"

三人重新坐到桌边，正要举杯。朝廷的使者到了，朝廷下令詹武承官复原职，驻守边疆。

詹武承心中喜忧参半。喜的是重新受到朝廷任用，可以施展自己的才能，为国为民尽责。忧的是战乱之地不能带着家眷去，家中的事无法照管。自己在家的时候她们都整天吵闹，如果我走了，没有个和事佬，她们两个冤家，不知要吵到哪年才算完？

詹武承苦苦地想了许久，最后觉得在这宅子中间筑起一座高墙，把一个宅子分成两个院。梅夫人住东边，柳夫人住西边。这詹武承就在宅子的中间筑起了一道高墙。

詹武承匆匆上任，来不及与好友告别。当詹武承来到郊外，戚补臣设宴为他送行。戚补臣亲自为詹武承斟满酒，举起酒杯说："年翁此次出征，一定不会辜负皇上和朝廷的厚望，救百姓于水火之中。我在这里先敬年翁一杯。"

詹武承接过酒杯，一饮而尽。又拿起酒壶，斟满酒杯并举起说："我出任做官，你隐居乡间，并没有什么不同，只是各自有不得已的苦衷。今日我出征以后，还望年翁能帮我留意一下我的家庭。我也敬年翁一杯，聊表谢意。"戚补臣说道："年翁尽管放心，我会留意的。"说完，慎重地接过酒杯，一饮而尽。

酒过三巡，詹武承突然想起什么，对戚补臣说："老年翁，我又想起了一件事，要拜托你。今天如果没遇到你，也就忘记了。"

戚补臣问："是什么事？请尽管说，我会尽力的。"

詹武承想了想，说道："我年老无子，膝下只有两个女儿，现在已经长大，都是十六岁，还没有定下亲事。我这次外出远征，不知何时才能回来，我想拜托年翁，看在我们同榜登科、情意相合的分上，替我挑选两个好女婿。只要选择到好女婿，聘礼可以分毫不收。如果选择好良辰吉日，却因路远来不及告诉我，年翁只管按方便合适去做就行了。"

戚补臣说道："年翁放心！你嘱托的女儿婚嫁之事，我牢记在心，一定用心寻找美玉来配冰清。"

说话之间天色已晚，詹武承起身说："时间不早了，我该告辞上路了。"戚补臣便起身相送，眼看着出征的车马渐渐远去了。詹武承自从被朝廷重新任命为招讨使后，便昼夜兼程。

转眼到了清明，空中的风筝又开始在飞舞。它们上下飘摇，给天空带来了生命的活力。

在戚府里，戚友先悄悄地溜出书房，他长长地舒了一口气，自言自语地说："没想到我堂堂的戚家大公子，竟然也这样偷偷摸摸。这都要怪我父亲，当初在藩司任职时，不慎受别人的托付，白白收养了个赵氏孤儿……"

他说到这里，气愤地把花扯下，撕个粉碎。他一抬头惊奇地说："咦！又到放风筝的时节了。"大声喊道："家童快给扎风筝，我要去放。"

家童拿着风筝跑来说："少爷，风筝已经做好了。"戚友先站起身，拿过风筝看了看，说道："太素净了，你去请韩相公画上一画，我先到郊外等你。"

韩世勋坐到书桌旁，暗自想道："心中的烦恼与愁苦无人诉说，不如随手拈个韵，做首诗消遣消遣。"便翻开书拈韵，拈的是"一先"韵，然后拿出纸笔，细细研墨并微锁眉头想着。不久，便提笔写道：

漫道风流拟谪仙，伤心徒赋四愁篇。

未经春色过眉际，但觉秋声到耳边。

好梦阿谁堪入梦，欲眠竟夕又忘眠。

戚友先的家童走进来，拿出风筝，急急地说："韩相公，戚大爷有个风筝，求你给画一个画。"

韩世勋看着风筝，突然见到风筝下露出的未完之诗，便灵机一动，就把刚才没写完的诗写在风筝上。

家童跑进书房，看见风筝上题的诗，惊喜地说："原来题了一首诗，真是一字千金。这样更好！"家童便拿起风筝，欢喜地跑了。

戚公子早早到了郊外，眼看着满天的风筝飞舞，心中焦急万分，如同热锅上的蚂蚁。看家童把风筝拿来，戚友先狠狠地瞪了他一眼，接过风筝一看，怒气冲天地说："我叫你拿去画个画，为什么却让他写起字来？你是怎么搞的？"

戚友先也顾不上再说什么，急着放风筝，才一会儿时间，风筝就高高在天。他又集中精神，用力放线，让自己的风筝比别人放的更高更远。直到超过了许多人，他才得意地笑起来。

他一边放，一边想：这风筝又轻又巧，才放开手，就飞到天上去了，真是痛快！只是怕那风筝上的臭诗，将老天爷熏恼……

他正想着，忽然感到手中牵着的线一松，定睛看来，那风筝已断了线，摇摇摆摆地向下落去。他赶紧大喊起来："家童，家童，我的风筝掉下去了，快去给我拣回来。快点！"

家童闻声看去，果然见风筝正远远地下落，便朝着掉落的方向跑去。

在詹府的庭院中，柳夫人和淑娟坐在庭院里闲聊。突然，一个东西飘飘忽忽，拖着尾巴盘旋而下。二人慌忙跑开，惊叫着。

待东西落地，她们才看清楚，原来是一只风筝，拾起风筝，见上面还题着一首诗，便仔细读了一遍。

读罢，柳夫人说："孩子，这首诗语句优美，意境凄凉忧怨，一定是才子抒发忧愤的诗，只不过偶然地题在风筝上面了，你就以这拾来的风筝为题，和他一首，写在风筝的后面，给我看看。"

淑娟点头答应，她重新拿起风筝，仔细玩味一番上面的诗，又放下风筝，低头沉思，漫步在花间小路上。

她想道："只因为拾到的风筝题目新，母亲便要叫我和这首'阳春白雪'诗。要想超过它，真是难上难。更不知道母亲为了什么缘故，见了风筝上的诗句，就想出这种和诗的方法。它不过是像龙蛇一般的几笔正楷诗稿，又不是'鸳鸯'两字的颠倒，却为什么偏要叫我用织锦回文的和法来做诗？"

尽管她心中疑虑未解，但仍然仔细想着和诗。她柳眉微蹙，纤手弄枝，片刻之后便露出一丝笑意。她走到石桌边，提笔就写。

正写着，爱娟的奶妈走进来，说道："二小姐，大小姐说好多时间没有见面了，请你过去谈一谈。"淑娟边写边说："你先在旁边等一等，待我做完了诗，就同你一起去。"

奶妈听了，走上前来，惊奇地问："咦！这是哪里来的风筝？为什么要在它的上面做诗？"淑娟回答道："我们也不知道是哪家的风筝。线放断了，掉落下来。上面有一首诗，母亲叫我和它的韵。"说时已写完诗。她放下笔，重新看了一遍，然后交给柳夫人，说道："母亲，我的诗已经和完，请母亲修改。我到大姐那边去一下，很快就回来。"说着，便告辞了母亲，同奶妈一起走了。

柳夫人见她们离去，就拿起风筝，独自念诵起来：

何处金声掷自天，投阶作意醒幽眠。

纸鸢只合飞云外，彩线何缘断日边？

未必有心传雁字，可能无尾续貂篇。

愁多莫句穷窿诉，只为愁多谪却仙。

"好诗！好诗！"柳夫人禁不住连声叫好，称赞说："我想别人家的女子，有才华的，未必有容貌；有容貌的，未必有才华。就算才华容貌都有了，那举止未必端庄，德性未必贞静。我的女儿却样样俱全，她情意娇美姿态娇美，文笔比容貌更娇美；她见识高才智高，品德比才能更高。老成持重不觉得她年纪小，端庄贞静更增加了容颜的美好，真不枉人们称作'千金'，我自己当成掌上明珠。"

柳夫人坐到石凳上，再次欣赏起来。一个家童走过来说道："启禀夫人，戚老爷家来人说，戚公子在郊外放风筝，风筝线断，落到西角的高墙里，猜想可能掉到我们府里了，便派人来问取。小人刚才到梅夫人那里问过，她们没有拾到风筝。不知柳夫人您拾到没有？"

柳夫人说:"我们是拾到了一个风筝,就在这里!既然是戚老爷家的,你就拿去给他们吧。"家童拿起风筝,便转身跑出去了。柳夫人暗自想:"原来戚公子竟有这样高的才华,真是虎父无犬子啊!实在是很不错!"

快中午的时候,戚友先无精打采地回来,穿过大厅时迎面遇见韩世勋。

韩世勋问他说:"老世兄,你今天去郊外放风筝,为什么这样早就回来了?"

戚友先听这一问,就气上心来,说道:"为什么回来得早?这都怪你!是你那一首歪诗扫了兴!风筝刚飞上天,就断了线,被风吹到很远的地方去了。"

韩世勋恍然大悟地说:"原来是这样。"

戚友先白了他一眼说:"我看见它掉在城西角,大概是落到詹年伯家,我已经派人去找了。"韩世勋劝解道:"我看就算了吧,今天就不要再去放风筝了。你已经接连好几天在外面游逛,没有读书写字。万一老伯来查功课,只说我没有与你相互研讨切磋,如今就委屈你到书房陪我读几篇文章,再不要出去了。"说完,拉着戚友先走进书房。

戚友先很不情愿地坐到椅子上,胡乱抓起一本书翻着,心想:不如乘机休息休息……想着想着,便呼呼入睡了。

过了一会儿,家童边走边嚷着:"少爷,少爷,风筝找回来了。"

家童进了门说:"啊呀,少爷又睡着了。韩相公,请你替少爷把风筝收着,我要去侍候老爷了。"说着,将风筝放到桌上,转身离去。

韩世勋朝风筝看去,只见风筝上又多了一首诗,惊奇地说:"啊呀!是谁在后面续了一首诗?"便拿起风筝,读了一遍,连声说:"好诗!好诗!居然比我的还要强。"接着又说:"真是奇怪!詹老先生又不在家,这首诗到底会是谁写的呢?"

抱琴闻声,也凑过来看了,说道:"我听外面的人说,詹家有个二小姐,诗才最高,恐怕是她写的。"韩世勋听了,又细细看着说:"嗯,有可能?这口气像女子的口气,这笔迹也像是女子的笔迹,不用说就是她做的了。既是这样,不能让戚公子看见,趁他现在还睡着,赶紧揭下来,重新用一张白纸补上,他醒来也就看不见了。"说着,二人一齐动手,忙乎了一阵。

二人正在喘气,戚友先就醒来了,大大地打着呵欠说:"妙!妙!妙!白天睡觉真快乐!"韩世勋有些心虚地问:"老世兄,刚才你有没有听见我说些什么?看见我做些什么?"

戚友先站起身来答道:"你能说什么、做什么?还不是'诗云'、'子曰',低声吟诵像唱歌,高声狂吟像训斥,烦死人啦!"

韩世勋听他这么一说,知道他既没看见也没听见,便放心了,但又想让他马上离开书房,以免露出破绽,就说:"老世兄,你的风筝已经取回来了。"

戚友先高兴地说:"既然风筝取了回来,我就不能再陪你了。现在天色尚早,还有半天时间可以放,我先去尽尽余兴再回来……"说着,拿起风筝,一溜烟地跑出了书房。

书房里只剩下韩世勋和抱琴两个人。当确信戚友先已经出外放风筝后,韩世勋才慢慢地拿出诗来,仔细品味。

他眼睛看着诗,心里想着:"她的诗中只赞扬我才高,却没有露出丝毫情意来。不过,把诗细细地品味起来,那'未必有心,可能无尾'这八个虚字眼啊,却似乎包含着无限的情意。就是这诗的韵脚也和得不一般,它不是从头和起,而是从后面倒着和过来,或许里边寓着一个'颠鸾倒凤'的意思也说不定。这分明是有意投掷情梭,就像把'鸳鸯'两字颠倒过来一般,表示愿意百年好合。"

韩世勋用心猜着诗中的寓意,抱琴在旁边说:"我听人讲,她不但才高,容貌也长得非常漂亮。"韩世勋答着腔:"那是自然,这样好的诗,料想也不是丑女子写得出来的。依我猜想,她一定是一个不喜施脂粉、保持天然本色的美貌女子。"

抱琴奇怪地问:"少爷,你没有见过,怎么能知道呢?"韩世勋指着诗说:"你看,她的诗写得真挚纯洁,了无纤尘,又怎么肯用胭脂粉黛把面容涂脏?我如果能和她结成姻缘,即使早晨与她同床共枕,夜晚就死去,我也心满意足!"

韩世勋看着诗,爱不释手,越发想与这位女子结成连理了,自言自语地说:"今天风筝上的那首诗是我无心做的,没有一点挑情的意思。我现在再写一首诗，提出婚姻大事，便派人送去，看她怎么回答我？可是，这样做似乎有些不妥当。那该怎么办呢？"说着低下头，愁眉不展。

抱琴见他如此动情，也帮着想办法，抱琴在屋中转了两圈，高兴地说："少爷，我有主意了。"韩世勋急忙问道："你有什么主意？快说来听听？"

抱琴说："她家是侯门深似海，飞鸟也进不去，料想也没有人能把诗送到里面去的。我想，应该学戚公子，去放风筝。"韩世勋不解地问："那风筝又怎么能放得进去呢？"

抱琴慢条斯理地说："她家的宅子非常宽大，又靠在城边。你做一首诗，把它写在风筝上，我和你到城上去放，不要放得太高，只要放进她家的院墙，就把线一丢，你说不落在她家，能落在哪里呢？"

韩世勋听得连连点头，说道。"有理！有理！我就在这里做诗，你赶紧去糊风筝，将一切准备妥当，到明天一早，我们就去放。"

韩世勋重新坐到椅子上，拿着笔仔细推敲起来。过了很久，抱琴拿着糊好的风筝走进书房说："少爷，风筝糊好了，赶紧题诗吧。"韩世勋重新蘸上墨汁，写道：

飞去残诗不值钱，索来锦句太垂怜。

若非彩线风前落，那得红丝月下牵。

韩世勋写完，再次细看了一遍，又将风筝摆正，小声地叮嘱说："风筝啊风筝，我的这桩婚姻，就全靠你帮忙订妥了！你既然已经做了媒人，就该做到底，千万不要有始无终，使我的好事多磨！如果能够成功，你就是我的月下老人，我会终生感激你的。"说完，便虔诚地拜了又拜。

天刚朦胧发亮，韩世勋躺在床上再也没有睡意，便轻轻起身下床，穿着衣服走进花园。他走到竹林旁，遥望着城边的天空，心里想道："但愿那春风能解我意，将我字斟句酌的诗送到她的面前，送入她的秋波，不要出丝毫差错！没想到，从前我见过许多女子，都不曾动心，如今这个女子还没见面，我却为她痴情发狂，为她寝食难安。唉！世间的事真是很难预料。"

韩世勋和抱琴悄悄地拿起风筝，出了戚府，跑到城边，韩世勋问道："抱琴，你知道哪里是她家的宅院吗？"

风筝误

抱琴指着远处说:"从这座高墙开始,到那座高墙为止,方圆一二里,都是她家院落。"韩世勋说:"她家的确很大,可那么远,能放进去吗?"抱琴环视了一下周围,说道:"城上地势高,放风筝的人少,我们到那里,一定放得进去的"。韩世勋点点头。

韩世勋走到城上,他边放线边祈祷道:"彩线啊,你不要太短也不要太长,要计算好高低,不要相差得太多!彩线啊,你是一条牵动情意、系在脚上的红丝绳,要把风筝收放,让它翻过墙,将我的新诗落地。还要做一条游丝,萦绕在纱窗前,好让她举起纤纤手指,轻轻收慢慢拉,抽出我的情肠。"

风筝似乎懂得他的心情,轻轻飏飏飞上天空,飞到那宅子的中间,韩世勋见时机已到,便松了手中线,那风筝飘飘忽忽落到宅子的东边了。

他心存忧虑,忐忑不安。他想清楚地看个究竟,可毫无办法,只得自语道:"事已至此,我愁也无用。能否成功,只好听天由命。我还是回书房等候消息吧。"想到这里,他便朝戚家的方向走了。

在詹府东院的闺房里,锦帐未开,绣被垂地,爱娟发髻偏斜地躺在床上,懒懒地伸开四肢睡着。

忽然,她听到窗外有东西落地的响声,睁眼一看,纱窗上还挂着一条细线。她大声叫着:"奶妈!奶妈!"奶妈闻声进来说:"小姐,你醒啦!有什么事吗?"

爱娟坐起身,指着窗外说:"那里掉下什么东西?还有根线挂在窗户上,你快去看看。"奶妈说:"大小姐,你别怕!我这就去看。"

过了片刻,奶妈拿着风筝走进来说:"唉呀!原来也是一个风筝,也有一首诗在上面。"爱娟奇怪地说:"风筝就是风筝,诗就是诗,为什么要加上两个'也'字?你是不是也要学二小姐通文呢?"

奶妈摇头说:"不是,昨天我过去请二小姐来玩,她正拾到一个风筝,上面有诗,她便和了一首。今天我们又拾到一个,又有一首诗,所以才说两个'也'字。"

爱娟茫然地说:"原来是这样!那她的风筝还在吗?"奶妈回答道:"听说那风筝是戚公子的,他派人来要回去了。"爱娟急切地插话说:"她那一个是七公子的,我这一个自然是八公子的了。"奶妈纠正道:"大小姐,不是那个'七'字,而是'戚'字,是我家老爷的同年,戚补臣的公子。"

爱娟高兴地说:"这样说来,那公子既会做诗,又喜欢放风筝,一定是个风流知趣的人了!他让诗随着风筝放,只可惜上次掉在她那边,她不过回送一首吃不得用不得的歪诗;如果掉在我这边,我一定陪送几样东西,比如玉扣金簪,用来酬谢公子的多情!"

她越说越有趣,便推开绣被,走下床来看风筝。她左看看,右看看,然后说:"这个放风筝的人还不错。虽然我不识字,不知道诗的好坏,可是看他写得出这几行字,还很整齐漂亮,想来也不会是一个凡夫俗子。唉!怎么才能看见他呢?不如我张榜公布,他要想拿回风筝和诗,就得自己亲自上门来求,我不是就可以看到了吗?"

奶妈听了她这番话,问道:"大小姐,难道你对这位公子有意了吗?"爱娟回答说:"奶妈,自古道:'男大当婚,女大当嫁。'我今年已经整整十六岁了。你没看见东边的张小姐,比我小一岁,前天成了亲;西边的李小姐,比我大一岁,昨天生了儿子。如今老爷才去上任,不知哪一年才能回来。如果等他回来,才给我许配人家,我的脸皮都熬成了金黄色。没办法,我只能自做打算。今天我遇到这个公子,我当然有意与他成婚啦!只是我不知道该怎样办才好。"

奶妈想了想说:"大小姐,你也别太性急!依我看,也不是没有办法。上次二小姐拾到的,就有人来把风筝要回,难道我们拾到的,就没有人来要吗?等到人来要的时候,我就替你做个媒人,怎么样?……"

爱娟还没听完,就一把拉住奶妈的手,说道:"这样太好了!太好了!"奶妈松开手说:"你别急!先要把话说清楚。我给你做了媒,你怎么谢我这媒人呢?你该给我几两媒钱,几丈媒红?这叫做先小人后君子。"

爱娟连连点头说:"奶妈,你有这样的盛情,如果能成就这段姻缘,我会重重地谢你的。只要我和他一见面,我就马上送你两套衣服,一对金簪,你看怎么样?"

奶妈说:"那自然好。"接着又思考着说:"我想今天这个风筝,不是没有缘故的。昨日一个落在那边,今天一个落在这边,恰好都有诗在上面,难道天下竟有这样巧的事吗?这一定是那戚公子见了二小姐的诗,以为对他有心，所以又放一个进来讨回话的。"

爱娟着急地问："那怎么办呢？"奶妈转了转念头说："我现在就去门口等着。如果他果然来要的话，我就说二小姐为他害了相思，约他来相会。"

爱娟打断说："你说错了，不是二小姐，是大小姐我。"奶妈解释道："没错。你听我说，一来二小姐的诗名众人皆知，如果说是大小姐，他就会不相信。二来如果事情办不成，露出了风声，内外的人只谈论二小姐，不会谈论你。如果事情成了，你再讲出真情，让他求人来说亲，结成百年夫妻，岂不是万全的妙计。"

爱娟高兴地说："有道理！你快点去等，不要让二小姐抢先了。"

奶妈得了爱娟的指令，匆匆往门房走去。

过了一会儿，一个仆人远远地朝詹府走来。到了大门旁，敲门问道："府上有人吗？府上有人吗？"

奶妈闻声，猜到大概是来要风筝的，就打开门说："你是谁家的？到这里来干什么？"来人回答道："我是戚府的仆人，名叫抱琴。我家公子的风筝线断了，落到你们府上。公子特地派我来取风筝。"

奶妈故作生气地说："又是风筝！昨天来拿风筝，今天又来拿风筝，难道我们家是个风箱，让你扯进扯出的？"抱琴陪着笑说："也不知道为什么，那风筝就像有脚似的，偏要往你们府上钻。还请你能帮帮忙，帮我找出风筝，我才交得了差。"

奶妈有些不耐烦地说："你别跟我绕圈子！我问你，你家公子见了小姐的诗，有没有说声好？"抱琴见她直截了当，便叹息说："唉，别提啦！我家公子自从见到那诗，便焚香欣赏，细细体味，以致于废寝忘食，如痴如醉。我笑他忧心似煎没用处，枉费精神，只怕是才子害相思，才女少情意。不知你家小姐看了公子的诗，有没有一点点意思呢？"

奶妈听了他的一番话，便夸张地说："唉呀！我家小姐的相思，比你家公子害得还要厉害呢！她见了公子的诗，便停下针线长吁短叹，早晨梳妆却忘了戴珠翠首饰，夜里睡觉还挂着泪珠，就是梦中都仍然念着那首诗。他们两个的才思啊，分开是两位，合起来是一对。唉！恨只恨彼此隔着人又隔着天，近在咫尺却又无法相会。"

抱琴高兴地说:"原来你家小姐也想着我家公子!这真是太好了!既然这样,为什么小姐不把后来的诗再和一首,略微表露一些情意呢?我家公子看了诗,一定会央求人来府上提亲的。"

奶妈支吾着说:"诗倒是和好了。只是我家小姐想亲手交给他,还有许多心里话要说,所以叫我出来等你。"

抱琴听了,有些为难地说:"小姐的心意实在很好!可是,你家是深宅大院,我家公子胆子很小,怎么敢走进去呢?重新想一想,能不能有其它办法呢?"

奶妈胸有成竹地说:"没关系!你叫他今晚一更后放心大胆地来,我在这等他,保证不会有事的。"

抱琴见她如此坚决,便答应道:"好吧!就这样说定了。我马上回去告诉公子,可是,你一定要做得周密,千万不要弄出事来。"说完,便转身离去。

抱琴离开詹府往回走着,心中十分愉快,暗自想着:"没料到今天的事情办得如此顺利,詹家二小姐竟然这么多情!公子能与她结成姻缘,也算是才子配佳人,称得上天作之合。我今天也做了个侠义之士,只等他们二人拜堂成亲时喝他们的喜酒了。"

抱琴越想越得意,禁不住哼起小调,跨进了戚府大门,迎面碰上韩世勋。韩世勋急切地小声问道:"事情怎么样?小姐有没有写和诗?"抱琴悄声地说:"小姐不仅写了和诗,还邀请你和她见面呢!"韩世勋惊喜地说:"真的?什么时候?在什么地方?"抱琴答道:"约你今晚一更以后到她的闺房里去。"韩世勋有些为难地问:"她家看守严密,我怎么进得去呢?"抱琴说:"你放心!小姐的奶妈说,你尽管放心大胆地去,不会有问题的。好啦!我得去干活了。"说完,就匆匆走了。

韩世勋回到书房,心情非常激动。他想:小姐既能做出那么好的诗,又邀请我赴约,一定是一个貌比天仙、情深似海、才华横溢的丽人。如果今生能与这样的女子为伴,我也十分知足,再别无所求了。他这样想着,便更加急切地想与她相见。

夜幕低垂下来,谯楼上响起的一更鼓声远远地在空中回荡。韩世勋整顿了衣服,悄悄地走出戚府。此时天色已黑,他怀着忐忑不安的心情,低着头辨路，偷偷地踮起脚跟，轻轻地移到詹府门前，躲在一个角落里等着。

忽然听见詹府的大门"吱"地一响，门缝中走出一个黑影，轻轻地咳嗽了一声。只听那个人自言自语地说："已是一更过后了，难道他还没有来？说不定躲在哪个黑魆魆的地方，让我低声叫几下。戚公子，戚公子。"

韩世勋听了，知道是在叫自己，便高兴地摸着黑，走上前去，他边摸边走，不想一头撞上，疼得他"哎哟"地叫了一声。那女声说："你是不是戚公子？"韩世勋答道："我正是。"女声又说："我是小姐的奶妈，小姐让我领你进去。"说着，就一把抓着韩世勋的手，朝府中走去。

他们穿过大厅和回廊，走进小姐的闺房。奶妈说："小姐，放风筝的人来了！"爱娟在黑暗处问道："在哪里呢？"奶妈回答："在这里。"便将韩世勋的手交到爱娟的手里，然后说："你们两个先坐坐，我去点灯来。"说完，便摸索着出门去了。

爱娟拉着韩世勋的手，与他坐到一张凳子上，急切地说："戚郎，戚郎！这两天都快把我想死啦！"说着，便要搂住韩世勋。韩世勋躲开身体，小声地说："小姐，我是一介书生，能够接近千金之躯，实在喜出望外。只是你与我原是因文学而结交的，不是因为其他原因。所以，希望小姐略微舒缓从容些，不要有失高雅。"

爱娟笑着说："什么舒缓从容些？我们好不容易见面，哪管得了许多！"

韩世勋见言语相劝不行，便转了话题，问道："小姐，我后来写了一首拙作，不知小姐有没有赐和？"爱娟说："你那首拙作，我已经赐和了。"韩世勋急忙说："那就请小姐把佳作念一念吧。"爱娟顿了一下，说道："我的佳篇一时忘记了。"韩世勋吃惊地说："自己做的诗，只隔半天，怎么就忘了？请你再记一记。"

爱娟见赖不过去，就搪塞着说："我一心只想着你，真的把诗忘了。你让我想想。"说着，便转起念头来。稍过片刻，爱娟便说："嗯，我想起来了，我给你念念。"便摇头晃脑地念了起来：

云淡风轻近午天，傍花随柳过前川。

时人不识予心乐，将谓偷闲学少年。

韩世勋听罢,大吃一惊地说:"这是'千家诗'中的一首,小姐怎么说是自己做的呢?"爱娟听他一说,惊慌地答道:"这,这,这当然是'千家诗'的一首。我是故意念它来试试你的学问的,你果然记得,看样子你的确是一个才子。"

韩世勋执意地说:"小姐的原作,我总是想领教的。"爱娟有些不耐烦地说:"别提了!现在一刻值千金,我们该珍惜才是,哪有功夫去念诗?"说着,便硬要把韩世勋往床上拉。韩世勋惊得手足无措,有些站立不稳。

正时此时,奶妈拿着灯烛走进来,爱娟不得不松了手。奶妈一边放好灯,一边说:"灯来了。你们两人随便些,不要耽误了大好时光。我出去一会儿再回来。"说完便走了。

烛光照着屋里的一切,照亮了两个人。韩世勋微微抬头,朝爱娟望去,只见她的脸上敷满厚厚的脂粉,如同蜡面人一般,嘴唇涂得腥红似血,身材又胖又矮,不禁惊异万分,暗自惊呼道:"啊呀!怎么是这样一个丑女子!她那副打扮似妖魔,难道我真的见了鬼怪?她刚才讲的话文理一点也不通,昨天我见的诗怎么会是她做的呢?"

韩世勋从惊讶中回过神来,便想着脱身之计,说道:"小姐,今晚我听得你的吩咐便匆匆赶来,忘了家中的一件大事。现在忽然想起,便如坐针毡,我暂时向你告别,等改天再来拜访。"

爱娟着急地拉住韩世勋说:"不行!今晚来不来由你,可放不放由我。现在在这里,除了这一桩,还有什么大事可言?"接着,故作温柔地说:"公子,现在已是良辰美景,我俩何不共享呢?"

韩世勋脸色忽变,用力甩开手,生气地说道:"小姐,婚姻乃是人道的开始,如果没有父母之命、媒妁之言,就是苟合了。这怎么可以随便呢?"

爱娟也生气地说:"住嘴!我今晚难道是请你来讲迂腐道学的吗?你如果是个道学先生,就不该到这里来。你说要父母之命、媒妁之言,我认为都有了。"

韩世勋奇怪地问:"在哪里?"爱娟说:"人有三父八母。那奶妈应该算在八母之内。现在有奶妈主婚,就是有父母之命了。"

韩世勋无可奈何,又问道:"那媒人呢?"爱娟走到梳妆台下,拿出风筝说:"这不是媒人?如果没有它,我和你怎么能见面?我们自有奶妈主婚、风筝为媒,难道还不算明媒正娶吗?你还有什么话可说呢?"说着,便又将韩世勋往床上拉。

突然,闺房门"吱呀"一声打开,奶妈走了进来。韩世勋一惊,见是奶妈,便故意慌张地说:"不好了!夫人来了!"爱娟惊慌地松开手,韩世勋转过身,匆忙逃出门外。

韩世勋仓皇逃出詹家大门,回到戚府便精神恍惚。整日里昏昏沉沉,一合上眼睛便见到那丑女的模样。过了不久,韩世勋竟然生出一场病来。

听说韩世勋病了,戚补臣前来探望,韩世勋见了便要起身相迎,戚补臣连忙说:"贤侄,不要起来,我听说贤侄病了,便来看看。到底是什么病?现在病情好些了吗?"

韩世勋回答道:"侄儿我只是偶感风寒,没什么大碍。年伯不必为我担心!"

戚补臣看了看说:"这样就好,我想对你说,当初你父亲把你托给我,如今你已长大成人,天姿聪明超逸,品格不同寻常,一定能成大器。今年是大比之年,我想让你进京参加科举考试。可是现在你病了,该如何是好?"

韩世勋听了,精神一振说:"年伯,你放心!我只是得了点小病,很快就会好的。我一定会去京城参加考试。"

戚补臣说:"好吧!你当务之急是养好病。等你病好了,就上京应考。"说完,便起身告辞而去。

过了几天,韩世勋的病就好了,准备启程进京赶考。中午时分,饯别宴已经摆好。戚补臣、戚友先和韩世勋一齐坐到桌边。戚补臣拿出银两说:"贤侄,你此次进京应试要全力以赴,我在家只待你金喜讯报。这里有银子一百两,以备车船饮食之需,请贤侄收下。"

韩世勋接过银两,激动地说:"谢谢老伯!你对我的恩情比天高比海深,我这辈子就是衔环结草,也难以报答!"

戚补臣说:"贤侄千万不要这么说!我不求你衔环结草来报答,只求你勤勉得中,以慰你黄泉下的父母,也可以使我无愧于好友临终的嘱托。"接着,亲手斟满三杯酒说:"我斟下这三杯浊酒,是请你恕我年老不能送到郊外。我敬你三杯，祝你早日金榜题名！"

韩世勋慎重地接过酒杯，一饮而尽，说道："小侄一定尽力而为，不让年伯失望！"

戚友先也斟满一杯酒说："我也敬老世兄一杯，希望你金榜题名、富贵荣华后不要忘了旧时的同窗好友，不要自大骄傲。"

韩世勋说："我不会忘恩负义的！"说完便饮下这杯酒。

饯别宴结束后，戚家父子将韩世勋送出大门。戚补臣又叮嘱说："贤侄，你一人出门在外，要注意天气变化，千万要照料好自己。"韩世勋拱手说："小侄知道了。时间不早，小侄就此告别。"说完，翻身上马，扬鞭而去。

京城里人来人往，好不热闹。此时正是科举考试的时间，大小寓所中都住满了参加考试的人。

在一间寓所里，抱琴整理好衣物，又清扫了房间，便坐到椅子上，专心等着韩世勋考试归来。不久，便睡着了。

日近中午，韩世勋敲门进来，喊着："抱琴！抱琴！"抱琴惊醒，揉着眼睛问道："公子，你回来了？今天皇上考的是什么题目，你回答得怎么样？"说着站起身。

韩世勋坐下说："今天圣上临轩主持策问士子，出的题目是问洞蛮犯顺、该抚该剿的办法。我深切地陈述了对坏事不加治理酿成的祸患，详细叙述了平定叛乱的方略，自以为议论倒还切合实际，只是不知道皇上注意哪一方面。能不能考中，如今只好听天由命了。"

抱琴说："既然已经答完，就不必想了。现在已是中午，你想喝酒，还是吃饭？我这就去拿。"韩世勋懒懒地躺到床上，说道："酒、饭我都不想吃。我太疲倦了，想睡一会儿觉。"抱琴便替他盖好被子，轻轻走了出去。

韩世勋沉沉地睡着了。

天色已黑，忽然有人来敲门，韩世勋坐起身想："难道遇上了歹徒？"只听外面的人说："相公，你快开门吧！你的心上人来了。"

韩世勋感到莫名其妙，心想："我心上没有什么人呀！不过，我倒想看看，这个人是谁？"他想着，便起身打开门，吃惊地说："原来是詹家小姐，你来干什么?"

爱娟和奶妈一起挤进门。爱娟说："公子，你那天夜里吃了一场虚惊，没能成就好事。今天我特地来找你。"奶妈也说："戚公子，难得小姐有这番心意，你该高兴地接受才是!"

韩世勋使劲地摇着头说："这不行!这不行!如果说那天是想苟合，今天就是想私奔了。这绝对不行!再说我不姓戚，我姓韩，你们找错人了!"

爱娟蛮横地说："我不管你是姓戚还是姓韩!那天的风筝上是你的笔迹，我就只找你，不管你说什么!奶妈，快帮我把他拉上床!"说着二人便扑了过来。

韩世勋躲闪着，大声喊道："救命啊!救命啊!"寓所里睡觉的人，听到这惊慌的求救声，都冲了进来。爱娟见那么多人进来，立即捶胸顿足地哭起来，说道："你们快救救我吧!我本是良家女子，只因天黑走错了门，他就想强奸我，我不肯，他居然动手打我，你们一定要救救我，否则我活不成了。"

众人听说，冲上前来就将韩世勋五花大绑起来。韩世勋拼命地说："不是这样的!她在撒谎!她在撒谎!"可是没人理会他，有人说："这种人太可恶，该把他送到衙门里，让他吃官司，得点教训!"众人便连拖带拉，一齐把他送到官衙里。

县官戴着乌纱帽，睡眼朦胧地问道："你们夜里到这里来，有什么要事吗?"有人说："启禀老爷，我们抓到一个强奸犯，请老爷处理!"韩世勋挣扎着说："冤枉!老爷，我是被人冤枉的!"

县官摇头说："不准再吵!到底是怎么回事。让当事人慢慢说清楚。"

韩世勋跪在地上说："老爷，我实在冤枉!是她夜里跑到我的房间，硬要与我成亲，不是我想强奸她。"

县官嘲笑地说："世上哪有这样的事?你说她硬要与你成亲，有什么证据?"

韩世勋答道："黑夜之中突然发生的事，我哪里有什么证据。"

县官又问爱娟："小女子，你照实说，是你闯到他的房间要与他成亲，还是他勾引你去的?"

爱娟信口答道:"是他勾引我去的。"

县官说:"你有什么证据?"

爱娟说:"我有风筝为证。"说着,就从奶妈的包袱中取出风筝。

县官看罢,大怒道:"好一个风流秀才!你现在还有什么可抵赖的?明明是你勾引女子,要强奸她,反说她硬要与你成亲!衙役们,拉下去,给我重重地打!"

韩世勋被人拖着,仍然挣扎地喊道:"冤枉啊!冤枉啊!"

他正拼命地喊着,忽然感到有人在用力推他。他吃力地睁开眼睛,只见抱琴站在床前,说道:"少爷,你在做什么恶梦吧?看你满头大汗的样子。我可要恭喜你啦!你考中状元了!"

韩世勋疑惑地说:"抱琴,这不是在做梦吧?"抱琴答道:"这是真的!少爷,你考上状元了!外面还有报子在等着呢。"

韩世勋急忙起身,走到外面。报子问:"你就是韩世勋吗?"他回答"是的。"

报子上前施礼说:"恭喜韩老爷!中了第一甲第一名,是新科状元了!请状元老爷赶紧收拾停当,迁往状元府。"说完,便告退离去。

这时,韩世勋才渐渐明白过来,弄清了哪个是梦,哪个是真。

次日清晨,韩世勋被人接到状元府。抱琴跟随进来,赞叹说:"啊呀!这里又堂皇又宽敞,我这辈子还是第一次见到呢。"

韩世勋走进厅堂,看了看说:"抱琴,你就在这里收拾打扫一下,再照看着门房。我到书房里看看,休息片刻。"抱琴说:"好的。少爷,你尽管放心休息。"

第二天,天气晴朗。京城的大街小巷都挤满了人,许多富家的公子小姐也倚楼而立,都等着观看游街的队伍。

不久,锣鼓敲响,音乐齐奏。人们嚷着:"来啦!来啦!"便踮起脚,伸长脖子望去。只见新科状元穿着冠带官服,头上插上宫花,骑在披红的俊马上缓缓走来。有人窃窃私语说:"这个状元真是英俊潇洒,人材同文才一样好!听说还没娶亲,不知道谁家的女子能结上这门好姻缘。"

韩世勋骑在马上,满面春风,用挑剔的目光仔细审视着眼前经过的女子。抱琴跟在旁边走着,偶而回头望望,或悄声说句话。

他们慢慢地行进着，突然，抱琴小声地说："老爷，那楼上站的女子一定就是小姐。"

韩世勋放眼望去，心里说道："此女子故意卖弄风情，弄得油头粉面惹人厌，可惜了那空中弥漫的香气和曲折缥缈的盘烟。我不会被她迷惑，分得清真假美丑。"他轻声地说："此女子过分娇揉造作。"

韩世勋一行人继续向前走着。转过一条大街，抱琴指着对面的楼台说："老爷，那里的一个小姐长得挺好看。"

韩世勋仔细地看了许久，暗自说："这位小姐乍一看，杨柳腰美容颜，的确惹人爱怜。可细细瞧来，她两边的桃腮退去了颜色，柳叶眉间堆积着哀怨，也许是过分的挑剔，也许是爱慕虚荣，错失了时光，耽误了嫁娶。我没有殷实的家私和世袭的名声，哪里能满足她需要的一切？"便轻声对抱琴说："此女子依仗自己的好容颜，眼光太高。"

日近中天，游街的队伍在一座小桥边稍加休息。休息完毕，鼓乐重新响起，游街的队伍继续前行。韩世勋仍然骑着俊马，昂首走在队伍的最前头。

只剩下最后的两条街了，韩世勋颇为失望，默然想着："这偌大一个京城，年轻女子成千上万，可大多是装出的娇媚模样，没有让人爱怜的天然姿色，又怎么能合我的心意呢？看样子，我的意中人太难找了！"

忽然，抱琴有些激动地悄声说："老爷，你看前面！那个与媒婆站在一起的小姐非常漂亮，恐怕你没有什么可嫌弃的了。"

韩世勋望着说："嗯，相了一天，就只有这个还看得上眼。她恰似一株忘忧的萱草，叫人见了便心中舒畅。"

抱琴高兴地说："那老爷是中意吗？"韩世勋连忙阻止说："不行！她是七分妆扮三分容貌，四分天然六分人工，覆盖在衣服上的银红色虽浅，可衬罗衫的石榴裙太鲜艳。平心而论，她只能勉强做个小妾，怎么能居正位？我与她缺少前世注定的姻缘。"

抱琴有些不服气地说："这样的女子，你怎么还看不中？依我看，你这样挑选，哪里还有女子能相中？你也许是成心不娶。"

韩世勋摇着头说："你还不明白我的心意！"心中懊恼地想："哪里是我不想娶？人常说，看花自古在长安，谁料想花虽多却不耐看。我看遍了

京城的春色，可并没有闻到天香，更没有见到国色。我又怎么能草草率率，随意订下一门亲事呢！"

日暮时分，游街完毕。韩世勋和抱琴拖着极度疲乏的身体回到状元府。

韩世勋坐在椅子上，失望地说："唉！我以为京城美女如云，一定能够让我早日结良缘。谁知道十有八九叫人掩鼻而过，经得起注目相看的，百里之内也没有二个，真是太让人失望了。"

抱琴劝解说："老爷，你别灰心。我听人说，扬州自古产琼花，也一定有绝色的女子。不如我们请假回乡，顺路到扬州去选美女。你说怎么样？"

韩世勋听了，高兴地说："那太好了！明天我就去请假，现在赶紧休息。"抱琴听了，便转身离去。

清晨起来，戚补臣独自到花园中散步，愁思始终萦绕在他的胸怀。他不禁想起了往昔的岁月：

当初，戚夫人生下一个儿子就去世了。自己怕儿子夭折，便全心全意地抚养他，甚至过分宠爱放纵他。谁知儿子长大了，却不思上进，只喜欢做不正经的事。前些日子，还有韩家侄儿与他同窗研讨学业，虽然他心如野马，却还像被束缚住的猿猴。可自从韩生进京赴试以后，儿子则像脱缰的野马，白天赌钱，晚上嫖妓，很难见到他的影子。自己再怎样责备训斥，他都当做耳旁风，不予理睬。如今，自己已无可奈何，只得想出给他娶媳妇的办法。

他正想着，管家走上前来说："启禀老爷，媒婆已经来了，正在厅堂里等着呢。"戚补臣说道："知道了，我这就进去。"说着，便急急地走出花园。

戚补臣来到厅堂，媒婆就迎上来嚷着说："成啦！成啦！戚老爷，我遵照你的吩咐，到詹家去替少爷说亲，詹夫人听了非常高兴，满口答应下来。只有一件事，她说詹老爷不在家，没有准备嫁妆，想先请少爷到她府上成亲；等詹老爷回来，再准备嫁妆，然后一齐送回戚府。"

戚补臣听罢，心中立刻轻松了许多，高兴地说："这样更好。等我挑选个吉日,一面下聘礼,一面送去成亲就是。"

媒婆说:"那我就告辞了。"说着,转身出了厅堂,走出戚府大门。突然有几个人敲锣打鼓地走来,问道:"这是戚补臣的家吗?"媒婆说:"是的,你们有什么事吗?"来人答道:"我们是来报喜的。"说着,走进大门。

戚补臣听见锣鼓声在府中响起,便走出大厅问道:"这是怎么回事?"来人说:"我们是报子,韩世勋是住在你家吗?"

戚补臣回答说:"是的。有什么事吗?"

报子施礼说:"恭喜老爷!韩相公中了头名状元。"戚补臣怀疑地说:"真吗!你们弄错了没有?"

报子说:"是真的!没有半点差错!登科喜报就在这里,请老爷仔细看吧。"说着,将喜报递上。

戚补臣看了说:"的确中了状元!快请你们去领赏。"管家应声。领着报子走了。

戚补臣看着喜报,高兴地说:"今天是双喜临门,我要喝个痛快!"说着,便走出府门,朝酒馆方向去了。

几天以后,詹家张灯结彩,喜气洋洋,戚公子穿着新郎的衣服,詹爱娟身穿新娘衣,头罩纱巾,双双来到堂上举行婚礼。霎时间,音乐此起彼伏,贺喜声接连不断。

夜幕降临,更鼓敲响,人们簇拥着将新郎、新娘送入洞房,点上红红的蜡烛,便喜笑颜开地走了。

戚公子被摆弄了一天,心里早已不耐烦,急着想看新娘有多美。此时,见众人散去,便迫不急待地揭开新娘头上的纱巾。他大吃一惊,心里大呼道:"唉呀!我原以为詹家小姐是一位漂亮的女子,没想道她居然那么丑!瞧她那凸鼻子凹眼睛,真是奇丑无比。虽说我以前嫖女人,常常美丑不论,可从没见过像她这样丑得绝伦的。这哪里还有什么新婚快乐,简直是让人活受罪!"

爱娟见戚公子揭了头上的纱巾,就闷闷地坐在那里,有些奇怪,她忍不住偷偷看去,有些吃惊地说:"戚郎,我与你只有一年没见面,你怎么就老成这个样子?是不是内心忧愁,害了相思病,才变得面容憔悴。"

戚公子听了更为吃惊。可爱娟全然不知,继续说:"那一晚呀,都是奶妈不好，直撞进来，吓跑了你。可我从那晚起到现在，就一直想着你，等着你，流尽了千行泪，才总算等到了这一天。"

戚公子听到这里，拍着桌子，大怒道："呸！你这丑淫妇！你难道瞎了眼，连人也不认得了！你仔细看看！我哪里到过你家？哪里见过你？哪里撞着过什么奶妈？不知道你被哪个淫夫奸污了，还恬不知耻地把我当成他！我恨不得杀了你！趁我还没动手，你赶紧给我叫仆人，快点准备轿子，我要回家去。"詹爱娟知道认错了人，惊吓得大哭起来。

梅夫人正要休息。忽然听见洞房里传来哭闹声，心里想："为什么洞房里闹个不停？是不是女儿娇羞害臊，不解风情，公子粗鲁莽撞、不会温存，我这做母亲的又怎么能去教？就由他们自己解决吧。"

可闹声越来越大，她怕旁人听见耻笑，就走到新房门口，敲门道："贤婿，你们这是怎么啦？为什么这样吵？"

戚公子拉开门，吼道："我不是你的女婿，你的女婿去年就有人做了！"梅夫人吃惊地说："女婿，你说什么糊涂话？我没听懂，请你指教明白点。"

戚公子怒气冲冲地说："指教，指教，还是不说为妙！如果我说出来，只怕你要上吊！都是你治家不严，黑夜里开门请强盗进来，预先被别人梳拢了你家的贱骨头。如今教我来承担这乌龟的名号！"

梅夫人大惊失色地说："不可能？我家门禁森严，三尺男童都不得擅入，哪里有这样的事？请问贤婿，这话是谁说的？难道是想诽谤我女儿吗？"

戚公子冷笑着说："哼！诽谤！我请问，别人想诽谤你女儿，你女儿肯自己诽谤自己吗？这些话都是你那宝贝女儿亲口说的！"

梅夫人压着心头的怒火，对爱娟说："你这个贱人！居然做出这样不争气的事情，还要对丈夫说，真是要把人给气死了！你给我从头说清楚，不然的话，我饶不了你！"

爱娟停止哭泣，低声说："去年清明节前，有个戚公子的风筝掉在我家，他黑夜里来取，我们说了几句闲话，其实一点也没有别的事。那晚灯暗，我没有看清楚，今天还以为是他，就提起旧话，哪知道不是那个戚公子。"

梅夫人捶胸顿足地骂道:"你真是作孽的冤家!做出这种败坏爹娘脸面的事来,该怎么办呢?该怎么办呢?别人知道,可怎么得了啊!"

她哭骂了半天,才擦了眼泪,对戚公子说:"贤婿,这都是我女儿不争气,怪不得你要发火。只是今夜你如果不成亲就回家去,那我家的体面固然坏了,就是你府上的名声,恐怕也有些不好听。我替小女给你陪罪,求贤婿多多包涵,暂时结为夫妻,图个正房假号,以后就随便你去娶三妻四妾。不瞒贤婿,你丈人还有个小妾,就住在隔墙那边,平时与我合不来。如果让她知道,我这一生怎么受得了她尖酸刻薄的嘲笑?"

戚公子听她说了一大篇,根本没当回事,直到听说随他娶三妻四妾时才有些动心,便说道:"那就对她说好,成亲之后我就要娶小妾。世界上的女人,常常是貌丑且淫荡的人却格外会吃醋。不要等我娶小妾的时候,她又在旁边放肆起来。"

梅夫人委屈求全地说:"不会的!有我在这里,贤婿不要多虑。"接着又将爱娟拉到戚公子面前说:"你赶紧过来谢谢戚公子!不过,我只能饶你个初犯,如果以后再是这样,我就连前一桩一齐发落,决不轻饶!好了,你们两个赶紧安歇吧。"

梅夫人走出来,将门关好。抬头望去,月亮已经西斜,天边现出了黎明的曙光。

暮春时节,京城的街道两旁杨柳轻拂,偶而也有从楼台上飘下的花瓣。韩世勋独自坐在书房里,心里想:"我向朝廷请假回乡,已经提出许久了,可一直没得到回音,去扬州选择配偶的事也没办法进行,真让人烦心!我以为功名或早或晚,都是身外之事,与我没什么相干。而婚姻却不能太迟缓,否则忧愁会使得红颜变苍老。朝廷迟迟没有回音,不知是什么原因?"

突然,他听见有人喊着:"韩世勋接旨。"他立即整理好衣服,出来跪地接旨。宫中使者展开圣旨读到:

"诏曰:请求征战杀敌,从前曾有终军;投笔从戎以封侯,今天岂无定远侯似的人。军事本领可以验证他的政治才能,当将军则是做宰相的基础。现在蜀地连连传来警报,朕为之震怒,因此要施行讨伐,重整军队。

只有选出主将之才，征讨之功才能奏效。如今根据内阁大臣的保荐，称翰林院修撰韩世勋，素来通晓兵法，文才武略兼优，因此委派你带领军队，星夜驰往进剿。赐你上方宝剑，耽误军令者，不妨先斩后奏；有关的军政大事，只要有利于国家，就任凭你根据具体情况处置。捷报一到，进官三级。迅速施展你的奇计，以符合王命的号召。谢恩！"

韩世勋三呼万岁，接过圣旨。使者问："先生既然已接受王命，准备何时出发？"韩世勋答道："边疆吃紧，圣上的期限很严，小弟今日就上路。"使者说："这样就来不及相送了，我们在此告别吧。"说完，告辞而去。

不久，韩世勋就来到军中，整顿好兵马，浩浩荡荡向西川边城开进。

日近晌午，爱娟仍然躺在床上酣睡着。一束强烈的阳光，透过纱窗和帘幕，直射到她的脸上。她渐渐地被刺激醒来，伸手摸摸枕边，空荡荡的，她知道戚友先又早走了。

她侧起身，躲开光线，想道："戚郎又到哪里寻花问柳去了。唉！自从成亲之夜露了风筝的马脚，便坏了我一世清白名声。如今还不满一月，他就想要娶小老婆。我若说个'不'字，他就要把事情张扬出去。可是这世上的小老婆能娶吗？如果真的娶进来，假使三个夜晚要分出一夜，我半年就要守两个月的空房；假如两晚轮我一夜，就是活一百岁也要守五十年的寡！这真叫人毛骨悚然！我仔细想来，自己有了那些小过错，这一辈子要想他循规蹈矩，替我守节，恐怕是不可能的。如果容许他娶小妾，不如答应他嫖妓；如果允许他嫖妓，又不如容许他偷情。这是因为妓女送旧迎新，不靠一人养到终身，不像小妾是个贴在骨头上的疮，所以娶小妾不如嫖妓。那又怎么说嫖妓不如偷情呢？因为娼家去来自由，让他无拘无束；可若与良家女子偷情，则需要有人传递书信，定要受许多限制，就还有许多时间与妻子在一起，所以最好开这条门路。"

她想了许久，便懒懒地起身，穿好衣服，走到院子里，只见戚友先正站在院子中间的隔墙下看着什么。她非常奇怪，便轻手轻脚地走了过去。

她站在戚友先的背后，见他用一只眼睛贴在墙上的小洞朝那边望去，口中低低地喊着："二小姐！二小姐！"

爱娟心里想："噢！原来他是看中了我家妹子，才没出去。既然这样，我不如将计就计，让他勾搭上手，叫他也做桩亏心事，省得总数落我以前的事。而且三娘平时喜欢夸嘴，说她的教法比我母亲的要好得多。现在让她的女儿也弄出些事来，等我拿住把柄，省得她欺负别人。我这一桩事可以箝住三人的口，又免去了娶妾的后患，真是太妙啦！"

她想到这里，非常得意，听见戚友先又稍稍提高嗓音喊"二小姐"时，便高声地答道："大姐夫！"戚友先回头看见，大吃一惊。她说道："你叫得这样亲热，我如果不替她答应一声，岂不是太辜负你了。"

戚友先听了，笑着说："娘子，你怎么这样识趣！我正有话要与你商量，咱们回房去慢慢说。"便搀着爱娟走回房中。

他拿椅子让爱娟坐下，然后说："我看你妹妹长得非常漂亮，就像天女下凡，我对她也非常多情。想把她当做二乔合在一起。"

爱娟嘲笑着说："花街柳巷有那么多漂亮女子，你选几个嫖嫖就是了，何必想着隔墙的红杏呢？"戚友先说道："我采遍了墙上花路边草，全都是普普通通的，哪里比得上这琼花玉蕊所特有的奇香呢！"

爱娟不加理会地继续说："你今天要娶小老婆，明天也要娶小老婆，尽管娶漂亮的来受用就是了。我詹家没有什么好女子。"戚友先耐着性子说："如果能得到她，我情愿守坚贞，不再娶小妾。"

爱娟说："你现在花言巧语，骗我替你做牵头，只怕你到手后又不是这样说了。"戚友先急着说："我对天发誓：老天爷！我戚友先如果与二小姐有了私情，还想再娶小老婆，就叫我生烂疮、不得好死。"

爱娟慌忙说："这怎么可以？你死了，我还得守寡，活受罪！好吧！我就替你想个办法，让你能够下手。不过，你要温柔些，否则她的性子可不好惹！"戚友先连连点头。

第二天上午，空气凉爽，庭院清闲。淑娟梳洗完毕，便独自走到院中的石桌旁坐下，开始做起针线来。

不久，爱娟的奶妈走来说："二小姐，大小姐说，花缸里开了一朵并蒂莲，请你去一起玩赏。"淑娟一边做着针线一边说："现在不比从前了，有姐夫在家，男女混杂不雅观，我不便再过去了。"

奶妈说："戚公子回去看父亲，要好几天才回来。大小姐在家很闷，所以请你去作伴，一起玩。"淑娟听了，停住手说："既然这样，我就收拾好针线，与你同去。"说完，便收拾停当，与奶妈走到东院。

淑娟刚跨进爱娟的房门，就听爱娟大声说道："妹妹，你来了！我一直因为你姐夫在家，没能请你过来，心中很想你。"淑娟说："承蒙姐姐挂念！咦！姐姐，你的床边为什么挂着一口宝剑？"

爱娟回答道："我从小就有点怕鬼。母亲说宝剑可以镇邪，因此叫我把它挂在床头，也好避避邪。"回头对奶妈说："我们姐妹在这里看花，去泡些茶来。"

爱娟拉着妹妹的手来到花缸前，指着花说："妹妹，你看这两朵荷花开在一条枝茎上，多么好看！说来也真奇怪！我年年种荷花，从没有见过开出并头花的！今年与你姐夫成了亲，它也装妖作怪，学着人做起风流事来。"

淑娟微微地笑着说："姐姐，你不要用轻浮的语言将花诽谤，可怜它不懂人语，难以申诉心中的冤屈。这只不过是根蒂好，偶然开花成双，哪里是因为所见才联成一房。"

爱娟才看了片刻，便心不在焉，大声地喊着："送茶来！送茶来！"可没有回音。她愤愤地说："怎么回事？奶妈和丫环们都干什么去了？妹妹，你坐一会儿，我去看看。"

她见淑娟仍然看着荷花，便轻轻地走出门，再轻轻地将门反锁上了。此时，戚友先躲在马桶边黑魆魆的地方，早已不耐烦，便乘机悄悄走出来，心想："我本应该走过去与她温柔体贴一会儿再动手，可是怕她见了我就惊慌做作，我不如乘她不备，从背后走过去，一把搂住，叫她无法脱身。"于是他悄悄地走上前，正想搂住，不料淑娟猛然回头看见，惊慌地躲着，大声叫道："你这是干什么？你从哪里出来的？为何这样放肆？姐姐，快来呀！"

戚友先伸开双手，一边朝淑娟逼去，一边大笑着说："小姐不必喊叫，这是令姐的好意，要成全我俩的这场姻缘，才出去回避的。你如果不相信，去看看房门，那是反锁着的。我求你发发慈悲，成全了我吧。"说着，朝淑娟越逼越近。

淑娟极力地躲避着。当戚友先猛扑过来时，淑娟一闪身，躲到床边，一眼见到那口宝剑,便迅速取下,愤愤地说:"我今天中了奸人的计。你好好地放我出去就算作罢;如果不放我出去,我就要借她的宝剑杀了你,只当驱除鬼怪。"

戚友先想:"哼!她是想吓唬我,不如我乘此机会也吓吓她!"便说道:"小姐,我为你害下不尽的相思,你如果不肯搭救我,我就会死去,倒不如求你把我杀了吧。"说着,便跪地嚷着:"你杀吧!杀吧!"

淑娟愤怒地说:"收起你的鬼把戏!不要以为假装拼死就能骗我。我也是一个贞烈的女子,偏要砍断你的头。"说着,便挥动宝剑,想要砍杀下去。

戚友先见状,惊恐地躲避着,心想:"我本是假意求死以换好事,谁知她真的要杀我。"戚友先东躲西藏,毫无用处,便大声喊着:"娘子救命,快来救命。"

爱娟在外听到叫喊,不知有什么事,便赶来打开门,见淑娟正拿着宝剑追赶戚公子,急忙说:"妹妹,你为什么动起武来?"淑娟愤怒地说:"我与你是嫡亲妹妹,有什么冤仇,你却设下这样的陷阱来害我?走!和你一起到母亲面前说清楚。"说着,便扯住爱娟要走。

爱娟一面让她松手,一面说:"妹妹,自古道'用酒劝人,终无恶意。'你不愿意就算了。何必告诉母亲呢?我给你赔不是,求你宽恕了吧!"说完,便跪在地上。

淑娟看着说:"不告你也行。不过,从此我们一刀两断。"说罢,扔下宝剑走出去了。

爱娟见妹妹走了,又见戚友先惊魂未定的狼狈相,站起身来嘲笑说:"这事是她不愿意,我也尽心了。从今以后'娶小'二字就不要再提。你这样的才子,只好配我这样的佳人,别再胡思乱想了!"便拾起宝剑,走出门去。

詹武承、韩世勋合力消灭洞蛮叛军以后,班师还朝。詹武承请按察使提亲,韩世勋以婚姻之事自己不能自作主张为由,拒绝了提亲。

詹武承有些失望,但转念一想:"我与戚补臣是很要好的同年。去年我赴任时,曾把女儿的婚事托付给他。看来两家的权柄都握在他一人手里。我不如马上写一封信送去,只说韩状元已经与我当面定好婚约,只因没有禀告他不能下聘，叫他在家成全这桩好事，岂不是太妙了吗？"

便匆匆写好书信，派人送走。

韩世勋告假还乡，快到家门时心情特别舒畅。

暗自想道："我原以为出征边城要几年的时间，谁知一年后就得胜还朝，皇上不但破级提升，而且要把当朝宰相的女儿钦赐完婚。提升我很高兴，可婚姻却不想答应，所以只说家中已定下婚姻，连上三道奏疏，方才推辞脱身。如今我告假还乡，顺便去扬州选择佳偶。我想，洞房花烛指日可待，无须再为迟迟未婚而忧愁了。"

他万万想不到戚补臣已经替自己定好了亲，回到家后在戚补臣的强迫下举行了婚礼。

婚礼完毕，韩世勋走进洞房，便坐在一张椅子上。他心里想："这勉强接受的姻缘，实在叫人难以承受。被众人折磨了一天，到现在才算结束。可是面对这个冤家，我更是双眉紧皱，比白天还要难忍受。"

一更过去，淑娟仍然静坐在一旁。韩世勋有些奇怪，暗自想道："今天真奇怪！她居然良心发现，自以为没有脸面再见我，便将脸遮在纱巾之下，不敢露出。唉！她哪里知道，这小小的纱巾，又怎么能遮住许多的丑态和往日的羞耻呢？"

他叹息着，斜着眼睛略看一眼，心中猜想："她大概是知道当初的轻狂举动让我厌恶，所以今天假装出这个端庄的模样。可惜啊！现在端庄已经太迟了！随她如何假装娇柔羞涩的姿态、千般的模样，我都不会上当受骗，看她那奇丑模样。"

他又坐了一会儿，便想："我看她装不了多久，就会露出本来面目，手舞足蹈起来。我还是趁这机会早早去睡吧。"他打定主意，便拿着灯烛去睡觉了。

淑娟坐在那里，等了许久，不见新郎过来揭开纱巾。二更过去，她忍不住隔着纱巾，朝新郎坐处望去。可那椅子上哪里还有人？新郎已经和衣躺在床上睡着了。

淑娟大吃一惊，想道："唉呀！他为什么独自去睡了呢？莫非是多喝了几杯喜酒，烂醉如泥？莫非是多病的身体太柔弱，经不起婚礼的劳累？莫非是昨夜寻花问柳，因此精神太疲倦？不论怎么样，他如今把我丢在这里，不理不睬，难道我好自己去睡觉吗？我难道要冷冷清清地独自坐着过夜吗？没办法，我还是拿灯到母亲那里去吧。"她想着，便站起身，拿灯走出，把门轻轻拉上。

淑娟拿着灯来到母亲门前，轻轻敲门说："母亲，开门呀！"柳夫人打开门，惊奇地说："啊呀！孩子，现在是良辰吉时，你们正好成婚，要什么东西，只需叫丫环来拿，为什么自己走出来呢？"

淑娟走进门，放下灯烛说："孩子我不要什么东西，只是来和母亲睡觉的。"

"什么？你不跟女婿成亲，反而来和我一起睡，这是怎么回事？"柳夫人有些吃惊地问。

淑娟略微皱起眉头说："我也不知道是怎么回事，他进房以后，身子也不动，口也不开。坐到近二更，竟然独自去睡了。我无法一人独坐，所以来和母亲一起睡。"说时，声音有些哽咽。

柳夫人听呆了，半天才说："怎么会有这样奇怪的事？我看他进门时就有满脸的怨气，后来拜堂喝酒，他一直是勉强支撑的。这样看来，一定有什么不满意的地方？孩子，你别急！暂且在这里坐一坐，我去问个明白，再来叫你。"说着，便唤来丫环，举着蜡烛走出门。

柳夫人来到新房门口，丫环梅香喊道："韩老爷，请起来。夫人看你来了。韩老爷，快快请起。"

韩世勋朦胧中听见喊声，起床打开门，问道："夫人深夜到此，有什么事吗？"柳夫人走进门，拉长脸说："贤婿请坐下，我有话要请教。"等韩世勋坐下。她说道："贤婿，我家虽然贫寒，小女即使丑陋，可既然贤婿你不嫌弃，缔结了婚姻，就应该成就婚姻的盟约。为什么刚进门就愁眉苦脸、怨气冲天，完全没有新婚的欢容。新婚之夜，独自成眠，还像什么新婚的体统？我想你自有你的理由，可我想知道为什么？请你明白告诉我？"

韩世勋低着头说："我不和你的女儿同床，当然有原因。明人不需细说，请岳母自己去了解清楚。"

柳夫人生气地问："是不是因为我家贫寒，门不当、户不对？"韩生说："都是仕宦之家，门户有什么不相对的呢？"柳夫人又问："那是因为小女容貌不佳?"韩世勋说:"容貌还是小事。"柳夫人恍然若悟道:"哦,我知道了。你是怪我家嫁妆不齐备?可我曾对戚年伯说过,如今家主不在,没人料理,等老爷回来,再置办齐全,难道你没有听到吗?"

韩世勋微微笑着说:"嫁妆算什么大事,也值一提?即使是荆条髻钗粗布衣裙,只要品德相配,也能情投意合,更何况珠围翠绕,生活豪华,难道还有什么不能度日的吗?"

柳夫人听了越发不清楚了,便问道:"那你究竟是为什么?"韩世勋解释说:"都因为你家小姐有淫乱的名声!我笑你府上啊,嫁妆都样样齐备,只是少了一把扫除墙上蒺藜的好笤帚。我怕带刺的荆棘挂住衣。所以才时时刻刻提防着。"

柳夫人大吃一惊,说道:"照你所讲,我家有什么闺门不谨慎的事了?自古说:'眼见为实,耳听为虚。'你所听到的话,难道不会出自仇人的口吗?"

韩世勋说:"别人讲的话,哪里能相信?这是我亲眼见到的。"柳夫人大惊失色,问道:"我家闺房之事,你怎么看见的?是哪一年哪一月?哪一件事?我倒要听你讲清楚!"

韩世勋想了想说:"事到如今,我也不得不讲了。去年清明,戚公子拿风筝求我画画,我在上面题了一首诗。不料风筝放断了线,落在贵府的院里。"柳夫人点头说:"是真的。我和小女一起拾到的。"

韩世勋又说:"后来戚公子派人去取回,你女儿和了一首诗在后面。"柳夫人又点点头说:"这也是真的。是我叫她和的。"

韩世勋继续说:"后来我也到郊外放风筝,不料又落到贵府里。我派人去取,你女儿却叫了一个老婆子,约我去说话。"柳夫人惊讶地说:"这就是她躲着我做的事了。或许她有爱才之意,也说不定,那你来了没有?"

韩世勋顿了顿,说道:"我当晚来了。我只说是当面定下婚姻,然后再明媒正娶。谁知我刚进门,口未开,手未动,就承蒙你女儿的盛情,不待高攀,便急着要低就。如今在夫人面前,我也不便说得太详细。我心里想,妇道人家所看重的是品德,所戒惧的是淫欲,何况还是处女,怎么连'廉耻'二字都全然不管?那时,我挣脱了袖子,跑了出来,才算没有做出有失名节的事。"

柳夫人气得面色惨白，勉强问道："既然是这样，那你就该另选好人家，配成美满夫妻，又为什么要聘这个不成器的东西呢？"

韩世勋索性合盘托出，说道："聘礼是戚老伯下的，我回到家中才知道，想悔约又不能悔，只好勉强答应。不敢隐瞒夫人，我这一生只能与你女儿做名义上的夫妻，如果想同床共枕，是不可能的。其实，我们名义上是夫妻，实际上却是仇敌，如果要做实实在在的夫妻，那只怕掘地到黄泉，见了面也会羞愧。"

柳夫人颓丧地道："这么说来，是我家那孽障不对了，怪不得贤婿要拒绝。贤婿请自便，我去拷问她。"说着，转身出了洞房。

柳夫人一路走着，自感羞愧难当，想道："他刚才讲的字字真实，看不出丝毫虚假。后面那一段事，一定是她瞒着我做下的，我哪里知道？千不是，万不是，都是我自己的不是！当初让她做什么诗，既做了诗，又怎能拿去给外人？我不但治家不严，又诱人犯法。如果老爷回来知道了，怎么了得？"她越想越恨，越想越怨自己和女儿。

她走到自己的房前，气急败坏地喊道："不争气的东西在哪里？"淑娟听到喊声，忙走上前来问："母亲，你为什么这样生气？"柳夫人指着她的鼻子说："都为你瞒着我做的好事！"淑娟惊讶地说："孩子我没有瞒着母亲做什么呀！这是怎么回事？"柳夫人恨恨地问道："去年风筝的事情。你忘记了？"淑娟想了想说："我记得的，去年风筝上的诗，是母亲让我写的；后来戚家来拿，又是母亲还给他的，这与我有什么相干？"

柳夫人冷笑道："我让他取走，难道是叫你约他来相会？"淑娟大惊说："我什么时候约他来相会了？请母亲说个清楚。"

柳夫人生气地说："你还要抵赖！当初戚家风筝上的诗是韩生做的，后来他自己也放了一个风筝进来，你就派人约他夜里相会，做出了许多丑态，被他看穿，到如今他怎么肯要你！"

淑娟大惊失色，喃喃自语："这些话是从哪里说来？他是不是见鬼了？"接着，高声哭道，"天哪！我与他有什么冤仇，他居然凭空捏造这样的谣言来玷污我？他为什么要胡乱张口、含血喷人……"

柳夫人急忙堵住她的嘴，严厉地说："你还要大声哭，不怕隔壁娘儿俩听见？今天幸亏那老东西没有过来。如果过来看见了，我今晚只好吊死！现在的问题是仔细想办法，看怎样才能遮盖住这羞耻。"

此时五更的更声响起，柳夫人说："看来今晚是无法成亲了。你先去睡觉，等明天再说。"淑娟硬咽着走向床边。

柳夫人站在那里，心中暗自纳闷："这事真叫人弄不明白。照女婿说来，千真万确；可照她说来，又一点形迹也没有。不过，即使是真的，她怎样肯承认呢？看来我只有问她的贴身丫环是谁约他来的。"于是她将丫环叫来，问道："是不是你领男人进来的？不是你，又是谁？"丫环说："夫人，我绝对没有领人进来，别的人也没有。如有半点假话，任你处罚。"

柳夫人越想越觉得要把事情弄个水落石出，家中的人都矢口否认，看来也不像撒谎，就决定再去问韩生，辨明真假。

柳夫人重又来到新房前，叫韩世勋开了门。她走进去说："刚才的事，据你所讲，确实不假；可据小女说，则形迹全无。我想这'莫须有'三字很难定案。请问贤婿，你去年进来时可曾见过小女没有？"韩世勋答："当然见过。"柳夫人说："那你还记得小女的容貌吗？"韩世勋讥讽着说："怎么不记得呢？人世间哪有第二个像你女儿的那副尊容？"

柳夫人不理会他的讥讽，继续问："你刚才进房的时候，有没有看过小女一眼？"韩世勋说："不必看的，看了更难受。"

柳夫人做出决定说："这样的话，我叫小女出来，请贤婿认一认。如果真的是她，不要说你不要她做妻子，我也不认她做女儿。如果不是，再另当别论。"说完，便有些为这个赌注担心，暗自祈求不能输。

韩世勋也勉强同意说："好吧，就叫她出来认一认。"可心里想："只怕认和不认都是一个样。"

柳夫人叫丫环多点几支蜡烛，再去叫淑娟出来。不久，在烛光的环绕中，淑娟带着一丝泪痕，款款走来。

韩世勋听说"小姐出来了"便远远望去，心中陡然一惊："唉呀！这是怎么回事？怎么竟然变成了一个绝世佳人？难道是我眼睛花了吗？"他使劲揉擦着双眼。

当淑娟走入新房，他又走上前去仔细地看，更惊奇了："这确实是一个绝世佳人！哪里是虚假的影空幻的花？真让人眼花缭乱。没想到我踏破铁鞋寻找理想伴侣，今天竟能如愿以偿，醉倒在温柔乡！"

柳夫人见他愣愣地看着，有些紧张地问："贤婿，是不是去年你见的？"韩世勋摇摇手说："不是，不是，一点也不是！"

柳夫人如释重负地说："如此看来，与我女儿无关，是贤婿看错了人。"韩世勋说："岂只是看错了人，真是活见鬼了！小婿真该死，都是小婿的罪过！还请岳母和小姐原谅。"

柳夫人高兴地说："事情既已大白，我就走了。你们也该安歇了。"说着，带着丫环走出去，将门关上。

新房中只剩下他们两个人。韩世勋走上前，温柔地说："小姐，夜深了，请休息吧。"淑娟站在那里，扭头不理。

韩世勋长长地一揖说："小姐，今晚的事都怪我认错了人，冒犯了小姐，我向你请罪！我知道现在我怎么悔过，都难逃谴责，可你也该顾念我认罪羞愧的心意。我希望你舒展柳眉，擦去泪痕，做个快乐的新娘。"淑娟又转过身去，背对着韩生。

正在这时，雄鸡啼鸣，韩世勋慌忙跪下，说道："小姐，天已快亮了。你还不原谅我，我就跪在这里，不再起来。"

淑娟见他果然跪下，心中不忍，急忙去扶他起来。他说："你不原谅我，我不会起来。"淑娟轻轻地点点头，韩世勋高兴地站起身说："谢谢上天！我终于有了意中人！"

此时，天边已微微露出曙光，微风轻吹，万籁寂静，正是良辰美景之际。